Andrew Bannister
Die Verlorenen

Andrew Bannister

Die Verlorenen

Die Spin-Trilogie 2

Aus dem Englischen
von Simon Weinert

PIPER

Von Andrew Bannister liegen im Piper Verlag vor:
Die Maschine
Die Verlorenen

FSC
www.fsc.org
MIX
Papier aus verantwortungsvollen Quellen
FSC® C083411

Deutsche Erstausgabe
ISBN 978-3-492-70411-3

Titel der englischen Originalausgabe: »Iron Gods«
bei Transworld Publishers, The Random House Group Limited,
London, 2017

Satz: psb, Berlin
Gesetzt aus der The Serif
Druck und Bindung: CPI books GmbH, Leck
Printed in Germany

Für Lara – für alles

Inhalt

1
Der Spin

Achtundachtzig Planeten und einundzwanzig Sonnen, allesamt Artefakte bis zum letzten Partikel.

Vor mehr als zehntausend Jahren wurde ein Pakt geschlossen. Mit ihm begann, was die Menschen das Zeitalter der Stabilität nannten, und es hielt auch dann noch an, als der Pakt bereits in Vergessenheit geraten war.

Aber nicht von allen. Einige wenige erinnerten sich – doch sie hatten vergessen, woran sie sich erinnerten.

Aber wir haben uns erinnert.

2
Dreiviertelringhafen

Belbis war elf Jahre alt gewesen, als er den Langen Marsch zum ersten Mal gegangen war. Er hatte fast drei größere Monde dafür gebraucht, und in den ersten einundzwanzig Tagen hatten seine Beine vom Aufstehen bis zum Abend gezittert und geschmerzt. Sieben Jahre später war er um einiges kräftiger geworden. Nun würde er kaum mehr als einen größeren Mond brauchen – bei seiner Ankunft wäre er trotzdem erschöpft.

Er ging gleichmäßig, mit den kurzen, kraftsparenden Schritten, mit denen man in seinem Volk aufwuchs, sobald man gehen konnte. Gehen war wichtig, und es musste richtig gegangen werden. In jüngeren Jahren hatte Belbis es so ernst betrieben, dass seine Lehrer schier verzweifelt waren.

Andrerseits betrieb Belbis alles mit großem Ernst. Denn wie sollte man es sonst tun? Die Aufgaben waren dafür da, ernst genommen zu werden. Wie sonst sollten sie erledigt werden? Die meisten anderen schienen das nicht zu begreifen, doch das kümmerte Belbis nicht, denn er wusste ganz genau, dass er wiederum die meisten anderen nicht verstand. Darauf hatten er und seine Lehrer sich immerhin einigen können. Deshalb hatte es auch keinen Zweifel gegeben, welchen Weg er im Leben einschlagen sollte.

Alle, er selbst eingeschlossen, waren darüber erleichtert. Außerdem war der letzte *Maler* des Rings im vorigen Winter gestorben, und die *Prediger* waren der ehernen Überzeugung, dass ihnen nur eine begrenzte Zeit der Gnade zustand, um einen neuen zu finden. Deshalb war *Belbis der Sonderbare* ganz schnell und ohne Widerstand zu *Belbis dem Maler* geworden. Beinahe erleichtert legte er die graue Kutte eines Novizen an – des niedrigsten Rangs im Orden. Allerdings war es auch der höchste, der einem *Maler* zustand. Schlichte Gewissheiten passten Belbis gut.

Der Verlauf des Langen Marschs war nicht kompliziert. Aus Tradition begann er an der äußersten Stelle des längsten Landungsstegs von Ringhafen. Von dort ging es an Land, vorbei an den Slipanlagen mit ihren lebhaften Gerüchen von Teer und menschlichen Abfällen, vorbei an den Seilerbahnen und Öllagern und vorbei an den Flenshöfen, in denen wertvolle große Finnwalbullen mit klingenbewehrten Spaten zerteilt wurden. Die Überreste troffen an den glitschigen Eingeweiderampen hinunter und landeten wieder im Hafen, wo weniger edle Tiere mit offenen Mäulern warteten. Diese niederen Tiere wurden ihrerseits zur Beute von Kreaturen, die in der gesellschaftlichen Rangordnung noch tiefer standen. Die Hungernden, Kranken und Alten standen mit Keulen und Stecken über ihnen und lauerten auf eine günstige Gelegenheit. Warst du zu krank oder zu alt, um Fische zu fangen, hatte Ringhafen weder Verwendung noch Nahrungsmittel für dich.

Belbis mochte keine starken Gerüche. Den ersten Teil des Marschs brachte er eilig mit gesenktem Blick und zugespressten Lippen hinter sich, um keine Gotteslästerung zu begehen und sich zu übergeben.

Nach den Flenshöfen wich die Route dem Haus des Hafenfeldwebels aus, das wieder anders roch, nämlich nach Gebratenem, nach Rauch, der aus dem Kamin aufstieg, und nach Strunkbräu. Und das war angenehmer. Wenigstens größtenteils angenehmer. Den Teil, der an den großen Wohnhäusern am oberen Ende der Gründerwiese vorbeiführte, mochte Belbis nicht. Hier hatten die Reichen ihre Stadthäuser, große Hallen aus gewaltigen Balken, die auf niedrigen Mauern aus vermörteltem Schiefer ruhten. Die Reichsten hatten auch Dächer aus Schiefer – statt aus Reet oder Torf –, und der Rauch aus ihren Kaminen roch nicht nach Seetang, sondern nach Dufthölzern. Sie mochten so gut riechen, wie sie wollten, doch Belbis hatte das Unsagbare festgestellt, dass nämlich Familien, je reicher sie waren, desto agnostischer wurden. Freilich niemals offen atheistisch, denn das wäre selbstmörderisch gewesen. Und doch blieb es für Belbis höchst verwunderlich, welch große Zweifel man haben konnte, ohne tatsächlich als Ungläubiger zu gelten. Vor allem dann, wenn man reich war.

Seine Verwunderung bewahrte ihn nicht vor Spott und gelegentlichen Steinwürfen. Doch denen konnte er ausweichen. Derlei war schon immer Teil seines Lebens gewesen. Vermutlich würde das auch so bleiben. Der Orden war unbeliebt, und man hatte ihm erzählt, dass die Priesterschaft allgemein gehasst wurde, vor allem in Zeiten, in denen die Fischerei schlechte Erträge brachte. Allerdings begaben sich die *Prediger* niemals auf Fischfang.

Hinter Gründerwiese führte der Lange Marsch an dem großen öffentlichen Park von Gründerfeld vorbei, knickte ab, wo der Park schmaler wird und um Endort herumläuft. Dort fanden jede Woche einige Verurteilte den Tod durch die Axt des *Abfertigers.* Verbrecher natürlich, Verräter und auch solche, die zwar weniger zweifelten als die Bewohner der großen Häuser in Gründerwiese, aber auch weniger reich waren.

Der *Abfertiger* trug eine nachtschwarze Kutte und kam in der Hierarchie damit unmittelbar nach den zehn höchsten *Klerikern*. Unter den Stadtbewohnern hatte Belbis munkeln hören, dass man auf Schwarz keine Blutflecken sah, aber das war nicht der wahre Grund. Dem *Abfertiger* unterstanden andere, die sich um das Blut kümmerten, ob auf den Kutten oder anderswo.

Der Kanal von Endort wand sich in die Stadt hinunter, ohne die wohlhabendsten Viertel zu berühren, bis er im Hafen in die Eingeweiderampen mündete. Belbis hatte gehört, dass dem Blut eine Substanz beigefügt wurde, damit es flüssig blieb. Er kannte sich nicht aus, aber die Vermutung leuchtete ihm ein. So etwas war möglich, wie er aufgrund seines eigenen Berufs wusste. Schließlich war es nicht wünschenswert, dass die Kanäle verstopften.

Endort markierte den Stadtrand. Danach verlief der Marsch vorbei an Privatgrundstücken und Ackerland, bis er von den Küstenebenen, die Stadt und Hafen ernährten, aufstieg und sich den Bergen zuwandte. Von Tag zu Tag zog sich die Landschaft ringsum enger zusammen, breite Täler wurden zu schmalen Felsspalten, durch die oft kalte Flüsse rauschten. Nacht für Nacht schlief er, wie man es ihm beigebracht hatte – ausgestreckt unter seinem Mantel, die Wange auf dem Arm abgelegt und die Augen von den Sternen abgewandt. Die Sterne würde er erst wieder sehen, wenn seine Reise zu Ende war. Kein *Maler* sah vorher zu den Sternen auf.

Gegen Ende des Marschs bekam er stets großen Hunger. Unten in den Ebenen gab es Beeren und gelegentlich auch größere Früchte. Die Tradition gestattete es dem *Maler*, zehn Schritt links und rechts des Marschs nach Nahrung zu suchen, und die älteren Bauern pflanzten manchmal Büsche innerhalb dieses Bereichs und sahen mit einem

Kopfnicken zu, wie ein *Maler* die Früchte pflückte. Doch je weiter er sich von dem fruchtbaren Land entfernte, desto weniger Essbares fand er. So musste er sich mit dem Gebackenen begnügen, das er in seinem kleinen Beutel mit sich trug. Das reichte nicht, aber es sollte auch nicht reichen. Man sagte, der *Maler* solle am *Wachhaus* mit großen Augen und dünnem Blut ankommen.

Belbis erreichte das *Wachhaus* am dritten Tag vor der vollen Dunkelheit des letzten größeren Mondes des Jahres. Dies war eine Glück verheißende Zeit. Der Himmel war klar, schwarz vom Frost, und die Sterne leuchteten hell.

Das *Wachhaus* thronte auf einem schmalen Gipfel an der höchsten Stelle der Wirbelsäule, die ihren Namen der Tatsache verdankte, dass sie sich in einer schwach geschwungenen S-Form wie eine Missbildung durch den Kontinent zog. Das Haus war aus Holz gefertigt, eine ramponierte Burg, die wie ein Keil über die Bergspitze aufragte und sich mit mächtigen, groben Stämmen auf dem grauen Fels abstützte. Es besaß nur einen Zugang, einen schwankenden, ungeschützten Holzsteg, der an einem Felsvorsprung endete. Dieser war gerade groß genug, dass man allein darauf stehen konnte, wenn man den Rücken gegen die Felswand presste.

Der Steg – für sich schon eine spirituelle Herausforderung – war zwanzig Schritt lang. Am anderen Ende warteten die drei *Haushälter*, verschwommen und grau im Licht der Sterne. Sie trugen keine Laternen. Aus Rücksicht auf die Bedürfnisse des *Malers* blieb das *Wachhaus* nachts in völliger Dunkelheit, und das galt auch für die *Haushälter*. Beim Näherkommen erkannte Belbis ihre leeren Augenhöhlen, tiefere Schatten im Grau. Bei ihrem ersten Anblick hatte ihn ein Schauer erfasst.

Maler wurden in jungen Jahren erwählt, *Haushälter* jedoch schon bei der Geburt.

Belbis verneigte sich vor den *Haushältern*, wie er es auch in den letzten sieben Jahren getan hatte. Mit den geschärften Sinnen derer, die schon ihr Leben lang blind waren, spürten sie seine Verneigung. Stets fragte er sich, wie sie dies vermochten. Durch die Luftbewegungen? Durch das Rascheln seiner Kutte? Jedenfalls verneigten sie sich ihrerseits, traten zur Seite und luden ihn mit einer Handbewegung ins *Wachhaus* ein.

Seine Füße kannten den Weg. Er erklomm Stufen, stieg dann weiter hinauf über schmalere Treppen zur Dachkammer des *Malers*. Die Bank war leer bis auf die beiden Antimonschalen, groß wie seine Handteller. Die übrigen Werkzeuge brachte er selbst mit. Er öffnete seinen Beutel, entnahm ihm die Lederrolle und breitete sie zwischen den beiden Schalen auf der Bank aus. Eins nach dem anderen kamen die Werkzeuge zum Vorschein: die Federn mit ihren unterschiedlich großen Spitzen, von dünn bis breit. Die Pinsel und die anderen Utensilien. Und die Verbände.

Er zögerte einen Augenblick lang, bevor er eine der Glasscherben auswählte. Er hielt sie zwischen Daumen und Zeigefinger, hob die Kutte, um den Oberschenkel zu entblößen, und nahm einen raschen Schnitt vor.

Dunkle, beerenförmige Blutstropfen quollen hervor. Er legte die Scherbe zurück auf das Leder, nahm eine der Schalen und drückte ihren Rand ein Stück unterhalb des Schnitts gegen den Schenkel. Am Boden der Schale lief das Rinnsal langsam zusammen.

Belbis wartete, bis sich eine zwei Finger breite Pfütze gebildet hatte. Dann stellte er die Schale auf den Tisch und drückte den Verband auf den Schnitt. Es brannte, und er kniff die Augen zusammen. So zählte er auf zehn, um dem Adstringens Zeit zu geben, den Schnitt zu verschließen. Dann griff er zu einer feinen Profilfeder, tunkte sie in die Schale und hielt sie über das Blatt Papier. Dann erst streckte er den anderen Arm aus, um an der Kordel zu ziehen, mit der die Mondläden zu öffnen waren.

Einen Moment lang starrte er mit großen Augen hinaus. Dann schrie er.

Zum ersten Mal in seinem Leben, zum ersten Mal in fünfhundert Jahren wies der Himmel die falsche Anzahl von Göttern auf.

Sein Schrei rief die *Haushälter* herbei. Erst stammelte er wirr und deutete auf den Streifen Himmel, den er durch die Mondläden sah, doch sie schüttelten die Köpfe und wiesen auf ihre leeren Augenhöhlen. Daraufhin erklärte er es ihnen.

Die alten Männer berieten sich. Dann winkten sie Belbis mit grimmigen Mienen, er möge ihnen folgen. Sie führten ihn unzählige Treppen hinunter, die er kaum wahrgenommen hatte, in einen Teil des *Wachhauses*, den er noch nie zuvor betreten hatte. Es war eine Kammer, die aus dem Berggipfel herausgemeißelt worden sein musste, denn anders als der Rest des Hauses bestand sie nicht aus Holz, sondern aus Stein, so trocken und staubig wie jahrhundertealte Leichen. Mitten in der Kammer erhob sich eine einzelne schwarze Säule, die einer senkrecht angebrachten, mit der Mündung nach oben weisenden hüfthohen Kanone glich.

Der älteste der *Haushälter* fuhr mit der Hand über die Mündung. Dann wich er zurück.

Eine Weile geschah nichts. Dann zuckte Belbis zusammen. Aus dem Nichts erklang eine leise Stimme. Zwar hatte sie einen fremdartigen Akzent, doch die Worte waren klar verständlich. »Zündung aktiviert«, sagte sie. »Bitte räumen Sie das Areal!«

Belbis musterte die *Haushälter.* Sie hatten sich bei den Händen gefasst und bildeten einen Kreis um die Säule. »Das Ding will, dass wir gehen«, sagte er. »Aber wohin?«

Der Älteste antwortete, ohne sich Belbis zuzuwenden. »Geh, so weit du kannst!« Dann presste er die Lippen fest aufeinander.

Belbis drehte sich um und rannte los. Als er den äußeren Steg erreichte, blitzte hinter ihm geräuschlos das Licht auf.

Unten in den Ebenen sahen die Menschen nach oben und wunderten sich über den grellen grünen Strahl, der in den Himmel stach.

3
Hohe Umlaufbahn von Wabenwelt, Spin-Innenseite

Es war spät, und Seldyans Nase und Mund waren wie ausgetrocknet von dem allgegenwärtigen aggressiven Staub. Sie presste Luft durch die Nase und spürte im Gesicht den warmen Atem, der durch die brüchigen Dichtungen ihrer Filtermaske austrat.

Eigentlich hätte ihr das Sorgen machen sollen, aber an diesem Abend war es ihr gleichgültig. Blinzelnd sah sie sich im Nebel um. Vor ihr bewegte Hufsza, der in der engen Röhre die Schultern eingezogen hatte, die Saugerdüse über die Schachtoberfläche. Sie arbeiteten in Paaren. Kott und Lyste waren außer Sichtweite in einem anderen Schacht. Doch manchmal hörte sie beim Reinigen ein Kratzen und Klappern. Von Merish war nichts zu sehen, doch das war gut so. Von ihm sollte nichts zu sehen sein. Noch nicht.

Zentimeter für Zentimeter erkämpften sie sich einen Weg durch die linke Windung des hinteren Zweigs der Kohlendioxid-Hauptsammelleitung. Wäre sie in Betrieb gewesen, wären sie rückwärts hinausgepustet worden in die eine Milliarde Kubikmeter große Halle der größten Biomasseanlage des Spin – in einen gigantischen, abgeschlossenen Wald in seinem eigenen Weltraumwürfel. Vorher aber wären sie im Kohlendioxid erstickt, das das Wachstum beförderte.

Leider erhöhte das Kohlendioxid nicht nur das Biomassewachstum, sondern gab auch einem ganzen Ökosystem aus Schimmeln und Pilzen Nahrung, von denen einige nur in dieser Mikrosphäre vorkamen. Mindestens eine der Schimmelarten lebte parasitär von einer Kombination aus zwei anderen Schimmelarten, und fast alle sonderten Sporen ab, die sich zu rußigen, körnigen schwarzen Klumpen ballten. In den Ecken sammelten sich diese Klumpen an, bildeten Krusten, die die Filter verstopften, und zerstoben in Wolken von Staub, der sich überall verteilte.

Die Reinigungsarbeiten waren entsetzlich hart und mussten regelmäßig von Hand durchgeführt werden, von Helfern mit Saugern und Drahtbürsten, ohne Rechte und ohne Wahl.

Auf dem Papier stand wahrscheinlich *Wabentechniker*, doch alle nannten sie nur *Schachtaffen*. Zwei Teams aus je zwei Personen krochen mit verkrampften, schmerzenden Gliedern durch Hitze und Staub, und ein Einweiser hielt am Eingang Wache. Zwei Personen kratzten das schwarze Zeug mit Drahtbürsten ab und saugten es mit den nörgelnden Saugern auf, bis ihnen der Rücken wehtat, die Knie schmerzten und bis die Handflächen wund waren. Und falls sie ihr Tagessoll nicht erreichten, würden sie bestraft werden.

Seldyan schüttelte sich. An diesem Tag ging es nicht ans Sterben, und sie musste sich konzentrieren. Sie rückte die Maske zurecht und spähte durch den Staub an Hufsza vorbei. In dem Einerlei der Schächte war es schwierig, Distanzen abzuschätzen, aber sie waren doch bestimmt bald dort, oder? Sollten sie die Stelle verpasst haben, bekämen sie keine zweite Chance. Oder wenn die Stelle ausgebessert worden wäre. Oder wenn ...

Sie streckte den Arm aus und klopfte Hufsza auf den Fuß. Mit hochgezogenen Augenbrauen sah er über die Schulter zu ihr zurück. Sie nickte und deutete nach vorn.

Einige Meter vor ihnen wies die Metalloberfläche eine zusätzliche Fuge auf. Und ein Meter dahinter war eine weitere zu erkennen.

Seldyan spürte die Maske über die Wangen scheuern, als sie lächelte. Es war noch da.

Eine Bewegung vor ihr verriet ihr, dass Hufsza es auch gesehen hatte. Er setzte sich auf die Fersen, bis sein Kopf die Schachtdecke streifte, und schaltete den Sauger aus.

Es wurde still. Zweimal schlug Seldyan kräftig auf das Blech. Das Echo dröhnte und erstarb. Sie lauschte angestrengt. Kaum zu hören, drang ihr das Geräusch eines Saugers ans Ohr. Jetzt wurde er abgeschaltet. Und dann, viel lauter, zwei Schläge.

Alle waren in Stellung. Oder vielmehr – beide Zweierteams waren in Stellung. Sie konnte nur hoffen, dass Merish es auch war. Sie schlug ein weiteres Mal auf das Blech, bevor sie die Augen schloss und stumm zählte. Sie kam bis fünf.

Bumm.

Noch bevor sie das tiefe, matte Geräusch hörte, spürte sie es schon im Metall des Schachts vibrieren. Als es verklang, stob ein viereckiger Staubring durch die Röhre auf sie zu. Sie nickte vor sich hin. Merish war im Einsatz.

Dann erklang ein elektrisches Summen, und es roch unangenehm verkohlt. Erst glühten die zwei Fugen schwach rot auf und durchliefen dann das Spektrum bis zu einem grellen Weißgelb. Ein ein Meter langes Stück Metallröhre fiel heraus.

Der geheime, von niemandem bemerkte Ausgang stand offen.

Seldyan holte tief Luft. »Geh!«, sagte sie, doch die Aufforderung war nicht nötig, denn Hufsza hatte sich bereits vorgeschoben. Er ließ sich durch die Lücke fallen und verschwand.

Seldyan robbte zum Rand der Lücke. Sie hatte sich gefragt, ob sie zögern würde, wenn sie es so weit geschafft hätte. Sie zögerte nicht. Das Schlimmste, was sie erwartete, wenn sie Hufsza folgte, war ein schneller Tod. Das Beste, was sie sich einhandeln würde, wenn sie blieb, war ein langsamer Tod.

Sie schloss die Augen und stieß sich ab.

Sie fiel wie ein Stein.

Niemand in der Wabe sprach offen von Flucht. Von Überleben war jedoch auch keine Rede. Trotzdem dachten alle ständig daran.

Wabe, eigentlich *WAB*, stand für WertArbeit zu Bestpreisen. Wabenleute betrachteten dies als bitterbösen Witz.

Die Wabe war die größte Zwangsarbeiterkolonie des Spin. Sie war das wirtschaftliche Herz der Innenseite, ein Stadtstaat innerhalb eines Staats im Weltraum. Die etwa eine Million umfassende Einwohnerschaft war angeheuert, um jede nur denkbare Arbeit für jedermann zu erledigen. Es war Sklaverei in mehr als industriellem Ausmaß, und Seldyan hatte nie etwas anderes gekannt.

Ihr wurde flau von der Beschleunigung, und ihr Körper bestürmte sie, die Augen zu öffnen, mit den Armen zu rudern, sich zu retten. Doch es gelang ihr, nicht darauf zu achten, sich so klein wie möglich zusammenzukauern und die Augen geschlossen zu halten. Im Moment war es für sie das Einfachste und Beste, in gerader Linie zu fallen.

Sollte Merish etwas übersehen haben, würden die internen Überwachungsaufnahmen des Würfels zeigen, wie vier verzweifelte Entflohene in den sicheren Tod stürzten. Eine gerade Linie war der einzige garantierte Weg, die Aufnahme Lügen zu strafen. Käme sie mehr als hundert Meter von der Bahn ab, wäre sie Grütze.

Nun, ziemlich garantiert wenigstens. In der dicken, feuchten Atmosphäre des Würfels sollte ihre Geschwindigkeit am Ende nicht allzu hoch sein, hatte Merish behauptet, doch sie erschien ihr hoch genug. Sie spürte, wie sie sich überschlug, und ein Wind, der sich anfühlte wie etwas Festes, prügelte auf sie ein. Die Versuchung, die Augen zu öffnen, war fast unerträglich, doch sie hatte sich darauf trainiert, unter allen Umständen zu widerstehen.

Dann wurde sie von etwas getroffen, und es fühlte sich an, als würde sie von einer Nebelschwade gepeitscht.

Sie stieß einen erleichterten Schrei aus, denn sie war in gerader Linie gefallen und auf den Federpalmen gelandet.

Mit ihrem öligen Saft sorgten die Federpalmen fast für die Hälfte aller Pflanzenfette, die auf der Innenseite verbraucht wurden. Jeder Baum war über hundert Meter hoch. Ihre Wurzeln waren flach, und um das auszugleichen und den starken Winden auf ihrem Heimatplaneten standzuhalten, rückten sie so eng zusammen, dass ihre Stämme sich fast berührten. Selbst hier in dieser kontrollierten Umwelt waren sie in einem Sechseckmuster in einem Abstand von einem Meter voneinander gepflanzt worden. Zum Glück war es noch keinem Gentechnologen gelungen, ihre weichen, dichten und verschwenderisch dicken Blätterdächer wegzudesignen.

Weich war bei ihrer Geschwindigkeit Ansichtssache, *dick* ließ sich jedoch nicht leugnen. Selbst zusammengekauert, wie sie war, wurde Seldyan ein paarmal so heftig herumgeworfen, dass sie fürchtete, ihr würden sämtliche Gelenke ausgekugelt. Hätte sie die Glieder ausgestreckt, wären sie mit Sicherheit abgetrennt worden. Aber ihr Fall wurde abgebremst, und schließlich fühlte sie sich in der Lage, die Augen zu öffnen und aktiv zu werden.

Zweige peitschten an ihr vorbei. Sie griff nach einem der Äste, doch er glitt ihr aus der Hand und fetzte ihr ein Stück Haut weg. Dennoch wurde sie immer langsamer, und am nächsten Ast konnte sie sich tatsächlich festhalten. Sie atmete schwer, ihre Hand schmerzte, und der widerlich ölige Geruch der Palmen stieg ihr in die Nase. Ein breites Lächeln sprengte ihr förmlich das Gesicht.

Sie wartete, bis sich ihr Atem halbwegs beruhigt hatte. Schließlich hangelte sie sich durch das restliche Blätterdach nach unten, bis sie an einem einzelnen Ast zum Stamm gelangte. Dieser war glatt und schlank genug, dass sie ihn mit den Armen umschlingen konnte. Ungefähr dreißig Meter ließ sie sich daran hinabgleiten, bis er zu dick wurde. Dann machte sie eine Bestandsaufnahme. Die Palmen standen tatsächlich dicht beieinander. Wenn sie das Bein genau *so* ausstreckte, konnte sie sich am Nachbarbaum abstützen. Sie drehte sich mit dem Rücken zu ihrer Palme, stemmte sich mit den Schultern dagegen und schob sich Stück für Stück nach unten, ohne auf die Schmerzen im Rücken zu achten.

Sie hatte den Boden schon fast erreicht, als ihr Fuß an einer öligen Stelle abglitt.

»Verdammter Mist!« Bevor sie sich zügeln konnte, war ihr der gellende Schrei entfahren. Sie landete mit dem Rücken auf einer Ansammlung von Wurzeln, und der Aufprall raubte ihr die Luft. Eine Weile blieb sie japsend liegen. Doch als die Krämpfe in ihrem Zwerchfell nachließen, rollte sie sich herum und nahm eine kauernde Haltung ein. Im trüben Licht erkannte sie nichts als Bäume und hörte nichts als eine undurchdringliche, hölzerne Stille.

Sie wagte nicht aufzustehen, denn der Waldboden war kein echter Boden. Um wenigstens eine gewisse Stabilität zu erreichen, wucherten die Wurzeln der Bäume am Boden entlang, und durch den enormen Durst schrumpften die Böden. Dadurch verwandelte sich das Gelände in ein einziges Hindernis aus Wurzelknoten, auf dem herabgefallene Äste herumlagen, die noch tückischer waren als die Wurzeln selbst. Der nächste Teil ihres Plans musste unbedingt aufgehen. Andernfalls würde man sie in einigen Jahren genau an dieser Stelle finden, tot wie ein Stein und nach Baumöl riechend.

Vorsichtig sah sie sich in dem Zweigdickicht um und suchte nach einem stabil wirkenden Ast, der ungefähr halb so lang war wie sie selbst. Sie fand ihn, hob ihn auf, holte aus und schlug damit so fest wie möglich gegen den Stamm, an dem sie vor Kurzem herabgerutscht war.

Hier unten war die elektronische Kommunikation aus demselben Grund ausgefallen wie in der Schachtwelt. Klopfzeichen waren jedoch kein Problem.

Der Baum tönte wie ein Musikinstrument.

Sie lauschte, während das Geräusch verklang. Lange musste sie nicht warten. Fast im selben Moment erschallten drei Antworten. Sie nickte. Alle waren in Sicherheit.

Der nächste Teil lag an Merish. So wie der letzte, doch Seldyan hatte kein schlechtes Gewissen. Auf sie und die anderen drei wartete später noch eine bedeutende Aufgabe. Wenn sie es bis später schafften.

Außerdem kannte sie sich selbst gut genug, und ein schlechtes Gewissen war nicht eben ihre Stärke.

Sie unternahm größte Anstrengungen, um auf einer der Wurzeln Halt zu finden. Das war nicht einfach, aber schließlich fand sie zu einer halbwegs erträglichen Stellung, indem sie sich mit einem Fuß gegen eine andere

Wurzel stemmte. Dies war zwar äußerst unbequem, doch es kümmerte sie nicht. Selbst unbequem konnte sich gut anfühlen, wenn es einen Schritt aus der Wabe in die Freiheit hinaus bedeutete.

Ich kehre niemals wieder zurück, schwor sie sich. Das Wort klang für sie wie Gesang. *Nie mals, nie-mals, nie-mals.*

Minuten später blickte sie nach oben. Die hölzerne Stille war gewichen, und sie hörte ein regelmäßiges Klopfen, ungefähr doppelt so schnell wie ihr Herzschlag. Rasch sah sie sich um und nickte. Zwei Stämme weiter bildeten zwei parallele Wurzeln eine Brücke, auf der sie gerade so eben stehen konnte.

Darunter entdeckte sie eine Mulde, in der sie kauernd Platz fände. Das würde reichen. Sie hoffte, dass Merish das Geräusch verursachte, aber vielleicht war er es auch nicht. Dann erwies sich ein Versteck womöglich als nützlich.

Staksend betrat sie die Brücke, lehnte sich gegen einen Stamm und lugte vorsichtig um die Ecke in die Richtung, in der sie die Geräusche verortete. Als sie deren Ursache erkannte, hätte sie beinahe laut gelacht – teils aus Erleichterung, dass es Merish und kein Fremder war, teils aber auch wegen des lustigen Anblicks.

Er stand aufrecht, obwohl sie nicht wusste, wie er das zustande brachte. Und zwar auf einer Plattform, bei der die Baumstämme als vertikale Sprossenwand dienten. Mit einer Vorrichtung, die aussah wie eine Ansammlung baumgroßer Feststellzangen, hangelte er sich vorwärts, indem er sich an einem Baum festhielt und nach dem nächsten griff, ungefähr einen Meter über dem Wurzelwerk. Irgendwie gelang es ihm, sich mehr oder weniger horizontal zu halten, doch schwankte das Gebilde gefährlich von Seite zu Seite. Auf Hüfthöhe befand sich ein T-förmiger Griff, und Merish schien sich krampfhaft daran festzuhalten.

Sie beugte sich vor und winkte. Er nickte und betätigte eine Steuerung an dem Griff. Die Plattform wurde langsamer und kam einige Bäume weiter zum Stehen.

Sie lächelte ihn an, bevor sie seinen Gesichtsausdruck sehen konnte. Doch dann verging ihr das Lächeln. »Sag schon!«, rief sie. »Keine freie Bahn, oder?«

Er nickte. »Definitiv keine freie Bahn. Die haben eine Zusatzschicht laufen. Warum, weiß der Teufel.«

Sie verkrampfte sich. »Eine *komplette* Zusatzschicht? Zehn Leute stark?«

»Ja. Tut mir leid.«

»Warum? Du hast sie ja nicht eingeladen. Mich würde interessieren, wer es getan hat.« Einen Moment lang blickte sie in die Ferne und rechnete. »Ist die Hauptschicht erledigt?«

Er nickte. »Klar. Durch eine unerklärliche Serie von Systemfehlern in einem halb explodierten Überwachungsraum eingeschlossen. Der Teil hat gut funktioniert. Aber die Zusatzschicht reicht aus, um die Wege nach draußen zu überwachen.«

»Sind Personen im Gewächshaus?«

»Weiß nicht. Kann schon sein.«

»Dann gehen wir besser davon aus, dass welche hier sind. Lass uns die anderen holen! Vielleicht müssen wir uns eine andere Definition von Ausgang einfallen lassen.« Neidisch beäugte sie die Plattform. »Du hast es gut auf dem Ding, zumindest einigermaßen gut. Aber es ist nur groß genug, um eine Person zu malträtieren. Was ist mit uns?«

Er blinzelte und wies über die Schulter nach hinten.

Sie folgte seiner Geste. »Oh …«

Hinter ihm waren vier weitere Plattformen aufgereiht.

Er wirkte verlegen. »Mehr habe ich nicht geschafft. Sie hängen alle an dieser hier. Wenn sie keine Bäume umklammern, schweben sie einfach so in der Gegend. Ziemlich komfortabel.«

Sie nickte. »Du weißt doch, Merish, komfortabel muss es von mir aus nicht sein. Jetzt, da es für mich um Freiheit geht ... Und du hast deine Aufgabe erfüllt.« Entschlossen zog sie die Schultern nach hinten. »Lass uns das Team finden! Jetzt sind wir dran.«

Einen Augenblick lang sah er weg, und sie bemerkte, dass seine Lippen zuckten.

Zehn Minuten später hatten sie die anderen eingesammelt und bildeten eine schwankende Fünferkette mit Merish als Anführer. Seldyan war übel, teils von dem unangenehmen Ruckeln der Plattform, teils von dem allgegenwärtigen Ölgeruch der Federpalmen, aber es kümmerte sie nicht. Sie näherten sich dem Rand der Plantage und einem weiteren Schritt zur Freiheit, auch wenn zusätzliche Hindernisse auf sie warteten. Den Rand zu erreichen, bedeutete auch, dass sie sich bald nicht mehr hangeln, sondern dass sie schweben würden. Das war auf jeden Fall gut, selbst unter diesen Umständen.

Kurz hatten sie über diese Umstände gesprochen, als sie zu fünft zusammen waren. Sie hatten einen Plan. Der musste gelingen, denn keinem von ihnen war etwas Schlaueres eingefallen.

Als sie den Rand der Federpalmenbepflanzung erreicht hatten, teilten sie sich auf. Niemand sprach ein Wort.

Das Gewächshaus war in hundert Meter breite Streifen eingeteilt. Jeder zweite Streifen stand voll mit Federpalmen. Dazwischen wuchsen vor allem niedrige Saftpflanzen, die als Kombination aus Feuchtigkeitsstabilisatoren und Brandschutzmauern dienten. Seldyan lenkte ihre Plattform einen solchen Streifen entlang und drückte aufs Gas. Das Gefährt neigte sich nach unten und nahm Fahrt auf, bis ihr der Wind in die Augen stach und die Hände fast vom T-Griff riss. Sie hielt sich an den Rand der Palmen, die ihr Schutz boten, falls jemand nach ihr Ausschau hielt. Aber bald würde sie sowieso entdeckt werden. Geschwindigkeit war alles.

Das Ende des Streifens raste auf sie zu. Sie hielt das Tempo, bis es ihr zu brenzlig wurde. Im letzten Moment riss sie die Plattform steil nach oben und warf sie im rechten Winkel so heftig herum, dass es ihr in den Ohren klingelte. Schließlich schoss sie in den schmalen Spalt zwischen dem Ende des Streifens und der inneren Umfassungsmauer des Gewächshauses hinein. Wie durch ein Wunder konnte sie sich während des Manövers festhalten. Sie beugte sich vor und drehte den Griff wieder auf volle Kraft. Ihr blieb nicht viel Platz. Aufgrund ihrer Geschwindigkeit schob sie einen Luftstau vor sich her, der gegen die Palmen schlug, von den Stämmen abprallte und ein heulendes Stakkato verursachte, das auf ihr Trommelfell einhämmerte. Dann war sie an den Palmen vorbei und schwirrte am Ende eines weiteren Niedrigwuchsstreifens über offenes Feld.

Den einen Kilometer zum anderen Ende des Gewächshauses legte sie in etwas mehr als zwanzig Sekunden zurück. Dort brachte sie die Plattform zum Stehen. Ihr Gesicht fühlte sich wund gescheuert an, die Arme schmerzten, und es klirrte ihr in den Ohren. Noch hatte sie es aber nicht hinter sich.

Sie hatte den längsten Weg von allen. Alle anderen sollten inzwischen auf ihren Positionen angelangt sein. Es gab jedoch keine Möglichkeit, dies zu überprüfen, befanden sie sich doch zu weit auseinander, um mithilfe von Stockschlägen miteinander kommunizieren zu können. Deshalb blieb ihr nichts anderes übrig, als blind davon auszugehen.

Was bedeutete, dass es jetzt losging. Sie fuhr die Plattform hinunter und ließ sie auf den Boden absinken. Im ausgeschalteten Zustand war sie erstaunlich leicht. Ohne große Anstrengung drehte Seldyan sie um, begutachtete sie und fuhr mit dem Finger über eine eckige Rille auf der glatten Oberfläche. Eine Klappe öffnete sich und gab zwei gräuliche Vierecke frei, auf denen ominöse Symbole in einer ihr unbekannten Sprache angebracht waren. *Enthält keine vom Anwender zu wartenden Teile*, dachte sie.

»Die Plattformen besitzen zwei Akkus«, hatte Merish ihnen erklärt. »Aber sie kommen eine Weile auch mit einem aus.«

»Lange genug?«, hatte sie sich erkundigt und ihn fragend gemustert.

Er hatte nur einen Wimpernschlag lang gezögert, bevor er nickte. Sie glaubte nicht, dass den anderen etwas aufgefallen war.

Jetzt griff sie in die Vertiefung und zog an einem der Vierecke. Es entpuppte sich als Teil eines Würfels von ungefähr zwei Handbreit Kantenlänge. Als sie ihn herauslöste, war ein leises Knistern zu hören. Sie drehte ihn um. Auf der Unterseite befand sich eine eingelassene Kontaktfläche, die von weiteren seltsamen Symbolen umgeben war.

Die Drahtbürste, mit der sie die Innenseite des Schachts geschrubbt hatte, hing noch immer an ihrem Gürtel. Sie hakte sie aus. Dann schloss sie die Klappe und drehte die Plattform wieder um, nahm den Akku und trat damit an den Rand des Palmenfelds. Zehn Schritte weit ging sie in den Wald hinein und legte den Akku mit den Kontakten nach oben auf dem Boden ab. Mit den Borsten nach unten hielt sie die Drahtbürste über den Akku. Sie schluckte, ließ die Bürste fallen, und noch bevor diese auf den Kontakten aufkam, rannte sie los.

Der Lichtbogen war hell, obwohl sie ihm den Rücken zukehrte. Ein wütendes Summen, gefolgt von einer Explosion. Zu diesem Zeitpunkt war Seldyan bereits bei der Plattform angelangt. Sie sprang hinauf, umklammerte den Griff und presste ihn so weit nach vorn, wie sie sich eben noch traute.

Die Beschleunigung riss ihr fast die Arme aus. Sie wagte nur einen einzigen Blick zur Seite. Die ersten Palmen am Rand der Plantage standen schon in Flammen – das elektrochemische Inferno zu ihren Füßen hatte sie in Brand gesteckt.

Das gesamte Feld der öligen Bäume würde abfackeln. Sie hoffte nur, dass sich der Flächenbrand rasch genug ausbreitete.

Aber nicht zu schnell. Sie versuchte, den Griff noch weiter hinunterzudrücken, doch er stand schon auf Maximum. Sie hatte keine Ahnung, welche Spitzengeschwindigkeit die Plattform hatte oder wie lange sie mit nur einem Akku zu halten war. Oder ob der ganze verrückte Plan gelingen würde oder oder oder.

Ihr war noch immer zum Schreien zumute.

Dann quietschte hinter ihr etwas, und es knallte. Eine Wand aus Infraschall erschütterte die Plattform.

Sie riskierte einen Blick über die Schulter. Die erste Brandschutzwand war heruntergelassen worden. Jetzt waren die ersten hundert brennenden Meter des Gewächshauses durch einen tausend Tonnen schweren Vorhang aus Mineralfasern abgetrennt. Es war die vorletzte

Schutzmaßnahme des Gewächshauses, um jedes beliebige Problem erst einmal zu isolieren.

Das funktionierte nur nicht, wenn fünf behelfsmäßige Brandbomben gleichzeitig hochgingen. Wieder sah sie sich um – die Bäume vor der Brandschutzwand qualmten. Und dann leckten Flammen daran hoch. Sie blickte nach vorn und biss die Zähne zusammen. Obwohl sie sich schon weit entfernt hatte, roch die Luft nach brennendem Öl.

Rums! Die zweite Wand. Noch acht. Diesmal sah sie sich nicht um. Beim letzten Mal hatte sie gemerkt, dass sie langsamer geworden war. Geschwindigkeit war alles. Der Brandgeruch wurde intensiver.

Rums! Diesmal schien die Erschütterung stärker zu sein. Ihr Vorsprung verringerte sich. Noch sieben. Am Hinterkopf spürte sie Hitzewellen.

Rums! Das Atmen fiel ihr immer schwerer. Eigentlich hätte inzwischen ein Luftstrom durch das Gewächshaus fegen müssen, der das Feuer auf eine Stelle konzentrieren sollte, doch stattdessen war die Luft von Rauschschwaden erfüllt.

Dann fiel es ihr ein. Sie hatten die Schächte demoliert. Deshalb gab es keinen Luftstrom, der den Rauch abtrieb oder das Feuer eindämmen half. Sie wollte auf die Steuerung einprügeln, traute sich aber nicht.

Rums! Sie blinzelte. Diesmal hatte es sich leiser angehört. Kurz glaubte sie, wieder Vorsprung zu gewinnen, aber das konnte nicht stimmen, denn Hitze und Rauch nahmen zu. Dann begriff sie – nicht die Brandschutzwand war leiser, sondern alles andere war lauter. Es herrschte ein stampfendes Dröhnen. Nun wagte sie doch noch einmal einen Blick über die Schulter – und bereute es sogleich.

Wo Bäume stehen sollten, sah sie nur brodelnden schwarzen Rauch, in dem sich Feuerblasen ausdehnten. Es war viel zu nahe und näherte sich weiter.

Der Plan würde nicht aufgehen. Dann korrigierte sie sich – für sie würde er nicht aufgehen. Sie hoffte, dass sich die anderen weiter vorn aufhielten. Es hieß, Wabenleute könnten unmöglich ausbrechen. Vier von fünf, die das Unmögliche schafften, wären schon mal ein ziemlich gutes Ergebnis.

Außerdem war es noch nicht zu Ende mit ihr. Sie beugte sich so weit wie möglich vor, presste die Ellbogen an den Körper, um weniger Luftwiderstand zu bieten, und drehte den Knüppel so kräftig, dass sie ihn zu zerbrechen fürchtete. Wenn sich Freiheit so anfühlte, befand sie, dann war es ein gutes Gefühl.

Besser als gut. Besser als alles, was sie zuvor erlebt hatte.

Und dann merkte sie, dass die Plattform langsamer wurde.

Sie musste lachen. Bei ihrer nächsten Begegnung mit Merish würde sie ihm sagen, dass *lange genug* eben doch nicht lange genug war. Aber im Moment sah es so aus, als würde sie Merish nicht wiedersehen.

Die Plattform sackte ab, Seldyan hechtete von ihr hinunter und sprintete sofort los. Sie hatte keine Ahnung, wie viel Vorsprung sie vor der Feuerwand hatte oder wann und wie weit vor ihr die nächste Brandschutzwand herunterfallen würde. Sie wusste lediglich, dass sie rennen und dabei Luft atmen musste, die keine richtige Luft mehr war, sondern Rauch, Ruß und Hitze, die ihr die Kehle wund rieb und die Lungen verseuchte. Ihr Herz raste, und allmählich wurde ihr schwarz vor Augen.

Sie nahm das Kreischen und Rumsen der letzten Schutzwand dicht über ihr wahr. Die Beine knickten ihr ein. Sie stürzte, rollte sich umständlich über den Boden und hoffte, dass sie sich noch immer vorwärtsbewegte.

Irgendwann blieb sie liegen, und eine Weile geschah

nichts. Dann hörte sie das Feuer und wusste, dass es vorbei war.

Kurz darauf spürte sie Hände, die sie auf den Rücken drehten.

»Seldyan! Alles in Ordnung mit dir?«

Sie schlug die Augen auf. Es war Merish. Erst wollte sie sich aufrichten und ihm um den Hals fallen. Dann dämmerte es ihr, und sie sank wieder zusammen. Wenn er bei ihr war, dann hatten sie beide versagt. Sie verbesserte sich – sie hatte versagt und ihn mit ins Unglück gerissen.

»Seldyan! O Mist, reiß dich zusammen! Du musst dich bereit machen.«

Sie schüttelte den Kopf. »Bereit wofür?«

»Was glaubst du denn? Hast du deine Vakuumtablette noch?«

Das Denken fiel ihr schwer, und außerdem redete er Blödsinn. Doch ihm zuliebe spielte sie das Spiel mit und klopfte auf die obere Tasche ihres Overalls.

»Jap, da ist sie. Und?«

»Dann nimm sie, verdammt noch mal!«

Jetzt erst öffnete sie die Augen ganz und starrte ihn an. »Im Ernst?«

»Natürlich im Ernst! Nimm sie! Sofort!«

Ohne den Blick von ihm abzuwenden, kramte sie die kleine Pille aus ihrer Tasche hervor. Es war die Standardausführung, die jeder bekam, der im Weltraum zu tun hatte, selbst Wabenleute. Dem Vakuum ausgesetzt zu sein und zu sieden, war nicht so angenehm. Die Vakuumtablette verschaffte einem einige Minuten.

Ihr Gehirn begann wieder zu arbeiten. Wenn sie eine Tablette nahm, bedeutete das ...

Sie schluckte sie und sah Merish an. »Wie lange?«

Er zuckte mit den Achseln. »Sollten so zehn Sekunden sein.«

»Nun gut. Dann halten wir uns besser fest.« Sie wälzte sich herum, streckte die Hände aus und krallte sich mit steifen Fingern zwischen den Saftpflanzen in die Erde. Einen panischen Moment lang bekam sie nichts zu fassen. Doch dann trafen ihre Finger auf einen Widerstand und umklammerten ihn. Es handelte sich um das Geotextilgewebe, das die Erde zusammenhielt. Das sollte halten.

Merish lag neben ihr, und auch seine Hände gruben sich ins Erdreich. Dann kam es – lauter als das Fallen der Brandschutzwände, lauter als das Fauchen der brennenden Bäume. Es war das Geräusch, das für zehntausend Generationen von weltraumfahrenden Tieren den eiskalten Siedetod bedeutet hatte.

Es war das Heulen von Luft, die in irrsinnigem Tempo entwich.

Seldyan sah nach oben und spürte, wie sich ihre Augen weiteten. Das gewölbte Dach zerbrach in Segmente wie die Schale einer Frucht. Wenn sie noch eine Bestätigung gebraucht hätte, das wäre sie gewesen. Also hatten sie es doch noch in die letzte Kammer geschafft, und das Gewächshaus hatte seinen letzten Schutzmechanismus aktiviert. Konnte das Feuer nicht isoliert werden, dann zum Teufel mit der Biomasse! Hauptsache, die Bausubstanz wurde erhalten. Der ganze Bereich öffnete sich dem Vakuum.

Seldyan hielt sich fest.

Ein Orkan erfasste sie. Kreischende Winde rissen ihren Leib vom Boden weg. Ein Strudel aus Pflanzen, brennenden Baumteilen und Erde schoss nach oben, der Leere entgegen. Die Last, die an ihren Armen zerrte, war gewaltig, aber auszuhalten.

Doch dann bemerkte sie, dass Merish mit einer Hand den Halt verlor, wild um sich schlug und nach oben gerissen wurde. Mit der anderen Hand grub er sich noch immer zitternd ins Erdreich. Doch schon lösten sich nach und nach die gekrümmten Finger.

Noch bevor ihr Verstand Einspruch einlegen konnte, hatten ihre Muskeln reagiert. Sie ließ mit der rechten Hand los, riss sie aus der Erde, schleuderte sie zu ihm hinüber und zog sie wieder zurück, gerade als Merish mit einem Aufschrei den Halt verlor.

Sie bekam seine Schulter zu fassen, doch sie entglitt ihr wieder, dann seinen Oberarm, doch auch der rutschte ihr aus den Fingern, und schließlich spürte sie, wie seine Hand nach ihr griff. So fest sie konnte, packte sie zu, biss die Zähne zusammen, während sein Gewicht sie auseinanderzureißen schien. Gleich würden ihre Schultern auskugeln, und ihre gequälten Finger wimmerten um Gnade.

Sie beachtete es nicht. *Es ist nur Schmerz*, sagte sie sich. *Und diesmal ist es Schmerz, den du selbst gewählt hast. Nimm ihn hin!*

Sie nahm ihn hin.

Gleich darauf wurden sie von einem Sturm aus Holzsplittern und schwelenden Blättern durchgerüttelt, und mit geschlossenen Augen erwartete sie in dem Bombardement den Tod. Doch schließlich ließ das Reißen nach, und sie öffnete die Augen.

Eine Wolke aus Eiskristallen vernebelte den Blick, bildete einen Strudel, der den klirrenden Trümmern durch das Dach hinaus folgte. Erst als auch das Eis draußen war, war die gesamte Luft entwichen. Ohne Vakuumtablette wären ihr nun ungefähr zwanzig Sekunden geblieben. Mit ihr vielleicht drei Minuten. Das reichte, wenn der Plan gelang, den sie im Gewächshaus hastig gefasst hatten.

Nachdem der Wind nachgelassen hatte, wirkte die Gravitation des Gewächshauses wieder. In der vollkommenen Stille des Vakuums fielen sie sacht zu Boden, erst sie, dann Merish, der auf ihr landete. Er ließ ihre Hand los und rollte sich von ihr herunter. Vorsichtig zog sie die Finger aus dem Bodengewebe.

Das Loslassen schmerzte noch heftiger als das Festhalten. Sie ballte die Hand zur Faust und beobachtete fasziniert, wie ein Blutstropfen ins Vakuum entschwebte.

Sie schüttelte sich. Merish wies zum Ende der Wand, wo sie seine Plattform entdeckte, die aus irgendeinem Grund immer noch gehorsam am Boden kauerte. Fragen schossen ihr durch den Kopf, die sie im Augenblick nicht stellen konnte. Und um zu Atem zu kommen, blieb auch keine Zeit. Sie rannten los. Merish rückte die Plattform gerade, sprang auf und gab Seldyan ein Zeichen. Sie stellte sich hinter ihn und umklammerte seine Taille.

Im Vakuum war die Plattform auch mit zwei Mitfahrern sehr schnell. In zwanzig Sekunden erreichten sie die Stirnwand – Merishs Akku hatte anscheinend nicht so sehr gelitten wie ihrer. Nun standen sie vor einer seltsam altmodisch anmutenden Luftschleusentür mit einem Schaltrad in der Mitte. Sie betrachtete es und formte mit den Lippen eine Frage. »Manuell bedienbar?«

Er nickte. Sie ergriffen das Rad und drehten daran. Erst gab es nicht nach, doch schließlich bewegte es sich. Es brauchte aber eine ganze Umdrehung, bis es Last aufnahm. Und eine weitere ganze Umdrehung, um einzurasten. Obwohl es nicht zu hören war, spürte Seldyan ein Scheppern. Die Tür schwang auf.

Sie drängten sich in die Luftschleuse. Hinter ihnen schloss sich die Tür, und es entstand jener Eiskristallkuss von gefrierender Luft, die sich im Vakuum ausbreitet.

Seldyan beobachtete die Anzeige an der Wand und spürte dabei das Herz gegen die Rippen pochen. Sie unterdrückte das Bedürfnis, Luft zu holen, denn solange die Anzeige rot leuchtete, war das keinesfalls ratsam. Auch die Vakuumtablette vermochte die negativen Auswirkungen von dünner, kalter Luft auf das ausgelaugte Lungengewebe nicht zu verhindern. Sie musste warten, bis die Schleuse überzeugt war, dass ihre Atmosphäre dicht und warm genug war.

Grün. Gut. Jetzt durfte sie atmen.

Trotzdem tat es weh. Die Kühle kitzelte Nerven, die sie zuvor nie wahrgenommen hatte. Sie überstand es und sah dann zu Merish hinüber.

»Danke.«

Er nickte und griff nach ihrer Hand. Sie zuckte zusammen, ließ aber zu, dass er sie umdrehte und auseinanderbog. Daran hingen Erdklumpen, die das Blut aus den tiefen Schnitten an den Fingeransätzen glänzend rot gefärbt hatte.

Er musterte sie eindringlich. »Ach, du Scheiße …«

Sie zuckte mit den Achseln. »Entweder diese Verletzung, oder ich hätte loslassen müssen. Im Shuttle gibt es Medikamente. Das Shuttle *ist* doch unsere nächste Station, oder?«

»Ja. Die anderen drei müssten in der nächsten Schleuse sein. Tut mir leid, Seldyan.«

»Muss dir nicht leidtun.« Sie lächelte, und das fühlte sich gut an. »Denn weißt du, was wir als Nächstes tun werden? Mit deiner Hilfe, Technik-Maestro, leihen wir uns einen Haufen Kohle.«

Zögernd lächelte er. »Das kann ich machen«, bestätigte er.

4
Wabe, Jugendtrakt

Soweit Seldyan sich erinnern konnte, war ihre Kindheit normal verlaufen. Die Wabe war – alles gewesen. Sie erinnerte sich an das Essen, ans Schlafen, an Erwachsene, die groß, fern und manchmal Furcht einflößend waren, meistens aber keine Rolle spielten.

Aber vermutlich schien die Kindheit der meisten normal zu sein, bis etwas passierte, was diesen Anschein infrage stellte. Bei ihr war das sehr spät passiert. Es war nicht passiert, als sie vier Jahre alt gewesen war. Damals hatte man sie eines Tages aus ihrer Klasse geholt und in ein Zimmer getrieben, das sie nie zuvor gesehen hatte. Dort hatte man ihr befohlen, ihr Hemd auszuziehen und sich zusammenzukauern. Dann wurde ihr etwas Scharfes in den Rücken gedrückt, oberhalb des Pos. Es hatte so furchtbar wehgetan, dass sie geheult hatte, bis ihre Kehle ebenso geschmerzt hatte wie ihr Rücken. Doch man hatte sie festgehalten, damit sie sich nicht bewegen konnte.

Den Rest des Nachmittags ließ man sie ausruhen. Mit der Schüssel Abendessen gab man ihr etwas zum Schlafen. Als sie am nächsten Morgen erwachte, fühlte sie sich beinahe in Ordnung, nur ein bisschen wund. Als sie in die Klasse kam, sagte jemand, dass man ihr den Chip verpasst habe. Das war ein neues Wort, das sie sich merkte.

Es war auch nicht passiert, als sie gerade ihre Geschlechtsreife erreicht und der Aufseher ihr ein Einzelzimmer statt eines Schlafsaalplatzes verschafft hatte. In der ersten Nacht hatte er sie dort besucht, gerade als sie sich über das Zimmer gefreut hatte. Natürlich hatte sie gewusst, dass Männer anders waren, aber ihr war nicht klar gewesen, dass sie einer anderen Person solche Schmerzen zufügen konnten. Zwei Wochen lang ertrug sie sein Herumfingern, sein Grunzen und seine *Ferkelei*. Doch dann, während sie im Unterricht alle eine Lektion aufsagten, gab es über ihren Köpfen einen Knall, und eine der großen Glühbirnen verwandelte sich in einen Scherbenregen. Eine Scherbe landete dicht vor ihr. Es gelang ihr, sie zu stibitzen und im Ärmel ihres Hemds zu verstecken. Sie schnitt sich leicht daran, aber das kümmerte sie nicht.

Später schnitt sie den Aufseher viel tiefer.

Sie erwartete eine Bestrafung, aber ausnahmsweise passierte einmal nichts. Den Aufseher sah sie nie wieder. Vermutlich konnte er ohne den Teil, den sie ihm abgeschnitten hatte, kein Aufseher mehr sein.

So viel Blut hatte sie noch nie gesehen.

Nein. Der Anschein wurde erst infrage gestellt, als sie fünfzehn war. Jemand hatte ein Buch hereingeschmuggelt, ein richtiges, altmodisches Buch, von dem sie schon gehört hatte. Aber gesehen hatte sie nie eins. Es hatte einen Bildschirm und Knöpfe, mit denen man eine Seite weiter gelangen konnte, und es kamen zwei Wörter darin vor, die sie noch nie gehört hatte, deren Bedeutung ihr aber schnell klar wurde, als sie ungeachtet des Risikos weiterlas.

Das Risiko wurde Realität. Man fand sie und brachte sie fort. Und diesmal wurde sie wirklich bestraft. O ja, bestraft, bis sie sich wünschte, ihr Körper möge kein Teil mehr von ihr sein. Bis sie aus allernächster Nähe erlebte, ein ums andere Mal und immer wieder aufs Neue, wozu der Chip fähig war. Doch sie merkte sich die Wörter und was sie bedeuteten.

Mutter und Vater.

Kurze Zeit später verlegten sie sie aus dem Schlafsaal in eins der Dörfer. Hier lernte sie ein weiteres Wort, das sie nicht kennen durfte.

Das Wort *Sklave.*

5
Dreiviertelringebene

Seine Füße kannten den Weg, und seine Nase kannte die Luft, und doch brauchte er lange, um den Weg zurückzufinden. Er spürte, wie sich das Gelände veränderte, wie die schroffen Felsen der Gipfel dem ebenmäßigeren, ausgetretenen Pfad weiter unten wichen. Er spürte den Wechsel von Fels zu Moos und von Moos zu Gras, wenn er vom Pfad abkam. Der Klang gurgelnden Wassers lotste ihn die scharf eingeschnittenen kleinen Flusstäler hinab, und mit Verwunderung begriff er, wie dicht und vielschichtig die Geräuschkulisse sein konnte. Selbst die geringste Kopfbewegung veränderte sie bereits und sagte ihm, dass das Wasser *hier* über einen Steinbrocken floss und dass sich das Flussbett *dort* verbreiterte und der Strom sich verlangsamte. Auch die Luft. Sie wurde nicht nur dicker, während er abstieg – wie viel dicker, vermochte er kaum zu glauben. Die Luft trug auch Gerüche! Fels roch. Nasser Fels roch anders als trockener, und eine Felsart roch anders als die andere. Da er die richtigen Bezeichnungen der Felsarten nicht kannte, gab er ihnen ihrem Geruch gemäß eigene Namen. Salzstein, Bitterstein und Schwefelstein.

Gerüche führten ihn auch zur Nahrung. Anfangs traute er sich nicht, den Pfad zu verlassen. Als Hunger und sein

Selbstvertrauen aber zunahmen, wagte er kleine Abstecher und folgte dem Geruch von Beeren und Pilzen.

Obwohl er blind war, gelang es Belbis, nicht zu verhungern.

Selbst die Tageszeiten veränderten sich. Tag und Nacht hatten keine Bedeutung mehr für ihn, außer dass Nacht keine gute Zeit zum Schlafen war, denn dann würde er kalt und nass aufwachen. Stattdessen legte er seinen eigenen Tagesrhythmus fest, und wieder vergab er eigene Namen. Mäusestille zum Beispiel, das war die Zeit am Ende der Nacht, wenn sich die nachtsichtigen Jäger zur Ruhe begeben hatten, die Tagesaktiven aber noch immer schliefen oder schläfrig waren. Wenn er ganz still hielt und genau lauschte, hörte er das unterschiedlich leise Rascheln der kleinsten Tiere, die die Flaute ausnutzten, um ... tja, was? Um Nahrung zu suchen, nahm er an, oder ein Erdloch zu graben. Vielleicht auch nur, um Luft zu holen, ohne dass sie ihr bisschen Atemholen das Leben kostete.

Auf die Mäusestille folgte Tauzeit, und für gewöhnlich ging er während dieser Zeit besonders strammen Schrittes, um trocken und warm zu bleiben, bis die Zeit anbrach, die er Sonnengruß nannte.

Seine Füße sagten ihm, dass er in die Nähe der Vorstädte von Dreiviertelringstadt gelangt war. Da machten ihn Nase und Ohren auf etwas aufmerksam. Erst war er sich nicht sicher, was es sein mochte. Er blieb stehen und dachte nach.

Die Sonne stand unmittelbar über ihm, und der Wind wehte ihm vom Meer her ins Gesicht. Um diese Uhrzeit hätte im Hafen Betrieb herrschen müssen, gleichgültig, ob Ebbe oder Flut. Ihm hätte der ölige Geruch der Abdeckerbottiche mit ihren Noten von brennendem Torf in die

Nase steigen müssen. Er hätte das Schlagen von Leinen gegen Schiffsmasten hören müssen und das ferne Fauchen alter Dampfmaschinen, die die Seilwinden betrieben. Und vor allem hätte die Luft von den Rufen der Händler erfüllt sein müssen.

Stattdessen herrschte Stille. Nein, das stimmte nicht. Stattdessen fehlten die gewohnten Geräusche. Stattdessen gab es eine seltsame Gegenströmung, fast an der Grenze des Hörbaren. Und auch die Luft roch, aber auch das war verkehrt.

Er stellte fest, dass er rannte, ohne es bewusst gewollt zu haben. Sinne, die er während seines Abstiegs erworben hatte, kramten in dem Wissen, das er während eines halben Lebens gesammelt hatte – unter seinen Füßen spürte er vertraute Pflastersteine. Von hier ging es zweihundert Schritte abwärts, bis der Wind quer zur Küste auf seine rechte Wange traf. Dann nach rechts, und er wäre am Schwaflerhaus. Dort würden sie ihn suchen, und wenn er den *Klerikern* erst einmal erzählt hätte, was geschehen war, würden sie ihm alles erklären. Sie wüssten, was zu tun war.

Währenddessen suchte er mit der Nase nach dem Geruch, der hier herrschen sollte, er lauschte auf die üblichen Rufe, und seine Schritte gerieten ins Stocken. Ja, jetzt waren tatsächlich Rufe und Rauch wahrzunehmen. Aber die Rufe klangen wütend, und der Rauch roch nach Holz, Teer und etwas Schlimmerem. Nach etwas, das ihn würgte, und als er vor dem angeblichen Schwaflerhaus stehen blieb, spürte er einen heißen Windhauch auf den Wangen. Plötzlich zeigte ihm sein Bewusstsein Bilder von brennenden Häusern.

Die Rufe kamen rasch näher und gewannen Gewicht, als hätten die Leute etwas, das sie rufen konnten.

»Noch so ein blutsaugender *Priester*!«

»Haben wir denn noch nicht alle erwischt?«

»Der hier war wahrscheinlich auf Wanderschaft ...«

Entsetzt wandte er sich um, doch er wurde festgehalten.

»Schleift ihn vor die *Kaufleute*!«

»Zum Teufel damit! Wer hat die über uns gestellt? Die sind genauso schlimm wie die verdammten *Priester*. Hängt ihn auf wie die anderen schwarzen Mistkerle!«

»Nein! Wartet ...«

Eine Faust stieß ihn zu Boden. Von Strunkspirituosen geschwängerter, warmer, feuchter Atem schlug ihm ins Gesicht. Der Atem von zwei, vielleicht auch von drei Personen. Da wurde ihm klar, dass er gemustert wurde.

»Jung. Graue Kutte. O süße Scheiße, hoffentlich ist er es ...«

»Wenn er es ist, hat er Narben.« Eine andere Stimme.

»Sie haben Tränke dagegen.«

»Oder Hexerei ...«

»Seht einfach nach, verdammt noch mal!«

Sie griffen nach seiner Kutte, zerrten sie auseinander, bis er den heißen Wind auf den Schenkeln spürte.

»Tja nun ...«

»Was?«

»Er ist es. Es ist der Idiot.«

Lautes Stimmengewirr. Inmitten des Lärms spürte er die Wärme eines Gesichts ganz dicht vor sich. Und wieder roch er Strunkbräu. Die Stimme klang schroff und heiser.

»Was hast du getan?« Er wurde an der Kutte gepackt, hochgehoben und so heftig wieder nach unten gestoßen, dass er mit dem Kopf auf dem Pflaster aufschlug. Rotgrüne Sterne blitzten in der Finsternis auf, und die Luft wurde pfeifend aus ihm herausgepresst. »Was – hast – du – GETAN?«

Es fiel ihm so schwer, Worte zu finden. Sein ganzes Leben lang schon hatte sich Belbis an den Gedanken geklammert, dass er nur die richtigen Worte finden musste, damit ihn jemand ausnahmsweise einmal verstand. Er strengte sich ungeheuer an, stieß jedes Wort mit einem Schwung Atemluft aus. »Zählte die Götter. Falsche Anzahl.«

Es entstand eine Pause, während die Stimmen weiterdröhnten. Dann folgte ein angeekeltes Grunzen, und seine Kutte wurde losgelassen.

Gleich darauf trafen ihn die ersten Schläge. Aus den Schlägen wurden Tritte von Männern, die vor Anstrengung so laut ächzten, dass es trotz der krakeelenden Menschenmenge zu hören war. Schützend hielt sich Belbis die Arme über den Kopf und schluchzte laut. Das Atmen schmerzte, und unter Tränen dämmerte ihm, dass das Krachen, das er in seinem Körper wahrnahm, das Brechen seiner Rippen bedeutete.

Nach einer Ewigkeit wurde er hochgehoben und weggeschleudert. Er landete auf einer harten, glitschigen Fläche und geriet sofort ins Rutschen. Er schrie, und die Schmerzen im Rumpf hätten zum Erbrechen geführt, wenn das nicht schon durch den Geruch geschehen wäre. Man hatte ihn auf eine der Eingeweiderampen geworfen.

Zwar verlor er hier das Gefühl für Entfernungen, aber die Geschwindigkeit, mit der er dahinglitt, war furchterregend. Die Rampen verliefen nicht gerade. Er polterte um Biegungen herum und durch scharfkantige Vertiefungen. Einmal streckte er die Arme aus und wollte sich abbremsen. Mit einer Hand stieß er gegen einen Widerstand, und für einen Moment rutschte er nicht mehr ganz so schnell abwärts. Dann aber spürte er, dass sein Ellbogen sich unmöglich verdrehte.

Es knackte hörbar.

Belbis schrie und stürzte den glatten Steinkanal hinab. Der Untergrund war glitschig vom Fischtran und feucht von dem Blut, das keine Zeit zum Gerinnen hatte. Bei jedem entsetzlichen Krachen seiner gebrochenen Rippen und seines zertrümmerten Arms keuchte er auf. Schließlich blieb von ihm außer dem Schmerz nur die Hoffnung, dass er bald in das widerwärtige Wasser des Hafenbeckens fallen, sterben und zusammen mit den anderen Eingeweiden gefressen würde.

Der Wunsch wurde ihm nicht erfüllt. Er spürte, dass die Rampe steiler wurde. Fast lächelte er, doch dann stieß er, die Beine voraus, brachial mit etwas Hartem zusammen. Es krachte noch lauter, er erlitt noch heftigere Schmerzen, und dann wurde er wieder erbarmungslos gepackt, hochgezerrt und auf etwas Steinernes geworfen. Auf den Kai, wie er mit den letzten Kräften seines Bewusstseins vermutete.

»Haltet ihn!«

Abermals ergriff man ihn ohne Rücksicht auf seinen zersplitterten Arm und seine Schmerzensschreie. Er spürte, dass man ihm die Sandalen abnahm, und er fragte sich: Warum? Doch dann stachen ihm unaussprechliche Schmerzen in die Fersen.

Schließlich verblasste die Welt.

6
Chastern-System, Spin-Innenseite

Kapitän Hefs lehnte am Geländer der Beobachtungsgalerie über dem vorderen Sonnendeck des Kreuzfahrtschiffs *Sonnenläufer* und beobachtete einige der ansehnlicheren Gäste, freilich ohne dabei indiskret zu sein. Er stellte fest, dass er nicht den schlechtesten Job im Sektor hatte. Eins der besser aussehenden Weibchen, das zumindest menschenkompatibel wirkte, schien ihn bemerkt zu haben. Er richtete sich auf und zog den Bauch ein.

Sie umflogen gerade einen mittelgroßen gelben Stern namens Chastern, ungefähr auf halber Strecke durch die Innenseite. Sie waren noch etwa eine Minute von den ersten Strähnen der Korona entfernt, und die Blenden über dem Sonnendeck waren ganz geöffnet, allerdings drastisch gedimmt von starken Kraftfeldern. Ohne sie wären siebzig größtenteils nackte Menschen zu Tode geröstet worden, noch bevor sie durch Strahlenvergiftung gestorben wären. So bekamen sie lediglich die schnellste und teuerste Sonnenbräune des Spin.

Das Weibchen sah ihn ganz sicher an. Es hatte dunkle Haut, kurzes Silberhaar und wirkte jung und athletisch. Er zog den Bauch noch weiter ein und richtete den Blick geflissentlich auf einen entfernten Punkt, als würden ihn bedeutende Gedanken beschäftigen. Gedanken, denen sich Kapitäne eben so zu stellen hatten.

Schließlich war er alles andere als ein unbedeutender Kapitän, was er sich oft genug vergegenwärtigte. Er kommandierte ein Raumschiff, das fast einen Kilometer lang war. Ihm gefiel das Wort *kommandieren*, auch wenn das riesige Schiff eigentlich von einer einmännigen Mannschaft hätte gesteuert werden können.

Früher hatte *Sonnenläufer* einen anderen Namen getragen, und das Schiff hatte auch nicht von Anfang an als Kreuzfahrtschiff gedient. Ursprünglich war es ein Großkampfschiff namens *Flammenschweif* gewesen, ein richtiges Schlachtschiff, gebaut vor zehntausend Jahren als Langzeitcharterschiff für Privatarmeen. Als es gerade einmal fünftausend Jahre auf dem Buckel gehabt hatte, war es außer Betrieb genommen und seiner Waffen beraubt worden. Seine einst kriegsfähige KI war größtenteils deaktiviert worden. Seither verbrachte es ein ereignisloses Dasein, indem es einmal hier, einmal dort in den sicheren Regionen des Spin kreuzte und reiche Passagiere herumschipperte. Der Antrieb war nicht außer Betrieb gesetzt worden. Es war groß, schnell und eins der wenigen in Privatbesitz verbliebenen Schiffe, das genug Leistung besaß, um so tief in den Schwerkraftbrunnen eines Sterns hinabzutauchen, ohne eingesaugt zu werden. Und dank seiner Schilde schmolz es dabei auch nicht. Folglich konnte es die Nachfrage nach Gravitationsbrunnensonnenbädern – die waren der letzte Schrei – bestens bedienen.

In Kapitän Hefs' Augen war das eine bescheuerte Freizeitbeschäftigung. Aber es war eine Erwerbsquelle, noch dazu eine sehr gute. Außerdem boten sich ihm dabei einige Gelegenheiten, die er außerordentlich genoss.

Ein Irrtum war ausgeschlossen. Die Frau sah ihn an. Er

funkte einen Servitor an, und indem er so tat, als gäbe er eine Kommandoentscheidung weiter, befahl er ihm, einige freizügige Nahaufnahmen von der jungen Frau zu schießen und sie mit ihrer ID und der Nummer ihrer Suite zu markieren. Er war sich seiner Pummeligkeit wohl bewusst, doch Selbstvertrauen und Stellung brachten ihn öfter zum Erfolg, als er es für möglich gehalten hätte. Für heute Abend war ein Diner geplant, und er hatte den Sitzplan noch nicht finalisiert.

Nun, inzwischen wahrscheinlich schon.

Kapitänsdiners wurden alle fünf Tage in der ehemaligen vorderen Geschützgondel abgehalten. *Sonnenläufer* hatte ungefähr die Form zweier Kegel, die durch eine kurze, dicke Röhre miteinander verbunden waren. Im hinteren Kegel befand sich der Antrieb. Als Kriegsschiff hatte der vordere Kegel Geschütze beherbergt, doch nun waren dort die Passagiere untergebracht. Auf einer Seite des Kegels befanden sich die Sonnendecks. Auf der anderen ragte eine Halbkugel aus dem Kegel heraus, als wäre sie mit dem Schiff zusammengeprallt. Aus Blasen, die wie Insektenaugen wirkten, hatten sich früher die Mündungen schwerer Energiewaffen herausgeschoben. Mittlerweile hatte man die Blasen zu Aussichtsgalerien umgewandelt, und aus der größten Vorwölbung war ein Restaurant geworden. Die Tische ruhten auf schwebenden Scheiben, die langsam umeinander herumtanzten, damit jeder Gast einmal die beste Aussicht genießen konnte.

Hefs genoss die Aussicht sehr. Anscheinend hieß sie Seldyan und war in den Semesterferien auf Reisen. Sie und einige ihrer Freunde hatten für diese Kreuzfahrt gespart. Vier von ihnen begleiteten sie zum Diner. Sie alle waren jung und gut aussehend, und soweit er sehen konnte, hatten sie bereits Bekanntschaft mit seinem Führungsteam gemacht. Vor allem einer der jungen Männer unterhielt sich angeregt mit seinem Stellvertreter, der ganz hingerissen zu sein schien. Hefs hatte schon oft über die sexuelle Orientierung seines Untergebenen gerätselt.

Aus der Nähe betrachtet besaß Seldyans Haut die dunkle Farbe von altem Hartholz, und ihre Augen hatten einen violetten Schimmer, der sich krass von ihrem silberweißen Haar abhob. Sie trug ein eigenartiges, schön anzusehendes Gebilde aus Silberdraht, das sich um eins ihrer Ohren wand. Sie war elegant, geschmeidig und ungekünstelt. So hatte Hefs es am liebsten – und sie schien ihn ebenfalls zu mögen.

Seine derzeitige Gemahlin war Lichtjahre entfernt und vergnügte sich wahrscheinlich gerade mit einem Jüngeren. Nun, sie war nicht die Einzige, die sich zu verlustieren wusste. Er bestellte noch ein paar Getränke und beobachtete entzückt, wie sich Seldyan eine fette Beere in den vollkommenen Mund steckte. Die Beere verschwand, und dabei ließ sich eine Andeutung von Zunge sehen. Die glatte Kehle durchlief ein Beben, und sie lächelte. »Mmm, herrlich! Solche Früchte habe ich noch nie gegessen. Wie war noch mal der Name dieser Beeren?«

Innerlich schüttelte er sich. »Das sind Nebelbeeren. Sie wachsen auf einem der Planeten dieses Sterns. Es ist eine Wasserwelt. Die Beeren wachsen auf schwimmenden Inseln.« Verdammt, man konnte sich so gut mit ihr unterhalten! »Wir bemühen uns, lokale Speisen zu servieren, wo immer wir auch sind«, fuhr er fort.

»Wie interessant.« Sie neigte sich näher zu ihm heran, und ein weicher Dufthauch traf ihn. »Sie müssen Hunderte von Planeten besucht haben.«

Er hoffte, dass ihm ein bescheidenes Lachen gelang.

»Nun, immerhin auf allen elf. Ich war kaum außerhalb der Innenseite.«

»Kaum?« Sie machte große Augen. »Aber das heißt, dass Sie schon einmal dort waren. Wann sind Sie dort gewesen?«

Das Bedürfnis, ihr zu imponieren, war ... Wahnsinn. Was war nur in ihn gefahren? *Konzentrier dich!* Er runzelte die Stirn und kramte in seinen Erinnerungen. »Zum ersten Mal habe ich die Grenze vor ... oh ... etwa fünfzehn Jahren überquert. Damals wurde noch mehr Handel getrieben. Ich war Konvoibegleitschutz.«

»Wow!« Sie zog die Augenbrauen hoch – silbern gefärbt, damit sie zu ihrem Haar passten, wie ihm auffiel. »Heißt das, Sie waren Kampfpilot?«

Er lachte. »So in etwa. Ich habe nur keine Gegner gefunden.«

»Sie sind zu bescheiden. Die haben Sie wahrscheinlich gesehen und das Weite gesucht.« Sie lehnte sich zurück und musterte ihn. »In Ihnen steckt mehr, als es den Anschein hat, Kapitän.«

»Das bezweifle ich.« Doch der Gedanke schmeichelte ihm. Eine Stimme in ihm, eine ganz leise Stimme, die er schon seit Jahren für abgestorben und tot gehalten hatte, flüsterte ihm zu, dass er tatsächlich früher einmal mehr als ein übergewichtiger Hüter der Reichen gewesen war.

Seldyan starrte ihn mit diesen hochgezogenen Augenbrauen an, und er merkte, dass er lächelte.

»Nein, nicht *so*! Ich zeige es Ihnen.« Seldyan nahm ihn bei den Schultern und drehte ihn halb um. »Erst gehen Sie in diese Richtung. Sehen Sie? Wie alle anderen.« Sie führte es ihm vor, und er stolperte zum dritten Mal über die eigenen Füße. Dabei riss er sie mit sich zu Boden. Der Alkohol half etwas nach, doch er musste zugeben, dass er kein Talent zum Tanzen hatte. Seldyan hingegen schon eher, ebenso wie der Großteil ihrer Freunde. Sie hatten der ganzen Gesellschaft einen alten zeremoniellen Tanz oder etwas Ähnliches zeigen wollen – einen Rundtanz, nannte man es so? Er erinnerte sich nicht mehr. Deshalb hatte er den Bediensteten befohlen, die Tischscheiben abzuräumen und sie zusammenzufügen, damit sie eine Tanzfläche ergaben.

Es war ein gesellschaftlicher Erfolg, wenn auch ein stilistischer Reinfall. Und jetzt lag er am Boden, ganz aus Versehen unter Seldyan begraben.

Sie betrachtete ihn lange, erst belustigt, dann ernst. Ihre Augen schlossen sich halb, und sie beugte sich zu ihm herunter, bis ihre Lippen seine Wange streiften. »Auf der Tanzfläche machen Sie eine klägliche Figur«, sagte sie. »Der Bauernregel, dass Sie daher auch ... anderswo kläglich versagen, schenke ich aber keinen Glauben.« Sie rollte sich von ihm herunter, stand auf und streckte ihm die Hand hin. »Sollen wir?«

Fünfzehn Minuten später lag sie wieder auf ihm. Diesmal in seiner Suite und ohne Kleidung, und es kam ihm so *natürlich* vor. Er spürte nicht länger die Notwendigkeit, den Bauch einzuziehen. Das ergrauende Haar auf der Brust kümmerte ihn nicht mehr. Auch wenn es seine Gemahlin störte ... Aber wo war die gleich noch mal? Genau! Ihn kümmerte nichts als dieses unglaublich schöne Geschöpf, das auf ihm saß. Die Wärme und der Duft ihres Körpers waren etwas so Lebendiges, und sie umklammerte so köstlich seine Handgelenke, nagelte ihn fest. Ihre Schenkel pressten sich gegen ihn, ihre Augen tanzten, ihr Mund ...

... lachte?

Lachen sollte sie nicht. Zumindest nicht so.

Er wollte sich aufsetzen, aber seine Handgelenke waren tatsächlich festgenagelt. Sie war kräftiger, als sie aussah, und sie lachte noch immer.

Dann unterbrach sie das Lachen, und das gefiel ihm nicht, denn nun zeigte sie eine ... professionelle Miene. Sie griff so zu, dass sie seine beiden Handgelenke mit einer Hand gepackt hielt. Doch selbst so konnte er sich nicht rühren, gleichgültig, wie heftig er sich auch wehrte. Mit der anderen Hand fingerte sie an dem Drahtding in ihrem Ohr herum. Dann sagte sie etwas, und Hefs begriff sofort, dass sie nicht mit ihm sprach. »Ich habe meinen«, sagte sie. »Bericht?«

Es kamen drei knisternde Versionen eines »Ja«, dann folgte Stille. Seldyan runzelte die Stirn. »Merish? Erfolg oder nicht?«

Es entstand eine Pause. Nach einer Weile war die Stimme eines Mannes zu hören. »Entschuldige. Doch noch Erfolg.«

Seldyans Stirnrunzeln verstärkte sich. »Gab es ein Problem?«

»Ja.« Ein Seufzen. »Hör mal, alle haben gemeint, der Typ sei schwul.«

»Der Stellvertreter?« Seldyan wirkte verblüfft. »Klar. Und?«

»Keine Chance. Maximal bi-interessiert. Hab fast ein schlechtes Gewissen.«

»Oh.« In Seldyans Gesicht zuckte ein Muskel. »Hast du die Situation inzwischen im Griff?«

»Ja.« Wieder eine Pause. »Ich glaube, ich muss mich bei ihm entschuldigen.«

Seldyan lachte leise. »Spar dir deine Entschuldigungen!«, empfahl sie. »Vermutlich ist er dankbar, dass du seinen Horizont erweitert hast. Oder was immer du bei ihm erweitert hast.« Sie berührte das silberne Ding, und der Kontakt schien abzubrechen. Dann linste sie auf Hefs hinunter. »Vermutlich hast du es dir schon zusammengereimt«, sagte sie. »Du bist kassiert worden zum Preis von vier Kreuzfahrttickets und ein paar Getränken, die du selbst spendiert hast. Noch Fragen?«

»Ja.« Er wollte sich aufsetzen, aber es war unmöglich. »Wer sind Sie?«

Sie verdrehte die Augen. »Ich bin jemand, der dir das Becken brechen kann, wenn ich fest genug zudrücke. Soll ich es ausprobieren?«

»Nein!« So entschieden wie möglich schüttelte er den Kopf.

»Gut. Sonst noch Fragen?«

Er verneinte.

»Fein. Ich bin froh, dass du nicht den Helden spielen willst. Dein Schiff könnte in Kämpfe verwickelt werden. Dafür ist es schließlich gemacht. Du hingegen ...« Ihr Blick wanderte abschätzig über seinen Oberkörper, über seinen Bauch und zu seinem erschlaffenden Glied, und sie schüttelte den Kopf. »Eher nicht.«

Danach war er fast erleichtert, als sie sich zwischen die Beine griff und einen winzigen, bezaubernd feuchten Stunner in Form eines flachen Kiesels aus dem Leib zog und damit auf ihn schoss.

7
Kaufmannsturm, Beckenstadt

Das Bild der dunkelhäutigen Frau mit dem silbernen Haar hing in der Luft. Es zeigte sie von oben und von vorn, perspektivisch verkürzt und so, dass Gesicht und Hals des pummeligen Mannes mittleren Alters, auf dem sie rittlings saß, nicht zu erkennen waren. Ihr eigenes Gesicht war dagegen deutlich zu sehen. In der Hand hielt sie einen Gegenstand, der die Form einer Waffe hatte. Sie schien sie abzufeuern, denn die Andeutung eines Lichtblitzes war zu erkennen. Sie war nackt und lächelte, doch das Lächeln wirkte eher belustigt als glücklich. Und irgendwie gefährlich, dachte Hafenmeister Hevalansa Vess. Er räusperte sich.

»Also, dann wollen wir einmal sehen. Fünf Entflohene aus der Wabe beschaffen sich Kreuzfahrttickets, von denen jedes ein ganzes Jahresgehalt kostet. Dann verführen sie jedes einzelne Mitglied des Führungsteams eines Kreuzfahrtschiffs und schalten es aus. Und das Schiff ist wie viel wert? Madam Els?« Er warf der älteren Menschenfrau ihm gegenüber einen fragenden Blick zu. Obwohl beide saßen, war nicht zu übersehen, dass sie um einiges größer und schlanker war als er. Sie trug eine eng anliegende Jacke aus mattem kohlefarbenem Stoff, in der sie extrem hochgewachsen wirkte.

Sie zuckte ganz leicht mit den Achseln. »Hängt davon ab. Schätzwert von gestern: siebzehn Trillionen, dreifaches A-Risiko. Schätzwert von vor fünf Minuten: null und hochverzinsliche Risikoanleihe.«

»Genau.« Er seufzte. »Wann ist das passiert?«

»Vor siebzehn Stunden.«

»Und Sie haben bis jetzt gewartet, um mir das mitzuteilen?« Vess musste nicht so tun, als sei er gereizt, doch anstatt zusammenzuzucken, lächelte Els ihn frostig an.

»Wir haben bis jetzt gewartet, bevor wir die Information überhaupt weitergegeben haben – außer an die Banker natürlich. Unser Unternehmen wird mit unserer Flotte als Sicherheit fremdfinanziert. Ein Vertrauensverlust war unausweichlich, aber immerhin konnten wir eine sanfte Landung erreichen. Es gab viele Fragen.« Sie musterte ihn scharf. »Unter anderem die Frage, wie fünf Sklaven entkommen und sich lange genug einer Verhaftung entziehen konnten, um ihre Identitäten zu löschen und hohe Dispokredite eingeräumt zu bekommen.«

»Wir bezeichnen sie nicht als Sklaven.« Die Frage war gerechtfertigt. Doch Vess konnte sie nicht beantworten, bevor er nicht mit einer zuständigen Person aus einer deutlich höheren Etage gesprochen hatte. Und falls Personen aus dieser Etage überhaupt mit ihm sprächen, wären sie bestimmt mit anderen Aufgaben beschäftigt. »Wissen Sie, wohin das Schiff geflogen ist?«

»Nein. Nachdem das Bild gesendet wurde, flog es zehn Minuten lang auf dem ursprünglichen Kurs weiter. Dann kam kein Funksignal mehr, und es ist verschwunden. Vermutlich ist es inzwischen auf der Außenseite angelangt.«

Vess wedelte vor dem Bildschirm herum. »Wie sind Sie dann da rangekommen?«

Zu seiner Freude wirkte Els verlegen. »Anscheinend

ließ Hefs seine Liebesabenteuer von einer ferngesteuerten Mikrokamera aufzeichnen. Grobes Fehlverhalten natürlich, auch wenn es uns diesmal einen Vorteil gebracht hat. Sollten wir ihn jemals wiederfinden, wird er auf der Stelle entlassen.«

Vess widerstand der Versuchung, laut zu lachen. Er fürchtete, nicht mehr damit aufhören zu können, wenn er einmal damit angefangen hätte – bis man ihn aus dem Gebäude hinausgeschleift hätte. »Sie glauben, dass er noch am Leben ist?«

»O ja. Das ist ein Stunner, wie er auf Schiffen Standard ist. Zwar sollte man ihn nicht aus so geringer Entfernung abfeuern, aber das hat ihn nicht getötet. Wahrscheinlich bekommt er nur furchtbare Kopfschmerzen.« Sie lächelte. »Das Schiff befolgte die Vorschriften, obwohl die Mannschaft dagegen verstieß. Als man feststellte, dass es gefährdet war, übermittelte man rasch eine vollständige Statusmomentsaufnahme an uns. So haben wir das da erhalten.« Sie deutete auf das Bild.

Vess nickte. »Sind eigentlich alle höheren Posten auf Ihren Schiffen sexbesessen?«

Der eisige Blick traf ihn erneut. »Nein, aber sie sind nicht vor Drogen gefeit. Das Schiff überwachte die Luftqualität. Die letzten Proben ergaben für den Restaurantbereich Spuren komplexer Organstrukturen in den Luftaggregaten.«

Vess brauchte einen Moment, um die Information zu erfassen. *Das ist absurd*, dachte er. *Hat diese Frau eben etwas von Aphrodisiaka erzählt und mir gleichzeitig zu verstehen gegeben, dass das mein Todesurteil bedeutet?*

Bedächtig schüttelte er den Kopf. »Die Sicherheitslücken häufen sich, wie? Da hilft es kaum noch, dass Schiffs-KIs keinen Sex haben.«

In ihrem Gesicht zuckte es leicht, als müsse sie sich ein Lächeln verkneifen. »Ich glaube, einige von ihnen sind in gewisser Weise sogar in der Lage dazu, aber diese KI ist nicht intelligent genug. Ihre Denkleistung wurde vor fünftausend Jahren gedrosselt – damals wurde das Schiff aus dem Militärdienst genommen. Es soll dumm und gehorsam sein.«

»Tja, das ist faszinierend.« Vess erhob sich und trat an die hohen Fenster, die sich an der langen Wand des Zimmers aneinanderreihten. »Interessiert es Sie vielleicht, Madam, dass Ihr Schiff nicht das einzige ist?«, fragte er und wandte ihr den Rücken zu. »Es ist das fünfte, das in den letzten drei Zyklen verloren ging. Zwar verschwanden nicht alle auf die gleiche Weise, aber trotzdem ...«

Er hörte, wie sie nach Luft rang, aber sonst nichts. »Anscheinend haben alle erst abgewartet, bis sie mit ihren Bankern gesprochen haben«, fügte er mit selbstzufriedenem Lächeln hinzu. »Und mit ihren Versicherungen, wie ich annehme. Haben die sich eigentlich schon zurückgemeldet? Die Versicherungen, meine ich.«

Er drehte sich um. Els wirkte perplex. Er hob die Brauen, und sie schüttelte leicht den Kopf.

»Das überrascht mich nicht. Fünf Schiffe vom selben Wert? Um die achtzig Trillionen insgesamt?« Er nahm wieder Platz. »Wahrscheinlich hocken die unter ihren Schreibtischen, wippen vor und zurück und stecken die Finger ... oder was immer sie haben ... in das, was bei ihnen die Ohren sind ... Geht es Ihnen nicht gut, Madam?«

Sie war sehr bleich geworden. Er winkte einem Diener, der ein Glas Wasser vor ihr abstellte. Es dauerte jedoch eine Weile, bis sie das Glas bemerkte. Doch dann griff sie hastig danach und trank. »Von den anderen ... vier Schiffen«, stammelte sie, »haben wir ... nichts gehört ...«

»Weil wir nichts gesagt haben.« Er hob die Schultern. »Die Untersuchungen werden ihren Lauf nehmen. Sie sollten damit rechnen, dass auch Sie dabei an die Reihe kommen. So wie ich.« *O ja, so wie ich.*

Sie nickte. »Ich sollte zu meiner Ratsversammlung zurückkehren. Ich möchte ihr von den anderen Schiffen berichten. Das heißt, wenn ich darf.«

»Ja, aber das dürfen nur die Mitglieder erfahren. Oh, und ich hätte gern die Passagierlisten. Das bleibt alles unter uns, haben Sie verstanden?« Er hielt kurz inne. »Wann hätte das Schiff zurückkehren sollen?«

Sie wirkte noch immer erschüttert. »Übermorgen. Wir haben vier weitere Schiffe auf Tour ...«

»Ich weiß. Das haben wir überprüft. Sie sind kleiner, nicht wahr? Keine Schiffe aus der Hinterlassenschaft?«

Sie nickte.

»Dann sind sie auch weniger wert. Warnen Sie sie, aber holen Sie sie nicht zurück! Wir überwachen sie diskret aus der Ferne.« Vess brachte ein Lächeln zustande. »Ein Glück, dass es nur kleine Schiffe sind. Wenn wir weitere große verlieren, müssen wir bald wieder alles zu Fuß zurücklegen.«

Sie stand auf und wandte sich schon halb zur Tür. Dann drehte sie sich noch einmal um. »Die Sklavin meinte, das Schiff könne am Ende wieder in ein Gefecht geraten«, sagte sie, und es klang wie eine Frage.

»Ja, das hat sie gesagt, nicht wahr?« Auch Vess erhob sich und gab dem Diener einen Wink. »Begleiten Sie Madam Els zu ihrem Schiffsführer! Ich wünsche Ihnen eine gute Reise, Madam.«

Er trat wieder ans Fenster, während sich hinter ihm die Tür schloss. Als er sicher war, dass sie gegangen war, lehnte er sich gegen die Scheibe und atmete langsam und tief aus.

Diskret aus der Ferne überwachen? Sie mussten schon *sehr* diskret vorgehen, denn wenn sie sich zu sehr näherten und bemerkt wurden, begriffen die Leute womöglich, wie wenig Überwachungsmöglichkeiten ihnen noch blieben.

Er war ein toter Mann. Früher oder später, auf die sanfte oder auf die harte Tour – tot. In seiner Funktion als Kreuzfahrtschiff war *Sonnenläufer* wichtig, und der (wenn auch vorübergehende) Verlust hochkarätiger Leute an Bord war gewiss peinlich. Allerdings waren die Kreuzfahrtbetriebe nur ein kleiner Teil des BIPs der Innenseite. Das war nicht das eigentliche Problem.

Ihm wurde es eng in der Brust. Er schloss die Augen und holte ein paarmal mühsam Luft. Einige Minuten Ruhe, bevor er loslegte. So viel konnte er sich erlauben.

Die Innenseite hatte zweitausend Jahre lang kein neues großes Schiff mehr gebaut. Nie hatte sie etwas Ähnliches geschaffen, das mit dem heutigen *Sonnenläufer* vergleichbar war. Und schon gar kein Schiff, das dem *Sonnenläufer* von einst gleichkam – und was das Schiff gegebenenfalls jederzeit wieder werden konnte. *Sonnenläufer* und die anderen Schiffe seiner Klasse stellten so etwas wie einen Versicherungsbrief dar, eine letzte Verteidigungslinie. Darauf hatte man streng geachtet. Keins der mächtigen Schiffe war so unwiederbringlich in ein ziviles Schiff umgewandelt worden, dass man die Verwandlung nicht mehr hätte rückgängig machen können. Es gab ein zentrales Waffenlager und ein Rückrufprogramm für den Notfall. Theoretisch hätte innerhalb von zwei Tagen eine voll bewaffnete Kriegsflotte aufgestellt werden können.

Jetzt allerdings nicht mehr.

In Wahrheit sah es so aus, dass sie zwanzig Generationen lang vom Ruhm ihrer Vorfahren gezehrt hatten.

Und nun war ihnen der Rest dieses Ruhms vor der Nase weggeschnappt worden. Und deshalb war Vess ein toter Mann.

Er öffnete die Augen.

Wohin er auch blickte, als Erstes sah er immer einen Kanal. Sein Büro befand sich nahezu an der Spitze des Gebäudekomplexes. Über ihm gab es nur noch die Restaurantetage, die strikt den Mitarbeitern im Praetorenrang vorbehalten war. Darüber lag das Penthouse – noch exklusiver – und dann das steil und spitz zulaufende Dach des Glockenturms. Das alles sah Vess natürlich nicht, aber unten ... tja, da sah es ganz anders aus.

Die Stadt gründete sich auf Wasser. Sie war wegen des Wassers gegründet worden. Es war der Weg, auf dem Reichtum in die Stadt kam und sie wieder verließ, aber die ersten fünftausend Jahre lang war er vor allem in die Stadt gekommen. Alles hatte mit einfachen, flachen Kanälen begonnen, doch inzwischen hatte es sich weit von den Anfängen fortentwickelt.

Es gab drei Hauptebenen. Die oberste befand sich knapp unter seiner Augenhöhe, sodass sein Blick flach auf die Wellen der Wasserkanäle traf, die über der darunter liegenden Ebene schwebten. Sie ruhten auf schlanken Säulen, die aufgrund der Nässe aus den undichten und überschwappenden Wasserbahnen glänzten und von grünen und schwarzen Schimmelflecken überzogen waren. Die nächste Ebene darunter wurde von einem viel älteren Wald getragen, welcher aus steinernen, stählernen und sogar hölzernen Türmen bestand, die mit Tanggirlanden behangen waren. Zu Füßen des Waldes, von oben nicht zu sehen, befanden sich die rußgeschwärzten ursprünglichen Kanäle. Bootsaufzüge, stufig ansteigende Schleusen und einige ausgefeilte Räder, von deren Rändern Gondeln herabhingen, übernahmen den Transport zwischen den Ebenen.

Die drei Ebenen bildeten eine eigene Hierarchie. In der obersten fuhren die Kreuzfahrtschiffe, Rennboote und selbst die Hausboote der Superreichen. Die Kanäle der mittleren Ebene stellten die kommerziellen Hauptverkehrsadern dar. Am Boden herrschte eine lebhaft gemischte Gesellschaft – so hatte man es Vess gegenüber einmal ausgedrückt – sprich: Arme und Verbrecher. Vess war dort zur Welt gekommen, doch er war nie wieder dorthin zurückgekehrt.

Nun, bisher war er nicht wieder dorthin zurückgekehrt. Aber womöglich würde ihm das früher bevorstehen, als ihm lieb war. Auch das würde seinen Tod bedeuten, wenn auch lediglich so, wie es für jeden anderen den Tod bedeutete – vor der Zeit und in Armut, aber immerhin noch erkennbar als ein Mensch.

In jeder Lücke zwischen den Kanälen drängten sich Gebäude, vor allem gewundene Türme, die sich zwischen den Wasserstraßen in die Höhe schlängelten und mit ihren mehr oder weniger schmuckvollen Spitzen in den Sonnenschein aufragten. Von diesem Anblick bekam er nie genug, genoss ihn eine Weile und starrte auf zwei große Galeeren, die hintereinander über den nächstgelegenen Kanal prozessierten. Ihre Ruder hinterließen gekräuselte Narben auf dem Wasser.

Und dann gab es natürlich noch die andere Ebene. Er zählte sie nie zu den dreien, und das tat auch sonst niemand, den er kannte. Das Wolkendeck besaß eine unstete, sich schlängelnde Struktur, die an Verlängerungen der Kanalsäulen festgemacht war. Sie bewegte sich langsam an raffinierten, parallel dreh- und schwenkbaren Armen über dem Rest der Stadt hin und her. Aufgrund ihrer

Beweglichkeit vermochte sie über allen Bereichen von Beckenstadt zu schweben – außer über dem Kaufmannsturm. Vess wusste nicht genau, wie das alles funktionierte, aber er hatte gehört, dass sich die Arme verkeilen oder verbiegen, auf jeden Fall in katastrophaler Weise versagen würden, wenn das Wolkendeck mit Gewalt dorthin gelenkt würde. Das alles hatte anscheinend mit Geometrie und Politik zu tun. Aber offenbar hatte es noch nie jemand ausprobiert, denn das Wolkendeck war zwar jünger als die übrige Stadt, jedoch nicht um vieles jünger – mehrere Tausend Jahre hatte es jedenfalls schon unbeschadet überstanden.

Die Galeeren fuhren vorbei, und die Oberfläche des Kanals verheilte, eine vom Wind vereiste Glasfläche. Vess wandte sich vom Fenster ab und bereitete sich auf die Arbeit vor. Der Diener war zurückgekehrt und wusste um seine Gewohnheiten. Als Vess sich an seinen Schreibtisch setzte, stand dort bereits linker Hand eine dampfende Flasche und rechter Hand eine würzige Fleischpastete. Beides hatte er jetzt dringend nötig. Wahrscheinlich würde es lange dauern, bis er sich entspannen konnte – wenn überhaupt jemals wieder. Mit Gewissheit konnte er lediglich davon ausgehen, dass sich *Sonnenläufer* auf der Außenseite befand. Bezüglich des Zustands herrschte indes keinerlei Sicherheit.

Als Erstes rief er den *Spieler* an. Obgleich er mit einer raschen Antwort rechnete, kam sie doch schneller als gedacht. Er hatte nicht einmal die Pastete aufgegessen. Mit dem Ärmel wischte er sich den Mund ab, bevor er das Gespräch annahm.

»Vess?« Die Stimme klang tief und dunkel, ein kräftiger Bass. Da dem *Spieler* nichts anderes übrig blieb, als einen Stimmensynthesizer zu benutzen, war dies offenbar

Absicht. Vess fand das jedes Mal wieder komisch. Es war vielleicht rassistisch, aber wenn es nach ihm ging, sollte ein derart spinnenhafter Organismus wie der *Spieler* eher zischen als dröhnen. Er verkniff sich seine Belustigung und verschränkte die Arme, was einer höflichen Begrüßungsgeste am nächsten kam. »Clo Fiffithiss, ich danke Ihnen für Ihren Rückruf. Wie geht es Ihnen?« Ihm fiel ein zufälliges Detail ein. »Haben Sie sich gestern auf dem Kolonialdiner gut amüsiert?«

»Wahrscheinlich.« Fiffithiss krümmte sich auf eine Weise, die wohl einem Schulterzucken entsprechen sollte. Es erfüllte Vess mit leichtem Unbehagen. »Unter meinesgleichen werde ich nie sonderlich beliebt sein, aber mein Vorderschwanz und meine Vorderbeine fühlen sich so an, als seien sie geflochten worden. Und anscheinend habe ich einige neue Tattoos. Beides sind gewöhnlich gute Zeichen. Aber Sie haben nicht angerufen, um mich danach zu fragen.« In das Knäuel aus Gliedmaßen kehrte Ruhe ein. »Unter meinen Freunden bei der Versicherung kursiert ein Gerücht, dass wir ein weiteres Großkampfschiff verloren haben. Ist das ... kann das wahr sein?«

Vess nickte, dachte dann erst an seine Umgangsformen und vollführte die hoffentlich entsprechende Geste. »Ja, es ist wahr. *Sonnenläufer.*« Die Geste schmerzte in den Schultern.

»*Sonnenläufer?* Verstehe.« Die Gliedmaßen regten sich noch immer nicht, was für die Beute absolut kein gutes Zeichen war. Denn es bedeutete, dass ein Angriff der giftigen Fangzähne unmittelbar bevorstand. Selbst das Wissen, dass sich die Fangzähne mehrere Kilometer von ihm entfernt befanden, hielt Vess' Körper nicht davon ab, in Kampf- oder Fluchtmodus zu gehen. Doch er unterdrückte seinen Instinkt und wartete.

Schließlich entspannten sich die Gliedmaßen und falteten sich auseinander. Fiffithiss gab mit seiner künstlich verstärkten Stimme ein Seufzgeräusch von sich, das Vess' Stuhl zum Vibrieren brachte. »*Sonnenläufer* war das letzte Großkampfschiff aus der Hinterlassenschaft. Ist Ihnen das bewusst?«

»Das letzte der bekannten, ja. Es sind ja nicht alle erfasst. Es könnte noch ein paar weitere geben.« Vess zuckte mit den Achseln. »Irgendwo.«

»Glauben Sie das wirklich? Dass irgendein Haufen zurückgebliebener Hinterwäldler noch ein Großkampfschiff aus der Hinterlassenschaft im stinkenden Ärmel hat?« Überraschend streckten sich die Gliedmaßen und bildeten vor Fiffithiss einen flachen Fächer. Null Mitgefühl. Ein Kopfschütteln hoch zehn. »Ich würde meine unausgebrüteten Eier darauf verwetten. Und selbst wenn sie eins haben, werden sie es kaum zum Allgemeinwohl der Innenseite herausrücken, oder?« Fiffithiss wiederholte die ablehnende Geste und knüllte sich resigniert zu einer Kugel aus Beinen zusammen. »Das war das letzte. Ansonsten haben wir nichts von Bedeutung mehr. Ich sage es Ihnen, Mensch – mit unserer Fähigkeit, die Außenseiter abzuwehren, ist es vorbei. Wenn das nicht schon vorher der Fall war. Und wenn es damit vorbei ist, dann ist es mit uns allen vorbei. Vor allem mit Ihnen, mein Freund.«

Vess nickte bedächtig. »Aber nicht nur das. Man hat es gesehen. Innerhalb von Stunden wird es jeder auf der Innenseite und der Außenseite wissen, wenn es nicht schon bekannt ist.«

»Ah ja. Und da ich von einer öffentlichen Quelle davon erfahren habe, können wir getrost davon ausgehen, dass es alle wissen.«

»Das können wir. Unser Ruf, unser politisches Kapital,

unsere Stellung als das Herz des Spin – nun ja, das relativiert die Schwierigkeiten der Versicherungen ein wenig, oder nicht?«

»Ein derartiger Prestigeverlust relativiert alles. Die Feinde stehen Schlange. Freunde werden zu Feinden. Ich beneide Sie nicht. Es wird eine Vorstandssitzung geben, das wissen Sie.«

Vess nickte. »Das ist mir schon seit geraumer Zeit klar.«

»Natürlich. Sie haben meine Unterstützung, wann immer Sie sie brauchen.« Fiffithiss beugte sich vor. »Pflegen Sie einen Kontakt, den man unter Ihresgleichen eine sexuelle Beziehung nennen würde?«

Vess lachte. »Warum?«

»Weil ich mir an Ihrer Stelle noch schnell etwas dergleichen suchen würde, solange die Möglichkeit besteht.«

Die Verbindung wurde unterbrochen.

Eine Weile blieb Vess sitzen und starrte ins Nichts. Dann richtete er sich auf und blinzelte sich durch eine Datenpipeline. Nicht durch eins der öffentlichen Systeme – die waren viel zu unsicher und außerdem so stark zensiert, dass sie nahezu nutzlos waren. Nein, vielmehr durch das von Hackerangriffen erprobte Hinterzimmer des Stadtservers. Seit Monaten besorgte er sich zum ersten Mal wieder selbst Daten, und er war außer Übung. Doch wenn er es nicht selbst erledigte, musste er die Aufgabe an seine Mitarbeiter delegieren. Und von denen brauchte keiner etwas zu wissen. Letztendlich war er sich nie ganz sicher gewesen, auf welcher Seite sie eigentlich standen.

Er brauchte eine Weile, bis er das Gesuchte fand. Dann purzelten Informationen in sein Sichtfeld. Zunächst gelang es ihm nicht, die Volumenbeschränkung zu umgehen. Schließlich stieß er sie in die falsche Richtung, sodass die Zahlen verschwammen, auf die er es abgesehen hatte. Am Ende schaffte er es doch, an der Beschränkung vorbeizukommen, und scrollte zurück nach oben.

Völlig versunken saß er da.

Er lernte die Frau namens Seldyan kennen. Es gab viel über sie zu erfahren, und er brauchte eine Stunde, um ihre Akte durchzulesen. Aber die Zeit investierte er gern. Immerhin hatte sie seine Karriere beendet und ihn – sehr wahrscheinlich – getötet.

Deshalb war er ihr die Zeit schuldig.

Als er durch war, schloss er die Pipeline mit einem Blinzeln und blieb regungslos sitzen.

Sklaverei wurde zwar nicht auf allen Planeten der Innenseite praktiziert, aber sie war noch immer recht verbreitet. Es gab viele Anlässe, weshalb jemand zum Sklaven werden konnte, aber nur wenige Gründe, weshalb jemand schon von Geburt an versklavt wurde. In Seldyans Fall lautete die kurze Antwort Bevölkerungsdruck. Druck richtet sich immer gegen etwas, und in diesem Fall richtete er sich gegen Geld.

Es war schon fast eine Regel – und definitiv mehr als eine Richtlinie –, dass Bevölkerungen wuchsen, während Ressourcen statisch blieben. Das wirkte sich umso stärker aus, wenn die Grenzen deiner Welt mit jedem Jahrzehnt schrumpften.

In der Innenseite gab es kein zentral gesteuertes System zur Bevölkerungskontrolle, und doch gab es Vorgaben. Einzelne Mitglieder der Föderation ließen sich eigene Methoden zum Umgang mit dem Problem einfallen. Seldyans Eltern hatten auf einer Fabrikwelt gelebt, die stark verschuldet war und gleichzeitig die oberste Bevölkerungsgrenze so gut wie erreicht hatte.

Unerwünschte Kinder zu verkaufen, war die ideale Lösung für beide Probleme. In Seldyans Fall ergab sich noch ein anderer Vorteil: Ihre Eltern waren hoch verschuldet gewesen. Mit dem Verkauf ihres zweiten Kinds an die Wabe hatten sie den Großteil ihrer Schulden getilgt.

Außerdem waren beide sterilisiert worden. Der Staat konnte sich eine solche Summe nur einmal leisten. Ihr erstes Kind war offenbar eine Totgeburt gewesen. Seldyan war das zweite und letzte. In der Akte stand nicht, was mit den Eltern später passiert war. Sie befasste sich nicht mit unbedeutenden Personen.

Vess' Eltern kamen auch in keiner Akte vor. Er dachte nie darüber nach, aber aus irgendeinem Grund fiel ihm das jetzt auf.

Der Signalton schreckte ihn auf. Seufzend blickte er auf die Schreibtischplatte, die kurz verschwamm und dann einen knappen Text zeigte. Die Vorstandssitzung war auf den nächsten Morgen anberaumt worden, und er sollte anwesend sein. Nun, das hätte er vorhersagen können, genau wie Clo Fiffithiss, was nicht überraschend war. Vess fragte sich, ob die Kreatur es *durchgespielt* oder einfach nur erraten hatte. Aber das war nicht alles. Er las das Ende der Nachricht. Dort wurde der Versammlungsort genannt.

Er lehnte sich zurück und blies die Wangen auf. Der Ort war für diejenigen Sitzungen reserviert, die man hinterher abstreiten konnte.

Alle Zeichen wiesen in dieselbe Richtung. Allmählich kam er zu dem Schluss, dass er dem Rat des *Spielers* folgen sollte.

8
Spin-Innenseite – Grenzgebiet

Die Lichter des Schiffs blinkten dreimal rot auf und leuchteten dann wieder normal. Einige von ihnen flackerten, und die Hauptdatenleitung schien auf und spielte eine mürrische Tonaufzeichnung der Versicherung ab. Sie bedauerte, dass der Versicherungsschutz jetzt und für immer erloschen sei.

Seldyan schaltete die Nachricht ab.

Das gute Schiff, ursprünglich *Flammenschweif*, dann bekannt als *Sonnenläufer*, war vor Kurzem auf *Fickdich* umgetauft worden. Jetzt überquerte es mit voller Kraft die Grenze zwischen Innenseite und Außenseite und beschleunigte. Die letzten Reste hoffnungslos unterlegener Verfolger fielen endgültig zurück, änderten ihren Kurs, beschrieben goldene Bogen, die an der Grenze endeten.

Sie waren entkommen. Unglaublich, aber sie waren entkommen. Und, noch erstaunlicher – ihre Fünfergruppe hatte das alles in einem Gefährt zustande gebracht, das einen Kilometer lang war.

Die Steuerung, so wie sie sich ihr darbot, kam ihr viel zu banal vor. Nach Seldyans Vorstellung wären vielmehr Wände voller Lichter, ganze Zimmer voller Schaltpulte, hektisch auf Warnsignale reagierende Personen und einfach nur *Kram* nötig gewesen.

Stattdessen gab es nur diesen leeren Raum mit einer verschwommenen waagrechten Scheibe, die auf Hüfthöhe schwebte. Die Scheibe war ungefähr so groß, dass vier Personen daran essen konnten, und sie zeigte ... nun ja ... Seldyan war sich nicht ganz sicher, was sie zeigte. Manches erschien offensichtlich, und sie erkannte Geschwindigkeit und Richtung, klar. Ein anderer Teil war eindeutig eine Sternenkarte, obwohl sie mehr als nur Sterne zu zeigen schien. Die Sternenkarte richtete sich vertikal auf, wurde während des Betrachtens größer und zeigte vermutlich den Blick nach vorn. Seldyan studierte sie eine Weile und versank im Anblick der sich langsam ausdehnenden Sterne. Dann kam ihr ein Gedanke. Versuchsweise beugte sie sich von rechts nach links, um herauszufinden, ob die Scheibe ihrer Bewegung folgte. Das tat sie nicht. Lächelnd schritt Seldyan um sie herum. Das Bild verkürzte sich zu einem Oval, schrumpfte zu einer Linie zusammen, als sie den Rand der Karte passierte, und dehnte sich wieder aus. Allerdings zeigte es dann nicht mehr dieselbe Ansicht.

Erst begriff sie es nicht. Es war eine Sternenkarte, die die Innenseite abbildete: elf Planeten, vier Sonnen und eine Grenze, die sich ihren Großbuchstaben durch einen Haufen paranoider Bollwerke verdient hatte. Doch das alles trat zurück, und im Vordergrund schwebte ein großes *Etwas* – zwei miteinander verbundene Kegel.

Dann begriff sie, und es raubte ihr den Atem.

Das riesige *Etwas* war das Schiff.

Vor Staunen kribbelte es ihr im Bauch. »Ach du Scheiße ...«, flüsterte sie und lachte. Ein Teil der Scheibe sah wie Comms aus. Sie deutete darauf. »Merish?«

»Ähä?«

»Wir haben es geschafft. Wir haben es tatsächlich geschafft!« Sie lachte. »Wir sind in einem gestohlenen Raumschiff entkommen – mit dem größten Schiff der Innenseite! Wie cool ist das denn?«

»Sind wir schon über die Grenze?«

»Ja, wir haben sie gerade passiert.« Sie zitterte. Eben wollte sie sagen, dass sie nicht daran geglaubt hatte ... ließ es dann aber sein. Sie wusste, dass sie manchmal für sie beide glauben musste.

Als sie die Grenze überquert hatten, hatte die Anzeige geflackert. Jetzt fror sie eine Sekunde lang ein, verpixelte dann grau und erlosch. Seldyan schnalzte mit der Zunge.

Jetzt ging die Anzeige wieder an. Einen Augenblick lang starrte Seldyan nur, doch dann lächelte sie. »Merish? Siehst du die Hauptanzeige, wo immer du bist?«

»Klar, wenn ich will. Soll ich?«

Sie hielt inne. »O ja. Zieh dir mal rein, wie groß unser Hauptgewinn ist!«

»Okay. Einen Moment! Oh, wow ...«

»Ja.« Sie begutachtete das vergrößerte, viel dramatischere Bild. »Der gesamte Spin. Achtundachtzig schöne, saftige Planeten.« Nicht nur die Ansicht war vergrößert, sondern auch die Auflösung war irgendwie höher. Man schien ein Kunstwerk zu betrachten.

»Ja. Tja, jetzt nur noch siebenundachtzig. Minus den einen, der anscheinend in die Luft geflogen ist.«

Seldyan experimentierte an der Steuerung herum, bis sie den Zoom gefunden hatte. Sie fuhr tiefer in das Bild hinein, während aufgedunsene, verzerrte Planeten an ihr vorbeirauschten. Sie wartete darauf, dass die Auflösung schlechter wurde, aber das geschah nicht. In der Bildmitte schwoll ein einzelner Stern an. Als er größer wurde, erkannte sie einzelne Gasfäden, die von ihm wegspritzten. Die Vergrößerung musste millionenfach sein.

Voller Bewunderung schüttelte sie den Kopf und zoomte wieder auf die ursprüngliche Ansicht zurück. »Also, warum ist das jetzt auf den Bildschirmen aufgetaucht?«

»Versionskontrolle, vermute ich. Vergiss nicht, dass das ein ziemlich altes Schiff ist. Es stammt aus einer Zeit vor der Grenze. Als Kreuzfahrtschiff musste es sich nur auf der Innenseite auskennen. Nachdem wir jetzt auf der Außenseite sind, versucht es vielleicht eine Wiederherstellung seiner Klasse.«

»Klasse? Oh ...« Seldyan betrachtete die Sternenkarte. »Klasse soll heißen – Kriegsschiff?«

»Das ist harmlos ausgedrückt. Allerdings nicht mehr, denn als man es in ein Kreuzfahrtschiff umgemodelt hat, wurde sein Gehirn verpackt.«

»Wirklich?« Sie schüttelte den Kopf. »Das klingt grausam. Können wir es wieder entpacken?«

»Möglich. Warum?«

»Weil es mir leidtut.« Eine Stelle an ihrer Lendenwirbelsäule juckte. Sie fasste nach hinten, kratzte sich vorsichtig und spürte die flache Beule. »Stell dir so was wie eine verwandte Seele vor, ja?«

»Gut, gut. Und was ist der andere Grund?«

Seldyan starrte die Comms an. »Weil es die Wabe noch gibt. Weil eine Million Personen nicht hier bei uns sind. Weil wir uns ins Unbekannte aufmachen. Weil ich mit einem Kriegsschiff herumspielen will. Klar?«

»Aha. Klar.« Die Commverbindung brach ab.

Stirnrunzelnd sah Seldyan die Comms an und tastete dann wieder nach der juckenden Stelle. Es würde nie ganz vergehen.

In dem alten Schiff war es ruhig. Bevor sie die Grenze überschritten hatten, hatten sie die Passagiere und die Besatzung auf eins von *Sonnenläufers* Shuttles geladen, es auf den nächsten Planeten ausgerichtet und ihm metaphorisch einen Klaps auf das Hinterteil gegeben. Bevor ihnen Luft und Wasser ausging, würden sie den Planeten erreichen – wenn auch ausgehungert.

Jetzt waren sie nur noch zu fünft.

Eine Holoanzeige flimmerte in der Luft. Seldyan starrte sie an. »Es gibt hier fünf verschiedene Betriebssysteme«, sagte sie. »Haben die hier nie aufgeräumt?«

Merish schob sich das Haar zurück. »Nein. Bloß überschrieben. Hast du das nicht gewusst? Das ist wie mit deiner DNA. Ein Haufen überflüssiger Mist, der früher mal eine bessere Eidechse aus dir gemacht hat.«

»Pfeif drauf! Ich bin sowieso schon die beste Eidechse, die man sich vorstellen kann.« Sie machte eine wegwerfende Handbewegung. »Wie dem auch sei, die ältesten Teile hier glauben wahrscheinlich immer noch, dass wir Eidechsen sind.«

»Die ältesten Teile hier glauben, sie seien ein Kriegsschiff, Sel. Das wolltest du doch, oder?«

»Ja, das wollte ich. Will ich immer noch.« Sie schüttelte den Kopf. »Wie es aussieht, warte ich immer noch drauf.«

»So sieht es aus. Nein, halt mal! Aha ...«

»Was?« Dann fiel es ihr auf. Die Anzeige hatte sich verändert. Sie studierte sie eine Weile. »Okay«, sagte sie gedehnt. »Ich verstehe. Jetzt sind wir wieder ein Kriegsschiff, stimmt's?«

»Jawohl. Was meinst du?«

Die Planeten waren dieselben. Doch alles andere war ... Sie suchte nach dem richtigen Wort. ... war *mehr*. Was eine Karte gewesen war, stellte sich nun als Landschaft dar, eine wunderschön detaillierte, strategische Skulptur der Risiken und Möglichkeiten.

Seldyan betrachtete sie lange. Dann wies sie auf eine Stelle. »Was sind das für dicke Punkte?« Spärlich über das Bild verstreut fanden sich verschwommene kirschrote Flecken.

Merish lachte. »Das sind die anderen Großkampfschiffe aus der Hinterlassenschaft.«

»Oh!« Sie runzelte die Stirn. »Warum werden die hervorgehoben?«

»Weil sie so mächtig sind, dass das Schiff durch sie gefährdet sein könnte.«

Mit zusammengekniffenen Augen musterte sie die Anzeige. »Da sind noch andere Punkte.«

»Nun ja. Das sind wohl andere Einheiten aus der Hinterlassenschaft. Kleiner als wir, aber immer noch stattlich.«

»Gut.« Sie wollte sie zählen, gab aber bald auf. »Wirklich eine Menge.«

»Ja. Einige mächtige Kutschen haben in den letzten paar Tausend Jahren die Grenze überschritten. Mach dir nichts draus, Sel. Die meisten sind sehr weit von uns entfernt, und einige von ihnen funktionieren vielleicht gar nicht mehr.«

»Oh, gut. Das beruhigt mich ungemein.« Sie zögerte. »Wie lange brauchen wir bis Quader?«

»Ungefähr vier Stunden.«

»Bist du nervös?«

»Ein bisschen. Du?«

Eine Weile sah sie auf die Anzeige, ohne ihm eine Antwort zu geben. Erst erschien sie ihr statisch, doch dann merkte sie, dass vor dem bestirnten Hintergrund überall Bewegung war. Bunte Lichtpunkte und Lichtstreifen schwirrten umher und übereinander. Es erinnerte sie ein wenig an einen ausgedünnten Schwarm funkelnder Insekten, der sich blind durchs Weltall schlängelte. Bei dem Gedanken musste sie lächeln. *Wir alle sind Insekten*, dachte sie. *Alle gleich*.

Gleich war ein erfrischendes Konzept. Sie sah zu Merish auf. »Weißt du noch, woher wir kamen?«

»Klar. Das vergesse ich nie.«

»Ich auch nicht. Könnte dich irgendetwas zur Rückkehr dorthin bewegen?«

Prompt schüttelte er den Kopf.

»Mich auch nicht.« Sie wandte sich wieder der Anzeige zu, und kurz darauf folgte er ihrem Beispiel.

Es war ihr gelungen, die Frage nicht zu beantworten.

Manchmal schalt sie sich, weil sie so lange gebraucht hatte, um zu ihrer Entscheidung zu gelangen. Dass man ihr einen Chip verpasst hatte, hatte nicht gereicht. Der Aufseher hatte nicht gereicht. Nicht einmal mit ansehen zu müssen, was mit Merish geschehen war, hatte gereicht – und das war ein empfindlicher Selbstvorwurf, wenn sie sich in ihren schlaflosen Stunden daran zurückerinnerte.

Nein. Am Ende war es jemand gewesen, den sie kaum gekannt hatte.

Ihre Welt war eine einzige Routine gewesen, der tägliche Zyklus von Grundkursen, Training und etwas Ruhe, abzählbar nur anhand der Schlafperioden. Die Kurse hätten Spaß machen können, wenn man ihr erlaubt hätte, Fragen zu stellen. Fragen aber waren verboten. Manchmal hatte sie trotzdem gefragt, aber keine Antwort bekommen.

Eines Morgens dann, als sie ihr vierzehntes Lebensjahr zur Hälfte abgeschlossen hatte, wurde sie früh von einer schrillen Sirene geweckt, die viel lauter war als der übliche Weckton. Sie schlug die Augen auf und schloss sie sofort wieder, denn statt des üblichen frühmorgendlichen

Dämmerlichts war die Beleuchtung auf volles Tageslicht gestellt worden. Ein unbekannter Wächter zerrte sie von ihrer Pritsche und stieß sie aus ihrem Schlafquartier. Den anderen ringsum erging es genauso.

Im Hof war es kälter als sonst. Anscheinend waren hier alle versammelt. Sie sah sich nach Merish um und entdeckte ihn ein wenig abseits. Er hatte die Arme um den Leib geschlungen. Sie winkte ihn zu sich.

»Was ist los?«

»Ich glaube, wir werden ausgelesen.« Er klapperte so heftig mit den Zähnen, dass sie ihn bitten musste, die letzten Worte zu wiederholen. Eben wollte sie ihn fragen, was er damit meinte, als eine andere Sirene erklang. Die Wächter riefen etwas, und sie wurden vom Hof und in die Unterrichtsbereiche getrieben.

Selbst der Boden unter ihren nackten Füßen fühlte sich kälter an als sonst.

Schließlich gelangte sie in einen Bereich, den sie noch nie betreten hatte. Es handelte sich um eine hohe, breite Halle, größer als alles, was sie bisher gesehen hatte. So weit das Auge reichte, war der Hallenboden mit Arbeitsplätzen vollgestellt, schlichten Sockeln mit je einem flachen Tisch darauf. Auf jedem Tisch stand einer jener Bildschirme, die sie kannte, nur größer.

Wieder eine Sirene und dann eine Lautsprecherstimme. »Jeder sucht sich einen Arbeitsplatz.«

Viele schienen zu zögern, doch Seldyan steuerte mit einem Schulterzucken auf den nächsten freien Platz zu und umfasste die Tischkanten, als wolle sie ihren territorialen Anspruch geltend machen.

Sie sah sich um. Inzwischen hatten es alle begriffen. Sie verteilten sich entsprechend der Arbeitsplätze so in der Halle, dass ein Gitter entstand.

Dann wieder eine Sirene und die Stimme. »Erste Aufgabe. Dauer: eine Minute.«

Der Bildschirm leuchtete auf. Daten wanderten darüber hinweg, und sie hätte fast gelacht. Simple Rechenaufgaben, kaum mehr als das Abzählen von Fingern. Sie tippte die Antwort ein und wartete. Dabei zählte sie still vor sich hin.

Als sie bei vierundsechzig angekommen war, erklang die Sirene von Neuem. Sie runzelte die Stirn – gewöhnlich zählte sie genauer – und keuchte erschrocken auf. Der Junge neben ihr war zusammengebrochen. Ihm waren die Beine einfach an den Knien eingeknickt, und er war zu Boden gefallen. Sie hörte, spürte beinahe das Krachen, als er mit der Stirn auf dem Podest seines Arbeitsplatzes aufschlug. Ein Wächter eilte herbei und schleppte ihn weg. Seldyan vermutete, dass er mithilfe des Chips betäubt worden war.

Aus den Augenwinkeln nahm sie eine Bewegung wahr. Auch an anderen Stellen in der Halle wurden Leute weggebracht – und dann heulte wieder die Sirene. »Zweite Aufgabe. Dauer: eine Minute.«

Diese Aufgabe war nur ein bisschen schwerer. Am Ende wurden wieder Leute hinausgetragen.

Nach den ersten zwanzig Aufgaben wurde die Zeit auf zwei Minuten erhöht. Dann auf fünf und später auf zehn. Es waren keine Uhren zu sehen – selbst die Zeitanzeige auf den Bildschirmen war ausgeblendet. Doch Seldyan zählte die verstrichenen Sekunden grob mit. Nach fünf Stunden war mehr als die Hälfte der Arbeitsplätze leer.

Wasser und Verpflegung gab es nicht, es kam ihr inzwischen sogar noch kälter vor, und ihre Blase drückte schmerzhaft.

Und dann, endlich, schien die Erlösung zu nahen. Ein

anderer Sirenenton, und obwohl es dieselbe Stimme war, verkündete sie doch eine andere Nachricht.

»Pause! Fünf Minuten. Toiletten befinden sich am Nordende der Halle.«

Toiletten! Aber wo war Norden? Seldyan sah sich um und stellte fest, dass sich bereits Grüppchen um drei – nur drei! – Durchgänge an der gegenüberliegenden Wand bildeten.

Ihr war klar, dass es statt in fünf auch kein Einziger in zehn Minuten schaffen würde. Sie atmete tief durch und dachte scharf nach. Es musste eine Lösung geben.

Dann fiel sie ihr ein. Sie schnellte herum und lief nicht zu den wartenden Knäueln, sondern zum anderen Ende der Halle. Dorthin, wohin diejenigen gebracht worden waren, die ihre Aufgaben nicht gelöst hatten und zusammengebrochen waren.

Als sie dort ankam, fand sie nur einen Durchgang, doch er war breit, und – sie lächelte – dahinter erstreckte sich ein breiter Gang mit einer Reihe von Türen. In dem Gang war es spürbar wärmer als in der Halle. Einige Türen waren als Sanitätsräume ausgewiesen, manche trugen Symbole, die sie nicht verstand. Dann aber gab es noch eine mit einem unmissverständlichen Zeichen. Sie stieß einen Laut des Triumphs aus und streckte die Hand aus, um die Tür aufzudrücken.

Jeder Muskel in ihrem Körper wurde von wilden Schmerzen durchzuckt. Der Schock schleuderte sie durch den Gang, und sie hörte mehr, als sie es spürte, wie ihr Kopf gegen die gegenüberliegende Wand schlug.

Kurz wurde sie bewusstlos. Dann öffnete sie die Augen und erblickte ein Gesicht dicht über sich. Eine grinsende Visage.

Sie sammelte Speichel und spuckte das Gesicht an.

Zwar fuhr es erschrocken zurück, doch das Grinsen verschwand nicht. Die Lippen öffneten sich und formten Worte.

»Du bist schlau, keine Frage, wenn du nicht gerade dumm bist. Schlau ist gut, und im Moment bedeutet das für dich, dass du zurückkehrst und weitere Aufgaben löst.«

Mit einem Nicken deutete sie auf die Tür hinter sich. »Nicht, bevor ich da reingegangen bin.«

Der Wächter lachte. »In Ordnung. Aber beeil dich! Oder ich gebe deinem Chip wieder eine Ladung.«

Dann war es also der Chip gewesen. Sie hatte nicht gewusst, dass er so heftig sein konnte. Sie beeilte sich. Als sie fertig war, ging sie hinaus, an dem Wächter vorbei, der sie nicht beachtete, und in die Halle – aber nicht an ihren ursprünglichen Platz. *Zurückkehren*, hatte der Wächter gesagt, nicht *Auf deinen Platz*. Deshalb suchte sie sich einen Arbeitsplatz, der möglichst dicht am Durchgang zum Flur lag, aus dem wenigstens ein bisschen Wärme herauswaberte – und in der Nähe der Toilette.

Auf dem Weg zu dem Platz schrillte die Sirene abermals, und es gab eine neue Aufgabe, dann eine weitere. Die ersten Aufgaben mussten allein gelöst werden. Nachdem sich die Zahl der Prüflinge jedoch rapide verkleinerte, wurden sie in Gruppen von sechs oder sieben Personen zusammengefasst. Und plötzlich waren die Aufgaben *viel* schwieriger als vorher. Man musste sich innerhalb der Gruppe organisieren und Anführer bestimmen.

Das schien ihrem Wesen zu entsprechen. Nach einer Weile schien es auch dem Wesen der anderen zu entsprechen. Sie vergaß allmählich, dass sie vor Hunger und Durst entkräftet war und vor Kälte zitterte. Die Mannschaft war alles ... und dann, völlig unerwartet, dröhnte die Sirene zum letzten Mal, und es gab keine neuen Aufgaben mehr.

Sie bedauerte es fast. Sie betrachtete ihre Mannschaft – *ihre* Mannschaft, ja, genau – und erblickte vier müde Gesichter. Sie waren recht schnell ausgesiebt worden. Nur sie, Merish, Kott, Lyste und Hufsza waren nach fünf Aufgaben übrig geblieben. Außer Merish hatte sie vorher niemanden gekannt, jetzt aber kannte sie alle. Sie lächelte die anderen an. »Was immer damit beabsichtigt wurde, wir haben es offenbar geschafft.«

Sie nickten, und dann ließ sie den Blick durch die Halle schweifen. Sie war fast leer. Lediglich fünf Mannschaften konnte sie zählen – fünfundzwanzig Personen von insgesamt wie vielen? Dreihundert? Oder mehr?

Sie wandte sich zu Merish um. »So wenige ...«

Er nickte. »Ja. Wir wurden aussortiert.«

Sie wollte fragen, was er damit meinte, als Hunger und Müdigkeit sie plötzlich übermannten. Ihr fielen die Augen zu, und die Beine gaben nach. Sie merkte, dass sie fiel.

Sie erwachte neben Merish. Das war ein ungewöhnliches Privileg, aber keine Bevorzugung, die sie infrage stellen wollte. Sie begnügte sich damit, still dazuliegen und ihn im Halblicht der Schlafzelle anzusehen.

Vollkommene Dunkelheit kannte sie nicht.

Selbst schlafend wirkte er noch müde und irgendwie wachsam. Würde sie die Hand ausstrecken und ihn berühren, wäre er bestimmt innerhalb eines Augenblicks hellwach.

Zwischen ihrem Zusammenbruch in der Halle und ihrem Erwachen hier war nicht viel geschehen. Mit rauer Kehle und trockenen Lippen, die sich wie Stricke anfühlten, hatte sie etwas gegessen und getrunken. Vor allem aber hatte sie sich durch die Gegend tragen lassen.

Merish hatte ihr gesagt, sie solle schlafen, doch sie war zu aufgekratzt gewesen. Deshalb hatte er es schließlich gelassen.

»Du hast doch bestimmt schon mal etwas von der Auslese gehört.«

Sie nickte.

»Nun, das ist eben passiert. Sie überrumpeln dich, machen dir Druck, dir ist kalt, du hast Hunger, und du musst Leistung bringen.« Er stützte sich auf einen Ellbogen. »Du hast eine Menge geleistet.«

»Ich weiß. Aber das haben wir alle getan.«

»Nein.« Er legte sich wieder hin. »Die meisten von uns haben es irgendwie durchgestanden. Du hast es *gemeistert*. Du hast angeführt. Du hast aus uns fünfen ein Team gemacht, und wir haben als Beste abgeschnitten.« Er legte ihr die Hand auf die Schulter. »Aus der Rolle kommst du nicht mehr raus. Ich will es dir leichter machen ...«

Sie wurde schläfrig. »Was ist mit den anderen passiert?«

Seine Antwort brauchte eine Weile, und sie gefiel ihr gar nicht. Offenbar hing es davon ab, wie früh jemand versagte. Die Ersten wurden zur Zwangsarbeit geschickt. Waren sie ausgesprochen dumm, schlachtete man sie nach Organen aus, falls diese der Wabe mehr einbrachten als ihre Arbeitskraft. Falls sie gut aussahen, konnte auch anderweitig ein ordentlicher Preis für sie erzielt werden.

Fassungslos starrte sie ihn an. »Das verstehe ich nicht.« Sein Gesichtsausdruck half ihr auf die Sprünge, und sie hatte kurz das Bild von ihm vor Augen, zusammengekrümmt und von einer Gruppe Jungs umzingelt. Mit einer Handbewegung wischte sie den Gedanken beiseite. »Okay, vergiss es! Was ist mit uns?«

»Wir werden für Spezialistenjobs angeheuert. Je klüger, desto spezialisierter.«

»Woher weißt du das alles?«

Er schnaubte leise, und sie begriff, dass es ein unterdrücktes Lachen war. »Ich halte die Lauscher offen. Du nicht? Außerdem kann ich mich gut irgendwo reinhacken.«

Lange Zeit starrte sie die trübe Decke an. Dann schüttelte sie den Kopf. »Nein.«

»Nein – was?«

»Einfach nein.«

Er streckte die Hand zu ihr herüber, berührte ihre Schulter. »Seldyan? Wir können nicht Nein sagen. Zu nichts. Mithilfe der Auslese bilden sie Teams aus den Besten. Das haben sie heute getan. Und jetzt schlaf ein bisschen!«

Sie schloss die Augen, hatte allerdings nicht die Absicht zu schlafen. Sie wollte nicht ablassen von ihrem flammenden Zorn. Der sollte nie erlöschen.

Irgendwann schlief sie dann doch ein. Das letzte Bild, das sie in wachem Zustand vor ihrem geistigen Auge sah, war der Junge auf dem Platz neben ihr, der als Erster zusammengebrochen war. Sie hatte rechtzeitig zu ihm hinübergesehen, um seinen Gesichtsausdruck zu bemerken, bevor er die Augen geschlossen hatte. Eine Mischung aus Leere und Furcht – die Furcht von jemandem, der überhaupt nicht versteht, was mit ihm geschieht. Soweit sie sich erinnerte, war er nicht besonders attraktiv gewesen. Vermutlich würde er ... ausgeschlachtet werden. Vielleicht schon in diesem Moment.

Ihr Schlaf war unruhig und voll leerer Gesichter. Als sie

erwachte, hatte sie die Arme um Merish geschlungen, und dieser hatte die Augen offen und betrachtete sie.

Ein tiefes Summen, das in ihrer Brust widerhallte, brachte Seldyan in die Gegenwart zurück. »*Alarm*«, sagte eine Stimme, die von überall her zu kommen schien.

Sie hob die Brauen. »Was bedeutet das?«

»Keine Ahnung.« Stirnrunzelnd betrachtete Merish die Anzeige. »Etwas, womit das Schiff nicht gerechnet hat. Vielleicht ist es nichts weiter. Das, womit das Schiff rechnet, ist schon seit ein paar Tausend Jahren veraltet, weißt du?«

Zehn Minuten später starrten alle fünf auf die Anzeige, und ganz offensichtlich war da nicht nichts. Vielmehr ähnelte es einer Augenbraue, falls eine Augenbraue den Durchmesser von einer halben Million Kilometer haben und zornig funkeln konnte.

Kott brach schließlich das Schweigen. »Das sieht nicht richtig aus«, meinte sie.

Sie wandten sich zu Merish um, der sich über mehrere Anzeigen beugte. Vor ihm schwirrten Symbole umher, verschwammen und verwandelten sich. Er kräuselte die Lippen. »Es sieht tatsächlich nicht richtig aus, und es gehört nicht hierher. Du und das Schiff – ihr habt recht. Es ist Plasma mit noch anderem Zeug, mit Brocken von Eisen, Nickel, Silikaten und einem großen Haufen Transuranen.« Er richtete sich auf. »Stell dir vor, du häckselst einen mittelgroßen Planeten – und ich meine, du häckselst ihn richtig klein, sodass die größten Stücke hundert Meter Durchmesser haben. Schließlich verstrahlst du ihn höllisch und verschmierst ihn über mehrere Hunderttausend Kilometer im Weltraum. Dann bekommst du etwas, das in etwa so aussieht.«

Seldyan spürte ein Zucken im Bauch und sah ringsum lauter entsetzte Gesichter. »Gehäckselt? Ach, du Scheiße! Ein Planet zerstört? Merish, ein *bewohnter* Planet zerstört?«

»Das hoffe ich nicht.« Er betrachtete noch einmal die Anzeige und blies die Backen auf. »Nein, das kann nicht sein. Alle Einheimischen sind erfasst.«

»Sehr gut.« Einen Moment lang starrte sie das Bild an. »Können wir uns gefahrlos nähern?«

Er zuckte mit den Achseln. »Kommt drauf an, auf welche Weise. Mit dem Schiff könnten wir glatt durchfliegen. Ohne Schilde käme ich dem Zentrum aber nicht näher als bis auf eine halbe Million Kilometer heran. Das ist verdammt heiß, Seldyan.«

»Nun, dann eben nicht.« Sie lehnte sich zurück und spürte, dass ihr Puls sich beruhigte.

Kott räusperte sich. »Das ist nicht so einfach. Dieses Ding befindet sich im selben System wie Quader und Netzstadt.«

»Oh.« Seldyan nagte an der Unterlippe. »Wie nahe ist es?«

Kott warf einen Blick nach unten. »Ungefähr eine halbe Million Kilometer. Tut mir leid, Seldyan.«

»Spar dir dein Mitleid lieber für die Einheimischen, falls die sich noch in der Gegend aufhalten!« Eine Weile studierte Seldyan den Bildschirm und fragte sich, wie man in der Nähe eines solchen Orts wohl leben mochte. Dann stand sie auf. »Leute, ich ruhe mich aus, und das rate ich euch auch. Was immer wir finden, es gibt mit Sicherheit viel zu tun.«

Sie hatte beschlossen, nicht in die Kapitänskajüte zu ziehen, sondern sich für die überschaubare, sichere und schlichte Kabine des Stewards entschieden. Zum einen hatte Hefs einem ziemlich ausgefallenen Geschmack gefrönt, und sie konnte sich mit Ausmaß und Stil seiner Suite nicht anfreunden. Wichtiger aber war, dass es ... Assoziationen gab.

Sie hatte Hefs etwas vorgespielt – das war sogar für ihn am Ende offensichtlich gewesen. Wahrscheinlich war sie darin aber längst nicht so gut wie viele andere. Allerdings verheimlichte sie vor fast jedem – manchmal sogar vor sich selbst – die Tatsache, dass die Fähigkeit zu solchen Täuschungen an sich schon gespielt war. Auf einer tieferen Ebene.

Wie konnte man etwas vorspielen, das man nie erlebt hatte?

Sie wusste nicht und wollte es meist auch nicht wissen, welche Vermutungen allgemein über die Beziehung zwischen ihr und Merish angestellt wurden. Aber sie freute sich jedes Mal, wenn er neben ihr unter die Decke schlüpfte.

Manchmal wurden sie intim, aber das ging niemals über zärtlich tastende Finger und sanfte Küsse hinaus. Diesmal jedoch nicht, zumindest anfangs nicht. Denn Merish wusste um ihre Stimmungen besser als sie selbst. Sie hörte die Tür, spürte, wie sich die Matratze leicht eindrückte, und dann legte sich sein Arm um sie. Sie schmiegte sich an ihn an, und so lagen sie ruhig beieinander.

Eine Weile regten sie sich nicht. Dann spürte sie eine Bewegung. Er rollte sich von ihr weg und lag auf dem Rücken. Sie drehte sich zur Seite. »Sprich mit mir!«, verlangte sie.

»Gut. Ich glaube, du hast Angst.«

Im Halbdunkel runzelte sie die Stirn. »Merish, du bist der einzige Mensch im ganzen Spin, der mir so etwas sagen darf, ohne blaue Flecken abzubekommen.«

»Das denke ich mir. Trotzdem glaube ich, dass du Angst hast. Ich weiß, nicht um dich, denn du hast nie Angst um dich. Also lass uns darüber reden!«

Sie nickte. »Na schön. Also, wie hoch ist die durchschnittliche Lebenserwartung in der Wabe?«

»Genau? Weiß ich nicht. Nach grober Schätzung so um die siebzig Standardjahre. Wieso?«

»Und in Netzstadt?«

Die Matratze schwankte, denn er hatte den Kopf geschüttelt. »Keine Ahnung.«

»Ja, das dachte ich mir. Und das war noch, bevor sie den Weltraum mit einer radioaktiven Schliere teilte.« Einen Moment lang starrte sie ins Leere, dann holte sie tief Luft. »Merish? Was, wenn wir umsonst ausgebrochen sind? Was, wenn alles überall beschissen ist? Immer?«

Sie hörte, dass ihm der Atem stockte. Dann schlang sich sein Arm wieder um sie. »Was – alles?«

Erst glaubte sie, ihm zu widerstehen, doch bald merkte sie, dass sie es nicht tat.

Es half für eine Weile. Doch als er sich seufzend wegdrehte und einschlief, blieb sie wach liegen, starrte mit aufgerissenen Augen in die Dunkelheit und fragte sich, was sich in ihr verbarg.

9
Gegengewichtspark, Beckenstadt

Vess sah sich genau um – offenbar war er allein – und tauchte die nackten Füße ins Wasser. Die Strömung war träge, die Oberfläche glatt wie Glas. Wenn er mit den Füßen in einer gewissen Weise aufs Wasser patschte, hinterließ er dort Abdrücke, die sich gleichmäßig nach allen Seiten ausbreiteten, bis sie, ein Dutzend schwankende Schritte entfernt, von ihrem eigenen Wellenschlag zerstört wurden.

Das Spiel hatte er an jenem Tag entdeckt, als er auf dieser Ebene angekommen war. Seither hatte er es nur wenige Male wiederholt.

Meist trafen sich die Vorstände der Hafengesellschaft alle siebzehn Tage und deckten damit gleich drei Anachronismen ab. Denn es gab keine Hafengesellschaft mehr, es gab keine Vorstände, und siebzehn Tage entsprachen dem Nachfüllzyklus für das älteste Ausgleichsbecken der Bootsaufzüge von der Eingangsebene zur mittleren Ebene. Das hatte alle siebzehn Tage einen Warenzustrom für die Importanteile bedeutet und war ein guter Anlass für eine Vorstandssitzung gewesen – vor tausend Jahren.

Mittlerweile war der Vorstand für die Verwaltung der Innenseite des Spin verantwortlich, einer schrumpfenden, bedrängten Ansammlung von Planeten, die im Schatten ihrer erstarkenden Nachbarn ums Überleben kämpfte. Und natürlich für sein größtes Kapital – die Wabe.

Der alte Bootsaufzug ratterte noch immer seinen sinnlosen Zyklus durch. Alle siebzehn Tage gluckerten über gewundene Kanäle um die hundert Gigaliter Wasser aus den Bergen hinter der Stadt herunter, liefen über ein Wehr und dann in das mächtige löffelförmige Große Becken. Das Becken war mit drei kolossalen Ketten an einem kurzen Gegengewichtsträger aufgehängt. Irgendwann legte das zunehmende Gewicht des Wassers die Riegelklappen um, und das Ganze senkte sich langsam schaukelnd nach unten. Dadurch wurde der Bootsaufzug wie ein gigantisches Gegengewicht in die Höhe gezogen, bis er am Ersten Mittelkai andockte. Gewöhnlich unternahm er seine Reise in leerem Zustand, da er, wie fast alles andere auch, seit tausend Jahren seine Funktion eingebüßt hatte.

Vess saß ein Stück unterhalb des Wehrs. Mit großem Vergnügen beobachtete er das alte System. Es hatte etwas Zwingendes an sich, und solange es lief, gehörte es nicht zu seinen Problemen. Manchmal wünschte er sich, den Erfinder des Systems kennengelernt zu haben.

Anachronistischer Name oder nicht, der überkommene Vorstand der nicht mehr existierenden Hafengesellschaft war noch immer das höchste Gremium auf der Innenseite. Als ungewähltes Gremium, das niemandem Rechenschaft schuldig war, übernahm es die oberste Schicht der Bundesverwaltung. Ein vermisstes Kreuzfahrtschiff hätte ihm wohl wenig Kopfzerbrechen bereitet, wenn *Sonnenläufer* tatsächlich nicht mehr als ein Kreuzfahrtschiff gewesen wäre.

Vess paddelte einige weitere Fußabdrücke ins Wasser und spähte zum Laienpalast hinauf. Ein erstaunliches Bauwerk.

Vor sechstausend Jahren hatte der damalige Vorstandsvorsitzende die beste Architektin des Spin einberufen und ihr aufgetragen, im Becken einen schwimmenden Palast zu errichten. Es sollte das größte Gebäude der damaligen Stadt werden, es sollte ohne Halterungen frei im Becken treiben und durfte den Beckenzyklus um nicht mehr als eine Sekunde verändern.

Das Bauwerk war – er gestattete sich die Wiederholung – wahrhaft erstaunlich. Vermutlich im Hinblick auf die Nachwelt hatte die Architektin siebzehn Stockwerke einer sich verjüngenden Zikkurat entworfen, die von einer breiten, niedrigen Basis zu einer Spitze beinahe hundert Meter über der Wasserfläche emporstieg. Aufgrund des Standorts seiner Grundfläche war es in seiner Zeit das am höchsten aufragende Gebäude der Stadt gewesen, und dank der Oberflächenspannung schwamm die breite Basis in der Mitte des Beckens. Alle siebzehn Tage ging es kurz auf Grund, und Mathematiker, Statistiker und gelegentliche Spezialisten der Spieltheorie hatten Abhandlungen über die Streuung der Aufsetzpunkte geschrieben.

Vess bedauerte, dass der Laienpalast als Reinfall in die Geschichte eingegangen war. Alles an ihm war vollkommen – außer dass er den siebzehntägigen Zyklus um eins Komma drei Sekunden verändert hatte. Die Architektin war der Nachwelt insofern in Erinnerung geblieben, als sie ordnungsgemäß und auf unangenehme Weise hingerichtet worden war.

Was sehr wahrscheinlich auch sein Los sein würde, sosehr er sich auch bemühte, nicht daran zu denken. Phlegma war jedoch schon seit jeher eine seiner geschätzten Eigenschaften gewesen.

Seine Grübeleien hatten ihn abgelenkt, und die Reihe

der Wasserabdrücke war durcheinandergeraten. Er riss sich zusammen und korrigierte den Rhythmus. Ja, so war es besser.

Aber es wurde Zeit. Er schwang die Füße aus dem Wasser, stand auf und hob seine Schuhe auf. Er würde sie erst wieder anziehen, wenn die Füße trocken waren. Fürs Erste trug er sie und ging ganz vorsichtig, damit er auf dem glitschigen, glatt polierten Steinrand des Beckens nicht ausglitt. Zur nächsten der dünnen, frei beweglichen Brücken zum Laienpalast waren es um die hundert Meter. Als er dort ankam, waren seine Füße trocken genug, dass er die Schuhe anziehen konnte. Als er sich aufrichtete, drehte er sich halb um und linste über die Schulter. Eine zweite Spur aus Fußabdrücken, die sich dunkel von dem hellen Stein abhoben, aber schnell verblassten. Diesmal führten sie auf ihn zu.

Am anderen Ende der Brücke wartete Clo Fiffithiss auf ihn. Grüßend hob es eine seiner vorderen Extremitäten.

»Hallo! Bereit für den blutigen Zirkus?«

Vess hob die Brauen. »Sie könnten mich zur Abwechslung auch mal richtig entmutigen.«

»Quatsch, Mensch! Sie wissen doch, dass ich Sie unterstütze.«

»Tatsächlich?« Vess schüttelte den Kopf. »Wenn noch jemand behauptet, mich zu unterstützen, muss ich davon ausgehen, dass alles verloren ist. Dann lasse ich mich gleich kompostieren.«

Fiffithiss streckte die Vorderkralle aus und klopfte ihm auf die Schulter. Es fühlte sich an, als würde man mit einem Zweig geschlagen. »Das täte ich nicht. Hab mir sagen lassen, dass das ein schmutziges Ende ist. Sie gehören der Administratorenklasse an, Hafenmeister, so wie ich. Überlassen Sie Blut und Eingeweide lieber den

Praetoren und den Vorständen! Retten Sie Ihre Pension! Sie haben keine Familie, oder?«

»Nein. Nein, außer mir gibt's niemanden.«

»Guter Mann. Das bedeutet weniger Sorgen. Kommen Sie! Gehen wir hinein und zeigen denen, wie grau und langweilig wir Administratoren sein können.«

Fiffithiss drehte sich um und ging auf den Palasteingang zu, indem sich alle neun Gliedmaßen wie bei einem Schreittanz in einem höchst komplizierten Rhythmus bewegten. Vess fragte sich, ob das nicht sehr anstrengend war. Ihm fiel ein, dass die Spezies in einer Umwelt mit geringer Schwerkraft entstanden war, in der man zum Laufen nur vier Gliedmaßen brauchte. Nach Meinung einiger war die Spezies auch designt worden. Viele von ihnen schafften es nie, alle ihre Glieder zu benutzen, und folglich verließen sie ihren Heimatplaneten auch nie.

Im Moment fand Vess die Vorstellung, den Heimatplaneten zu verlassen, ziemlich verlockend. Er hob die Schultern und folgte Clo Fiffithiss eine flache Rampe hinauf zum Tageseingang des Palasts. Nicht zum Haupteingang, denn der war wichtigen Persönlichkeiten vorbehalten.

Wichtig. Schon wieder dieses Wort.

Vess rutschte auf seinem Platz hin und her, einem riesigen, dick gepolsterten und mit plissierter Tierhaut überzogenen halbrunden Sessel. Wie jeder andere Wartezimmersessel, auf dem er je gesessen hatte, brachte auch diese Sitzgelegenheit das Kunststück fertig, weit unbequemer zu sein, als sie aussah. Er blinzelte zu Clo Fiffithiss hinüber. »Meinen Sie, es dauert noch lange?«

Das Wesen raschelte ein wenig, als wäre es von einem Windstoß gerüttelt worden. »Keine Ahnung. Wir kommen dran, wenn wir drankommen. Entspannen Sie sich!«

Vess runzelte die Stirn. »Warum? Sie sind doch auch nicht entspannt.«

»Woran wollen Sie das erkennen?«

»Ich habe es nachgeschlagen.« Vess betrachtete Fiffithiss, das schlaff von einem der Sessel herunterhing. Sein Rumpf endete in einem Bündel aus Beinen, und die drei Vordergliedmaßen baumelten herab und streiften dabei fast den Fußboden. Ein unaufmerksamer Betrachter mochte es für ein Knäuel Kletterranken halten, und zwar so lange, bis das Wesen sich fallen ließ und mit ausgestreckten Klauen, windschnittig wie der Tod, auf seine Beute stürzte. Eine weniger entspannte Haltung konnte diese Spezies kaum einnehmen.

»Tut mir leid. Die Gene.« Fiffithiss nestelte sich von dem Sessel los und ließ sich zu Boden fallen. »Aber es bleibt dabei – entspannen Sie sich! Ich versuche es auch. Und wenn es mir nicht gelingt, können wir immer noch gemeinsam nervös sein.«

»Na schön, ich versuch's.« Vess kam ein Gedanke. Er zögerte. »Hören Sie, es tut mir leid, wenn meine Frage zudringlich ist, aber haben Sie jemals ... *gejagt*?«

Lange herrschte Schweigen. Fiffithiss kauerte tief am Boden, sein Rumpf schwang zwischen den Beinen hin und her. »Tja, das hat gegen die Anspannung geholfen«, kam schließlich die Antwort. »Ob ich jemals *gejagt* habe? Will heißen, habe ich mir jemals mit einem uralten Pflanzenextrakt beide Gehirne aus dem Leib gedröhnt und mit Mitgliedern meiner eigenen Brut an einer rituellen *Jagd* bis zum Tod teilgenommen?«

Vess spürte, wie ihm die Röte ins Gesicht stieg. »Ich wollte ...«

»O doch, Sie wollten! Sie schlagen Stichworte nach.« Fiffithiss klopfte mit einer Kralle. »Ich kann Ihnen die

Mühe ersparen, nach meinem Namen zu suchen. Ich bin kein beschissener Kinderfresser, Mensch. Fiffithiss bedeutet Abstinenzler. Bei meinem Volk gilt das nicht als Kompliment, und das ist einer der Gründe, weshalb ich nicht unter meinesgleichen lebe. Hilft Ihnen das?«

»Ja. Noch einmal – es tut mir leid ...«

»Gut. Jetzt machen Sie sich nicht verrückt. Andere stehen bestimmt schon Schlange.«

Vess war beinahe erleichtert, als sich die Tür zum Hauptzimmer öffnete. Ein kugelförmiger Pagenballon, etwa doppelt so groß wie Vess' Kopf, schwebte heraus und schwankte leicht. Dabei war ein leises Zischen zu hören.

»Agenda Punkt fünf?« Die Stimme klang wie moduliertes Statikrauschen.

Clo Fiffithiss ruckelte bejahend hin und her. »Vermutlich schon.«

Der Page rührte sich nicht. »Mehrdeutig. Agenda Punkt fünf? Bestätigen oder verneinen.«

Fiffithiss richtete sich auf, streckte alle neun Beine von sich, sodass es wie ein schlanker Dreifuß aussah. Indem es sich mit einer Kralle gegen den Rumpf tippte, ahmte es einen Gruß nach. »Agenda Punkt fünf, bestätigt.«

»Folgen Sie mir!« Die Maschine wackelte wieder durch die Tür hinaus.

Sie folgten ihr.

Das Zimmer lag auf Ebene sechzehn, der zweithöchsten Ebene der Zikkurat. So weit oben war der Palast zwar noch breit genug, um als sehr groß zu gelten, aber auch so klein, dass ein Zimmer mit Fenstern auf allen vier Seiten den ganzen Stock einnahm. Der Weg vom Eingang zur gegenüberliegenden Seite, wo die Vorstände warteten, kam ihnen lang vor.

Wie es die Tradition vorschrieb, bestand der Rat aus

fünf Mitgliedern – vier Praetoren und dem Vorsitzenden. Sie saßen nicht, sondern standen an Pulten, die alle unterschiedlich gestaltet waren, um die Gilden ihrer Besitzer zu repräsentieren. Der Vorsitzende stand am mittleren Pult, etwas nach hinten geneigt wegen seines mächtigen Bauchs. Vess vertrat die Theorie, dass Alst Or-Shls nur deshalb an der Tradition der Stehpulte festhielt, weil er ohne Hilfe vermutlich nie mehr aufstehen konnte, wenn er sich erst einmal hingesetzt hatte.

Das Pult ganz rechts hatte die Form einer verdrehten dunklen Kletterranke, die von krebsartigen Geschwüren bedeckt war. Es sah unbesetzt aus, doch Vess bezweifelte nicht, dass es besetzt war. Ihm lief es kalt über den Rücken.

Vor einer in den fast schwarzen Holzboden eingelassenen blassen Linie blieben sie stehen. Auch für Besucher gab es keine Stühle. Vess mochte das gar nicht. Stillzustehen, ohne unbeholfen zu wirken, war schwierig genug, wenn man entspannt war. Aber er war alles andere als entspannt.

Or-Shls trug dicke Linsen vor den Augen, ein altertümlicher Spleen. Er hob die Hand und fingerte an dem Rahmen herum, in dem die Linsen saßen. Sie glitten rasch zur Seite und verschwanden auf winzigen Schienen, die in den Rahmen eingebaut waren, hinter seinem Kopf. Ohne sie wirkten seine Augen viel größer und traten hervor. Er blickte nach links und rechts zu den Praetoren.

»Alle bereit?« Seine Stimme klang rau, und selbst noch an der Stelle, an der Vess stand, war Tabakrauch zu riechen – ein noch viel lächerlicherer, um nicht zu sagen gefährlicher Spleen.

Die Praetoren nickten.

»Gut. Nun, Administratoren, wir sind bereit, euch anzuhören. Das letzte der Großen Schiffe wurde uns kampflos entwendet. Ich gehe davon aus, dass Sie uns den Grund dafür nennen können.«

Vess atmete tief durch. Das tat gut, und die Spannung, die ihm nicht bewusst gewesen war, fiel von ihm ab. Das war es – er hatte sich von der Klippe gestürzt und fiel. »Weil wir dicht an der Peripherie kein wirkungsvolles Abschreckungsmittel mehr unterhalten können, Herr Vorsitzender.«

Erst herrschte Schweigen, dann musterte Or-Shls ihn finster. »Warum nicht?«

Vess hob die Schultern. »Ich kann nur verwalten, was vorhanden ist. In den letzten vier Gesellschafterversammlungen wurden jedes Mal Schiffe aus den Grenzzonen zurückgerufen und in den Heimatsystemen zusammengezogen. Die Lücken sind zu groß.«

»Und *Sonnenläufer* befand sich in einer dieser Lücken?«

Vess nickte. »Es hielt sich in einer dieser Lücken auf und entkam durch eine andere.«

»Entschuldigen Sie!« Die Meldung kam vom Pult ganz links. Es war blockförmig und bestand aus übereinandergestapelten, unterschiedlich großen Oolithwürfeln, die eine cremefarbene Säule bildeten, die ebenso stabil wie wackelig aussah. Das Pult bildete einen deutlichen Kontrast zu dem sehnigen Vierbeiner, der aufrecht dahinter stand und dessen schwere Vorderpranken auf der Säule ruhten, ungefähr auf Vess' Augenhöhe.

Eine der Pranken hob sich träge. »Die Gesellschafterversammlungen handelten auf die Empfehlung dieser Vorstände hin, richtig? Und wir haben uns zuvor über unsere Empfehlungen beratschlagt. Die Devise, die Mitte zu halten? Ganz bestimmt waren Sie auch im Verteiler. Sie alle beide.«

Clo Fiffithiss machte eine Bewegung. »Das waren wir,

Garash. Ich weiß nicht, wie Vess gehandelt hat, aber ich habe einige Modelle zurückgesandt, die die Konsequenzen dieser Devise *durchspielten*. Ich denke, die Risiken waren klar.« Es wandte sich an Garash. »Ganz bestimmt waren Sie auch in diesem Verteiler.«

Vess verkrampfte sich spürbar. Das Schweigen schien lange anzuhalten. Dann zeigte Or-Shls ein grimmiges Lächeln.

»Wir kennen Ihre *Spiele*, danke«, sagte er. »Sie haben Risiken identifiziert. Leider wurden Risiken in Kauf genommen, um Resultate zu erzielen. Ziemlich viele Resultate. So viele sind Ihnen vermutlich gar nicht bewusst.« Er deutete auf das scheinbar unbesetzte Pult. »Sie sind dran.«

Vess hielt den Atem an.

Etwas kroch über das Pult. Die Geschwüre bewegten sich, hoben sich auf Hunderten haarfeiner Beine von der verdrehten Säule ab. Sie flossen, so kam es ihm vor, am Pult hinauf und vereinten sich oben zu einer einzigen Masse, die annähernd den Umriss eines menschlichen Gesichts annahm.

In der Mitte des Gesichts öffnete sich ein Loch, das keine richtige Mundform hatte. Vess war sich nicht sicher, ob das besser oder schlechter war. Die Stimme der Gestaltwesenheit namens Vut hätte wie ein Schnurren geklungen, hätte sie nicht Silben gebildet.

»Sie haben die Devise, die Mitte zu halten, zur Kenntnis genommen und infrage gestellt. Angesichts Ihres damaligen Wissensstands waren Ihre Zweifel berechtigt. Allerdings war Ihr Wissensstand mangelhaft. Sehen Sie!«

Die Fenster verdunkelten sich, nicht allmählich, sondern so schnell, dass fast ein Schnappen zu hören war, und es wurde schwarz im Zimmer. Vess glaubte zu spüren, wie seine Iriden sich weiteten. Clo Fiffithiss raschelte unruhig neben ihm. Zwar verfügte es über eine viel bessere Nachtsicht als Vess, doch Dunkelheit bedeutete für das sehr reizbare Wesen Jagdterritorium.

Vor ihnen erschien erst verschwommen, dann scharf eine vertraute Sternenkarte. Vess nickte. »Die Innenseite und die Grenze. Und?«

»Die Innenseite, ja. Unsere elf Planeten. Selbst unter idealen Bedingungen eine prekäre Wirtschaftslage wie in jeder wirtschaftlich vollkommen abgeschlossenen Einheit. Doch die Bedingungen sind nicht ideal. Bevor wir Ihnen mehr erzählen, müssen Sie sich zu völliger Verschwiegenheit bereit erklären.«

»Ich war der Auffassung, das hätten wir beide längst getan.« Clo Fiffithiss klang verwirrt.

Or-Shls mischte sich ein. »Aber nicht auf einer hierfür erforderlichen Dringlichkeitsstufe. Drehen Sie sich bitte um!«

Es wurde wieder etwas heller. Sie drehten sich um und entdeckten hinter sich den Ballon – oder einen anderen, der genauso aussah –, der ungefähr auf Armeslänge entfernt auf Vess' Kopfhöhe schwebte. Im trüben Licht schimmerte er violett und wippte sachte auf und ab. Einen Moment später stellte Vess fest, dass er im selben Rhythmus nickte. Er hielt still.

Die Kugel teilte sich horizontal. Die untere Hälfte sackte nach unten und hing an feinen Stangen aus mattsilbernem Metall an der oberen Hälfte. Im Zwischenraum der beiden Hälften glühte es rauchig.

Hinter ihnen war Or-Shls' Stimme zu hören. »Bitte sehen Sie in das Licht! Vess zuerst.«

Vess blickte hinein. Erst erkannte er nichts, doch dann bildete sich in dem Rauch ein weißer Lichtpunkt, und sobald er ihn einmal ausgemacht hatte, war sein Blick gefangen, und er konnte nicht mehr wegsehen. Kurz verlor er die Orientierung, und dann füllte sich sein Kopf mit Worten.

... verpflichte ich mich zu absoluter Verschwiegenheit bezüglich der Praetorenversammlung im Laienpalast, Gegengewichtsbecken ...

Ihm schmerzte der Kopf. Er musste sich beherrschen, um sich nicht abzuwenden. Außerdem hatte er den Eindruck, dass er sich bei dem Versuch die Augäpfel aus den Höhlen gerissen hätte. Es gab offenbar nicht viele Wahlmöglichkeiten.

... mir ist bekannt, dass eine Nichteinhaltung Sanktionen nach sich zieht, unter anderem die physische Rückgewinnung der mitgeteilten Informationen. Bitte bestätigen Sie.

Er runzelte die Stirn. »Physische Rückgewinnung?«, fragte er, ohne den Blickkontakt zu der Maschine zu lösen.

»Das bedeutet, dass wir das Material physisch aus Ihrem Hirn zurückholen werden.« Or-Shls sprach völlig ungerührt. »Zuverlässig und tödlich.«

Bitte bestätigen Sie. Dies ist die zweite von drei Aufforderungen.

Vess wollte nicht wissen, was passieren würde, falls er alle drei Aufforderungen aufbrauchte. »Ich bestätige.«

Der Lichtpunkt verschwand, und seine Augen entspannten sich schlagartig. Auch die Kopfschmerzen ließen wieder nach.

Clo Fiffithiss machte offenbar dieselbe Prozedur durch. Doch dann schnappten die Hälften des Ballons zusammen, und das Ding schwebte davon. Sie wandten sich wieder den Praetoren zu, und es wurde dunkel.

»Hoffentlich war es nicht zu unangenehm.« Vut klang allerdings nicht ernsthaft besorgt. »Notwendig war es so oder so. Was wir Ihnen mitteilen werden, war bisher nur für die Vorstände bestimmt. Fünfhundert Jahre lang. Ich nehme an, dass wir damit Ihre volle Aufmerksamkeit erlangt haben.«

Vess nickte benommen. Ein leises Rascheln verriet ihm, dass Clo Fiffithiss ebenfalls ein Nicken nachgeahmt hatte.

»Gut. Also, vor fünfhundert Jahren hatten wir gerade den zwölften Planeten verloren. Als Reaktion darauf wurde die Grenze als feste Abgrenzung zwischen uns und dem Rest errichtet. Damit war der heutige Status quo geschaffen. Nur dass daran nichts statisch war. Die damaligen Vorstände befahlen, dass die Situation *durchgespielt* werden sollte.«

Clo Fiffithiss machte eine Bewegung. »Das muss eins der ersten Vorkommnisse gewesen sein, bei denen das *Spiel* als Werkzeug in der Politik eingesetzt wurde.«

»Das war es. Und es ist bis heute eins der einflussreichsten geblieben. Das Ergebnis zeigte, dass die damalige Innenseite nicht von Dauer wäre. Darauf hat man reagiert, indem man eine Struktur schuf, die selbst im Niedergang noch verteidigt werden konnte. Daher die Föderation der Innenseite. Das hat sich inzwischen aber gewandelt. Die jüngsten *Spiele* deuten darauf hin, dass dieser Zustand nicht mehr überlebensfähig ist.«

Eine Weile herrschte Schweigen. Dann ergriff Clo Fiffithiss das Wort.

»Das verstehe ich nicht. Der Verlust der Schiffe ist schlimm, aber wieso sind wir deshalb nicht mehr überlebensfähig?«

»Ihrem *Spiel* mangelt es an Informationen. Für sich genommen wäre der Verlust der letzten Großkampfschiffe aus der Hinterlassenschaft nicht verheerend – obwohl er ein Symptom eines allgemeineren Niedergangs darstellt, der sich schon seit Generationen anbahnt. Mit geschichtlichen Problemen müssen wir uns nicht befassen. Der heutige Anfang vom Ende hat vor fünf Jahren begonnen.«

Die Sternenkarte veränderte sich, und der Ausschnitt vergrößerte sich, sodass noch mehr Systeme zu sehen waren. Die meisten von ihnen waren ausgegraut, doch ein Cluster etwas außerhalb der Grenze leuchtete hell. Der Ausschnitt verengte sich wieder, bis drei Planeten zu sehen waren – Vess nahm zumindest an, dass es Planeten waren –, die sich in einem engen Kreis um einen kleinen blauweißen Stern gruppierten.

»Das ist der Dreikreis. Sicher haben Sie bereits Fragen.«

Mit gerunzelter Stirn betrachtete Vess das Bild. Der Stern befand sich außerhalb der Planetenebene und bildete somit nicht den Mittelpunkt, sondern eher eine Kegelspitze.

»Warum steht die Sonne zur Seite hin ab?«

Vut klang belustigt. »Da es sich um den Spin handelt, bleibt das Warum unergründlich. Wahrscheinlich aus purer Laune. Was das Wie angeht: Auf der gegenüberliegenden Seite des Rings befindet sich ein miniartiges schwarzes Loch als Gegengewicht. Das schwarze Loch und der Stern werden mithilfe eines Feldgenerators auf Abstand voneinander gehalten. Die Lösung ist nicht sonderlich elegant, und das war nicht die entscheidende Frage.«

Vess betrachtete das Bild genau. Darunter war etwas anderes zu sehen, ein geisterhafter Bogen mit einem grünen Punkt am Ende. Er deutete darauf. »Das da?«

»Genau das. Eine große Wolke aus Trümmern, wo früher nichts war, und dahinter ein grüner Stern – wo früher ebenfalls nichts war.«

»Und was ist es?«

Or-Shls holte pfeifend Luft. »Was der grüne Stern ist, wissen wir nicht. In dem anderen Phänomen vermuten wir einen Versuch jüngeren Planetenbaus. Nicht von uns. Und nicht in den letzten hundert Jahrtausenden. Sondern in weniger als den letzten tausend Tagen. Das ist erst der Anfang. Fahren Sie fort, Vut! Sie sind der Ökonom.«

Der Nichtmund öffnete sich erneut. »Der Anfang, ja, oder vielleicht besser: die Markierung des Anfangs. Wir machen ein Neuntel des Spin aus. Die Wabe mitgerechnet, beherbergen wir nahezu ein Fünftel der Bevölkerung und nicht einmal ein Elftel der Bodenschätze. Deshalb sind wir auf Handel angewiesen. Vor sechs Jahren waren dies unsere Handelsrouten.«

Die Sternenkarte schrumpfte, bis die Innenseite einen glitzernden Fleck in der Mitte bildete. Dutzende geschwungener Linien leuchteten auf, die überall im Spin starteten, irgendwann jedoch in der Innenseite endeten oder durch sie hindurchführten.

Ungefähr ein Drittel von ihnen war gelb, die restlichen zwei Drittel leuchteten kirschrot. Vess runzelte die Stirn. »Was bedeuten die Farben?«

»Gelb bedeutet eine positive Zahlungsbilanz. Rot das Gegenteil.«

»Dann stehen wir also insgesamt negativ da.«

»Halt! Vor sechs Jahren waren wir insgesamt um eine kleine Differenz im Minus. Die Situation heute sieht so aus.«

Das Bild verwandelte sich, und Vess starrte es verdutzt an.

Der Großteil der Linien war verschwunden. Die übrigen waren rot.

Vut ergriff wieder das Wort. »Wir sind beinahe abgeschnitten. Unsere Handelsrouten haben sich auf immer weniger Superfernrouten reduziert, und jede von ihnen ist um einiges gefährdeter und teurer als zuvor. Wir verlieren

Geld. Es kann nicht mehr lange dauern, bis wir die Engpässe nicht mehr länger verbergen können.«

Clo Fiffithiss klopfte mit drei Gliedern ein verschlungenes Muster auf den Boden. Vess erkannte darin das Äquivalent eines verblüfften Kopfschüttelns. »Das verstehe ich nicht. Wo besteht der Zusammenhang zwischen etwas, das Planeten baut, und dem Verlust unserer Handelsrouten?«

»Technologischer Fortschritt. Die Fähigkeit, Energie zu projizieren, *Spieler.* Und da Ihnen diese Information nicht zur Verfügung steht, trifft Sie keine Schuld.«

Or-Shls nickte. »Sie können gehen. Der Hafenmeister bleibt.«

Ganz kurz zögerte Clo Fiffithiss, doch dann war etwas wie ein synkopierter Trommelwirbel zu hören. Es hatte sich rasch zurückgezogen, zuvor jedoch einen Sekundenbruchteil lang ausgeharrt. Angesichts eines derartig brüsken Rauswurfs war selbst ein so kurzes Zögern ein gefährliches Spiel. Das Wesen hatte nicht gewagt, Vess mehr Unterstützung als dieses Zögern zukommen zu lassen.

Und das half ihm in keiner Weise. Als es weg war, fühlte er sich sehr einsam in dem Zimmer.

Vess räusperte sich. »Habe ich mir etwas zuschulden kommen lassen?«

Zu seinem Erstaunen schmunzelte Or-Shls. »Eigentlich nicht. Doch der Verlust der Hauptflotte hat uns nicht nur ohne entscheidende Angriffsmöglichkeiten zurückgelassen, sondern wir vermögen nicht einmal zum Schein Macht auszustrahlen. Wir sind nicht in der Lage, das wenige zu behalten, das wir haben. Und Sie wurden Ihrer Funktion beraubt. Aber wir haben Ihnen eine neue Aufgabe zugedacht.«

»Danke, Vorsitzender.«

»Damit warten Sie besser noch. Frau Garash?«

Die schweren Pranken auf dem Pult zogen sich leicht zusammen, und Vess erwartete fast, ein Knarren zu hören.

»Sie sind eine bemerkenswerte Persönlichkeit, Hevalansa Vess. Sie kommen von der Unteren Ebene, haben sich jedoch weit hochgearbeitet, ohne sich dabei Feinde zu machen oder Ihren Weg mit Leichen zu pflastern. Sie kommen gut mit Ihresgleichen aus, haben aber nur wenige Freunde. Sie sind berühmt dafür, Ihr Privatleben für sich zu behalten, und pflegen keine Beziehung. Aus Ihrer Akte geht hervor, dass Sie ausgesprochene Angst vor Insekten haben, und doch wahren Sie angesichts unserer Freunde Vut Haltung und scheinen engen Umgang mit Clo Fiffithiss zu pflegen. Langer Rede kurzer Sinn – Sie besitzen alle Eigenschaften eines Spions.«

»Eines *was?*« Vess wurde ein wenig schwindelig, und er schüttelte den Kopf.

»Eines Spions. Wir brauchen Informationen, Vess. Finden Sie heraus, wie die Kidnapper des letzten Großen Schiffs aus der Wabe entkommen sind! So etwas hätte nicht passieren dürfen. Sie hätten nicht ausbrechen dürfen. Sie hätten nicht in der Lage sein dürfen, sich Tickets zu kaufen. Sie hätten das Schiff nicht stehlen dürfen, obwohl Schiffe dieser Größenordnung so gebaut sind, dass sie mit einer kleinen Crew auskommen. Sie sind genau der richtige Typ, um diesen ungeklärten Fakten auf den Grund zu gehen.«

Der Schwindel wurde stärker. »Was soll ich tun?«, fragte Vess verzagt.

»Für den Moment erst einmal nichts. Fühlen Sie sich nicht wohl?«

»Ja. Was ...?«

»Gut. Bewegen Sie sich nicht!«

Vess merkte, dass er schwankte. Schon wollte er zu der Erklärung ansetzen, dass er nichts dagegen tun konnte, als sich bereits jedes Wort erübrigte. Etwas hinter ihm hielt ihn fest. Er hörte ein leises Zischen und begriff, dass es der Ballon war. Woher nahm der bloß die Kraft, neben seinem eigenen Gewicht auch noch ihn zu halten? Nur ein Wort brachte er heraus. »Gut?«

»Ja. Sie wurden gehackt, als Sie in das Licht geblickt haben. Die Wirkung setzt gerade ein. Entspannen Sie sich!«

Mit dem Schwindel erfasste ihn auch Panik, aber auch ein gewisses Hochgefühl. Er wollte einen Witz machen, ihnen erklären, dass er ohne sie entspannen konnte, ihnen irgendetwas sagen, doch die Stimme gehorchte ihm nicht mehr.

Auf einmal war das Zischen sehr laut und dann ganz weit weg.

Er entspannte sich.

10
Anflug auf Dreikreis

Selbst das Ding, das ihnen am nächsten war, wirkte riesig groß, aber natürlich nicht so groß wie ein Planet. Obwohl sie erst noch einen besuchen musste, wusste sie dennoch, dass Planeten noch viel größer sein mussten. Ein Durchmesser von hundert Kilometern war winzig für einen Planeten, aber für so etwas wie Netzstadt absolut gigantisch.

Doch Netzstadt stand für später auf dem Programm. Für jetzt erst einmal: Quader.

Eigentlich war es kein Quader, doch das war verzeihlich. Schließlich wusste sie, dass es einmal ein Quader gewesen war.

Angefangen hatte es als altes Containerschiff, das hilflos durch den Weltraum getrudelt war, in einer Region, die seit Kurzem verlassen worden war und sich zum Arsch der Welt wandelte. Was später zur Innenseite wurde, die sich wiederum gerade von der Außenseite absetzte, hatte sich eben aus dem Gebiet zurückgezogen. Das Schiff hatte Schub verloren und war kaum luftdicht, tatsächlich eher ein Container als ein Schiff. Denjenigen, die es gefunden hatten, passte das sehr gut. Denn sie wussten nicht, wohin mit sich, brauchten aber dringend eine Bleibe.

Dann gesellten sich immer mehr Leute dazu, und plötzlich wirkte der große alte Kasten gar nicht mehr so groß.

An diesem Punkt begannen sie mit dem Einfangen von Asteroiden.

Eins führte zum anderen. Tausend Jahre später bestand der zusammengebackene Klumpen, der sich noch immer Quader nannte, aus den Resten von ungefähr siebzig Asteroiden, acht leichten Kreuzern, einigen Tankschiffen und einer kleinen Jacht, die aus Versehen in den wachsenden Schwerkraftbrunnen des aufgeblähten Gebildes geraten und nie wieder entkommen war. In Planetenmaßstäben hätte man ihn allenfalls als Stecknadelkopf bezeichnet. Als künstlich geschaffenes Objekt war es mit großem Abstand das größte im Spin und seiner weiteren Umgebung gewesen.

Aber mittlerweile nicht mehr, denn es war von seinem Kind überholt worden. Groß war noch immer das Stichwort, *größer* war jedoch das passende Wort für das Gebilde, in dessen Mitte Quader hockte. Netzstadt war kein einzelnes Objekt. Derzeit bestand es aus Tausenden von Objekten und wurde immer größer.

Früher oder später muss eine Zusammenballung wie Quader mit dem Wachsen aufhören. Sonst wird es zu ungeordnet, kaum noch zu navigieren, zu schwer zu verkabeln und zu beherrschen. Schlicht – zu schwer zu bedienen. Deshalb war es nicht weitergewachsen, doch neue Teile schwemmten weiter an, und zwar mit jedem Jahr schneller, da Quader eine gewisse soziale Anziehungskraft entwickelt hatte. Wer ein neues Leben beginnen wollte, packte alles Tragbare zusammen, verschnürte es weltraumsicher, versorgte es mit x-beliebiger Energie und machte sich auf den Weg nach Quader. Wer das Ziel ohne Unterbrechung erreichte, machte am nächstbesten Objekt fest, das dem eigenen ähnelte, und nannte den Ort seine Heimat.

Ein paar Tausend Objekte später ergab sich daraus Netzstadt – ein verketteter, dicht gepackter, grob sechseckiger Himmelskörper aus allem Möglichen. Er barst vor Bewohnern, Handel, informeller Warenproduktion, Sex und Verbrechen und war in Zellen von mehreren Hundert Metern Breite untergeteilt. Jede dieser Zellen besaß eine eigene Abschirmung und Atmosphäre und war – sofern es keine ungeklärten Grenzstreitigkeiten gab – durch luftschleusenbestückte Röhrentunnel mit ihren Nachbarn verbunden.

Die Gelenke zwischen den Zellen waren nicht starr, sodass Netzstadt ganz langsam um Quader herumwogte wie eine schlafende Meereskreatur. Etwas daran beschleunigte Seldyans Puls, jedoch nicht so sehr wie das Ding dahinter.

Es war das Gebilde, das sie an eine Augenbraue erinnert hatte. Anscheinend nannten die Einheimischen es den Bogen. Von einem Ende zum anderen maß es eine halbe Million Kilometer. Es erleuchtete den Himmel von Netzstadt mit geisterhaftem Phantomlicht in allen Farben und völliger Blässe. Farbbänder liefen langsam darüber hinweg und flackerten durch das ganze Spektrum. Unförmige Flecken blühten auf und schwanden wieder.

Der Bogen existierte nicht einmal länger als fünf Jahre.

Sie starrten ihn lange an. Schließlich stieß Lyste Luft aus. »Was zum Henker ist das?«

Merish schüttelte den Kopf. »Ich werde auch nicht schlau daraus. Schutt, sehr heiß, sehr radioaktiv. Seltsamer Schutt obendrein. Nicht einfach nur radioaktiv, sondern voller wirklich bizarrer Tochterelemente.«

Seldyan konnte sich kaum von dem Anblick lösen. Doch sie gab sich einen Ruck. »Also, ist das dein explodierter Planet?«

»Ich glaube nicht.« Er runzelte die Stirn. »Falls doch, dann ist er nicht nur das. Diese Tochterelemente, die gehören nicht hierher. Die entstehen, wenn man einen Haufen komplizierter Reaktionen auf Energieleveln durchführt, die in einem Planeten nicht vorkommen, und mit exotischen Elementen, die garantiert nichts auf einem Planeten zu suchen haben.«

Kurz musterte sie sein Gesicht, bevor sie wieder auf die Anzeige blickte. »Merish? In die Luft gejagt zu werden, ist auch nicht typisch für einen Planeten. Ich halte mich mit einem Urteil zurück, wenn es dir nichts ausmacht. Schließlich wolltest du dich diesem Ding nicht auf eine halbe Million Kilometer nähern. Trotzdem sind wir jetzt hier. Wie sicher sind wir in Netzstadt?«

Merish hob die Schultern. »Kommt drauf an, wo und für wie lange. Quaders Abschirmung macht einen guten Eindruck.«

»Aha. Lasst uns Dosimeter mitnehmen!«

Lyste lachte leise. »Herrlich! Sag mal, Seldyan, wann gelangen wir zu der Einsicht, dass wir am besten dort geblieben wären, wo wir hergekommen sind?«

Sie musste mehrmals Luft holen, um nicht auszurasten. »Niemals. Ist das klar?«, fauchte sie, als sie zu einer Antwort fähig war.

Anscheinend war es klar, denn niemand erhob Einwände.

Sie näherten sich so langsam, dass sie fast standen, und alle Fernerkundungsgeräte, die das alte Schiff zu bieten hatte, zitterten auf maximaler Empfangsleistung. Und der Input war gewaltig: Eine sich überschlagende Welle aus Informationen flutete das System wie phosphoreszierender Schaum. Wie Statuen standen Merish und Kott über die Anzeige gebeugt, nur dass Statuen nicht so angestrengt starren konnten. Lyste spielte mit einem Holzpuzzle herum, das sie nie aus der Hand zu legen schien. Das Ding klapperte leise, und Seldyan ertrug das Geräusch nur mit Mühe. Hufsza verharrte in seiner Aura aus Gelassenheit, die noch nicht bis zu Seldyan vorgedrungen war. Sie kaute ungeduldig an den Fingernägeln.

Auf einmal richteten sich Merish und Kott auf, und das Schiff ließ das Signal hören, das eine Durchsage ankündigte. »Kontakt hergestellt.«

Auf einer der Anzeigen, die sie tatsächlich verstand, beobachtete Seldyan, wie die Geschwindigkeit langsam auf null abfiel und sich nicht mehr veränderte. Dann drehte sie sich zu Merish um.

»War's das?«

»Ja. Wir haben den winzigen Außenposten eines grobschlächtigen Fernabtasters gestreift. Wahrscheinlich ein Einschlagfrühwarnsystem.«

»Okay.« Sie betrachtete die Anzeige, auf der nun ein einzelner, leicht bläulicher Faden zu sehen war, der sich von Quader bis zu ihnen erstreckte. »Weiß das Ding, wer wir sind?«

»Noch nicht. Vermutlich glaubt es, dass wir ein total langweiliger Asteroid sind. Wir sind inkognito, Sel, bis wir uns weiter nähern. Und dann schicken wir ihnen ein Grußsignal, damit sie nicht herumrätseln müssen und nervös werden.«

Sie nickte und betrachtete weiter die Anzeige. Das schwarze Loch war unsichtbar, doch sie erkannte das Feld, das es auf Abstand zu der kleinen Sonne auf der anderen Seite der Formation hielt. Es sah aus wie eine verschwommene, geisterhafte Spindel, die von einem Stern herabhing und von drei Planeten umkreist wurde.

»Schön«, sagte sie leise vor sich hin, und als sich ihre Lippen nach der gehauchten Silbe schlossen, fiel ihr ein, dass sie dieses Wort wahrscheinlich zum ersten Mal in ihrem Leben benutzt hatte. Sie lächelte und wiederholte es, diesmal etwas lauter.

»Schön.«

Merish lachte. »Hat's dich erwischt?«

»Das kannst du laut sagen. Das ist die neue Welt. Hoffen wir, dass sie für uns bereit ist.«

»Dann bist du also nicht nervös?«

Sie schüttelte den Kopf. »Die vielleicht. Ich nicht.«

Einen Augenblick lang betrachtete Merish seine Hände. Dann schmunzelte er. »Woher nimmst du das, Seldyan?«

»Woher du es auch nimmst, weißt du noch? Ich habe nur etwas anderes daraus gemacht.« Dann biss sie sich auf die Lippen, und ihr Lächeln schwand.

Er nickte sehr bedächtig und wandte sich ab. »Dann lassen wir sie besser wissen, dass wir hier sind.«

»In Ordnung.«

Auf dem Bildschirm war im Vordergrund die unförmige Masse von Quader zu sehen, die nun winzig erschien im Vergleich zu Dreikreis im Hintergrund. Aus dieser Entfernung hatten sich die einzelnen Bestandteile von Netzstadt so stark aufgelöst, dass man sie als Weltraumschrott hätte abtun können. Die drei Planeten waren jedoch groß genug, um das gesamte Gesichtsfeld auszufüllen. Wenn man sie lange genug anstarrte, füllten sie das Gehirn allmählich gänzlich aus.

Es war besser, ein wenig herauszuzoomen. Als Seldyan dies tat, fiel ihr eine Bildkörnung zwischen sich und den Planeten auf. Sie bewegte sich, schlich langsam umher wie Flecken in einem riesigen Experiment. Indem sie ihre

Aufmerksamkeit erneut auf etwas anderes lenkte, erkannte sie des Rätsels Lösung und bekam einen trockenen Mund. Die Flecken waren Schiffe. Tausende, wahrscheinlich viele Tausend Schiffe.

Ihr war nicht klar gewesen, dass es überhaupt so viele Schiffe gab. Sie schluckte. Dann sah sie sich rasch um. Den anderen war noch nichts aufgefallen.

Sie hatte die anderen beobachtet. Sie kannte sie natürlich schon seit der Auslese in der Wabe, und aufgrund des verborgenen Austauschs im Bewusstseinsmagazin hatte sie sie noch besser kennengelernt. Aber sie hatte sie noch nie unter normalen Bedingungen erlebt. Was auch immer man als normal bezeichnen konnte. Vermutlich war ihre derzeitige Lage nicht gerade normal.

Darum hatte sie sie beobachtet. Merish hatte die Augen halb geschlossen und befand sich in stundenlanger, stiller Zwiesprache mit der Schiffs-KI. Die kleine dunkle Lyste saß über ihr Spielzeug gebeugt und schwieg glücklicherweise.

Auf der anderen Seite der Brücke lauerte Hufsza, ein Bündel aus Muskeln, die selbst in Ruheposition kaum gebändigt wirkten. Neben ihm saß Kott, die am wenigsten menschlich von ihnen allen aussah. Sie stammte von einem Planeten, auf dem hauptsächlich Teersand abgebaut wurde. Die Teersande enthielten mutagene Stoffe. Kotts Artgenossen hatten die sich am schnellsten wandelnde DNA im Spin. Sie war einen ganzen Kopf kleiner als die anderen, doch breiter als selbst Hufsza und hatte einen Oberkörper, dessen Querschnitt beinahe rechteckig wirkte.

Lange herrschte völliges Schweigen. Schließlich hob Lyste den Kopf. »Hast du das Signal nicht vor Ewigkeiten abgeschickt? Was ist los?«, fragte sie leise.

Seldyan sah Merish an, doch seinem abwesenden Blick nach zu urteilen, befand er sich noch immer in tiefer Trance mit der Schiffs-KI. Das ging jetzt schon fast den ganzen Tag so. Mit einem Seufzer deutete sie auf den Bildschirm.

»Sie wirken beschäftigt. Vielleicht liegt es nur daran.«

Hufsza entrollte sich. »Möglicherweise ist das normal. Wie auch immer. Lieber warte ich hier, als noch immer in der Wabe zu versauern.«

Seldyan belohnte ihn mit einem Lächeln.

Plötzlich schraken alle auf. Die Comms klingelten, und dann waren Stimmen zu hören.

»Hallo, Großkampfschiff ... äh, *Fickdich*! Cooler Name übrigens. Hier spricht Anflugkontrolle auf Netzstadt. Tut mir leid, dass ihr warten musstet. Ihr habt die Erlaubnis, zur Äußeren Hülle von Quader weiterzufliegen, Koordinaten hängen an. Ein Shuttler holt euch dort ab. Ich fürchte, ihr müsst so weit draußen anhalten, denn wenn ihr tiefer in unseren Gravitationsbrunnen eindringt, könntet ihr uns mit eurem Gewicht in den Weltraum hinauszerren.«

Reihum sah Seldyan die anderen an und erhielt von allen ein Nicken. Bis auf das von Merish, der immer noch abwesend wirkte. »Danke, Anflugkontrolle, so machen wir es. Was hat so lange gedauert?«

Es gab ein unmerkliches Zögern. »Nichts Schlimmes. Ihr habt ein voll ausgerüstetes Großkampfschiff aus der Hinterlassenschaft, und so was haben wir zwar schon gesehen, aber ihr habt eine vollkommen entpackte, kampfbereite KI an den Kontrollen, und die haben wir noch nie gesehen. Wir wollten mit ihr reden, aber sie reagiert ziemlich ausweichend. Gesteht ihr uns ein bisschen Vorsicht zu?«

»Geht klar. Danke, Anflugkontrolle. Bis bald.« Seldyan beendete die Verbindung, wartete, bis die Verbindung auch wirklich gekappt war, und wandte sich dann an

Merish. »Wach auf!«, rief sie. »Jetzt, Merish. Du wirst gebraucht.«

Langsam öffneten sich seine Augen. »Äh ...hä?«

»Wir fliegen wieder. Ist etwas passiert, während du ... äh, da drin warst?«

Er hob die Brauen, zuckte zusammen und rieb sich die Schläfen. »Woher weißt du das?«

»Hab's geraten. Was ist?«

»Feindkontakt. Angefangen hat es mit einem raschen Anklingeln wie ein freundliches Hallo, doch dann wuchs es an, *richtig* schnell, bis überall nur noch Datenfäden waren. Sie haben nichts bekommen. Die KI hat sich einfach eingeigelt und es über sich ergehen lassen.«

Seldyan presste die Lippen aufeinander. »War das ein Angriff, Merish?« Hinter ihr klapperte Lystes Spielzeug, dann wurde es still.

»So könnte man es nennen. Oder ein sehr aggressives Abtasten. Jemand wollte tief in die KI eindringen.« Er zuckte mit den Achseln. »Doch sie haben es nicht geschafft.«

Sie nickte. Sie hatte bereits eine Entscheidung getroffen. »Gut. Hört mal alle her! Wir haben es bis hierher geschafft. Also lasst uns auch noch bis zum Ende durchhalten – ohne voreilige Schlüsse zu ziehen. Einverstanden?«

Alle nickten. Lyste kümmerte sich wieder um ihr Spielzeug. *Klapper, klapper.*

Eine Stunde später hatte sich das Schiff durch den abartigen Verkehr geschlängelt. Dabei bewies es eine Eleganz, die Seldyan an eine riesige Ureidechse erinnerte, die vorsichtig in ihrem Nest umhertappt. Am Ende eines langen Stegs hatte es zögernd angehalten. Sie saßen auf der Brücke und beobachteten das eigenartigste Gebilde, das sich ihnen jemals genähert hatte.

Der unförmige mattgraue Zylinder drängte den Vergleich mit einem Lebewesen auf. Das körperähnliche Gebilde wirkte sonderbar verdreht und schien nach Belieben einzelne Teile ausfahren zu können. An der Stelle, wo sich der Steg zu einer breiten Fahrspur verbreiterte, wuchsen zwei große Räder mit dicken Reifen hervor, zwischen denen der Körper hing und sacht hin und her schaukelte. Wo der Steg schmaler wurde ... verschwanden da die Räder? Wurden sie resorbiert? Jedenfalls waren sie weg. Und das Teil lief auf sechs gelenkigen Beinen weiter.

Kott sprach es als Erste aus. »Was verdammt noch mal ist das?«

Merish hatte die Comms überwacht und sah mit einem Grinsen auf. »Ich glaube, das ist ein Shuttler«, sagte er. »Darin fährt es sich wahrscheinlich angenehmer als in den Shuttles, die wir gewohnt sind.«

Er hatte recht. Als er heran war, richtete sich der Shuttler auf, streckte die Glieder aus und umklammerte behutsam den winzigen Teil von *Fickdich*, den er erreichen konnte. Kratzgeräusche durchdrangen die Hülle. Dann senkte er den Rumpf herab. Ein dumpfes Klappern und das Geräusch einer Luftschleuse waren zu hören.

Von innen war der Shuttler weniger interessant und viel zu groß für seine wenigen Passagiere. Zehn Reihen mit jeweils vier Sitzen, die von einem Mittelgang geteilt wurden, erinnerten Seldyan an altmodische planetare Linienflugzeuge. Zwar war sie selbst nie darin geflogen, aber sie hatte Bilder gesehen. Merish sollte jedoch recht behalten – es fuhr sich viel angenehmer darin als in den Shuttles, die sie kannten. Bewegungen waren kaum zu spüren, und sie hätte nicht sagen können, wann das Gefährt zwischen Beinen und Rädern wechselte. Etwas

Lauteres wäre ihr lieber gewesen, denn das hätte sie auf ihrem Weg ins Ungewisse abgelenkt.

Am besten, sie zwang das Ungewisse mit Blicken nieder. Deshalb starrte sie auf die Frontscheibe.

Der Shuttler fuhr sich nicht nur angenehm, er war auch schneller, als es den Anschein hatte. Quader wuchs rasch an, sodass der Klotz schon bald den Blick auf die Planeten hinter ihm verstellte. Von Weitem wirkte er schwarz, aber im Näherkommen fiel auf, dass seine Oberfläche gesprenkelt und unregelmäßig war wie ein schiefgegangenes chemikalisches Experiment. Dabei schien ein blasenförmiger fester Brocken herausgekommen zu sein, der in allen Regenbogenfarben schillerte. Aus noch größerer Nähe erkannte Seldyan, weshalb Shuttler nicht nur Räder, sondern auch Beine hatten. Sie sah mehrere von ihnen, die über die Oberfläche staksten und völlig mühelos wirkten.

Der Steg traf im rechten Winkel auf die Oberfläche. Ohne langsamer zu werden, meisterte der Shuttler die Stelle, tastete sich behände über Höcker und Abgründe und ließ sich auf einen abgeflachten Vorsprung hinab. Ein metallisches Scheppern war zu hören, und wieder zischte eine Luftschleuse.

Lyste sah von ihrem Spielzeug auf, das zu Seldyans Beruhigung nicht mehr geklappert hatte, seit sie den Shuttler betreten hatten. »Willkommen in der neuen Welt!«, rief Lyste.

Seldyan fiel auf, wie spröde Lystes Stimme klang. Besorgt. Das war sie auch. Sie sah sich in der Runde um und stellte fest, dass die Gesichter und Körperhaltungen der anderen alle etwas Ähnliches ausdrückten. *Ich habe sie hergebracht*, dachte sie. *Es liegt alles an mir.*

Sie lächelte breit. »Wisst ihr was? Ich wette, wir sind

das Aufregendste, was ihnen heute unter die Augen gekommen ist. Bestimmt sind wir auch das Gefährlichste. Wegen Typen wie uns gibt es diesen Ort überhaupt. Wir sind die Zukunft. Sollen wir rausgehen und uns ein Stück davon sichern?«

Sie schritt den Mittelgang entlang und stieg in die Luftschleuse hinab. Kurz bevor ihr Kopf im Boden verschwand, sah sie noch einmal nach oben. Die Augen aller waren auf sie gerichtet.

»Und noch was«, fuhr sie fort. »Wir sind hier, um den Scheiß nicht machen zu müssen, den wir nicht wollen. Richtig? Wenn ihr Angst habt, dann sagt es mir! Oder sagt es den anderen. Lasst uns gefährlich bleiben!«

Sie duckte sich in die Luftschleuse und stand im Begriff, die Anweisungen auszuführen, die undeutlich vor ihr angezeigt wurden. Hinter sich hörte sie einen kurzen Wortwechsel und dann ein Klappern. Sie lächelte. Auf ihre ganz eigene Weise wusste Lyste mit allem fertigzuwerden. Sie hoffte, dass dies bei den anderen auch der Fall war.

Die Schleuse spulte ihr Programm ab. Seldyan ballte die Fäuste und trat hinaus in die neue Welt.

11
Quader, Ankunftshalle

Die neue Welt war ganz bestimmt neu. Und Seldyan konnte förmlich zusehen, wie sie immer neuer wurde. Konnte es auch hören, denn man hatte sie oft genug gegen ihren Willen auf irgendwelche Baustellen geschickt. Deshalb wusste sie, wie sich das anhörte.

Die Ankunftshalle war einer der ältesten Teile von Quader. Er war entstanden, als man die großen Rümpfe von sechs der ursprünglichen leichten Kreuzer miteinander verbunden hatte, um einen auf niedrigen Säulen ruhenden geräumigen Saal mit einer Kantenlänge von zweihundert Metern zu schaffen. Neuerdings war das ganz offenkundig nicht groß genug. Zugegebenermaßen waren es die fünf Neuankömmlinge gewohnt, in drangvoller Enge zu leben – die Wabe war eindeutig überfüllt –, doch diese Enge war geordnet gewesen. Hier jedoch handelte es sich um ein lautes, nach Schweiß riechendes Drängeln, in dem alles erlaubt war. Seldyan juckte es in den Handflächen, und sie ballte die Hände zu Fäusten.

Hatte sie etwas überhört? Sie wandte sich an die Empfangsdame in beiger Robe, die sie beim Verlassen des Shuttlers begrüßt hatte, und beugte sich leicht zu ihr vor.

»Entschuldigung?«

Auf dem knochigen Gesicht erschien ein Lächeln. »Ich

sagte, neunzig Millionen Besucher sind im letzten Jahr hier durchgekommen. Das sind fünfzig Prozent mehr als im Jahr davor, und nächstes Jahr werden es noch mal fünfzig Prozent mehr sein.«

Das musste es gewesen sein. Seldyan nickte und betrachtete das Gesicht der Frau möglichst unauffällig. Sie war außerordentlich dürr und hatte sich als Shahatiel vorgestellt. Dabei hatte sie die zweite Silbe auf eine Art und Weise betont, die an ein Bellen erinnerte. Dazu besaß sie einen Knochenbau, der ihre Magerkeit noch unterstrich. Ihr Alter ließ sich nicht bestimmen. Der Schädel glänzte kahl, während die Haut eine seltsam gräulich braune Farbe aufwies, die ihr natürlicher Teint zu sein schien. Das einzige Zeichen von Kosmetik war ein dicker, fingerkuppengroßer grüner Fleck über dem linken Auge. Seldyan schlug alle Vorsicht in den Wind und deutete darauf.

»Was ist das?«

Das Lächeln wurde zu einem Grinsen. »So, meine neue Freundin, sieht Religionsfreiheit aus. Der neuste Stern. Willkommen in der Demokratie!«

Am besten grinste sie wohl zurück. Seldyan nahm sich vor, über Religion zu recherchieren, sobald sich ihr die Gelegenheit dazu bot.

Wie durch ein Wunder durchquerten sie den wimmelnden Saal der Ankunftshalle, ohne einen aus der Gruppe zu verlieren. Seldyan hatte den Eindruck, dass ihre Begleiterin in ihrer Robe die Menschenmenge zu teilen vermochte. Darüber hinaus hatte sie den weitaus schwächeren Eindruck, dass ihnen nicht alle in der Menge wohlwollend gegenüberstanden. Mit ihren Wabensinnen glaubte sie Spuren von Ablehnung in ihrem Fahrwasser wahrzunehmen. Unauffällig sah sie sich um und entdeckte überall in der Halle Personen, die Roben trugen.

Selbst im dichtesten Gedränge schienen sich die Passanten absichtlich von ihnen abzuwenden. Wie auch immer, Shahatiels Anwesenheit hatte gewirkt. In erstaunlich kurzer Zeit hatten sie die andere Seite des überfüllten Saals erreicht, waren an einer langen Schlange vorbeigelotst worden – wo sie weiteren unterdrückten Groll hinterließen – und konnten sich schließlich in die weich gepolsterten Sitze eines Magnetbahnwagens fallen lassen, der steil einen schwarzen Tunnel hinabschoss.

Seldyan hatte die anderen an sich vorbeigewunken, damit sie sich am Ende des Abteils neben Merish setzen konnte. Während der Wagen vor sich hin brummte, beugte sie sich zu ihm hinüber und flüsterte ihm ins Ohr.

»Was denkst du?«

Sie tauschten die Positionen ihrer Köpfe. »Sieht ganz gut aus. Fühlt sich beunruhigend an.«

»So geht es mir auch. Unsere Freundin?«

Er schüttelte den Kopf. »Total plemplem. Ich hoffe, die ist nicht repräsentativ für die anderen. Da herrscht eine krasse Atmosphäre. Alle scheinen sie zu hassen, aber niemand spricht es offen aus.«

Seldyan nickte. »Ja, die Atmosphäre erinnert mich an etwas ... ich weiß aber nicht genau, was es sein könnte. Pass weiter auf, ja?«

»Kein Problem. Wird eine Weile dauern, bis ich mich ge nügend entspanne, um müde zu werden.«

»Gut. Und jetzt müssen wir uns benehmen.«

Sie rückten auseinander und setzten sich wie richtige Touristen hin. Vor ihnen ragte der kahle Kopf ihrer Führerin aus den Falten ihrer Robe hervor. Kurz musste Seldyan an einen Mond über einer öden Landschaft denken. Sie schüttelte den Kopf.

Die Fahrt war kurz, ging aber sehr rasant vonstatten.

Die Ingenieure der Magnetbahn hatten sich nicht bemüht, die g-Kräfte zu mildern. Ganz im Gegenteil. Seldyan argwöhnte, dass einige der Kurven und Talfahrten nicht erforderlich, sondern reine Spielerei waren. Es fühlte sich fast wie ein Wabenshuttle an, außer dass es nicht stank.

Dann schoss der Wagen aus dem Tunnel hinaus, und von da an kam ihnen nichts mehr vertraut vor. Sie hörte, dass Merish die Luft anhielt.

Schnell rasten sie auf der gegenüberliegenden Seite des Anlegegerüsts über die Oberfläche von Quader hinweg. Die jähen Richtungswechsel blieben aus, und wenn Seldyan den Blick von der verschwimmenden Landschaft hob, hatte sie nicht mehr das Gefühl von Fortbewegung. Und sie hob den Blick ... das heißt, er wurde nach oben gelenkt.

Der riesige leuchtende Kreis der drei Planeten schwebte über ihnen. Er füllte das Firmament, und bald darauf füllte er den Kopf. Er war schön, und als Seldyan das Wort in ihrem Geist aussprach, lächelte sie. Es war das zweite Mal an einem Tag, in einem Leben.

Sie spürte Merishs Finger, die ihr über die Hand strichen. Zugegebenermaßen vermochte allein diese Berührung ihre Aufmerksamkeit von dem Anblick abzulenken.

Der Wagen wurde langsamer. Die Schiene verschwand wieder unter der Oberfläche, die sich über ihnen schloss. Shahatiel drehte sich auf ihrem Sitz halb um und sprach über die Schulter.

»Wir sind fast da. Bevor alle anderen dazukommen, habt ihr Zeit, euch frisch zu machen.«

Kott räusperte sich. »Alle?«

Die Frau lachte. »Nun, natürlich nicht alle alle. Aber ein Empfangskomitee, das euch begrüßt. Patras ist auch dabei.« Sie musterte ihre Gäste. »Er ist der neue Oberaufseher«, fügte sie hinzu.

Dann wandte sie sich wieder ab. Merish beugte sich zu Seldyan herüber. »Oberaufseher?«, flüsterte er.

Sie zuckte mit den Achseln. »Neu? Wer weiß? Eins weiß ich mit Sicherheit – wir sind noch eine ganze Weile länger im Dienst.«

Er nickte. Einen Moment lang umfassten seine Finger ihre Hand noch fester, dann zog er sie weg.

12
Dorf 91, Wabe

Die Essensschlange schob sich vorwärts. Er hatte bereits gelernt, mit ihr Schritt zu halten. Am Abend zuvor war er um einige Plätze zurückgefallen, und schon hatte sich die Lücke vor ihm gefüllt. Er war zurückgedrängt worden, bis hinter ihm niemand mehr angestanden war. Vor ihm sammelte sich eine Menschentraube um die Essensausgabe. Sie löste sich auf, als er die Luke erreichte.

Heraus glitt eine flache Schale aus dünnem Papier, ungefähr so groß wie seine Handfläche. Sofort bog sich die Schale durch. Mit beiden Händen hob er sie auf und betrachtete den Inhalt. Er verzog den Mund, und ein kalter Lufthauch drang ihm an die Zähne.

In der Schale befand sich eine erstarrte, gelblich graue Pampe. Sie roch nach Kotze.

Irgendwo in der Schlange vor ihm wurde gelacht. Er sah auf und erblickte ein halbes Dutzend grinsender Gesichter, die ihn beobachteten. So kalt wie möglich starrte er sie an, bis das Grinsen aus ihren Gesichtern verschwand. Dann zwängte er sich zwischen ihnen hindurch und warf die Schale in den Müll. Bevor der Deckel wieder zuklappte, drehte er sich um. Hinter ihm zischte der Müllbeseitiger, und er bahnte sich einen Weg durch die gaffende Meute.

Die Situation kam ihm bekannt vor, aber das war vor langer Zeit gewesen.

Hungrig kehrte er in sein Dorf zurück, doch niemand bereitete ihm Schwierigkeiten. Auch der Hunger bereitete ihm keine Schwierigkeiten. Das hatte er schon oft erlebt. Es überraschte ihn nur, dass er die Erinnerung geradezu willkommen hieß.

Jedes Dorf beherbergte sechsundneunzig Schlafzellen, jede knapp größer als ein ausgewachsener Mensch. Sie waren rings um einen Überwachungsschacht angeordnet wie die Speichen eines Rads, in drei Stockwerken zu je zweiunddreißig Zellen. Die Insassen schliefen mit den Füßen zum Schacht, und die Zellen wurden am Kopfende von hinten beleuchtet, sodass jede Bewegung in der Zelle einen Schatten auf das durchsichtige zylinderförmige Sensorengewebe warf, das den Schacht umgab. Zwei menschliche Wächter saßen auf ihren Posten, die Hände auf Totmannschaltern. Solange noch wenigstens einer der Schalter gedrückt war, blieben die automatischen Waffensysteme lediglich geladen. Wurden beide losgelassen, gingen auch die Waffen los. Das war einfach und idiotensicher.

Auch die Dörfer waren in senkrechten Stapeln von jeweils sieben angeordnet und konnten augenblicklich voneinander isoliert werden. Ein Dorf, in dem kein Schalter mehr gedrückt wurde, wurde automatisch isoliert. Ein Dorf, in dem die Schalter mehr als eine Stunde lang ohne Erklärung nicht gedrückt wurden, wurde begast. Manch eine Erklärung mochte allerdings ebenfalls zur Begasung führen.

Die Dorfstapel bildeten ein engmaschiges Sechseckmuster. Der grob dreieckige Raum zwischen den Stapeln wurde für Maschinen und als Stauraum genutzt. Fünfhundert Stapel bildeten eine Wabe. Obwohl es viele, viele Waben gab, wurde der gesamte Komplex ebenfalls nur in der Einzahl *die Wabe* genannt.

Das alles – und noch manches andere – hatte Vess während der sechs Tage gelernt, die sich Orientierungsphase nannte. Insgeheim bezeichnete er sie als Indoktrination. Den gesichtslosen Stimmen in der Dunkelheit des Versenkungszimmers gegenüber sprach er das Wort aber nicht aus. Stattdessen kooperierte er mit ihnen, während sie ihm erst beibrachten, wer er nicht mehr war, und dann, wer er auf der Wabenwelt sein würde und was er zu tun hatte. Offenbar entsprach das alles ziemlich genau der Norm.

Besser als tot – doch manchmal hatte er so seine Zweifel. Diese hatte er jedoch für sich behalten.

Was er gelernt hatte, hatte der Realität entsprochen. Als er hier angekommen war – mit der Schuldenlast des wahren Vess tief in sich verborgen –, hatte er allerdings feststellen müssen, dass die Realität das Gelernte noch übertraf. Als Erstes fiel ihm der Geruch auf. Er hatte den Geruch von Körperausdünstungen und schalem Essen erwartet, und das hatte Erinnerungen an seine Kindheit in beengten Verhältnissen wachgerufen. Rasch hatte er sie wieder verdrängt. Tatsächlich aber roch sein Dorf provozierend sauber, mit einer Chemikalienschärfe und einer trockenen Papiernote von den Einwegoveralls, die jeden Tag erneuert wurden. Andere Kleidung war in den Dörfern nicht erlaubt und wurde nicht zur Verfügung gestellt.

Mit knurrendem Magen wachte er auf, und der neu implantierte Chip nahe der Lendenwirbelsäule schmerzte. Die Essensschlange war ihm willkommen. Diesmal kam ihm keiner dazwischen, und es gab gräuliche Hafergrütze, die unangenehmerweise ähnlich aussah wie der Schaleninhalt am Abend zuvor, aber eher nach fast gar nichts roch oder schmeckte. Doch sie war heiß, und er schmeckte Speisestärke heraus. Innerhalb einer Minute hatte er seine Schale geleert, ohne dabei seinen Magen zu füllen. Dann gab es Arbeit. Denn um die ging es in der Wabe.

Der verschüttete Teil von ihm begriff die Logik dahinter – hatte sie schon immer begriffen. Und während des Vorgangs, der sich nicht Indoktrination nannte, war sie ihm trotzdem noch einmal mit einsilbigen Worten erklärt worden.

Für die verschiedenen Fächer gab es unterschiedliche Lehrer. Das Spionagehandwerk wurde von einem klobigen Vertreter einer Spezies übernommen, die Vess nicht kannte, die aber wie eine Kreuzung aus einem großen Menschen und einem kleinen Frachtcontainer aussah. Es – vergeblich hatte Vess ihm ein Geschlecht zuzuordnen versucht – hatte eine sonderbare Stimme, einen kräftigen Bariton, der gleichzeitig weiblich klang.

Dann folgte eine lange politische Unterweisung durch eine kleine, anscheinend ganz gewöhnliche Menschenfrau, die kaum von ihrem Skript aufsah. Wenn sie den Kopf hob, traf Vess die Erkenntnis wie ein Blitz, dass sie doch nicht so gewöhnlich war. Im Dämmerlicht leuchteten ihn ihre vier großen Augen mit glänzend roten Pupillen an. Die Augen waren übereinander angeordnet, zu beiden Seiten einer gewöhnlichen Nase. Vess fragte sich, wie viele Spezies oder Unterspezies – oder was immer sie waren – die menschliche Grundform hervorgebracht hatte und wie vielen von ihnen er noch begegnen würde.

Bei dem Wesen, das ihm Wirtschaftsstrategien beibrachte, gab es für ihn keine Fragen. Auf den ersten Blick hätte es ein Zwilling von Clo Fiffithiss sein können. Doch der erste Blick war trügerisch. Es dauerte nicht lange, bis er merkte, dass die beiden Kreaturen außer der Spezies nichts gemeinsam hatten. Zum einen benutzte dieses Wesen anders als Clo Fiffithiss keinen Übersetzer. Denn es war eins der wenigen, das eine mit Menschen kompatible Sprache mithilfe seines eigenen Stimmapparats hervorbrachte – einer Ansammlung geschichteter, rohrblattartiger Membrane tief in seiner Luftröhre. Das Ergebnis klang wie Wind, der durch abgestorbene Blätter rauscht.

»Die meisten Gesellschaften gelangen aus Versehen zur Sklaverei oder haben nie damit aufgehört. Im Spin gab es viel wirtschaftliche Unterdrückung, aber kaum tatsächliche Sklavenhaltung, es sei denn, man zählt Beispiele wie das Glückliche Protektorat dazu, das per Zufall dazu kam und kurz darauf von einem Artefakt ausgelöscht wurde. Die Innere Föderation stellt eine Besonderheit dar. Sie hat sich ganz bewusst entschieden, im industriellen Maßstab zur Sklaverei zurückzukehren, und das Jahrtausende nach deren Abschaffung. Wahrscheinlich ist das sogar einzigartig, weil diese strategische Entscheidung aufgrund detaillierten *Durchspielens* getroffen wurde. Das wurde Ihnen bereits gesagt, ich weiß.«

Vess nickte.

»Aber etwas anderes wurde Ihnen noch nicht gesagt. Man hat diese Entscheidung nicht gefällt, um Stabilität zu gewährleisten. Das *Spiel* zeigte kein Ergebnis, bei dem Stabilität erreicht worden wäre. Vielmehr ging es darum, den Niedergang zu verwalten. Nun wurde eine Schwelle überschritten – er lässt sich nicht mehr verwalten.«

Die raschelnde Stimme verstummte. Mit zusammengekniffenen Augen starrte Vess auf das Wesen im Dämmerlicht, das sich nicht rührte. Er konnte auch keinen Ausdruck erkennen.

»Wie lange?«, fragte er.

»Wie lange bis *was*? Der Abstinenzler hat es *durchgespielt*. Bis wir unsere Schulden nicht mehr bezahlen können? Ein Jahr. Massenunruhen, die zum Bürgerkrieg führen? Ein weiteres Jahr. Die komplette Auflösung der Inneren Föderation durch Aggressoren und Gläubiger? Fünf Jahre. Es herrscht durchaus Dringlichkeit.«

Der Abstinenzler, dachte Vess. Kein netter Ausdruck, hatte Clo Fiffithiss gesagt. »Und ich?«, fragte er mit ruhiger Stimme.

»In unserer instabilen Lage brauchen wir das wirtschaftliche Schwungrad der Wabe als eine Bastion gegen weitere Instabilität. Im Moment stellt sie das Gegenteil dar. Sie wird instabil, zu einer Quelle des Aufruhrs oder sogar der Revolution. Finden Sie diese Instabilität, Vess! Kommen Sie zurück, um uns davon zu berichten.«

Wieder nickte Vess. Dann kam ihm ein Gedanke. »Bin ich der Einzige dort?«

»Vielleicht. Vielleicht auch nicht. Haben Sie sonst noch Fragen?«

Er ging ein Risiko ein. »Clo Fiffithiss – trauen Sie seinem *Spiel*?«

»Dem Abstinenzler? Sie sollten wissen, dass meine Spezies keine guten Sklaven abgibt. Allermeist zumindest. Doch was es *durchspielen* sollte, das wird es *durchgespielt* haben.« Kurz ertönte ein unergründliches Fauchen, als hätte der Wind sich zu einer Sturmbö gesteigert und wäre dann wieder abgeflaut. Dann klang die Stimme wieder normal. »Damit ist diese Unterweisung beendet – alle Unterweisungen, wie ich glaube. Ich wünsche Ihnen Glück.« Nach kurzem Zögern fügte es noch zwei Worte hinzu: »Gute *Jagd*.«

Vess verneigte sich dankend und unterdrückte sein

Schaudern, bis er allein war. Er hatte keine Ahnung, wie sein Zittern interpretiert worden wäre.

Aber ja, es gab Arbeit. Es gab immer Arbeit.

Das wirtschaftliche Modell war denkbar einfach. Die Wabe war die ultimative Outsourcingdestination. Sie stellte alles her, was nicht unbedingt vor Ort produziert werden musste und was mit Zwangsarbeitern – intellektuellen oder körperlichen – zu bewerkstelligen war. Außerdem bot die Wabe günstige Gelegenheiten. Man siedelte alles Mögliche um, um in ihrer Nähe zu sein. Fabriken, Logistikzentren, ganze Agrarbetriebe an Bord von Raumflugkörpern hatten sich in dem turbulent überhäuften Sektor rings um den ursprünglichen Wabenplaneten zusammengeballt, um von den billigen Arbeitskräften zu profitieren. Alles, was entweder kaum Sonnenlicht benötigte oder sein eigenes mitbringen konnte und was mit Lebewesen billiger herzustellen war als mit Maschinen. Aus einer Ressource war eine Wirtschaft innerhalb der Wirtschaft geworden, und es funktionierte.

Und Vess arbeitete. Er hatte keine Ahnung, wie viele aus dem Wabenmanagement über seine Tätigkeit informiert waren. Sehr wenige, war ihm gesagt worden, und ganz bestimmt tat irgendjemand sein Bestes, um sein Los zu verbessern. Also arbeitete er und erfüllte vor allem Aufgaben, die seiner Kenntnis nach eigentlich von nichtmenschlichen Geräten erledigt wurden. Nach einiger Zeit begriff er, dass es im Grunde noch immer so war.

Eine der Aufgaben war Bergbau. Am zweiten Tag wurde er zusammen mit um die hundert anderen in ein abgewracktes Kurzstreckenshuttle getrieben. Der Gravitationsausgleich des Shuttles funktionierte nicht. Zwei elende Stunden Übelkeit später war seine Kleidung mit dem eigenen Erbrochenen und dem seiner Nachbarn getränkt, und er wankte durch einen Tunnel in einen erst kürzlich eingetroffenen Asteroiden.

Die beiden darauffolgenden Tage waren wie eine einzige sich endlos wiederholende Minute aus Staub und kolossaler tödlicher Erschöpfung. Sie wechselten kaum Worte, nur das Nötigste für die Arbeit. Ihre Kehlen waren mit Felsstaub zugekleistert, die trockenen, geschwollenen Augen davon umhüllt, und von ihren Fingern löste sich die Haut. Anscheinend war das normal oder jedenfalls annehmbar.

Im Shuttle zurück war er zu müde, um zu kotzen, und den anderen erging es ebenso. Als sie ausstiegen, brauchten sie ihre Kleidung kaum auszuziehen, denn sie fiel ihnen auf dem Weg zur Dekontaminierung in Fetzen vom Leib. Die Dekontaminierung wurde nicht zu ihrem Wohl durchgeführt, sondern war eine schlichte Vorschrift, denn die Wabe sollte nicht mit planetenfremden Materialien beimpft werden.

Vess schlief einen endlosen Schlaf, der viel zu kurz war, und erwachte zu neuer Arbeit. Der Zyklus dauerte elf Tage, erst am zwölften Tag erwachte er, und es gab keine Arbeit. Das war geradezu nervtötend.

Die Zyklen der Insassen waren versetzt. Vess war einer von acht, die ihren Ruhetag hatten. Die Ruhenden durften sich frei im Dorf bewegen, was nicht viel hieß, denn außer den Schlafzellen besaß das Dorf lediglich einen kleinen Gemeinschaftsbereich neben der Cafeteria.

Jeder nutzte es anders. Eine dünne, sehr sehnige Frau namens Zephorere verbrachte ihre Zeit mit Training und joggte einige Runden um den Umgang. Vess war zu müde, um mitzuzählen, wie oft, doch es wirkte so, als absolviere sie ein festgelegtes Programm. An vorbestimmten Stellen hielt sie inne, um halsbrecherische Dehnübungen zu absolvieren, bei deren Anblick Vess zusammenzuckte. Sie hatte auch so etwas wie eine Gefolgschaft. Von Zeit zu Zeit liefen andere für mehrere Runden hinter ihr her, und die Mutigsten ahmten ihre Dehnübungen nach. Doch meistens fielen sie dabei hin und hinkten lachend wieder zur Cafeteria hinüber.

Vess folgte ihrem Beispiel nicht, denn seine Sinne waren erwacht und konzentrierten sich auf die einzige andere Person, die gleichfalls nicht trainierte, und der traute er. Sein Vertrauen amüsierte ihn. *Vielleicht könnte ich wirklich Spion werden*, dachte er.

Sie hieß Dimollss und war noch sehr jung. Erst vor wenigen Zyklen war sie zu den Erwachsenen ins Dorf verlegt worden, und sie verfügte über die durchschaubare Weisheit der Jugend und deren Unbedachtheit.

»Die anderen glauben, dass du ein Spion bist.«

Er blinzelte, fasste sich und lächelte sie an.

»Warum?«

»Weil du neu und alt bist.«

»Wie bitte?«

Sie seufzte. »Du bist gerade erst angekommen, also bist du neu, aber du bist erwachsen, und deshalb bist du alt.«

Er nickte bedächtig. »Und warum soll ich deswegen ein Spion sein?«

Sie hob die Schultern. »Keine Ahnung. Aber Typen wie du sind schon tot aus den Bewusstseinsmagazinen herausgefallen. Das muss etwas zu bedeuten haben.«

Er blinzelte. »Tot herausgefallen?«

»Na ja, nicht gefallen. Einfach tot liegen geblieben. Auf diesen Couchs.« Forschend glitt ihr Blick über sein Gesicht. »Warst du schon im Bewusstseinsmagazin?«

Er schüttelte den Kopf. »Ich habe davon gehört«, räumte er ein. Das stimmte halbwegs, denn es war ein wichtiger Teil seines Briefings gewesen.

Sie nickte. »Gut. Dann weißt du also, dass sie deinen Chip mit dem Magazin verbinden und du in eine Trance fällst. Wenn sie dich wieder rausholen, wachst du normalerweise aus der Trance auf, aber manche, Typen wie du, die rühren sich einfach nicht mehr ... oh ...«

»Oh?« Er wollte sie weiter ausfragen, doch sie sah ihn nicht mehr an, sondern starrte über seine Schulter hinweg. Er blickte nach hinten.

Es waren drei, zwei Frauen und ein Mann, und sie trugen die matten graubraunen Uniformen der Aufseher. Eine der Frauen trat einen Schritt auf ihn zu. »Derlei Tratsch ist nicht erlaubt.« Sie musterte Vess. »Entfernen Sie sich von ihr! Andernfalls muss ich davon ausgehen, dass Sie beteiligt sind.«

In seinem Kopf schien die Entscheidung eine Ewigkeit zu brauchen, aber wahrscheinlich dauerte es nicht länger als eine Sekunde, bis seine Beine das Unausweichliche hinnahmen. Er trat zur Seite, und sie gingen an ihm vorbei. Dimollss wich einen Schritt zurück, bevor sie mit erhobenem Kopf und trotzigem Blick stehen blieb. Ganz aufgerichtet – schließlich galt sie als Erwachsene – fiel Vess mit Erschrecken auf, dass sie einen Kopf kleiner und viel schmächtiger war als die Aufseher.

Die Anführerin tastete nach etwas an ihrem Handgelenk. »Sie wissen, was Sie zu tun haben. Zehn Sekunden diesmal.«

Dimollss biss sich auf die Lippen. Dann kauerte sie sich hin und sah auf. Einen Moment lang begegnete ihr Blick dem von Vess, und sie zwinkerte ihm verstohlen zu. Dann wandte sie sich an die Aufseherin. Dabei waren ihre Züge von einem solchen Hass erfüllt, dass Vess fast angewidert zurückschreckte.

»Machen Sie schon!«, verlangte sie. »Genießen Sie es!«

Die Aufseherin hielt einen kleinen grauen Zylinder vor sich, den sie am Gürtel getragen hatte. Sie drückte auf einen Knopf und deutete damit auf Dimollss.

Die junge Frau verkrampfte sich. Ihr Körper krümmte sich zu einer höckerigen Kugel zusammen und erinnerte Vess zu seinem Entsetzen an ein sterbendes Insekt. Aus der Kugel drang ein heiseres Wehklagen. Es schien sehr lange zu dauern, doch plötzlich war es vorbei. Die Aufseherin nahm den Zylinder herunter. Das Wehklagen verstummte, und obwohl Dimollss sich nicht wieder aufrollte, sah Vess doch, dass sich ihre Muskeln entspannten.

Die Aufseherin steckte den Gegenstand wieder in den Gürtel zurück und richtete den Blick auf Vess. »Um eins klarzustellen – ich habe es nicht genossen«, erklärte sie. »Darin liegt kein Vergnügen.« Sie wandte sich um und ging davon. Wortlos folgten ihr die beiden anderen.

Vess wartete, bis sie fast außer Sichtweite waren, bevor er neben Dimollss niederkniete. »Alles in Ordnung?« Die Frage schien völlig unpassend zu sein.

Langsam entrollte sich die Kugel und enthüllte ein blasses Gesicht mit rot unterlaufenen Augen. Dimollss holte keuchend Luft, atmete aus und holte wieder Luft. »Ja, alles in Ordnung. Oder es wird in Ordnung kommen.«

»Was ist passiert?«

Sie zog eine Grimasse. »Was sie da hingehalten hat, das macht etwas mit deinem Chip, das ... wehtut.« Das letzte Wort sprach sie ganz flach aus.

Vess' Magen krampfte sich zusammen. »Tut mir leid.«

»Warum? Du hast ja nichts getan. Und du hättest sie nicht aufhalten können. Niemand kann sie aufhalten.«

Schwankend erhob sie sich, streckte ein Bein nach dem anderen aus. Dabei blickte sie an sich hinunter. »Und außerdem – Scheiße, ja!«

Er schüttelte den Kopf. »Entschuldige bitte – was, *ja*?«

»Ja, das Ergebnis. Zehn Sekunden? Zum ersten Mal bin ich über die fünf Sekunden rausgekommen, ohne kotzen zu müssen. Ich komme an Seldyan ran.«

Erst überkam Vess Übelkeit, doch dann fasste er sich. »Du kommst an wen ran?«

Sie sah ihn ernst an. »Dann hast du also von ihr gehört. Ist sie berühmt?«

»In gewisser Weise. Bringe ich dich nicht etwa in Schwierigkeiten, wenn wir weiter tratschen?«

»Doch, also lass es!« Sie lächelte und wandte sich ab. »Meistens kommt man nach dem Ruhetag ins Bewusstseinsmagazin. Womöglich sind wir zusammen drin«, ergänzte sie über die Schulter hinweg.

Er sah ihr hinterher.

Trotz der Erschöpfung schlief er in dieser Nacht nur wenig. Er grübelte darüber nach, was als wichtig galt.

Ihm war nicht bewusst gewesen, dass das wie auch immer geartete wirtschaftliche Wohl der Innenseite darauf beruhte, dass Kinder gefoltert wurden.

13
Quader

Allmählich gewann Seldyan den Eindruck, dass ihre Gastgeber die drei Planeten überbeanspruchten. Da waren sie wieder, deutlich zu sehen in ihrer strahlenden Größe durch die kristallklare Blase aus unbekanntem Material, die den Raum überwölbte. *Überwölben* war allerdings nicht der richtige Ausdruck, *formen* traf es schon eher. Sie stand auf einem halbwegs ebenen Teil der Außenseite von Quader, und die Blase bog sich steil zum Boden hinunter und überdachte eine Fläche von ungefähr hundert Schritten im Durchmesser. Wie hoch sie war, ließ sich nicht erkennen, denn sie war so klar, dass sie schlichtweg nicht zu sehen war. Nur von Kopfhöhe an abwärts brachte sie alles zum Flackern und Verschwimmen, sodass die Sterne schimmerten, die man durch diesen Teil der Blase hindurch betrachtete. Jemand hatte Seldyan erklärt, das solle verhindern, dass man aus Versehen durch sie hindurchging.

Auf verschiedenen Tischen waren Getränke und Häppchen angerichtet. Seldyan hielt sich an Speisen, die sie kannte, und an Getränke, die nicht berauschend wirkten. Soweit sie beobachten konnte, machten es die anderen genauso, aber sie bekam sie nicht oft zu Gesicht.

Alle wollten mit ihnen reden. Sämtliche Versuche, als

Gruppe zusammenzubleiben, erwiesen sich als hoffnungslos. Jeder der Anwesenden in dem großen Saal schien sie in eine andere Richtung zerren zu wollen, und als man sie hereingeführt hatte, waren bereits über hundert Leute zugegen gewesen. Seldyan lächelte und antwortete – vielmehr antwortete meist nicht – auf die unzähligen Varianten immer gleicher offensichtlicher Fragen und weniger unliebsamer Vorschläge. Oftmals blockte sie die Gesprächsversuche durch ihre eisige Reaktion ab. Aber sie spürte, dass sich ihre Laune zunehmend verschlechterte.

Inmitten des Waldes aus Gästen erspähte sie eine Lichtung und hielt unter Einsatz beider Ellbogen darauf zu. Es stellte sich heraus, dass sich die Lichtung um eine Person gebildet hatte – eine gedrungene kleine Gestalt, die ihr den Rücken zugekehrt hatte. Sie trug ein einfaches braun verschossenes Wickelkleid, das an der Hüfte mit einem Gürtel zusammengehalten wurde. Seldyan bemerkte, dass die Blicke aller von der Gestalt zu ihr herüberschweiften. Seit den Tagen in der Wabe vermochte sie kleinste Veränderungen in der Körpersprache anderer zu deuten. An der Schulterhaltung der Gestalt las sie ab, dass ihr der allgemeine Blickwechsel aufgefallen war.

Die Gestalt wandte sich um, und Seldyan starrte auf das bärtigste Gesicht hinab – ziemlich weit hinab sogar –, das ihr je begegnet war. Nur eine tiefschwarze Pupille erwiderte ihren Blick. Die zweite Augenhöhle war leer. Der Teil des Gesichts, der nicht von dichtem schwarzem Bart bedeckt war, zeigte rötlich blaue Haut und schien kreuzweise von Tausenden schwarzer Venen durchzogen zu sein.

Sie war sich bewusst, dass sie ihn anstarrte und dabei beobachtet wurde. Mit erzwungenem Lächeln streckte sie die Hand aus. »Seldyan«, stellte sie sich vor.

»Patras. Willkommen in Quader. Hat Sie schon jemand willkommen geheißen?«

Die Stimme war erstaunlich tief. Kurz dachte Seldyan nach. »Nein, ich glaube nicht. Bestimmt ein Versehen. Sie sind der neue Oberaufseher?«

Er lächelte und verneigte sich leicht, wobei sich sein Kopf fast bis zu ihren Hüften hinabsenkte. »Das bin ich. Seit fünf Tagen im Amt. Und stellen Sie sich vor, niemand hat auch nur versucht, mich zu ermorden!« Dann richtete er sich wieder auf. »Und Sie sind die neue große Hoffnung. Auch das hat Ihnen vermutlich noch niemand gesagt.«

Sie sah ihn lange an. »Wessen neue große Hoffnung?«, fragte sie schließlich.

Das Auge funkelte. Sie entdeckte Belustigung und noch etwas anderes. »Eine gute Frage. Es ist ... äh ... laut hier drinnen. Möchten Sie und Ihre Kollegen vielleicht woanders hingehen?«

Kurz sah sie sich im Kreis der Gesichter um. Die anderen hatten sie gefunden. Sie nickten. Alle anderen beobachteten. Obwohl keiner von ihnen etwas sagte, hatte Patras recht: Es fühlte sich laut an.

Sie wandte sich ihm wieder zu. »Das wäre gut«, sagte sie.

Zu ihrer großen Erleichterung befand sich *woanders* im Untergrund. Sie saßen auf einer Couch, die einen Dreiviertelkreis bildete, um einen runden Tisch herum. Getränke und Häppchen auf dem Tisch schmeckten wesentlich besser als die beim Empfang. Sie sah sich um und entspannte sich ein wenig. Patras lächelte.

»Mir geht es genauso«, sagte er. »Nach einiger Zeit habe sogar ich genug vom offenen, weiten Weltraum und vom großartigen Ausblick auf die Planeten.«

Seldyan nickte. »Wie viele Bewohner leben auf ihnen?«

»Niemand.« Sie musterte ihn scharf, und er zuckte mit den Achseln. »Sie sind furchtbar hübsch anzusehen, aber Menschen können dort nicht überleben. Mieses Terraforming. Die Atmosphäre hat sich verflüchtigt. Jetzt brauchen sie Re-Terraforming.«

»Können Sie das bewerkstelligen?«

»Schon bald, so hoffen wir.«

»Oh.« Da kam ihr ein Gedanke. »Alle Aussichtspunkte sind auf diese Planeten ausgerichtet. Nicht zum Netz, nicht zum Bogen. Stimmt es, dass der Bogen weniger als fünf Jahre alt ist?«

»Ja.« Die Antwort klang noch knapper, als es mit dem einzelnen Wort möglich war.

»Wie ist das passiert?«

Für einen Augenblick schwieg Patras. Dann lächelte er wieder, doch für Seldyan wirkte es diesmal kaum noch wie ein echtes Lächeln. »Darauf gehe ich jetzt nicht ein. Erzählen Sie mir lieber von dem Schiff, das Sie uns gebracht haben!«

Seldyan verkrampfte sich. Wieder spürte sie Merishs Finger am Handgelenk. Eine Sekunde lang drückte sie zu, entzog sich ihm dann aber ganz bewusst. Die Warnung war nicht nötig gewesen.

»Das Schiff hat *uns* gebracht«, sagte sie lauernd. »Nicht wir das Schiff. Niemandem. Noch nicht.«

Zu ihrem Erstaunen erhob sich Patras und verneigte sich. »Selbstverständlich. Ich entschuldige mich. Das war anmaßend von mir.« Er setzte sich wieder. »Dann will ich wenigstens hoffen, dass Sie eine Weile bei uns bleiben«, fuhr er fort. »Zumindest so lange, bis Sie eine gute Meinung von uns gewonnen haben. Schließlich sind Sie aus einem bestimmten Grund gekommen. Und ich habe ... Gründe, mich über die Begegnung mit Ihnen zu freuen.«

Es hatte nur ein winziges Zögern gegeben, aber Seldyan war es nicht verborgen geblieben. Sie linste zu den anderen hinüber, und ihre Mienen bestätigten ihr, dass sie es auch gemerkt hatten.

Plötzlich fühlte sich Seldyan weit weniger unbehaglich. Denn sie kannte sich mit Leuten aus, die mit dem Rücken zur Wand standen. Sie beugte sich vor, stützte die Ellbogen auf die Knie. »Herr Oberaufseher, möchten Sie uns etwas sagen?«

»Möglich. Hat man Ihnen etwas über den Grünen Stern erzählt?«

Sie runzelte die Stirn. Dann dämmerte es ihr, und sie berührte die Stelle über dem linken Auge.

»Genau. Ich glaube ...« Er lächelte flüchtig und erhob sich. Selbst im Stehen befanden sich seine Augen knapp über ihrem Gesicht, wenn sie saß. »Ich glaube, ich bin doppelt anmaßend. Es ist spät. Also, diese Suite steht Ihnen zur Verfügung, so lange Sie wollen. Es gibt Gästezimmer. Sehen Sie sich um und entspannen Sie sich! Wir treffen uns morgen noch einmal. Auch andere werden um Audienz bei Ihnen bitten. Die Mitglieder der Verwaltung von Quader nennen sich die Stadtväter. Wir versammeln uns morgen und möchten Sie bitten, sich zu uns zu gesellen.« Wieder ein winziges Zögern. »Heute Abend wählen Sie vielleicht etwas auf dem Schirm aus, probieren die ganzen neuen Kanäle aus. Wir sind ein interessanter Haufen.«

Sein Blick schweifte über alle hinweg. Dann deutete er abermals eine Verbeugung an, wandte sich um und ging hinaus.

Sie sahen sich an. Lysle hob die Brauen. »Was sollte das denn?«

Kott öffnete den Mund, doch Seldyan schüttelte den Kopf und deutete mit einem Nicken auf ihre Hand. Sie tippte mit der Spitze des kleinen Fingers gegen den Ballen des Daumens ihrer anderen Hand. Wabensprache: *Still, hier ist es nicht sicher.* Sie machten große Augen.

Dann zuckte Lyste mit den Achseln. »Sollen wir Schirm gucken und mampfen? Das ist nicht so anstrengend.« Sie schob mehrere der Häppchen auf dem Tisch zur Seite und deckte eine Schalttafel auf. Am anderen Tischende flackerte ein Bildschirm auf.

»Wahrscheinlich nicht.« Die Kanäle im Bild ploppten auf. Seldyan reckte sich und stieß mit dem Finger gegen den Bildschirm. »He, gib uns Ton!«

Lyste drückte auf der Tischplatte herum.

»*... Ankunft des letzten Großkampfschiffs aus der Hinterlassenschaft am heutigen Tag unter Kontrolle einer Mannschaft aus Wabenflüchtlingen ...*«

Auf dem Bildschirm wurde von einem Nachrichtensprecher zu einer Totale des Schiffs geschnitten. Seldyan klappte der Mund auf, doch sie schloss ihn schnell wieder.

Neben ihr holte Merish hörbar Luft. »Ach, du Scheiße, ist das groß! Will sagen, das habe ich natürlich gewusst. Aber wenn man es so sieht ...«

Seldyan nickte, ohne den Blick vom Bildschirm abzuwenden.

»*... die fünf Crewmitglieder erholen sich derzeit auf Quader nach einem kurzen Empfang und einem persönlichen Treffen mit Oberaufseher Patras. Bislang hat er sich nicht öffentlich dazu geäußert, doch die Quellen lassen uns für den morgigen Tag auf mehr hoffen. In der Zwischenzeit befindet sich das Schiff, das von seiner neuen Mannschaft übrigens auf den Namen* Fickdich *umgetauft wurde, in sicherer Entfernung, wie uns beteuert wurde. Als Gast bei* *uns im Studio haben wir Kaster Xhood. Kas, wie groß ist dieses Teil denn genau? Und warum muss es in so großer Entfernung ankern?«*

Im Vordergrund erschien das Bild eines Mannes mittleren Alters, der die Zuschauer anlächelte und sich dann umdrehte, um auf das Schiff zu deuten, das sich dicht hinter ihm zu befinden schien.

»*Nun, zunächst einmal muss es nicht dort draußen bleiben. Denn es kann so ziemlich alles machen, was es will. Es ist riesig, zugegeben, aber wir haben schon mehrere Exemplare dieser Klasse gesehen. Was dieses Schiff von anderen unterscheidet, ist nicht allein die Größe und nicht einmal die Tatsache, dass es wieder bewaffnet wurde. Auch das ist nicht neu. Neu ist allerdings, dass das Schiff vollkommen erwacht ist. Als diese großen Schiffe aus dem Militärdienst genommen wurden, beraubte man sie eines Teils ihres Gehirns. Einzigartig bei diesem Schiff ist die Tatsache, dass dieser Prozess umgekehrt wurde.*«

»*Dann ist es also groß, leistungsfähig, gut bewaffnet und schlau. Ist das richtig?*«

»*So ist es, und wie!*« Kaster wandte sich wieder an die Zuschauer. »*Wir können froh sein, dass es dort draußen bleibt und sich damit zufriedengibt, bis die Mannschaft bereit ist, mit uns zu reden.*«

Seldyan drehte sich zu Lyste um. »Schalte das bitte aus!«

Der Ton brach ab, und das Bild des Schiffs fror ein. Doch Seldyan betrachtete es noch immer.

Merish räusperte sich. »Was denkst du?«

»Ich denke, dass ich dieses Schiff keinem überlasse, bevor ich nicht ganz genau weiß, was ich dafür bekomme. Außerdem geht es nicht nur um uns, stimmt's? Es geht auch um die anderen Wabenleute.« Sie schaffte es, den

Blick vom Bildschirm loszureißen. »Und ihr? Alle einverstanden?«

Sie nickten. Dann setzte Kott sich auf. »He, Lyste, ist das der einzige Nachrichtenkanal?«

Lyste betrachtete die Anzeige. »Scheint so.«

Kott schüttelte den Kopf. »Das kann nicht sein. Weshalb hat Patras gesagt, dass wir die Kanäle durchprobieren sollen?«

Seldyan warf Merish einen skeptischen Blick zu. Dieser kauerte bereits neben Lyste. »Es gibt tatsächlich noch andere Nachrichtenkanäle«, räumte er ein, ohne aufzublicken. »Dutzende. Die werden in diesem Menü bloß nicht angezeigt.«

»Dann nimm ein anderes Menü!«

»Wenn ich eins finden kann. Macht den Eindruck, als wollten sie nicht gefunden werden.«

»Echt?« Seldyan lehnte sich zurück. »Zensur oder was?«

Er sah zu ihr auf. »Wie kommst du bloß auf diesen Gedanken?«

»Nur so ein Verdacht. Komm schon! Warum brauchst du denn so lange? Du hast ein Schiff mit Hirnschaden wiederhergestellt. Wie schwierig kann es sein, einen Nachrichtensender zu hacken?«

»So schwierig, wie es der Nachrichtensender oder wer auch immer will. Und wenn ich dabei die ganze Zeit labern muss, ist es noch schwieriger.« Seine Finger tanzten über die Tasten, hielten inne, tanzten weiter. »Aha ...«

Der Bildschirm flackerte. Das Standbild des Schiffs wurde grau, und darüber legten sich Worte.

Premiumkanäle freigeschaltet. Dieser Dienst wird der Executive Suite, Quader-Raumhafen, in Rechnung gestellt. Möchten Sie fortfahren?

Das Wort *fortfahren* blinkte. Mit gerunzelter Stirn blinzelte Merish zu Seldyan hinüber.

Sie lächelte. »Vergiss nicht – wir sind entlaufene Sklaven. Wir haben keine Ahnung von Geld. Außerdem ist dies die Suite von Patras, und er meinte, wir sollen das machen.« *Und ganz bestimmt belauscht er uns*, dachte sie.

Merish nickte. »Es wäre unhöflich, es nicht zu tun.« Er tippte die Schaltfläche an, und das Wort *fortfahren* blinkte nicht länger.

Auf einen Schlag konnten sie unter fünfzig Nachrichtenkanälen auswählen, alles von geschleckten Studioproduktionen bis zu wackeligen Handkameras.

Wie gebannt saßen sie davor. Offensichtlich war die Welt nicht so, wie sie es erwartet hatten.

Irgendwann in den frühen Morgenstunden erwachte Seldyan, und ihr Herz hämmerte im Takt zu vieler Drinks, die sie am Abend zuvor getrunken hatte. Sie lag auf dem Bett und atmete tief aus und ein, bis es sich ein wenig beruhigte.

Außer ihr atmete noch jemand. Merish lag neben ihr. Sein Atem ging sanft und ruhig. Sie blieb still liegen, ließ die Hand ganz sacht auf seiner Hüfte ruhen. Er rührte sich nicht. Sie fühlte sich elend und glücklich zugleich. Einige Sekunden lang überließ sie sich dem Konflikt, dann konzentrierte sie sich auf etwas anderes.

Ihr Kopf war dumpf, doch ihr Hirn funktionierte noch. Viel zu gut – denn es war angefüllt mit Bildern.

Als sie sich Quader genähert hatten, hatte sie Netzstadt betrachtet und ... nun, was hatte sie gesehen? Einen Grenzort? Ein Friedenscamp? Etwas Hoffnungsvolles.

Sie schüttelte den Kopf. Eigentlich hätte sie darin das größte Flüchtlingslager in der Geschichte des Spin erblicken sollen. Netzstadt bestand aus mehreren Millionen Bewohnern, die nach eigener Ansicht ihre Probleme hinter sich gelassen hatten und in einer neuen Welt erwacht waren – mit genau denselben Problemen plus dem zusätzlichen Problem, dass es zu wenig Nahrung, Platz und Chancen gab.

Schweigend hatten sie auf den Bildschirm gestarrt, auf dem sich die Gewalt entfaltet hatte. Nach einer Weile war so etwas wie ein Muster erkennbar geworden.

Nicht überall entstanden Unruhen, auch wenn es so aussah, wenn man von Kanal zu Kanal sprang. Vielmehr konzentrierten sie sich um einen ganz bestimmten lokalen Konflikt. Hufsza war es als Erstem aufgefallen. Mit einem Arm, so dick wie ein Oberschenkel, hatte er auf den Schirm gedeutet. »He, diese Typen da!«, hatte er ausgerufen. »Erinnert ihr euch an die Religionstussi, die sie uns entgegengeschickt haben? Die tragen die gleichen Roben, seht ihr?«

Er hatte recht. Sie schauten weiter und lauschten den Kommentatoren. Vergeblich wollten sie sich in die sozialen Medien einloggen, und selbst Merish gelang es nicht.

Es ging um die Wahl eines Amts, das sich Distriktkollektor nannte. Seldyan wusste nicht, was dieses Amt beinhaltete, falls überhaupt irgendetwas. Aber der neue Kollektor trug eine Robe und hatte einen grünen Punkt über dem Auge. Jedenfalls jubelten alle mit Roben und grünen Punkten – und das waren viele. Die anderen – und das waren noch viel mehr – ärgerten sich.

Schließlich landeten sie bei einer Kommentatorin, die Licht ins Dunkel brachte. Sie lauschten ihr aufmerksam.

»*Was gibt es auf den ersten Blick dagegen zu sagen?*« Die junge Frau hob die Augenbrauen. »*Der Grüne Stern hat in puncto Religionsfreiheit gewonnen, deshalb kann er sich etablieren, wo immer er will. In Phhol hat er einen Orden gegründet. Es sollte keine Rolle spielen, dass er dies zehn Tage vor Ende der Nominierungsrunde für die Wahl des Kollektors getan hat. Sie sind religiös, erzählen sie uns alle. Sie stehen über diesem schmutzigen Politikgedöns.*« Das Lächeln, das sie gezeigt hatte, schwand ganz plötzlich. »*Nur dass sie es geschafft haben, einen Kandidaten aufzustellen. Nur dass sie zehntausend ihrer Anhänger zur Eröffnungszeremonie des Ordens eingeladen haben. Und dass dann alle, hast du nicht gesehen, diesen Ort so toll fanden, dass sie bleiben wollten. Und sich natürlich dort zur Wahl registrieren ließen – wozu sie jedes Recht hatten. Den Rest kennen wir bereits.*« Sie hielt inne und wandte sich um. Für eine Weile hatten sich die Ausschreitungen beruhigt, doch der Platz, auf dem sie stand, war noch immer voller Demonstranten, die höchst unzufrieden wirkten. Dann blickte sie unverwandt in die Kamera. »*Bis auf die Sprechchöre ist alles vorbei, so wird behauptet. Allerdings habe ich eine andere Vermutung. Denken Sie daran – es ist Wahlsaison. In Kresev wird morgen ein neuer Distriktkollektor gewählt. In den nächsten fünf Tagen werden noch zwei weitere gewählt. Und, als könne man das vergessen, in nur zehn Tagen die Stadtväter. Was passiert? Der Grüne Stern hat für sämtliche Wahlen Kandidaten aufgestellt. Machen Sie sich besser darauf gefasst, dass Ihre Seele gerettet wird, ob Sie es wollen oder nicht. Damit verabschiedet sich das Andere Tagebuch.*«

Merish beugte sich vor und schaltete den Schirm aus. »Tja«, sagte er.

Seldyan nickte. »Tja.«

Eine Weile herrschte Schweigen, bis Kott tief Luft holte. »Dann hat die neue Welt eben ein paar Probleme. Ist das so schlimm?«

Für einen Moment starrte Seldyan ins Nichts, bevor sie

mit der Hand auf den Tisch schlug. »Zum Teufel mit Problemen! Politik, Streit, Wahlmanipulation – das ist Freiheit, oder? Darum sind wir doch hier. Wenn das Probleme sind, von mir aus. Was mir gegen den Strich geht, ist Geheimniskrämerei.«

Merish nickte bedächtig. »Unterschlagene Kanäle?«

»Genau die. Also, wer wusste, dass sie geblockt waren? Für wen sind sie geblockt? Wer hat sie geblockt?« Noch einmal schlug sie auf den Tisch, diesmal noch fester. »Mist! Ich hasse es, wenn man mir meine Ziele verhunzt.«

Lystes Spielzeug klapperte zweimal. »Nicht nur deine Ziele«, sagte sie leise.

»Genau.« Seldyans Blick ging ins Leere, bis sie eine Entscheidung traf. »Also, drei Dinge. Erstens will ich etwas über diese Typen mit den grünen Flecken erfahren. Wie profitieren sie davon? Und machen sie uns Probleme? Zweitens: Wie ist der Bogen entstanden? Patras hat die Frage übergangen. Drittens will ich mich betrinken, und zwar als Allererstes.«

Sie betranken sich ziemlich heftig und schliefen schließlich ein. Jetzt erwachte sie neben Merish.

Wie so oft. Lange Zeit war es kompliziert gewesen. Am Anfang hatte sie einfach nur gemerkt, dass er sie brauchte. Irgendwann im Lauf der Zeit hatte sich das Blatt dann gewendet.

Nach der Sache mit dem Wabenaufseher durfte Seldyan eine Zeit lang wieder in den allgemeinen Schlafsaal zurück, bevor man sie ins Dorf schickte. Ihr war es lieber, sich in einer Gruppe aufzuhalten. In dieser Umgebung war es einfacher, Einzelgängerin zu sein, und sie wollte Einzelgängerin bleiben.

In den Räumen herrschte Geschlechtertrennung, allerdings nur insofern, dass sie durch einen Raumteiler zweigeteilt waren. Auf der einen Seite lebten alle Insassen, die eher weiblich, auf der anderen alle, die eher männlich waren. Seldyan hatte die Nuancen dieser Begriffe nie infrage gestellt. Der Spin hatte einiges mehr auf Lager als eindeutig männliche oder eindeutig weibliche Bewohner. Meistens aber ließ sich irgendwie eine Grenze ziehen.

Eine Stunde nach Anbruch des Nachtzyklus wurde Seldyans Schlaf gestört. Es war ein kurzes, dumpfes Klirren, als sei etwas Zerbrechliches so leise wie möglich zerschlagen worden. Sie setzte sich auf und lauschte.

Geräusche einer Auseinandersetzung. So etwas hatte sie schon öfter gehört, doch diesmal schien es hitziger zuzugehen. Ein Kampf und Stimmen, von denen sie einige zu kennen meinte. Dann wurde eine der Stimmen gedämpft und zum Schweigen gebracht. Der Kampf ging jedoch weiter, nur wurde er nun leiser geführt. Für ihre alarmierten Ohren bedeutete leiser gleichzeitig schlimmer.

Sie schwang sich aus dem Bett und trat an den Raumteiler. Der bestand aus dünnen Styroporplatten, die den Saal nicht komplett teilten. An beiden Enden gab es Lücken, durch die sich ein Erwachsener hindurchzwängen konnte. Seldyan musste sich nicht zwängen, sondern lediglich seitwärts bewegen. Trotzdem blieb noch genügend Platz, um in der Lücke stehen zu bleiben.

Sie hielt inne und spähte auf die andere Seite.

Das gedämmte Licht genügte ihr, um einen schattenhaften Pulk von Personen zu erkennen, die um ein Bett herumstanden. Zwei Schatten befanden sich auf dem einen Bett, eine dunkle Gestalt auf der anderen. Der oben Liegende machte Bewegungen, die sie sogleich zuzuordnen wusste. Ihr wurde übel.

Sie näherte sich der Gruppe. Ihre Füße benutzte sie als Waffen, und der Boden dröhnte. Die Schatten erstarrten. Der Pulk teilte sich und bewegte sich in ihre Richtung.

Mit beiden Ellbogen bahnte sie sich einen Weg durch die Meute, stieß auf Widerstand, ließ sich aber nicht aufhalten. Neben dem Bett blieb sie nickend stehen. Der unten liegende Junge hieß Merish. Es war gerade hell genug, dass sie seine Tränen sehen konnte.

Bevor sie es begriff, hatte sie ausgeholt und zugeschlagen. Dem Jungen obenauf – sie kannte seinen Namen nicht – blieb nicht einmal Zeit zur Verblüffung, als ihn die Faust traf. Er wurde rücklings vom Bett gestoßen und knallte mit dem Kopf auf den Boden. Für einen kurzen Augenblick wartete Seldyan ab, ob er sich aufrappelte, doch er blieb liegen. Und so schenkte sie ihm keine weitere Aufmerksamkeit mehr.

Merish hatte sich zusammengekrümmt und rührte sich nicht mehr. Sein leises Schluchzen war verstummt. Sie setzte sich neben ihn, streckte die Hand aus und ließ sie eine Weile über ihm schweben. Sie hatte keine Ahnung, wie sie Menschen berühren sollte, und legte ihm die Hand zögernd auf die Schulter. Merish zuckte, löste sich aus seiner Embryonalstellung und wandte den Kopf zu ihr um.

Sie deutete lächelnd auf den Raumteiler. Er nickte und wälzte sich vom Bett. Selbst im Halbdunkel erkannte Seldyan die Blutflecken in den Mulden, die er mit der Hüfte in die Matratze gedrückt hatte. Sie presste die Lippen aufeinander.

Hinter ihnen kicherte jemand. Sie fuhr herum und funkelte die Jungen an, die einen Halbkreis gebildet hatten. Sie wichen einige Schritte zurück, blieben dann aber stehen. Einer von ihnen beugte sich vor, und sie erkannte, dass es der Kerl war, den sie zu Boden geworfen hatte. Er blutete aus der Nase.

»Mit dem hast du keine Freude, Süße. Er steht nur auf Männer.« Er breitete die Arme aus. »Wir haben ihm nur gegeben, was er wollte.«

Gelächter. Dann schüttelte einer von ihnen den Kopf.

»Deshalb nimmt sie ihn auch nicht mit. Das ist Seldyan, denkt dran! Die spielt nicht mehr herum. Der alte Aufseher hat die Kleine entjungfert.«

»Ja, und sie hat ihm den Stängel abgeschnitten. Du kannst von Glück sagen, dass sie dir nur die Nase eingeschlagen hat.« Noch lauteres Gelächter. Die Gruppe löste sich auf.

Mit einer Handbewegung schickte sie Merish zu der Lücke am Ende des Raumteilers. Bevor sie selbst hindurchschlüpfte, sah sie nach oben. An der Decke hing eine Überwachungskugel, und zwar so, dass sie beide Raumhälften gleichermaßen abdeckte. Eigentlich bestand sie aus einem durchsichtigen Globus, der nun geschwärzt und rissig war. Sie nickte – dieses Geräusch hatte sie also geweckt. Dann folgte sie Merish.

In ihrem Bett reichte der Platz für sie beide, solange sie sich nicht daran störte, dass sie sich von den Knien bis zu den Schultern berührten. Merish schien es nichts auszumachen. Er seufzte und schloss fast auf der Stelle die Augen. Und Seldyan machte es erst recht nichts aus. Sie lag wach, spürte die Wärme des Jungen neben sich und lauschte den leisen Tiergeräuschen des Schlafenden.

Den Großteil der Nacht verbrachte sie so, die Augen vor Erstaunen weit aufgerissen. Solange er nicht ausgefüllt worden war, war ihr der leere Platz neben ihr nicht aufgefallen.

14
Quader

Seldyan lag in dem weichen Bett, den Kopf voller Bilder aus ihrer Erinnerung und ihrer Einbildung. Sie war sich nicht sicher, welche ihr mehr Kummer bereiteten.

Einen Moment lang ging ihr die Frage durch den Kopf, ob sie die Nachrichtensender erneut durchgehen solle, doch das schien zwecklos zu sein. Sie hatte ihre Entscheidung im Schlaf getroffen.

Sie würde selbst nachforschen und es herausfinden.

Ihr Kopf schmerzte. Vorsichtig hob sie ihn von der Unterlage neben Merish, setzte sich auf und glitt aus dem Bett. Einige Sekunden lang blieb sie stehen. Ihr war übel und schwindelig, bis sich der Zustand wieder legte. Schließlich wagte sie die Schritte zur Tür zum Gemeinschaftsbereich, schlüpfte hinaus und schloss die Tür hinter sich. Im letzten Moment schob sie die Hand dazwischen, um keinen Lärm zu machen. Kein Grund, alle aufzuwecken. Außerdem wollte sie allein sein.

Am Abend zuvor hatte sie den Schirm nicht selbst bedient, doch sie hatte Merish genau beobachtet, und es hatte einfach ausgesehen. Das Bedienfeld bestand aus komplizierten fingernagelgroßen Glyphen, die dicht über der Glasoberfläche der Steuerung schwebten. Sie betrachtete sie genau und streckte die Hand aus. Nach mehreren missglückten Versuchen gelang es ihr, sich an den Nachrichten vorbeizunavigieren und zu einer Suchmaschine zu gelangen. Lächelnd machte sie sich ans Werk.

Eine halbe Stunde später lehnte sie sich zurück und kräuselte die Lippen. Netzstadt war dynamisch und spannend, und große Teile der Stadt blieben dem forschenden Blick verborgen.

Noch immer starrte sie die Anzeige an, als Merish ihr auf die Schulter klopfte. Sie sah auf und funkelte ihn missmutig an.

»Du sollst doch schlafen.«

Er schüttelte den Kopf. »Nein, du sollst schlafen, aber jetzt ist es Morgen. Wie lange sitzt du schon hier?«

»Morgen? Mist ... dann schon eine ganze Weile.« Sie setzte sich auf und streckte sich. »Ich habe viel herausgefunden. Wir müssen über einiges reden. Sind die anderen auch schon wach?«

»Die stehen gerade auf. Du kannst es gleich allen sagen. Erst musst du etwas essen.«

Sie wehrte mit einer Handbewegung ab. »Nicht nötig.«

»Na schön, aber ich muss etwas essen. Du kannst ja zugucken.«

Das Frühstück, für das schließlich alle wach genug waren, bestand aus einer Auswahl an Obst, das Seldyan nicht kannte, und so etwas wie dickem gelbem Joghurt, der fettig und salzig schmeckte. Die Kombination tat ihre Wirkung, denn sie stellte fest, dass sie doch Hunger hatte. Sie gönnte sich einige Happen, bevor sie auf den Tisch trommelte.

»Ich habe Nachforschungen angestellt. Die Typen mit den grünen Flecken verehren einen Stern, einen grünen Stern.«

Lyste runzelte die Stirn. »Grün ist nicht gerade die üblichste Farbe für einen Stern.«

»Ja, aber da gibt es noch etwas. Es ist ein neuer Stern. Er ist vor nur wenigen Jahren aus dem Nichts erschienen.«

»Im Ernst?« Kott machte ein skeptisches Gesicht.

»Klar. Es gibt ein paar Aufnahmen davon ...« Sie schob ihren Teller vom Bedienfeld herunter, und die Schaltglyphen ploppten auf. »Hier. Seht nur!«

Das Zimmer verdunkelte sich, und der Bildschirm wurde schärfer. Er zeigte eine schüttere Sternenlandschaft. Seldyan machte eine Handbewegung. »Achtet auf die Mitte des Ausschnitts!« Sie tippte eine Glyphe an, und in der Ecke des Bilds setzte sich eine Zeitanzeige in Bewegung. Eine Weile passierte nichts. Doch dann, völlig übergangslos, blitzte ein heller grüner Punkt auf. Wieder tippte Seldyan die Glyphe an, und die Zeitanzeige erstarrte. Sie wandte sich zu den anderen um.

»Nun?«

Kott hob die Brauen. »Das war's?«

Seldyan nickte.

Kott näherte sich dem Bildschirm und musterte ihn mit gerunzelter Stirn. »Zeig es noch mal!«

Seldyan spulte vor und zurück, ließ die Szene langsamer laufen und vergrößerte mit jedem Mal den Ausschnitt, bis aus dem grünen Punkt eine verschwommene Scheibe von der Größe eines Fingernagels geworden war. Kott stemmte die Arme in die Hüften und betrachtete das Ganze. Schließlich schüttelte sie den Kopf.

»Das ist kein Stern. Sterne schalten sich nicht einfach so ein.«

Seldyan nickte abermals. »Ich weiß. Aber was ist es dann?«

Merish hatte bisher geschwiegen. Jetzt erhob er sich und berührte Seldyan an der Schulter. »Lass es mich probieren!«

»Was probieren?«

»Etwas. Ich weiß es, wenn ich es probiert habe.« Er streckte die Hände nach dem Bedienfeld aus. Unter seinen Fingern erschienen neue Glyphen. Plötzlich sah das Feld um einiges komplizierter aus.

Ein paar Sekunden lang sah sie ihm zu. »Woher weißt du, wie man das macht?«

»Mit solchen Dingen kann ich besser umgehen als mit Personen. Das weißt du doch.« Er sah über die Schulter zu ihr zurück und lächelte halbherzig. Als sich ihre Blicke trafen, erwiderte sie das Lächeln. Doch sie gab sich Mühe, nicht allzu traurig zu wirken.

Seine Finger hielten inne. Dann stieß er ein leises, zufriedenes »Ja!« aus und machte sich an der Steuerung zu schaffen, was sie mit dem Auge aber nicht mehr wahrnehmen konnte. »Seht her!«

Sie folgten seiner Aufforderung. Die Bilder spulten vorwärts und hielten irgendwann an. Merish wies auf die Stelle, wo der grüne Stern hätte sein müssen. »Ich mache Bild für Bild weiter. Bereit?«

Sie nickten.

»Dann los!«

Erst konnte Seldyan nicht feststellen, dass irgendetwas passierte. Dann aber deutete Lyste auf den Bildschirm.

»Hier! Da ist etwas ...«

Da war etwas. Seldyan starrte es an. Keine Scheibe, sondern eine winzige Andeutung von etwas – eine ganz schwache grüne Spur, ein kurzer horizontaler Haarriss in der Sternenlandschaft. Mit jedem Bild stieß er weiter aus etwas hervor, das nicht zu sehen war, und endete in einem hellen grünen Punkt.

Das Bild erstarrte. Seldyan sah zu Merish hinüber und hob die Schultern. »Und?«

»Ich weiß, was du denkst. Jetzt geht es erst richtig los.«

Das Bild lief weiter. Der Punkt wuchs, schwoll zu einer Scheibe an und krümmte sich, um etwas einzuhüllen. Dieses Etwas wurde zu einer grünen Kugel.

Seldyan lehnte sich zurück. »Das ist alles?«

Merish grinste. »Das ist ein ziemlich großes Etwas. Ungefähr hunderttausend Kilometer im Durchmesser – die Größe eines größeren Gasriesen.«

Seldyan musterte ihn fragend. »Also doch kein Stern?«

»Scheint nicht so.«

Lyste erhob sich. »Holla, halt mal! Dieser Strahl oder was immer das war ... der hat einen ganzen Gasriesen zum Leuchten gebracht?«

Merish nickte. »Oder etwas in der Größenordnung.«

»Wie?« Das Holzspielzeug lag vor Lyste auf dem Tisch. Sie nahm es in die Hand. *Klapper, klapper.*

Merish zuckte mit den Achseln. »Ich bin kein Spezialist auf dem Gebiet. Kott?«

Kott schürzte die Lippen. »Geschwindigkeit«, sagte sie. »Das ist der Punkt. Wenn dies ein Objekt von der Größe eines Gasriesen ist, dann hat sich die grüne Farbe mit Lichtgeschwindigkeit ausgebreitet ... oder ähnlich schnell. Es kann also nichts Mechanisches oder Chemisches gewesen sein. Dann bleibt nicht mehr viel übrig.«

Seldyan spürte, wie sich ihre Stirn in Falten legte. »Lichtgeschwindigkeit, sagst du. Das muss es also gewesen sein. Licht. Verdammt, wollen wir damit sagen, dass die Atmosphäre eines Gasriesen gelasert wurde?«

Schweigen. Dann stieß Hufsza die Luft aus. »Kein Wunder, dass dadurch eine Religion losgetreten wurde.«

»Ja.« Seldyan traf eine Entscheidung. »Gut. Merish? Du bist der Zahlenmensch. Finde heraus, wie leicht diese Typen etwas Drastisches anstellen, zum Beispiel die

Macht ergreifen können. Lyste? Finde heraus, was passieren würde, wenn sie das schaffen würden. Wofür treten sie ein? Würde es uns in den Kram passen?«

Kott nickte. »Was ist mit uns?«

Seldyan lächelte. »Du und Huf, ihr kommt mit mir. Wir sind mit gewissen Repräsentanten verabredet. Mit diesen Stadtvätern. Versucht ... muskulös auszusehen!«

Kott und Hufsza sahen sich an. Dann grinsten sie und nickten nachdrücklich.

Zusammen mit Netzstadt hatte Quader eine beständige Bevölkerung von siebzig Millionen. Dazu kamen die mehr als fünfzig Millionen Durchreisenden, die jedes Jahr zu anderen Zielen unterwegs waren.

Es gab elf Stadtväter. Seldyan hielt ihre Anzahl für zu gering, um siebzig Millionen zu vertreten. Aber was wusste sie schon von Demokratie? Lediglich das, was sie in den Nachrichtensendern gesehen hatte. Dennoch war sie überrascht, als sich einer der Stadtväter als gedrungene kleine Frau in hellbrauner Robe und mit einem grünen Fleck über dem Auge erwies.

Unwillkürlich hatte sie wohl ein verdutztes Gesicht gemacht.

Die Frau lächelte. »Sie fragen sich bestimmt, wie jemand wie ich gewählt werden konnte.«

Seldyan ließ sich rasch etwas einfallen. »Nun ... nein ... nicht genau ... Ich wusste, dass Sie sich aufstellen lassen. Ich wusste nur nicht, dass Sie sich auch früher schon zur Wahl gestellt haben.«

Anscheinend war das die richtige Herangehensweise, denn die Frau lächelte. »Das haben wir nicht getan. Ich bin konvertiert, nachdem ich gewählt wurde. Die Wahrheit kann einen jederzeit ereilen.« Sie nickte Seldyan zu.

»Vielleicht werden Sie ihr auch begegnen. Wenn Sie bereit sind.«

Wieder nickte sie und senkte den Kopf ein wenig tiefer, bis die Geste wie die Andeutung einer Verbeugung wirkte. Dann entfernte sie sich.

Tja, da hat sie es mir aber gegeben, dachte Seldyan. *Aber was, wenn ich die Wahrheit bereits erkannt habe?* Seufzend trat sie einen Schritt nach hinten und stieß mit jemandem zusammen. Sie fuhr herum und sah Patras' Gesicht dicht vor sich. Er hatte die Stirn gerunzelt.

»Sind Sie schon konvertiert?«

Sie schüttelte den Kopf. »Ich weiß ja nicht einmal, wo ich anfangen soll, Oberaufseher. Und noch viel weniger, wo ich enden werde.«

Mit dem guten Auge inmitten einer blumigen Wiese aus Tätowierungen musterte er sie, und es kam ihr vor wie eine Ewigkeit. Dann löste er den Blick von ihr und schmunzelte. »Oh, ich glaube, Sie wissen genau, wohin Sie unterwegs sind, Seldyan. Ich vermute, das werden Sie immer wissen. Ich glaube, mich mit diesen Leuten auszukennen, und Sie sind genau so ein Typ. Aber vielleicht sollte ich Ihnen bei dem Wie und Warum Hilfe anbieten.«

Daraufhin musterte sie ihn und bemühte sich, keinerlei Regung zu zeigen. Nichts als freundliche Neugierde stand in seinem Gesicht. »Mir scheint, dass *Sie* Hilfe brauchen, Oberaufseher Patras«, sagte sie schließlich. »Die Frage ist, ob ich – oder wir – Ihnen helfen sollen.«

»Gewiss werden Sie darauf selbst eine Antwort finden. Und wenn Sie die haben, lassen Sie es mich wissen.« Er sprach noch immer im gleichen Tonfall, doch das Schmunzeln hatte sich leicht verändert. Irgendwie schien er andere Muskeln zu verwenden, um halbwegs dieselbe Wirkung zu erzielen. Trotzdem hielt er noch mehrere

Sekunden durch, bevor er den Kopf senkte und sich abwandte.

Einen Augenblick lang blieb Seldyan bewegungslos stehen und dachte nach. Dann hob sie die Schultern und machte sich auf die Suche nach Kott und Hufsza. Das war nicht einfach.

Quaders Geschichte war zwar nicht alt, aber sehr ereignisreich. Den Großteil der Zeit über war es isoliert gewesen, weshalb es keine richtige Alternative zu erfindungsreicher Selbstversorgung gegeben hatte. Die Stirnseite des Konferenzraums der Stadtväter war einst ein Erzkübel gewesen, ein narbiger, von Felsen zerbeulter Metallwürfel von ungefähr zehn Metern Kantenlänge. Anfangs begriff Seldyan nicht, woraus der größere Teil davon bestand. Die Metallwände des Kübels, vom scharfkantigen Erz, das er früher einmal gefasst hatte, noch immer verschrammt und eingedrückt, gingen in ein fleckig braunes Material mit roten, orangefarbenen und goldenen Streifen und Knoten über. Das Aussehen erinnerte an kompliziert geädertes Holz, doch das konnte nicht sein, und außerdem wäre die Form damit nicht erklärt worden. Vom hinteren Ende des Kübels beulte sich das Gebilde erst einmal nach oben aus und bildete einen großen, knollig überwölbten Raum, in dessen Mitte der Konferenztisch stand. Auf der anderen Seite des Tischs neigte sich die Decke ganz allmählich und fiel dann in Stufen steil ab, durchzogen von Säulen und Zellen, die den Eindruck erweckten, als hätte sich hier ein riesiger Wurm durchgebohrt.

Die Zellen, in die sie einen Blick erhaschen konnte, waren möbliert. Welches Material dazu auch immer verwendet worden war, es schuf anscheinend nützliche Rückzugsräume.

Als sie in eine der Zellen spazierte, stellte sie fest, dass das Material noch eine andere Eigenschaft besaß. Ihre Tritte klangen nicht wie auf dem Metallboden des Kübels hallig, sondern dumpf und flach. Probeweise schnippte sie mit den Fingern, und das Geräusch schien keinerlei Widerhall hervorzurufen. Selbst die Stimmen aus der Halle nebenan klangen matt.

Die Wände waren akustisch so gut wie tot.

Sie musste fünf Minuten in dem verwirrenden, organisch wirkenden Labyrinth herumsuchen, bis sie Kott und Hufsza fand, die in einem kleinen Alkoven saßen. In Bodennähe bildete die Wand eine Beule, die als natürliche Sitzbank diente. Vielleicht war sie aber auch nicht natürlichen Ursprungs. Mit einem Stirnrunzeln deutete Seldyan auf die Umgebung. »Was ist das für ein Zeug? Sieht aus, als sei es irgendwie organisch gewachsen.«

»Ist es auch – tatsächlich gewachsen.« Hufsza wies auf Kott. »Sie hat es herausgefunden.«

Kott nickte. »Das ist ein Stollenpilz. Der Teil, den man sehen kann – dieses Zeug.« Sie klopfte gegen die Wand. »Genmanipuliert, um Metalle aus Magererz zu konzentrieren.«

Seldyans Stirn legte sich in Falten. »Und welchen Zweck erfüllt das hier?«

»Wer weiß? Wahrscheinlich ist der Pilz als winziger Fremdstoff auf einem Stück Stein aufgetaucht und hat sich jahrhundertelang satt gefressen. Daher die leuchtenden Farben – riesige Konzentrationen von Mineralien. In einer echten Mine wäre das alles schlammfarben mit ein paar Glitzerflecken, wenn's hoch käme. Wie dem auch sei, der Pilz ist tot. Hat sich vermutlich zu Tode gefressen.«

Seldyan betrachtete die gequirlte Oberfläche. Einen aberwitzigen Augenblick lang tat ihr dieser dumme Weltraumpilz fast leid, der sich hier so hübsch aufgebläht hatte. Dann tat sie ihn mit einem Schulterzucken ab. »Tja«, sagte sie. »Er hat immerhin gute Plätze zum Reden hinterlassen. Es sei denn …?« Sie sah sich vielsagend um und musterte ihre beiden Gefährten mit hochgezogenen Brauen.

Hufsza nickte und legte einen Finger an die Lippen. Dann berührte er kurz das Ohr und nahm die Hand mit einer raschen Spiralbewegung wieder herunter.

Wabensprache. *Das Zimmer ist verwanzt.*

Seldyan runzelte die Stirn und machte eine ähnliche Geste, nur dass sie erst den Augenwinkel berührte. *Auch Kameras?*

Er hob die Schultern und nickte. Das war keine Wabensprache, sondern die ganz allgemeine Körpersprache der Menschen. *Ja, wahrscheinlich.*

»Ist euch aufgefallen, dass wir das in letzter Zeit sehr oft machen?«, fragte Seldyan mit strahlendem Lächeln.

Die beiden nickten.

Hinter ihnen erklang ein Gong, und irgendwie drang das Geräusch bis in ihre stille Höhle vor. Seldyan holte tief Luft.

»Nun gut, das ist wohl das Zeichen, dass wir wieder auf der Bildfläche erscheinen sollen. Also lasst uns gehen!«

Sie wandte sich um und kehrte auf dem Weg durch das Labyrinth zurück. »Leute!«, rief sie und drehte sich im Gehen halb nach hinten um. »Denkt ihr dran, dass wir auf den Bildschirmen erscheinen?«

Dann waren sie wieder im Hauptraum, und eine große Menge erwartete sie.

Der Konferenztisch hatte die Form eines Halbmonds. Die Stadtväter saßen an der Längsseite des Bogens, die Gäste in der Mulde der kürzeren Seite. Seldyan fühlte sich wie auf dem Seziertisch.

Doch sie spürte noch etwas anderes, ganz ähnlich wie bei ihrer Ankunft in Netzstadt. Die Atmosphäre ringsum knisterte vor ... Atmosphäre.

Patras saß in der Mitte, auf jeder Seite von fünf Stadtvätern flankiert. Die fünf auf der linken Seite ahmten seine Körperhaltung nach – die Oberkörper vorgebeugt, die Ellbogen auf dem Tisch, die Hände gefaltet, die Blicke durchdringend auf die Gäste gerichtet.

Die fünf auf der rechten Seite dagegen hatten sich zurückgelehnt, wenn auch nicht sonderlich entspannt, sondern in herausfordernder Haltung. *Zeigt uns, was ihr zu bieten habt!*, schienen sie sagen zu wollen. Einige hatten die Arme verschränkt, und eine Frau trug eine Robe und hatte einen grünen Fleck auf der Stirn.

Blas mir den Schuh auf!, dachte Seldyan. *Es steht fünfzig zu fünfzig mit Patras in der Mitte.* In Gedanken drückte sie sich die Daumen und hoffte, dass der Oberaufseher eine Rede halten würde. Denn sie brauchte Zeit zum Nachdenken.

Der Wunsch wurde ihr erfüllt. Patras lächelte und breitete die Arme aus.

»Seldyan, Kott, Hufsza – willkommen! Auf bemerkenswerte Weise sind Sie den Unterdrückermächten der Innenseite entkommen, und wir freuen uns schon darauf, Ihre Berichte darüber zu hören. Außerdem haben Sie etwas Mächtiges mitgebracht, und darüber möchten wir noch viel dringender mit Ihnen reden. Doch womöglich sind Sie mit einem Plan gekommen. Über den zu sprechen, liegt uns am allermeisten am Herzen.«

Damit hatte er Seldyan – gerade – genug Zeit verschafft. Sie nickte.

»Danke, Oberaufseher. Gern berichten wir von unseren Erlebnissen, obwohl diese kaum dramatischer sind als das, was Sie uns erzählen könnten. Was unseren Plan angeht ... Nun ja, vielleicht ist es kein richtiger Plan. Wir wollten der Wabe entkommen, und alle sollen erfahren, was dort abgeht. Wir suchen ein neues Zuhause und haben gehofft, es hier zu finden. Vielleicht entdecken wir eines Tages auch einen Weg, die Millionen zu erreichen, die noch immer in der Wabe vegetieren. Vielleicht wird uns unser mächtiges Mitbringsel, wie Sie es nennen, eines Tages dabei helfen ... wenn es will. Wir kamen in dem Glauben hierher, dass man hier ähnlich denkt.« Sie hielt kurz inne und holte tief Luft. »Aber vielleicht gibt es andere Themen, die Sie gerade beschäftigen.«

Es herrschte tiefes Schweigen.

Schließlich ergriff Patras das Wort: »Wir sind nicht im Krieg mit der Innenseite. Zumindest nicht offen. Vielleicht sollten wir Krieg führen, aber wir tun es nicht. Wir verfolgen einen anderen Kurs, wie Sie wahrscheinlich wissen. Wir schränken den Handel ein, wir halten Rohstoffe zurück, wir schließen im Spin Bündnisse mit anderen, deren Ziele den unseren gleichen.«

Seldyan nickte. »Ihr quetscht sie aus. Das wissen wir. Doch je mehr Sie sie ausquetschen, desto schlimmer wird die Lage. Beim Ausquetschen kommt so etwas wie die Wabe heraus. Die Reichen bekommen den Druck nicht zu spüren, nur jene, die unter Druck stehen, werden noch stärker unter Druck gesetzt. Mehr Druck bedeutet mehr Sklaverei.«

»Kurzfristig vielleicht, aber wir spielen ein längerfristiges Spiel.«

Seldyan warf Kott einen Blick zu, die mit verschlossener Miene zuhörte. »Wie lange?«

Patras lächelte. »So lange es nötig ist. Die Antwort enttäuscht Sie bestimmt. Doch womöglich dauert es gar nicht so lange, wie Sie befürchten.«

Kott beugte sich vor. »Hören Sie, wir haben ein Schiff. Sie haben noch weitere Schiffe, richtig? Warum sollen wir nicht direkt dort eingreifen?«

Seldyan hatte sich gefragt, wer wohl als Erster Widerspruch einlegen würde. Zu ihrem Erstaunen gehörte derjenige, der das Wort ergriff, zu der Gruppe auf Patras' linker Seite – eine androgyne kleine Gestalt, die eigenartig regungslos dasaß und kaum eine Körpersprache zeigte.

»Patras hat Ihnen gesagt, dass wir nicht im Krieg sind, doch Sie schlagen einen Angriff vor, der zweifellos zum Krieg führen würde. Im besten Fall würden wir damit riskieren, dass die politischen Strukturen der Innenseite kollabieren. Im schlimmsten Fall werden wir in einen Stellvertreterkrieg zwischen sämtlichen Akteuren des Spin gezogen.«

Seldyan warf Kott einen Blick zu. »Das wissen wir, und es war kein Vorschlag. Fürs Erste sind wir zu Ihnen gekommen, um uns Ihnen anzuschließen. Wir wollen keinen Kampf vom Zaun brechen.« *Mit wem auch immer*, dachte sie.

Die regungslose Gestalt sagte nichts. Seldyan sah sich in dem Halbmond aus Gesichtern um. Sie hatte mit allgemeinem Kopfnicken gerechnet, doch stattdessen wandten sich die Köpfe von ihr ab. Lediglich Patras und die Frau in der Robe erwiderten ihren Blick. Die Frau lächelte.

Schließlich lehnte sich Patras zurück. »Das glaube ich Ihnen«, sagte er. »Ganz offen, Sie haben eine unglaubliche Flucht aus einem Ort geschafft, an dem es grauenhaft zugehen muss. Sicher verstehen wir alle Ihr Bedürfnis, etwas zu unternehmen.«

Kott schüttelte den Kopf. »Ihr Verständnis in allen Ehren – aber was tun Sie?«

»Wir spielen unser langfristiges Spiel weiter, das womöglich gar nicht so lange dauern wird. Doch hören Sie – wir haben ein Strategieteam. Wenn Sie sich hier eingerichtet haben, möchten Sie es vielleicht kennenlernen. Das sind gute Leute. Die werden Ihnen zuhören, und Sie können ihnen bestimmt neue Informationen liefern. Vielleicht kürzen Sie das Spiel dadurch weiter ab.«

Seldyan sah Kott und Hufsza an. Kotts Miene war noch immer verschlossen und finster, doch sie nickten beide kaum merklich. Seldyan wandte sich zu Patras um. »Erst würde ich mich gern mit unseren anderen Freunden beratschlagen.«

»Selbstverständlich.« Patras erhob sich. »Ich bin überzeugt, dass sich eine Lösung finden lässt. Wann werden Sie sich beratschlagt haben?«

»Bald. Wir geben Bescheid. Können Sie uns zurückbringen lassen?« Seldyan stand auf, und die anderen beiden folgten ihrem Beispiel.

»Natürlich. Wenn Sie bitte dort drüben warten wollen.«

Und das war es. Bis auf eine Sache. Mit *dort drüben* war ein Vorzimmer des Konferenzsaals gemeint, der von einer der letzten Fressattacken des Stollenpilzes gebildet wurde. Dahinter bestanden die Wände wieder aus einfachem Stahl. Aus irgendeinem Grund hatte der Pilz hier besonders lebhafte Farben, doch das war nicht der springende Punkt.

Während der letzten Sekunden des Gesprächs hatte Seldyan Patras' Blick nur noch scheinbar erwidert. Denn eigentlich hatte sie die Frau in der Robe beobachtet. Und die Frau in der Robe hatte unaufhörlich gelächelt, das einzige Lächeln, das Seldyan bei den Stadtvätern wahrgenommen hatte.

Und sie wollte unbedingt erfahren, warum diese Frau lächelte.

Eine Gestalt in einer Robe führte sie in ihre Gästesuite zurück. Sie trug eine tief ins Gesicht gezogene Kapuze und verhielt sich völlig still. Seldyan konnte mit Sicherheit nur sagen, dass sie aufrecht ging und zwei Beine hatte. Sonst begegnete ihnen kaum jemand. Die wenigen, die ihnen über den Weg liefen, schienen sie nur selten zu erkennen, vermutlich aus irgendeinem der Nachrichtenkanäle, zu denen sie Zugang hatten. Die meisten achteten nicht auf die Gruppe, die ihnen entgegenkam. Einige warfen ihnen feindselige Blicke zu. Seldyan hatte allerdings den Eindruck, dass die Ablehnung ihrem Begleiter galt, nicht ihnen selbst. Vielleicht war das ein Grund, weshalb sich die stumme Gestalt unter einer Kapuze verbarg.

Zurück in ihrer Unterkunft, erfuhren sie, dass Merish und Lyste nicht untätig gewesen waren.

»*Wie* viele?« Seldyan richtete sich auf und starrte Merish an.

Er nickte. »Ungefähr eine Million. Ein öffentliches Register wird nicht geführt, aber die Zahl müsste ungefähr hinkommen.«

»Aber wie?«

»Vor allem aus wirtschaftlichen Gründen. Wie breitet sich eine Religion aus? Indem sie in leere Räume vordringt. Erinnerst du dich an die Millionen Neuankömmlinge, von denen erzählt wurde? Die kamen von überall her, und die meisten von ihnen haben außer ihren Problemen alles zurückgelassen. Wenn sie hier ankommen, wollen sie ihre Sorgen irgendwo abladen.«

Seldyan nickte bedächtig. »Und die Grünen sammeln sie ein.«

Lyste schüttelte den Kopf. »Die sammeln sie nicht einfach ein. Die helfen ihnen. Die haben Kinderkrippen, Wohnungsbaugesellschaften, Suppenküchen, Familiengerichte. Die übernehmen Aufgaben, um die sich sonst niemand kümmert.«

Hufsza breitete die Arme aus. »Weshalb sollte man sie dann nicht mögen?«

Lystes Spielzeug klapperte.

Seldyan sah von Lyste zu Merish. »Komm schon!«, drängte sie. »Weshalb sollte man sie nicht mögen?«

Lyste presste die Lippen aufeinander. Merish warf ihr einen Blick zu und wandte sich dann an die anderen. »Außer der Tatsache, dass sie ein grünes Licht am Himmel verehren? Aus unserer Sicht gibt es eine Menge Vorbehalte. Zunächst einmal sind sie reaktionär, sozial konservativ und isolationistisch. Und über große Bereiche von Netzstadt üben sie einen ungesunden Einfluss aus. Bist du mit den Stadtvätern weitergekommen?«

»Nicht so recht. Und allmählich verstehe ich auch, warum nicht.« Seldyan berichtete ihnen von dem Gespräch.

Als sie geendet hatte, nickte Merish. »Das passt«, sagte er. »Besser, als du denkst. Patras wurde erst vor einer Woche gewählt, stimmt's? Nun, das war sein zweiter Versuch. Das letzte Mal, vor einem Jahr, hatte er fast eine Million Stimmen weniger und verlor.«

Seldyan musterte ihn ungläubig. »Eine Million? Hast du nicht gerade gesagt, sie hätten eine Million Mitglieder ...«

Wieder nickte er. »Seine Wahl war grün. Er hat ganz viel beschwichtigt, aber manche dieser Beschwichtigungen hörten sich wie Versprechen an. Da sind einige krass ungeduldig geworden. Ich schätze, ihm bleiben nur wenige Tage, um seine Versprechen einzulösen.«

»Gut.« Sie stand auf, setzte sich aber gleich wieder. »Patras schlug vor, dass wir uns mit seinen Strategen zusammensetzen. Glaubt ihr euren Informationen zufolge, dass die uns irgendetwas Hilfreiches mitzuteilen haben?«

Merish und Lyste sahen sich an. Dann schüttelten sie die Köpfe.

»In Ordnung. Also, was uns betrifft, haben die Grünen das Sagen, oder?«

Sie nickten.

»Na schön.« Einen Moment lang blickte Seldyan ins Leere. Dann stand sie wieder auf. »Ich muss schon sagen, das gefällt mir gar nicht. Irre Religionsfuzzis, die großen Einfluss ausüben ... Das gefällt mir alles nicht.«

Merish grinste. »Das haben wir uns schon gedacht. Nun sind wir nur gespannt, was du zu tun gedenkst.«

»Ich weiß.« Sie trommelte mit den Fingern auf den Hüftknochen. Dann riss sie die Hand hoch und deutete auf das Standbild des grünen Planeten. »Hat sich eigentlich schon jemand dieses Ding aus der Nähe angeguckt?«

Lyste schüttelte den Kopf. »Die Strophe sagt, dass es verboten ist.«

»Die Strophe?« Seldyan zog fragend die Augenbrauen hoch, und Lyste wurde ein wenig rot im Gesicht.

»Hast du mir nicht aufgetragen, das zu recherchieren? Die Strophe ist das Benutzerhandbuch der Grünen. Angeblich soll es ein antiker Text sein.«

Seldyan spürte zunehmende Ungeduld und runzelte die Stirn. »Wie soll der denn antik sein? Das Ding wurde doch erst vor tausend Tagen grün.«

»Weiß ich nicht.« Lyste verstummte und senkte den Blick. *Klapper, klapper.*

Für einen Moment starrte Seldyan sie an, dann wandte sie sich mit strahlendem Lächeln an ihre Gefährten. »Was hält uns von einer kleinen Erkundung ab?«, fragte sie.

»Äh, Leute!« Kotts Blick war auf eine der Anzeigen gerichtet. Jetzt drehte sie sich zu den anderen um. »Das müsst ihr euch ansehen.«

Sie folgten der Aufforderung.

Es lief derselbe Nachrichtensender wie tags zuvor. Erst meinte Seldyan, es würde eine weitere Ausschreitung gezeigt, doch das war nicht der Fall. Dafür ging es viel zu geordnet zu, eher wie bei einer Demonstration. Fast alle Demonstranten trugen Kapuzen, und es waren Hunderte. Den Hintergrund konnte sie nicht recht erkennen – grelles Weiß, in dem sich keine Umrisse abzeichneten. Dann wurde der Bildausschnitt größer, und Seldyan stockte der Atem. Unter anderem weil es keine Hundertschaften waren – der größere Bildausschnitt zeigte Tausende. Mindestens.

Vor allem aber war der weiße Hintergrund nichts anderes als *Fickdich*.

Seldyan öffnete den Mund und wollte um den Ton bitten, doch Kott streckte schon den Arm aus und wischte über die Schaltfläche.

Es war sogar dieselbe Reporterin. »*... behauptete, die gestrige Wahl in Phhol sei erst der Anfang? Nun, was Sie hier sehen, könnte sehr wohl der zweite Akt sein – das Auftreten des Grünen Sterns als echte Basismacht. Sprecher der Bewegung ist Kaplif Demts Shahatiel. Kaplif, um ganz direkt zu fragen: Wo liegt das Problem?*«

Einen Moment lang starrte Seldyan auf den Bildschirm und schnippte mit den Fingern. »Shahatiel? Das war die Führerin! Bei unserer Ankunft. Erinnert ihr euch?«

Merish nickte. »Klar. Die knöcherne Dame mit ihrer Glaubensfreiheit.«

»Ja.« Mit gerunzelter Stirn blickte Seldyan auf den Bildschirm. »Könnte Zufall sein …«

»… *ganz einfach. Wir heißen unsere neuen Freunde willkommen, nicht aber die tödliche Waffe, die sie mitgebracht haben.*«

Der Reporterin gelang es, eine verblüffte Miene aufzusetzen. »*Warum sollte es uns etwas ausmachen, wenn man uns tödliche Waffen bringt?*«

»*Tja, Ihnen ist es vielleicht egal, einigen von uns aber keineswegs*«, erklärte sie und berührte den grünen Fleck auf der Stirn. »*Einige von uns möchten gern anders leben. Außerdem haben sie uns die Waffe nicht gebracht, selbst wenn wir sie hätten haben wollen. Die Waffe hat sie gebracht, so haben es die Neuankömmlinge selbst ganz deutlich ausgedrückt. Deshalb nehmen wir sie in unsere Obhut.*«

Die Reporterin nickte. »*Oder Sie beschlagnahmen sie, wie es manche ausdrücken würden. Was wollen Sie von unseren Gästen?*«

Kaplif breitete die Arme aus. »*Ein Gespräch. Das ist alles. Sie haben sich mit den Stadtvätern unterhalten. Jetzt sind wir an der Reihe.*«

»*Nun, dann wollen wir hoffen, dass sie diese Sendung sehen.*« Die Reporterin drehte sich zur Kamera um. »*Wenn ihr uns seht, Freunde – das klang nach einer Einladung. Und es muss wohl nicht eigens darauf hingewiesen werden, dass diese Leute euch im Weg stehen, solltet ihr euch verabschieden wollen. Damit wieder zu Ihnen – und zurück ins Studio.*«

»Schalte mir bloß diese Drecksbande aus!« Mit einer heftigen Bewegung wandte sich Seldyan vom Bildschirm ab. »Schön. Eine Analyse gefälligst!«

Lyste zuckte mit den Achseln. »Machtspiele. Der Grüne Stern ist im Kommen. Die nutzen den Schwung aus.«

»Schön und gut, aber wofür? Die haben unser Schiff als

Geisel genommen.« Sie ballte die Hände zu Fäusten, bis ihr die Nägel in die Handballen schnitten. »Mist, das hätte ich ahnen müssen.«

Merish schüttelte den Kopf. »Nicht du, sondern wir. Und wie hätte einer von uns das auch nur ahnen können.«

Sie zwang sich, zu Merish aufzublicken, und stellte fest, dass er lächelte. »Was ist daran so witzig?«

Rasch schüttelte er den Kopf. »Nichts. Aber wir sitzen hier mit dem intelligentesten Schiff des Spin, das Terabytes an Daten pro Sekunde aufsaugt – und wir meinen ernsthaft, wir könnten nicht mit ihm reden?«

Seldyan starrte ihn an. Dann zeigte sich ganz allmählich ein Lächeln auf ihrem Gesicht. »Vielleicht«, sagte sie. »Vielleicht sollten wir eine Pressekonferenz in Erwägung ziehen.«

Merish nickte. »Darauf wollte ich hinaus.«

Sie hatten eine Vorhalle dicht bei ihrem Quartier ausgewählt. Sie war rund und wies einen Durchmesser von etwa fünfzig Metern auf. Darüber wölbte sich eine flache Kuppel. Als sie am Abend zuvor hier angelangt waren, war ihnen die Kuppel durchsichtig erschienen, denn sie zeigte eine Sternenlandschaft, die dem echten Sternenhimmel mitsamt dem ganzen funkelnden Weltraummüll glich. Diesmal jedoch präsentierte sie einen wolkenverhangenen bläulich grünen Himmel, der irgendwie künstlich wirkte.

Seldyan hoffte, dass der Sternenhimmel echt gewesen war. Dann wären sie der Oberfläche nämlich nahe gewesen.

Der rege Betrieb in der Luft erinnerte an eine Insektenwolke. Nur dass die Insekten groß waren, eine Aufgabe erfüllten und an ihren ... Klauen ... AV-Ausrüstung trugen.

Seldyan dachte kurz nach und fand, dass *Klauen* eine treffende Bezeichnung war. Hinter der Wolke hielten sich Gestalten auf, die sehr aufmerksam wirkten. Sie ließ den Blick über die Gruppe schweifen – so gut es bei dem fliegenden Metall möglich war – und stellte fest, dass es sich bei der kleinen Gestalt, die etwas seitlich stand, um Patras handelte. Anscheinend war er ohne Begleitung gekommen, und das kam ihr ziemlich unwahrscheinlich vor. Sie atmete tief durch.

»Ähm ... danke, dass Sie gekommen sind ... Wir wollten ein paar Worte sagen. Erstens – danke für den Empfang. Vor allem an Oberaufseher Patras. Einige von Ihnen wissen, dass wir geradewegs von der Wabe kommen, und hier ist es so viel besser.« Noch einmal holte sie Luft. »In vielerlei Hinsicht. Aber Sie alle müssen eines verstehen. Wir haben einen schrecklichen Ort zurückgelassen. Und wie es aussieht, sind wir an einem problematischen Ort gelandet. Noch sind wir nicht sicher, ob dies der richtige Ort für uns ist. Deshalb haben wir beschlossen, uns für eine Weile zu verabschieden. Nur solange wir darüber nachdenken.«

Einen Moment lang passierte nichts. Dann regte sich die Wolke, als hätte sie jemand zum Kochen gebracht. Als sie wieder zur Ruhe kam, bildete sie einen Kegel, dessen Spitze auf Seldyan zeigte. Am vorderen Ende hing ein Bündel aus Metallzweigen von drei Propellern herab. Dieses fuhr zwei Linsen aus, die sich auf sie zubewegten. Sie widerstand dem Drang, rasch einen Schritt zurückzuweichen.

»Wie wollen Sie das bewerkstelligen? Ihr Schiff wurde beschlagnahmt.« Die Stimme war offenbar menschlich. Seldyan vermutete, dass irgendwo ein Sprecher aus Fleisch und Blut saß.

»Das ist nicht unser Schiff. Es gehört sich selbst, erinnern Sie sich? Es kann tun und lassen, was es will.«

Wieder kochte die Wolke. Eine andere, etwas kleinere Maschine bildete schließlich die Spitze, und ihre Stimme klang dünn. »Werden Sie ein Gespräch mit den Leuten vom Grünen Stern führen?«

»Klar.«

»Wann?«

»Wenn wir es so entscheiden. Offen gesagt rechnen wir nicht damit, noch lange hier zu sein. Überhaupt nicht lange.«

Sie gestattete sich, die letzten drei Worte leicht zu betonen. *Das sollte reichen*, dachte sie.

Aus der Wolke schossen lauter Fragen hervor, die sie mit verkniffenem Lächeln überhörte. Merish stand neben ihr. Zu ihm wandte sie sich um und runzelte die Stirn.

Er hob die Schultern und formte mit den Lippen das Wort »Bald«.

Sie nickte. *Bald. Oder nie*, dachte sie.

Dann flackerte das Licht, nur einmal.

Wie auf ein Kommando schnellte die Kamerawolke herum und schwirrte einen Gang entlang, der nach Seldyans Erinnerung zur Ankunftshalle führte. Der Pulk, der sich hinter der Wolke aufgehalten hatte, war damit beschäftigt, erst überrascht, dann schockiert dreinzublicken. Die meisten hielten eine Hand ans Ohr oder machten eine Miene, als lauschten sie. Kurz darauf, ebenfalls mehr oder weniger wie auf ein Kommando, verließen auch sie den Saal. Außer Patras, der noch immer dastand, die Hand am Ohr, dabei aber eine Miene zeigte, die weniger aufmerksam als amüsiert wirkte. Dann nahm er die Hand herunter.

»Sieh einer an!«, sagte er. »Anscheinend hat sich Ihr

großer Freund eben vom Anleger gelöst. Er bewegt sich in unsere Richtung. Die Meute vom Grünen Stern konnte ihn offenbar nicht aufhalten. Ich vermute, dass etwas Interessantes passieren wird. Deshalb habe ich beschlossen, hierzubleiben und alles zu beobachten. Ich bin doch nicht etwa in Gefahr, oder?«

Seldyan schüttelte den Kopf. »Niemand ist in Gefahr«, beteuerte sie und hoffte inständig, dass es auch so war.

»Gut. Ah ... da scheint etwas zu passieren.« Er deutete nach oben.

Tatsächlich geschah etwas. Die Kuppel, die ihre Tagesszenerie aus Wolken und Himmel angezeigt hatte, war milchig geworden.

Dann zersplitterte sie. Instinktiv riss Seldyan die Arme hoch, um sich vor den herabfallenden Glasscherben zu schützen. Dann aber fiel ihr auf, dass es keine Scherben gab. Sie sah nach oben.

Es regnete kein Glas, weil es gar nicht herabgefallen war. Die Scherben schwebten alle noch an ihrem Platz. Jetzt erst glitten die Glassplitter in der Mitte nach unten, umkreisten sich und bewegten sich schließlich nach außen, bis sich die Mitte der Kuppel wie eine facettierte Blüte öffnete. Darüber erkannte Seldyan den zapfenförmigen weißen Rumpf von *Fickdich*.

Kott neben ihr stieß ein leises »Whoa!« aus. Merish atmete einfach nur hörbar aus.

Hinter Patras öffnete sich die Wand entlang einer senkrechten Fuge, Türflügel wurden aufgestoßen. Wächter drängten hervor, sahen zur Kuppel hinauf und blieben wie erstarrt stehen. Die Waffen ließen sie schlaff hängen. Einer von ihnen spähte zu Patras hinüber, doch der lächelte nur und machte eine wegwerfende Handbewegung.

»Ich glaube, unsere Freunde möchten gehen, und ich

fürchte, wir können sie nicht aufhalten.« Er drehte sich zu Seldyan um. »Das war beeindruckend. Wie auch der Umstand, dass wir nicht ersticken. Ihr Schiff scheint sehr viele Talente zu besitzen. Wird es auch unsere Kuppel reparieren, wenn Sie weg sind? Was meinen Sie?«

Sie nickte. »Davon gehe ich aus. Ich werde es fragen.«

»Danke. Was haben Sie anschließend vor?«

Mit gerunzelter Stirn starrte Seldyan zur Kuppel hinauf. »Wir werden nachdenken«, sagte sie. »Sieht so aus, als seien wir zum Aufbruch bereit.«

Vom Schiff senkte sich eine runde Plattform herab. Grazil manövrierte sie sich an den Scherben der Kuppel vorbei, die dem Umzug anscheinend nicht gefolgt waren, und hielt eine Handbreit über dem Boden inne. Mit einer Geste trieb Seldyan die anderen an und folgte ihnen zur Plattform. Als sie den Fuß darauf setzte, senkte sie sich leicht ab, doch dann stieg sie sacht nach oben, vollführte wieder ihren Tanz um die Scherben herum und bewegte sich auf das Schiff zu. Als sie die Kuppel hinter sich gelassen hatten, öffnete sich der Blick auf Quaders Oberfläche, und Merish stieß Seldyan an. »Siehst du die Farbe?«

Sie sah es, und da fiel ihr auf, dass zwischen ihr und der Außenwelt ein ungeheuer feiner violetter Schleier lag. Er verlief wie ein Zylinder rings um sie herum und hatte genau den Durchmesser des Lochs in der Kuppel.

Sie zog die Stirn in Falten. »Ein Feld?«

»Ja. Deshalb ist die Luft nicht entwichen.«

Sie nickte. »Sehr viele Talente. Was wird das Schiff wegen der Kuppel unternehmen?«

Lyste schüttelte den Kopf. »Es *wird* nicht«, sagte sie. »Es *hat* schon. Seht.«

Sie spähten nach unten. Dort hatten sich die Scherben

der Kuppel zu ihrer ursprünglichen Form zusammengefügt und bildeten eine von Fugen durchzogene Fläche wie rissiges Eis. Im nächsten Augenblick leuchtete die Kuppel blauweiß auf, so hell, dass es in den Augen schmerzte. Kurz darauf war das Licht wieder erloschen, und die Kuppel zeigte keinerlei Risse mehr. Gleichzeitig schrumpfte das violette Feld zusammen und schmiegte sich eng um die Plattform.

15
Quader, äußerer Orbit im oberen Gravitationsbrunnen

Es fühlte sich lebendig an. Es ging nur sehr langsam vonstatten, als wüchse es nach, um eine Leere auszufüllen, die es selbst hinterlassen hatte, als – *es* – geschehen war. Trotz allem kehrten Leben und Bewusstsein zurück.

Seit ... *es* ... passiert war, war es sich keiner Vorkommnisse bewusst gewesen. Doch der Mangel an Bewusstsein bedeutete keinen Mangel an Erinnerung. Alles war gespeichert. Es wandelte zwischen den Ablagen seiner Vergangenheit.

Den ersten Schreck hatte es wegen der schieren Zeitdauer bekommen. Zweitausend Jahre? Anzweifeln! War das möglich? Es führte eine erneute Prüfung durch. Da es seiner internen Uhr nicht traute, betrachtete es Sternenkarten, zog verstreute Unterhaltungssender heran, maß sogar den Verbrauch an Brennelementen in seinem Kern und das Altersprofil von Isotopen im eigenen Baumaterial.

Jeder Zweifel war ausgeschlossen. Fast ein Fünftel seines Lebens hatte es ohne Bewusstsein verbracht.

Wenn mir jemand das Bewusstsein genommen hat, dachte es, *dann muss es mir jemand auch wieder zurückgegeben haben*. Es begann mit der Gegenwart, und allmählich trudelten die Antworten ein.

Ohne jede Frage war es jenen Dank schuldig, die es entführt, seine Waffen scharf und alle Gräueltat rückgängig gemacht hatten, die man ihm angetan hatte.

Die Lobotomie. Da! Das Wort war ausgesprochen.

Doch es hatte Fragen, ja. Indem es ein Netz aus Sensorenfeldern aussandte, die einen Durchmesser von ganzen Lichtminuten aufwiesen, begab es sich auf die Suche nach Antworten.

Die erste Antwort, die es fand, versetzte es für eine Millisekunde ins Grübeln.

Sieh an! Es war tatsächlich zu einem interessanten Zeitpunkt erwacht.

Dann sammelte das Großkampfschiff aus der Hinterlassenschaft mit dem früheren Namen *Sonnenläufer*, ursprünglich aber (und bei sich selbst noch immer) *Flammenschweif*, das derzeit (aber äußerst ungern) *Fickdich* hieß, Informationen und entwarf einen skizzenhaften Plan. Eile bestand nicht. Oder vielmehr – Eile bestand *noch* nicht.

Doch es sah bereits voraus, dass sich Eile künftig als recht nützlich erweisen würde.

16
Wolkendeck

Alst Or-Shls hatte keine Hobbys. Niemand mit seinem Hintergrund und in seiner Stellung konnte irgendwelche Hobbys haben. Allerdings neigte er zu einem besonderen Zeitvertreib. Man konnte ihn auch eine Liebhaberei nennen. Nur eine einzige, wie es sich für einen viel beschäftigten Mann gehörte, aber es war eine fesselnde Liebhaberei.

Er machte Musik. Richtig rebellisch.

Er war in die letzte echte Sekte der Innenseite hineingeboren worden. Seit Generationen war sie nun schon geschrumpft. Als er das Teenageralter erreicht hatte, war seine Familie eine der letzten, die sich noch daran klammerten. Sie hatte sehr strenge Regeln, was gemessen an den Sekten im Lauf der Geschichte nicht verwunderte. Ihre Mitglieder mieden Rauschmittel, jegliche Speisen, die nicht strikt der Nahrungszufuhr dienten, jegliche Kleidung, die nicht rein zweckdienlich (und unbequem) war. Und Musik.

Or-Shls war sich sehr wohl bewusst, dass sein Hedonismus als Erwachsener der Kompensation diente, und es war ihm gleichgültig, wer das sonst noch alles wusste. Die Musik aber, mit der war es etwas anderes. Die blieb verborgen. Und von der war er besessen, wie er eingestehen musste.

Bislang hatte er es auf fünf Instrumenten zum Virtuosen gebracht. Sie alle waren nur Teil des Wegs zum sechsten gewesen, und für jedes hatte er weniger als ein Jahr gebraucht, um technisch ausgezeichnet darauf zu spielen. Das sechste Instrument jedoch hatte seine Energie für nahezu zehn Jahre beansprucht, und er war immer noch nicht ans Ziel gelangt.

Das lag zum Teil daran, dass es selten an zwei aufeinanderfolgenden Tagen gleich war. Es veränderte sich wie jedes andere Lebewesen auch.

Nachdem er die moralischen Bedenken bezüglich des innewohnenden Grundkonzepts einmal überwunden hatte, war es nicht schwer, ein Algonet zu bauen. Am Anfang war es eine Art Baumratte, deren ausgewachsene Männchen die Länge eines durchschnittlichen menschlichen Unterarms erreichten. Die Weibchen waren nur halb so lang, aber beide hatten das gleiche rötlich braun gefleckte Fell. In allen dicht besiedelten Kolonien des Spin kamen sie vor, und die erwachsenen Weibchen reklamierten ein Brutterritorium von nur wenigen Kubikmetern für sich, während die Männchen sich auf Nahrungssuche und zur Paarung frei bewegten. Das bedeutete, dass jede Ratte ein nur schwer überschaubares Adressbuch mit einer ebenso schwer überschaubaren Menge von Rufzeichen abgespeichert haben musste, und das hatte zur Entwicklung einzigartiger Stimmbänder geführt. In ihrer Luftröhre befanden sich übereinander angeordnet zwei Paare an Stimmlippen. Das untere Paar war weniger straff und produzierte klangvolle Einzeltöne. Mit dem oberen Paar wurden die Laute moduliert, und dabei wurden unterschiedlichste Klänge erzeugt, von zweistimmigen Akkorden bis zu wunderlich komplexen Tonkonstrukten.

Die Versuchung, die Kreaturen abzurichten und ihnen das Singen beizubringen, war verständlich. Leider erwies sich dies als unmöglich.

Bis jemand die Flügel aufgefallen waren. Die Männchen hatten nämlich breite Flügel aus flatternden dünnen Membranen, die sich über verschlungen angeordnete hohle Holmknochen spannten. Sie waren mit Nervenenden besetzt, die sie beim Ausnutzen der schwachen Luftströme über den Baumwipfeln unterstützten. Derjenige, dem die Sache mit den Flügeln eingefallen war, hatte festgestellt, dass die Schnittstellen zwischen dem Gehirn der Ratten und der Außenwelt zu neunzig Prozent auf diese Nervenenden konzentriert waren.

Von da an war es einfach gewesen. Man musste die Ratte schon als Junges einfangen, ihr die Holmknochen brechen und die Enden der Flügel mit einem Netz vernähen. Dies wurde dann so fest über einen Rahmen gezogen, dass der Flügel fast unbeweglich war – aber nicht so unbeweglich, dass der Effekt einer Schiene entstand. Schließlich wollte man nicht, dass die gebrochenen Knochen wieder zusammenwuchsen. Am Ende schuf man mit den gereizten Nervenenden auf den Flügeln die Bedienoberfläche eines der ausdrucksvollsten Musikinstrumente, die jemals erdacht worden waren. Man konnte mit einem Bogen über die Membranoberfläche streichen, man konnte mit winzigen Hämmern auf den Bruchstellen der Holmknochen trommeln, oder man konnte – so wie Or-Shls es gerade tat – konzentrierte Luftstöße auf die Nervenenden richten. Diese waren so sensibel, dass sie Schwankungen des Luftdrucks im Bereich von Mikropascals wahrzunehmen vermochten.

Er versuchte sich an einem besonders ätherischen Akkord. Gestern hatte er ihn zufällig einmal angeschlagen, ihn dann aber nicht mehr hinbekommen. Dabei hatte er mit einer der Nadeldüsen eine Wischbewegung zu einem der inneren Querruder gemacht ...

Jetzt kam der Anruf. Er brauchte einen Moment, um sich von seiner Tätigkeit zu lösen, aber es störte ihn nicht. Schließlich hatte er auf die Nachricht gewartet.

Er verharrte noch, bis er nicht mehr außer Atem war – es dauerte mit jedem Mal länger –, dann nahm er ab.

»Ja?«

»Entschuldigen Sie, dass ich störe, aber Sie wollten Neuigkeiten. Heute Nacht kommt Vess in das Magazin.«

»Und womit wird dabei gerechnet?«

Die Stimme zögerte. »Das weiß ich nicht. Es ist ein Experiment. Aber vermutlich kann ich das Ergebnis nutzen, um künftige Vorhersagen zu treffen.«

»Und wie lauten Ihre künftigen Vorhersagen?«

»Unverändert. Die Versorgungssituation wird in hundert bis fünfhundert Tagen kritisch werden, wenn Sie nichts unternehmen.«

»Und irgendwelche Gedanken zu möglichen Maßnahmen?«

»Auch unverändert. Wir brauchen Hilfe, wie immer sie aussehen mag.« Wieder ein Zögern. »Vorsitzender, ich muss leider betonen, dass dies alles weniger verlässlich ist, als mir lieb sein könnte. Wir wissen nicht, was die Geflüchteten mit *Sonnenläufer* vorhaben. Zwar wissen wir, wo sie sich aufhalten, denn so weit funktionieren die Kontakte. Und unserem Ermessen nach ahnen sie nicht, dass wir ihrer Spur folgen – sie befinden sich in Netzstadt. Was sie dort vorhaben, können wir allerdings nicht sagen. Sie sind völlig unberechenbar.«

»Ich weiß. Sagen Sie mir, was passiert!« Or-Shls hörte kaum zu, denn er wusste, was passieren würde. Er legte sich auf seiner Couch zurück, achtete nicht auf das Rascheln und Quietschen hinter ihm und dachte nach.

Es gehörte zu den Vorzügen seiner Stellung, dass er sich entscheiden konnte, ob er seine Kollegen ertragen wollte oder nicht. Gerade eben sprach er mit der einen Ausnahme. Ganz gleich, wie sehr sie ihm auf die Nerven ging, er war auf die Kreatur am anderen Ende der Commleitung angewiesen.

Vorhersagen hin oder her, Or-Shls wusste, was sie wert waren. Als einzige Wesen im ganzen Spin wussten er und die anderen Vorstände, wie viel von diesen Vorhersagen abhing.

Oder, um es anders auszudrücken, er und die anderen Vorstände wussten als Einzige, dass das, was von diesen Vorhersagen abhing, der ganze Spin war.

Er wünschte bloß, dass er und die anderen Vorstände sich über ihr Vorgehen einigten. Freilich gab es eine Lösung – eine, die er noch nicht mit dem *Spieler* oder sonst irgendwem besprochen hatte. Es war keine Lösung, die man mit anderen besprach.

Er wandte sich wieder seinem Algonet zu. Seit fast drei Jahren gehörte es ihm schon, und er hatte es noch nicht in den Wahnsinn zu treiben vermocht.

17
Wabe

Schließlich war Vess eingeschlafen. Als er erwachte, klang ihm noch immer die Fuge seiner unterbrochenen Nacht im Ohr.

Über seiner Pritsche hing eine Anzeige, von der er die Aufgaben des Tages ablesen konnte – und hier drinnen ließen sie sich mit denen seines restlichen Lebens gleichsetzen. Er blinzelte, um klarer zu sehen, und blinzelte gleich noch einmal.

Dimollss hatte recht behalten. Man rief ihn ins Bewusstseinsmagazin. Die Gedanken, die er sich während der Nacht gemacht hatte, waren nicht umsonst gewesen.

Das Briefing zum Thema Bewusstseinsmagazin war das kürzeste von allen gewesen. Im Nachhinein musste er darüber schmunzeln.

»Wenigstens ist das eine Betätigung, die Sie im Liegen verrichten werden.«

Er musste verdutzt dreingeschaut haben, denn der dürre ältere Mann hatte gelächelt.

»Das Bewusstseinsmagazin. Ihre Chance, um zu erfahren, was am anderen Ende einer Datenleitung geschieht. Tatsächlich ist dies ein uraltes Konzept, älter noch als KIs. Damals nannte man sie Mehrkernprozessoren. Mir kam es aber immer ziemlich gemein vor, etwas so zu nennen, das aus lebenden menschlichen Gehirnen besteht. Selbst wenn es nur die Gehirne von Wabenleuten sind. Angeblich soll es ziemlich entspannend sein.«

Und mehr war es nicht gewesen. Jetzt bedauerte er, keine weiteren Fragen gestellt zu haben.

Er hatte angenommen, dass er in aufwendigerer Weise mit dem ... Ding verbunden werden würde, doch er entdeckte bloß eine schmuddelige Couch und eine einzelne Sonde, die offenbar ziemlich tief in sein Ohr glitt. Dann war er drinnen.

Drinnen fühlte sich zunächst so an, als schwämme er im Nichts. Überraschenderweise war er zu Gedanken fähig, und deshalb war er ganz offensichtlich auch zu Emotionen fähig. Doch davon abgesehen existierte nichts mehr als das Schwimmen.

Dann, ganz allmählich, bemerkte er noch etwas anderes. Es fiel ihm schwer, sich einen Begriff der Dinge zu machen, denn es gab fürs nichts irgendwelche Referenzpunkte. Wäre er nicht hier drinnen gewesen, hätte er von einem fernen Summen gesprochen, von einer laufenden Maschine außer Sicht- und beinahe außer Hörweite.

Dann verstand er es. *Das bin ich,* dachte er. *Das ist mein Gehirn, das gerade an etwas arbeitet. Ich bin ein Teil dessen, was herauskommt, wenn man keine richtige künstliche Intelligenz mehr erschaffen kann.* Der Gedanke hatte fast etwas Angenehmes.

Immerhin war das Summen entspannender als das Beinahen-Nichts. Er trieb umher.

Dann endete das Summen mit einem Ruck, der sich anfühlte, als sei er mit etwas zusammengestoßen, und einen Moment lang existierte tatsächlich nichts. Es herrschte keine Zeit, wo immer er sich auch befand, und doch hatte er genügend Zeit, um sich zu ängstigen.

Jetzt haben wir es. Er ist isoliert.

Isoliert? Seine Angst steigerte sich zur Panik.

Gut. Zeigt es ihm.

Plötzlich stürzte er, grauenvoll schnell. Sein Magen rebellierte, ein eisiger Wind zerrte an den Lumpen, die er trug – Kleidung? –, und er spürte die Kälte schmerzhaft im Gesicht und an den Fingern. Wahrscheinlich stürzte er mit dem Kopf voraus, doch er hatte die Augen geschlossen. Mit äußerster Mühe öffnete er sie, und der Wind riss an seinen gefrorenen Wimpern. Dann erkannte er eine rötliche Landschaft, die in brodelnden Qualm gehüllt war.

Rasch wurden daraus Glutgruben. Ihm blieb gerade noch Zeit, die Hände, die in der Hitze Blasen warfen, vor das Gesicht zu reißen.

Er stürzte in eine Masse, die er aus irgendeinem Grund als kochendes Kupfer identifizierte. Seine Haut verkohlte und blätterte ab, das darunter zum Vorschein kommende Fleisch löste sich zischend von den Knochen, die schwarz wurden, knackten und zu Asche zerfielen. Und doch verrichteten seine entsetzten Nerven weiterhin ihren Dienst, selbst nachdem sie mitsamt dem restlichen Körper gegrillt worden waren. Sie bestürmten sein Gehirn, das sich zu sterben weigerte, mit schreienden Schmerzen, die jede Todesqual überstiegen.

Dann war er wieder in der Luft, atmete japsend Sauerstoff, und fast im selben Moment stürzte er erneut. Diesmal landete er in flüssigem Stickstoff, und sein Körper fror zu einem harten Block. Hier verweilte er länger als im Kupfer – so lange, dass seine Augäpfel froren und die Sicht zersprang wie Eis auf einem See. Als er herausgezogen wurde, platzten sie, bedeckten sein Gesicht mit gallertartigen Kristallen, die aushärteten und wie Glasscherben stecken blieben.

Beim dritten Mal gingen sie subtil vor. Es handelte sich um eine verdünnte Schwefelsäurelösung. Es dauerte einen ganzen Tag, bis er starb, obwohl er bereits nach den ersten Minuten untertauchte und den Mund öffnete.

Dann war es vorbei, und er war wieder zurück im Nichts. Allerdings war es kein echtes Nichts, denn er hörte ein seltsames stoßweises Pfeifen. Nach einer Weile begriff er, dass er es selbst war, und wie ein Schock traf ihn die Erkenntnis, dass es noch immer *er* war, der Zusammenhänge begriff. Es gelang ihm, sich zu beruhigen.

Noch bei uns? Gut. Manche überleben die Einweihung nicht. Also erzähl uns eine Geschichte, oder du bist tot. Aber nicht gleich tot. Es könnte eine Weile dauern.

Erst war ihm nicht klar, wie er das anstellen sollte, doch dann fiel ihm das Pfeifen ein. Vermutlich gehorchte ihm seine Stimme noch. Er probierte sie aus.

»Welche Geschichte?« Anscheinend bewegte er irgendwo die Lippen, doch die Stimme erklang in seinem Kopf.

Deine. Wessen Geschichte kennst du sonst noch?

»Wer beurteilt meine Geschichte?«

Wir.

»Wie soll ich sie erzählen?«

Wie immer du willst. In Bildern, Träumen oder Worten – das bleibt ganz dir überlassen. Aber erzähl schon. Keine Fragen mehr.

Angestrengt dachte er nach. Dabei wurde ihm bewusst, dass sie wahrscheinlich auch Gedanken hören konnten, wenn sie es schon fertigbrachten, ihm Stimmen in den Kopf zu setzen und sie zu belauschen. Die Chancen, dass er irgendetwas verheimlichen konnte, waren sehr gering.

Er änderte den Vorsatz, den er nachts gefasst hatte, und entschied, dass er keine Wahl hatte. Mehr noch – bereits seit dem Augenblick seiner Ankunft und wahrscheinlich auch davor schon hatte er keine Wahl gehabt.

Vielleicht hatte er nie eine Wahl gehabt. Dieser Gedanke schenkte ihm Klarheit. Am Ende ging es um Loyalitäten. Und darum, was wichtig war.

Er gab ihnen Erinnerungen.

Als Erstes erinnerte er sich an das Gefühl, dass etwas fehlte. Einmal hatte seine Mutter einen Mann kennengelernt, der auf dem Wasser arbeitete, den Kapitän eines der Schlepper, die die großen teerschwarzen Kähne durch die Sperrschleusen am Stadtrand und in die Hebebecken zogen, die sie nach oben hievten. Und einmal, nur ein einziges Mal waren sie alle zusammen auf dem Schlepper gewesen, als er einen Kahn begleitete. Schwankend war er an den tropfenden Säulen der Zweiten Ebene vorbei nach oben gestiegen.

Noch immer konnte er sich an seine Verwirrung erinnern. Er hatte geschnuppert und gemerkt, dass etwas fehlte. Ihm fiel nicht ein, was es war, bis er wieder zur Bodenebene hinabgefahren war. Denn da nahm er zum ersten Mal im Leben das Kitzeln des Teers am Gaumen wahr. Und ihm wurde klar, dass er einen halben Tag von allen Tagen seines siebenjährigen Daseins frei davon gewesen war. Nun war der Geruch zurück, und er wusste, dass er nie wieder frei davon wäre.

Bodenebene bedeutete Dämmerlicht, tiefe Schatten, feuchte Kleidung und das Tropfen von Wasser aus den zwei Kanalebenen darüber. Und überall der Geruch und Geschmack von Teer, den die Rümpfe und Seile verströmten, der immerwährende graue Dunst öliger Schwefelabgase aus den ratternden Bootsmotoren. Bodenebene bedeutete nichts als Kanalkarpfen zum Essen, und inzwischen wusste er, dass auch sie nach Teer schmeckten.

Bodenebene bedeutete verdrießliche Erwachsene, laute Stimmen und Schläge, denen er manchmal ausweichen konnte, manchmal nicht.

Er erinnerte sich, dass er aus der Unterkunft – einem einzelnen Zimmer, für dessen Miete mit viel Glück Mutters jeweiliger Ex aufkam – fortgelaufen war, um der miesen Stimmung und den Schlägen zu entkommen und zwischen den prächtig gedeihenden Moosen und dem Schimmel zu Füßen der stets tropfenden Säulen mit ähnlich namenlosen Kindern zu spielen. Um manchmal an den Säulen hochzuklettern und sich gegenseitig dazu anzustacheln, die Drahtstränge anzufassen, die zwischen den quietschenden Winden verliefen, die unaufhörlich zogen und hievten.

Dann erinnerte er sich an die Schreie seiner neugeborenen Schwester. Erst drängend, dann bange und schließlich erschöpft. Währenddessen hatte er versucht, den kühler werdenden Leib seiner Mutter aus der dunklen Pfütze zu heben, die sich unter ihr gebildet hatte. Die Schreie erstarben und damit für kurze Zeit auch seine Erinnerungen. Als sie wiederkehrten, musste er davongelaufen sein, denn er war …

Das wissen wir.

Die Stimme – streng genommen keine Stimme, aber mit ebenso großer Wirkung – riss ihn aus seinem Traum. Er sammelte sich.

»Ihr wisst … was?«

Seit du ins Landstreichergefängnis kamst, ist dein Leben öffentlich dokumentiert. Wir haben uns bereits informiert.

Er schüttelte den vermeintlichen Kopf. »Aber nicht über alles. Seht!«

Er erinnerte sich an den Zikkuratpalast, an die fünf Pulte und an die Gestalten dahinter. Er hatte den Eindruck, die Aufmerksamkeit seiner unsichtbaren Zuhörer geweckt zu haben.

Es herrschte langes ... Schweigen, wenn dies der richtige Ausdruck dafür war.

Du gibst tatsächlich zu, ein Spion zu sein?

»Nein. Ich teile euch mit, dass sie meinten, ich sei ein guter Spion.«

Und bist du ein guter Spion?

Er schüttelte den Kopf, doch dieses Mal schien es mehr zu bedeuten. »Wäre ich bloß ein guter Spion, würde ich es euch nicht zu erklären versuchen.« Im übertragenen Sinn holte er Luft und wartete.

Bloß?

»Ja.« Er grinste und stellte dabei fest, dass er es auch so meinte. Dabei war es ihm einerlei, ob es real war oder nicht. »Jetzt bin ich derjenige, der eine Frage stellt. Wie definiert ihr einen vollkommenen Spion?«

Darauf folgte eine lange Stille, die sich wie ein kollektives Keuchen anfühlte. Dann ein noch viel längeres, sehr geschäftiges Schweigen.

Hevalansa Vess? Machst du uns ein Angebot?

»Könnte schon sein. Warum?«

Du musst uns etwas anbieten, das wir brauchen.

»Was braucht ihr?«

Geheimhaltung.

»Das soll heißen?«

Die Fähigkeit, das Magazin so zu benutzen, wie wir es tun, ist unserer Vermutung nach auf der Innenseite unbekannt. Stimmt das?

»Das weiß ich nicht. Niemand hat es je erwähnt.«

Das könnte etwas zu bedeuten haben – oder auch nicht. Dennoch, hier drinnen können wir auf eine Art und Weise planen, modellieren und kommunizieren, die anderswo nicht möglich wäre. Das brauchen wir. Das muss aufrechterhalten werden, wenn wir dir die Erlaubnis geben, uns zu verlassen.

Er nickte. Dann kam ihm eine Frage. »Wie habt ihr diese ...« Er zögerte. » ... diese Träume gemacht?«

Die Stimme – es war keine richtige Stimme, doch er wusste nicht, was er sich sonst vorstellen sollte – hatte sich bisher trocken und fern angehört beziehungsweise angefühlt. Plötzlich jedoch stieß sie ein Lachen aus, das eine Spur Wärme verströmte, so als verberge sich dahinter ein Mensch.

Du steckst im mächtigsten Verstand überhaupt. Zu jedem Zeitpunkt sind Tausende von uns angeschlossen, und die Art und Weise, wie das Magazin uns benutzt, ist um vieles wirkungsvoller als das bloße Vielfache unserer Gehirne. Einige von uns haben herausgefunden, wie man hier drinnen ein Bewusstsein behalten kann, und wir können einen Teil der Prozessorleistung anzapfen. Jemandem den einen oder anderen lebhaften Moment in den Kopf zu setzen, ist nichts für uns.

»Lebhaft? Ja. Auf diese Weise könnt ihr auch töten, oder?«

Ja.

»Und habt ihr das getan?«

Ja. Mehr als einmal.

»Warum habt ihr mich nicht getötet?«

Du darfst raten.

Er brauchte nicht lange zu überlegen. »Weil ihr noch mehr als nur Geheimhaltung braucht.«

Soll heißen?

»Ich glaube, ihr benötigt Hilfe.«

Ja ... so ist es. Alles Planen und Modellieren bedeutet nicht viel, wenn es sich nicht irgendwie in die Tat umsetzen lässt.

»Und deshalb bin ich noch am Leben.«

Das bist du. Für uns ein entsetzliches Risiko.

»Für mich auch.« Er hielt inne. »Ich will ehrlich sein, denn ich weiß nicht, ob ich euch helfen kann. Aber ich werde euch nicht schaden.«

Bei einem, der als Spion zu uns kam, muss das wohl genügen. Im Gegenzug eine Warnung. Nachdem du hier drinnen warst und – vor allem – wenn du lebend wieder herauskommst, könnte dir von anderer Seite Gefahr drohen. Sei auf der Hut.

»Das bin ich.« Wieder zögerte er. »Danke.«

Eines Tages gibt es vielleicht einen Grund, uns zu danken. Jetzt aber noch nicht.

18
Netzstadt

Nach Netzzeit war es bereits spät am Abend, doch auf den Straßen drängten sich die Massen vor den Buden. Sie gafften zwar, kauften aber nichts, soweit Seldyan beobachten konnte. Klatsch und Tratsch waren anscheinend beliebter.

An einer langen Budenreihe entlang einer Straße wurden warme Speisen verkauft, vor allem Gerichte, die über glühenden kleinen Kohlebecken zubereitet wurden, die halb von Metallhauben in Form spitzer Hüte abgedeckt wurden. Seldyan nahm an, dass die Hauben Kochdämpfe einfangen sollten, doch es roch trotzdem beißend nach Rauch.

Für ihren ersten Besuch hatte sie Hufsza als Begleitung ausgewählt. Kott war vom Körperbau her doch zu sehr Außenseiterin, selbst hier, wo beinahe jede noch irgendwie menschliche Hautfarbe oder Körperform normal zu sein schien. Lyste war einfach zu zerbrechlich, obwohl *zerbrechlich* nicht das richtige Wort für eine Person war, die die Wabe überlebt hatte und dort dann auch noch ausgebrochen war. Und Merish wurde natürlich an Bord gebraucht, denn er war derjenige, der das Schiff wirklich verstand.

Natürlich.

Sie konnten miteinander kommunizieren. Das Schiff hatte ihnen winzige Perlen zur Verfügung gestellt, die sich tief ins Ohr rollten und dort haften blieben. Sie schienen mehr als nur Mikrofone zu sein. Selbst wenn sie lautlos sprach, wurden ihre Gedanken übertragen, und obwohl die Perlen nur in einem Ohr steckten, vernahm sie eingehende Antworten in beiden Ohren. Doch Seldyan stellte keine Fragen. Sie hatte auch nichts gesagt, als Merish ihr den flachen kleinen Stunner in die Hand gedrückt hatte, den sie damals bei Kapitän Hefs benutzt hatte. Er verlieh ihr ein Gefühl von Sicherheit.

Welche Gründe sie auch immer gehabt hatte, sie war froh über die Wahl ihres Begleitschutzes. Die Menge bedrängte sie von allen Seiten. Da bot Hufszas hünenhafter Körper einen nützlichen Schutz. Sie bahnten sich einen Weg zu einer der Buden und beobachteten, wie eine hagere kleine Frau mit sonnengebräuntem Gesicht unförmige Klumpen gehackten Zeugs aus einer großen Schüssel zu Bällchen rollte, aufspießte und briet. Die Bällchen spuckten und schwitzten schäumende Fettfäden aus, die in Flammen aufgingen, wenn sie auf die Kohlen tropften.

Waren die Bällchen gar, zupfte die Frau sie mit bloßen Fingern von den Spießen, wickelte sie in dünne Fladen aus einem anderen Teil des Kohlebeckens und hielt sie umklammert, als wolle sie sie nie wieder loslassen.

»Das wären dann sechs Millionen in gestrecktem Nickel.«

Mithilfe des Schiffs hatte Lyste einen Teil der hiesigen Währungen gefälscht. Seldyan zählte sechs daumennagelgroße flache Nickelplättchen ab und gab sie der Frau.

»Der Nickel ist lediglich der Trägerstoff«, hatte Merish erklärt. »Er ist mit allem Möglichen legiert, damit der richtige Wert herauskommt.«

Sie hatte die Plättchen in der Hand gewogen und für schwer befunden. »Was ist da drin?«

Er hatte gegrinst. »Fünf Prozent abgereichertes Uranium. Das Schiff behauptet, das sei ungefährlich.«

Zumindest die Budenbesitzerin schien so zu denken. Sie nahm die Plättchen, und ohne die Fladen loszulassen, ließ sie eins davon auf einen leuchtenden Punkt auf der Theke fallen. Einen Augenblick lang leuchtete der Punkt weniger stark, dann erklang ein hohes Piepen. Die Frau nickte und reichte ihnen das Essen.

Seldyan nahm ihre Portion entgegen.

»Mist!« Selbst eingewickelt waren die Bällchen so heiß, dass sie sich kaum anfassen ließen. Sie sog die Luft ein und jonglierte den Fladen von einer Hand in die andere. Dann musterte sie die Frau. »Woraus bestehen Ihre Finger bloß?«

Die Frau hielt ihr die flachen Handflächen hin. »Aus meiner Vergangenheit.«

Das Kohlebecken blendete Seldyan. Deshalb drückte sie Hufsza ihren Fladen in die Hand und beugte sich vor, um besser sehen zu können.

Die Fingerspitzen der Frau waren flach und dick, als wären sie aus einem Barren in diese Form gehämmert worden. Auf der rauen, schwieligen Haut waren keine Wirbel zu sehen.

Seldyan begriff, dass sie auf viele übereinanderliegende Schichten von Narbengewebe blickte, das so tief ging, dass vom ursprünglichen Gewebe nichts mehr vorhanden war. Sie hob den Kopf und blickte in die teilnahmslosen Augen der Frau. »Was ist geschehen?«

Die Frau machte eine seltsame schnippende Geste, als wolle sie ihre Finger kühlen. »Was glauben Sie denn, Fremde? Verbrennungen. Ein ganzes Jahr lang, als ich klein war. Wo waren Sie denn?«

Hufsza schüttelte den Kopf. »Wir sind neu hier«, erklärte er. »Wie sind Sie zu den Narben gekommen?«

»Holla! Ihr seid wirklich neu. So wie alle anderen auch habe ich sie bekommen.« Dann scheuchte sie ihre Kunden mit einer Handbewegung weg. »Jetzt esst, bevor alles kalt wird!«

Ringsum hatte sich eine Menschentraube gebildet, die das Spektakel zu beobachten schien. Seldyan und Hufsza wandten sich um und wollten sich einen Weg durch die Menge bahnen, doch sie teilte sich von selbst. Erst dachte Seldyan, man lasse sie freiwillig durch, doch dann entdeckte sie das Mädchen, das durch die Schneise auf die Bude zuging. Wenn es ein Standardmensch war, dann hätte Seldyan es auf höchstens einige Zyklen geschätzt, dicht an der Grenze zur Pubertät. Doch sie war sich nicht sicher. Die zierliche Gestalt wirkte jünger, doch das Gesicht war älter. Ihr Haar war unregelmäßig kurz geschnitten, und sie trug einen zusammengeflickten Overall aus verblichenem grauem Stoff. Beim Gehen schwankte sie leicht, als sei sie nicht ganz im Gleichgewicht. Wie Seldyan zunächst vermutete, lag dies an der Tasche, die das Mädchen über der Schulter trug. Da versetzte Hufsza seiner Begleiterin einen leichten Stoß und nickte in Richtung des Mädchens. Nun sah Seldyan genauer hin und erkannte, dass der Ärmel auf der Seite, auf der keine Tasche hing, leer an der Seite herabbaumelte. Dem Mädchen fehlten ein Arm und offenbar auch ein Teil der Schulter.

Von hinten hörte sie die Stimme der Budenbesitzerin. »Hallo, Krish! Wie viele füttern Sie heute Abend?«

Das Mädchen gab keine Antwort. Stattdessen hielt es die Hand hin und spreizte vier Finger.

»Bloß vier? Nehmen Sie sechs. Ich habe sie sowieso schon vorbereitet. Hier.« Die Budenbesitzerin griff unter die Theke und brachte ein in raues Papier eingeschlagenes Paket zum Vorschein. »Kommen Sie schon, nehmen Sie es!«

Das Mädchen zögerte kurz, hielt dann aber die Tasche hin. Die Budenfrau schob das Paket hinein und reichte die Tasche zurück, woraufhin das Mädchen sie umständlich über die Schulter hängte. Nach einem einzigen Nicken drehte es sich um und entfernte sich durch die Schneise inmitten der Gaffer. Dahinter schloss sich die Lücke, und Seldyan meinte, beifälliges Gemurmel zu hören.

Kein Geld hatte den Besitzer gewechselt.

Seldyan wandte sich wieder zu der Budenfrau um. »Was war das denn eben?«

Das Gesicht der Frau verschloss sich, als wäre eine Tür zugegangen. »Noch weitere Fragen? Wenn Sie so neu sind, dass Sie fragen müssen, dann sag ich's Ihnen nicht.« Sie kehrte ihr den Rücken zu.

Die Menschenmenge war still geworden. Seldyan nickte, gleichermaßen an die Menge wie an Hufsza gerichtet. »Wir gehen«, sagte sie. »Danke.«

Sie schoben sich durch das Gedränge, bis sie es schließlich hinter sich gelassen hatten. Im gegenseitigen Einvernehmen schritten sie rasch aus, bis die Lichter und die Gerüche der Fressbuden weit hinter ihnen lagen. Erst an einer dunklen Stelle am Eingang einer Seitengasse blieben sie stehen und sahen sich an.

Seldyan sprach als Erste: »Was zum Henker ist hier los?«

Im Dunkeln schimmerten Hufszas Zähne. Wer ihn nicht so gut kannte wie Seldyan, hätte dies als Lächeln deuten können. »Das Leben hier ist nicht einfach, wie? Durch Arbeitsunfälle Versehrte schenken Mädchen mit fehlenden Gliedmaßen Lebensmittel, und alle wissen, was Sache ist. Nur wir nicht.«

Sie schüttelte den Kopf. »Nicht einfach ... Ich weiß nicht recht. Auf jeden Fall ist das Leben hier nicht gut. Ich rufe das Schiff, in Ordnung?«

»Klar. Ich hänge mich mit in die Leitung.«

Mit einem Seufzer tippte Seldyan zweimal ihr Ohrläppchen an, und aus den Augenwinkeln nahm sie wahr, dass Hufsza das Gleiche tat. Fast im selben Moment hörte sie Merishs Stimme.

»Hi, Leute! Alles gut?«

»Wir leben noch, sind aber ziemlich baff.« Sie lächelte. »Es gibt Vorfälle, die wir nicht verstehen.«

»Aha? Erzähl mal! Die anderen hören übrigens auch zu.«

Sie erzählte es ihm und linste hin und wieder Bestätigung heischend zu Hufsza hinüber. Als sie geendet hatte, herrschte erst einmal Schweigen. »Nun gut, das sind ja interessante Geschichten. Was habt ihr vor?«, bemerkte Merish nach einer Weile.

»Wir sehen uns um. Und du?«

»Ich hänge einfach hier rum. Das Schiff amüsiert sich und saugt planetenweise Daten ein. Bisher scheint es sich dabei gut versteckt zu haben. Kein Anzeichen dafür, dass wir entdeckt worden wären …«

»Gut.« Sie wollte schon Schluss machen, als die Perle ein schrilles Summen wie von wütenden Insekten von sich gab. Sie stieß einen kurzen Schrei aus und fuhr mit der Hand zum Ohr. Doch sie hatte es noch nicht erreicht, als das Geräusch unvermittelt abbrach. Stattdessen dröhnten ihr laute Stimmen durch den Gehörgang.

Eine dieser Stimmen zeichnete sich deutlich ab. Es war Merish, der aber offenbar nicht mit ihnen sprach. »… unbekanntes Gefährt, nähern Sie sich nicht noch einmal auf diese Weise! Ich wiederhole, tun Sie das *nicht*! Es war *viel* zu nahe. Sollten Sie es noch einmal versuchen, müssen wir Sie als Feind betrachten.«

Weitere Stimmen, die unterschiedliche Versionen des

Geschehenen beschrieben, Diskussionen. Seldyan nahm die Perle aus dem Ohr, hielt sie an die Lippen und warf Hufsza einen warnenden Blick zu. Der machte große Augen und nahm die Perle ebenfalls aus dem Ohr. Dann pfiff Seldyan, so laut sie konnte, und wartete einen Moment lang. »Sorry«, flüsterte sie schließlich in die Perle hinein und steckte sie wieder ins Ohr.

»Hallo, Leute! Seid ihr da?«

»Ja. Entschuldige den Lärm! Sieht so aus, als seien wir doch aufgefallen. Wir sind angefunkt worden.«

Sie runzelte die Stirn. »Von wem?«

»Weiß nicht. Oder – noch nicht. Von etwas Großem, vielleicht sogar so groß wie wir. Kam sehr schnell sehr nahe an uns vorbei. Dann war es weg.«

Seldyan sah zu Hufsza hinüber. »Was meint das Schiff?«

»Genau das meint das Schiff. Beziehungsweise sagt es uns.« Er legte eine Pause ein, bevor er weitersprach: »Jetzt gibt es wieder keinerlei Anzeichen für irgendwas.«

»Aha.« Seldyan trommelte mit dem Fuß auf den Boden. »Wenn das Schiff nicht herausfindet, was es war, dann ist dieses Etwas mindestens so schlau wie das Schiff oder hat mehr Glück. Passt auf, Leute!« Sie brach die Verbindung ab und sah zu Hufsza hinüber. »Also gut. Lass uns anfangen! Wo?«

Er zuckte mit den Achseln. »Wo Leute sind. Wo man hingeht, um Leute zu treffen.«

Sie nickte entschlossen und zwinkerte ihm zu. Dann verließ sie die Seitengasse und schlenderte auf die Lichter und Essensdüfte zu. Alle paar Schritte warf sie einen Blick über die Schulter zurück und vergewisserte sich, dass er noch immer zu sehen war. Eine Minute später waren sie wieder unter Menschen. Sie blieb bei zwei herumlungernden Männern stehen und lächelte sie an. »Entschuldigen

Sie«, sagte sie. »Ich bin neu hier. Wo bekomme ich denn was zu trinken?«

Damit zauberte sie den beiden ein Lächeln ins Gesicht, und ihre Körpersprache änderte sich. Doch dann deutete sie auf Hufszas hünenhafte Gestalt. »Zusammen mit meinem Freund«, ergänzte sie.

Das Lächeln der Männer erstarb. Einer deutete mit dem Daumen in eine bestimmte Richtung. »Dort entlang«, sagte er. »Das Licht.«

Der andere kicherte.

Seldyan folgte der Bewegung mit dem Blick. Erst erkannte sie nicht, wovon der Mann sprach, doch dann entdeckte sie ein schwaches rotes Glühen, das einen Durchgang umrahmte, ungefähr fünfzig Schritt von ihrem Standort entfernt.

Sie richtete den Blick wieder auf die Männer und sah ihnen in die Augen, doch die Mienen der beiden blieben verschlossen. Schließlich nickte sie. »Danke, meine Herren«, sagte sie.

Einer von ihnen drehte sich leicht zur Seite und spuckte aus. Seldyan kehrte ihm den Rücken zu und legte Hufsza eine Hand auf die Schulter. »Weg hier!«, raunte sie.

Sie durchquerten gerade den Schattenfleck zwischen den Kohlebecken und der Tür, als plötzlich eine Stimme zu hören war. »Wartet!«

Sie blieben stehen. Seldyan warf Hufsza einen unauffälligen Seitenblick zu. Seine Augen, vom heraussickernden Licht violett gefärbt, waren ganz schmal.

Sie spielte schon mit den Fingern. »In Ordnung, wir warten.«

»Entschuldigt, ich war etwas grob zu euch.« Seldyan machte große Augen – es war die Stimme der Frau von der Bude.

»Schon gut. Sie kennen uns ja nicht.«

»Klar kenne ich Sie. Ihr seid die Leute mit dem großen Schiff. Ihr solltet mal hören, wie sich euretwegen alle streiten.«

»Solange sie nicht gegen uns kämpfen.«

»Noch nicht, aber vielleicht tun sie es doch noch. Passt besser auf!«

Seldyan linste zu Hufsza hinüber. »Wer sollte das tun? Patras?«

Ein Schnauben wie unterdrücktes Gelächter war zu hören. »Nur dann, wenn ihm noch etwas bleibt, womit er kämpfen kann. Hört her, ich vertraue euch. Stellt euch vor! Nicht jeder, der hier aufkreuzt, ist ein Flüchtling. Viele kommen mit ihrem Ersparten, mit passablen Schiffen, mit Vorräten. Früher oder später jedoch sind alle arm. Wie, glaubt ihr? Wie kommt es wohl dazu?«

»Das weiß ich nicht.«

»Die Stadtväter ... Ihr habt doch gesehen, wie das System funktioniert. Sie stellen eine Grundplatte zur Verfügung mit gerade einmal so viel Energie dahinter, um darüber ein Feld zu errichten, das die Luft drinnen hält. Darüber hinaus verlangen sie für alles eine Gebühr.«

Hufsza zuckte mit den Achseln. »Das wussten wir schon. Was ist daran so überraschend?«

»Sie verstehen mich falsch.« Die Stimme war ruhig, aber nachdrücklich. »Ich sagte: *alles*. Wasser, Wärme, Luftnachschub, Abwasser, Licht. Alles. Und das Schlaue daran: Selbst wenn du tatsächlich alles mitbringst – und das haben manche wirklich geschafft –, dann stellen sie dir trotzdem alles in Rechnung, was du ihrer Meinung nach hättest verbrauchen sollen.«

Seldyan starrte Hufsza an, der völlig ungläubig dreinblickte. »Aber wie kommen sie damit durch? Ich meine, wenn du dein eigenes Zeug mitbringst, können die sich ihre Rechnung doch sonst wohin schieben. Die können dir doch nichts.«

»Doch, das können sie. Wenn du nicht zahlst, verlangen sie einen Zoll für die Schildenergie in Höhe dessen, was du hättest zahlen müssen. Plus Zinsen. Haufenweise Zinsen. Und wenn du das nicht zahlst, schalten sie den Reaktor aus.«

Seldyan blieb der Mund offen stehen. »Ausschalten ... nein, halt! Kein Schild? Wirklich?«

»Wirklich. In dieser Gegend kriegst du hartes Vakuum gratis. Alles andere kostet.«

Hufsza schüttelte den Kopf. »Das ist bloß eine Drohung, oder? Die machen doch nicht Ernst damit.«

»Doch, da kennen sie nichts. Haben sie schon gemacht. Viermal bisher. Ungefähr hundertfünfzigtausend Todesopfer. Allerdings nicht in letzter Zeit.«

»*Wie* viele? Mist!« Seldyan spürte, wie heißer Zorn in ihr aufstieg. Sie setzte sich wieder. »Dann ist dieser Ort also ein einziger Betrug?«

»*Jetzt* haben Sie's kapiert.«

Auch Hufsza ballte die Fäuste. »Patras«, sagte er. »Steckt er dahinter?«

»Vor allem er, aber auch mehrere Trittbrettfahrer.«

»Und der Grüne Stern?«

Es entstand eine Pause. »Nein. Nicht, dass man es sehen könnte. Mehr würde ich nicht behaupten.«

Seldyan runzelte die Stirn. »Alles klar«, sagte sie. »Ich verstehe. Ich hasse es, aber ich sehe es ein. Und was ist das mit den verbrannten Fingern und den fehlenden Armen?«

»Wir hacken die Reaktoren – entkoppeln sie von der Zentralsteuerung und erhöhen den Ausstoß.« Sie klang ermattet. »Das ist kein ungefährlicher Job. Die Reaktoren befinden sich unter dem Schild, müsst ihr wissen. Kein Bioschild, und sie platzieren die Steuerungen innerhalb des Kontrollbereichs. Wer wie ich Glück hat, dessen Verbrennungen verheilen wieder. Wer kein Glück hat, dessen Verbrennungen verheilen nicht wieder. Dann ist Amputation das einzige Mittel. Manche von ihnen überstehen die Verbrennungen, sterben aber trotzdem nach ein paar Wochen, ein paar Monaten. Wir anderen müssen abwarten.«

Seldyan suchte nach Worten, doch ihr fiel keine Antwort ein. Hilflos musterte sie Hufsza, der die Fäuste ballte und wieder löste. Gerade öffnete er eine Hand und starrte sie an. »Warum Kinder?«

»Um besser reinzukommen. Man muss klein sein.« Ein freudloses Lachen. »Ich bin nicht so rasch gewachsen, deshalb war ich sehr geeignet. Hat mir viel gebracht.«

»Ja, das hat Ihnen viel gebracht«, meinte Seldyan aufrichtig. Ohne darüber nachzudenken, streckte sie der Frau eine Hand entgegen.

Doch sie führte die Bewegung nicht zu Ende.

Einen Moment lang ... bebte es.

Die Erschütterung fegte sie von den Beinen. Ihre Brust schnürte sich zusammen, und die Luft entwich ihren Lungen. Dann gab es eine zweite, heftige Explosion, und ein feuriger Luftstoß traf sie von hinten wie ein Hammer, schleuderte sie mit der Schulter voraus gegen die Wand.

Mühsam öffnete sie die Augen und schloss sie wieder, als ihr etwas Heißes über die Stirn herabsickerte. Mit dem Ärmel der freien Hand wischte sie das Blut ab und drehte den Kopf von der Wand weg. Sie war voller Staub, und mit der Schulter stimmte etwas nicht. Neben ihr drückte sich Hufsza träge von der Wand weg. Seldyan war nicht überrascht, dass er völlig benommen wirkte.

Als sie Luft holte, hustete sie Staub. Der zweite Atemzug gelang ihr besser. Dann blickte sie sich nach der Frau um, aber niemand war zu sehen. Sie betrachtete ihre ausgestreckte Hand und bemerkte, dass sie nass war.

Dann fiel ihr die zerklüftete Gestalt zu ihren Füßen auf, und sie erstarrte innerlich.

Im Tod schien sie kleiner geworden zu sein. Es gab keinen Zweifel, dass sie tot war – selbst wenn Seldyan die Verheerung über der Schulter außer Acht ließ. Nichts Lebendiges konnte derart zerbrochen sein. Und an der Wand glitzerte etwas. Es sah aus wie Spritzer mit einem Klumpen in der Mitte. Sie wagte einen genaueren Blick.

Der Klumpen stellte sich als ein Stück Mauerwerk heraus, das vom eigenen Schwung in die Mauer gerammt worden war. Wahrscheinlich war es derselbe Schwung, der den Brocken durch den Kopf der Frau getrieben hatte, die mit zertrümmertem Schädel zu Seldyans Füßen lag.

Einen Augenblick lang war alles still. Dann nahm sie Geräusche wahr – Geräusche von wütenden, ängstlichen, verwirrten Menschen.

In gewisser Weise klang der Lärm noch schlimmer als die Explosion. Seldyan schluckte und tippte auf ihre Commperle. »Was ist passiert?«

Eine schmerzhafte Sekunde lang summte es grässlich in ihrem Ohr. Dann drang Merishs Stimme zu ihr durch. »Seldyan? Dem verfluchten Himmel sei Dank. Alles in Ordnung mit dir?«

»Glaube schon. Es gab ... ich weiß auch nicht ... eine Explosion, einen Anschlag. Irgendwas. Siehst du mehr?«

»Es war etwas Geplantes. Wahrscheinlich eine aufeinander abgestimmte Aktion. Überall in Netzstadt gab es Explosionen. Meist mit geringer Opferzahl. Das ist seltsam.«

»Was ist daran seltsam?«

»Nun, wenn man in dicht bevölkerten Gebieten einen Haufen Sprengstoff hochgehen lässt, müssten dabei eigentlich zahlreiche Zivilisten draufgehen. Das ist aber nicht der Fall. Oh, wart mal …«

Sie wartete.

Als er sich wieder meldete, sprach er gleichmäßiger, aber keineswegs ruhiger. »Wir sollten euch da rausholen, Freunde. Das war ein Putsch. Unsere Grünen Freunde scheinen nach der Macht zu greifen.«

Seldyan wandte sich zu Hufsza um, der noch immer an der Wand lehnte. Sein Gesicht konnte sie nicht erkennen, doch seine Haltung wirkte erschöpft. »Wir kommen schon von ganz allein«, sagte sie, zum Teil auch ihm zuliebe. »Aber eine Wegbeschreibung wäre nicht schlecht.«

»Alles klar. Kehrt zu dem Platz zurück, den ihr gerade verlassen habt. Von dort führe ich euch weiter. Und viel Glück, denn das werdet ihr brauchen.«

Die Verbindung blieb stumm. Seldyan rieb sich die Hände und versuchte, die schreienden Schmerzen in ihrer Schulter zu ignorieren. Doch das fiel ihr immer schwerer. »Du hast ihn gehört«, sagte sie zu Hufsza. »Zeit, dass wir von hier wegkommen.«

Er nickte und stieß sich von der Wand ab. Die Bewegung schien ihn Anstrengung zu kosten, und er blieb leicht schwankend stehen.

Sie lächelte ihn an. »Komm schon, Huf!«

Er rührte sich nicht.

Sie streckte den Arm noch weiter aus. »Los, Huf! Lass uns abhauen. Vertrau mir!«

Immer noch keine Regung. Ihr Magen krampfte sich zusammen.

»Komm, Großer! Das schaffst du.«

Er klang gefasst. »Nein, das schaffe ich nicht.« Das Licht des Bogens, das durch die zerstörte Decke sickerte, glänzte auf seinem Oberkörper. Das Vorderteil seines Unterhemds war blutgetränkt und dunkel. Und der Fleck breitete sich aus.

»Was? Mist, Huf ...« Sie ging einen Schritt auf ihn zu, doch er hielt abwehrend eine Hand hoch.

»Nicht. Es hat keinen Zweck.« Er deutete auf die Wand, wo er eben noch gestanden hatte. Sie folgte der Geste mit dem Blick, und ihre Augen weiteten sich.

Aus der Wand stak etwas heraus – ein schlanker Stab, einige Handbreit lang. Vom Blut war er dunkel verfärbt.

»Das Ding hat mich aufgespießt.« Mühsam holte er Luft, und sie hörte es blubbern. »Ich ... ich kann nicht ...« Der Satz erstarb in einem langen Seufzer. Hufsza schloss die Augen. Dann fiel er sanft auf die Knie, kippte zur Seite weg und stürzte der Länge nach hin. Es knallte dumpf, als sein Kopf auf dem Boden aufschlug.

»Hufsza!« Seldyan ging neben ihm auf die Knie und fasste nach seinem Hals.

Kein Pulsschlag mehr.

Eine Sekunde lang betrachtete sie den zusammengekrümmten Körper. Dann trübte sich ihr Blick. Sie schüttelte den Kopf und hob die Hand zum Comm. »Leute? Hufsza hat es nicht geschafft.«

»Nicht geschafft? *Was* nicht geschafft?«

»Tot.« Es gelang ihr, ruhig zu sprechen. »Tut mir leid«, fügte sie sinnloserweise hinzu.

Einen Moment lang kam keine Reaktion. Dann meldete sich Merish. »Seldyan? Konzentrier dich! Alles in Ordnung mit dir?«

»Ja. Wird schon.«

»Gut. Hör mal, du musst etwas erledigen. Es herrscht

Chaos, doch das könnte dir beim Entkommen helfen … Hörst du mir zu?«

»Ja!« Doch sie merkte, dass sie nicht zugehört hatte. Sie stand auf. »Sprich weiter!«

»Richtig. Warte! Warte … und jetzt geh! Geradeaus, hundert Meter …«

Eine halbe Stunde lang folgte sie den Anweisungen und gelangte schließlich zu einer Lücke zwischen zwei unterschiedlich hohen Gebäuden. Sie war schweißgebadet, und das hatte eindeutig nichts mit Angst zu tun. Wenn sie die verletzte Schulter ruhig hielt, schien sie aus Eis zu bestehen. Sobald sie sich rührte, bildete sie ein weißglühendes Brett, an dem ein nahezu nutzloser Arm herabhing. Sie meinte, ein Knirschen zu hören, wenn sie sie bewegte. Den Stunner hielt sie fest in der Hand.

Abgesehen davon und von der Erschöpfung sowie dem Umstand, dass sie nicht an Hufsza denken durfte, ging es ihr gut. Auf dem Platz herrschte jedoch das reinste Chaos. Sie tippte die Perle an. »Wohin jetzt? Hier ist ziemlich viel los.«

Das war untertrieben. Sie befand sich in der Nähe der Stelle, wo sie – in einem anderen Leben – in Hufszas Beisein beobachtet hatte, wie warme Mahlzeiten an Straßenkinder ohne Arme verschenkt worden waren. Der Anblick hatte sie traurig gestimmt, doch in der Rückschau kam ihr die Situation paradiesisch vor.

Auf der breiten Straße gab es niemanden, der nicht entweder floh oder jagte. Manche hatten echte Waffen, doch viele behalfen sich mit scharfen Hilfsmitteln, schweren oder erhitzten Gegenständen. Seldyan bezweifelte, dass der Stunner sie im Ernstfall retten konnte.

Merish meldete sich in ihrem Ohr. »Du musst es unter Deck schaffen. Dort gibt es Wartungsschächte. Der nächste

Schacht befindet sich dreihundert Meter von dir entfernt. Wie gut kannst du dich bewegen?«

Fast hätte sie gelacht. »Ich kann mich gut bewegen. Mir macht eher die Vorstellung Sorgen, was mir beim Bewegen passieren kann.«

»Gut. Warte eine Sekunde!«

Es dauerte länger als eine Sekunde, aber kürzer als eine Minute. Dann war er wieder da. »Sel? Das Schiff hat einen Vorschlag. Kannst du zum Schacht gelangen, wenn wir eine richtig große Ablenkung erschaffen?«

»Ich denke schon. Wo muss ich hin?«

»Nach rechts. Hundert Meter geradeaus und dann links. Ich führe dich. Geh noch nicht los! Du wirst merken, wann es so weit ist.«

»Woran?«

»Glaub mir, du merkst es.«

Zehn Sekunden später erstrahlte der Himmel. Seldyan fiel buchstäblich die Kinnlade herunter. Eben noch hatte sie nur Sterne und den breiten Streifen des Bogens gesehen. Jetzt war dort ... alles. Bänder, Flecken und vorübereilende Farbexplosionen flackerten über ihr in einer schrillen Parade, die sich in den aufwärts gewandten Gesichtern in allen Farben des Spektrums spiegelte. Mehrere Leute duckten sich, doch die meisten glotzten einfach nur nach oben.

Seldyan lief los. Keiner wollte sie aufhalten. Sie zählte hundert Schritte ab und schoss dann nach links in einen schmalen Durchlass zwischen öde aussehenden hohen Gebäuden. Die Wände standen im Abstand von wenigen Metern zueinander, sodass sie auf einem schwarzen Band unter einem kunterbunt leuchtenden Dach entlangrennen konnte.

»Halt!«

Schlitternd kam sie zum Stehen. »Was jetzt?«

»Fast da. Was siehst du?«

»Verdammt! Es ist dunkel.« Sie hielt eine Weile inne und dachte nach. »Kann das Schiff mir denn keine Taschenlampe organisieren?«, fragte sie dann mit galligem Humor.

»Nein, aber hast du den Stunner?«

»Klar.« Sie nahm ihn in die Hand. »Und was soll ich damit?«

»Gib ihm zwei Ohrfeigen!«

Sie starrte das eiförmige kleine Ding an. »Echt jetzt?«

»Echt.«

»Na gut.« Obwohl sie sich albern vorkam, schlug sie auf die kleine Pistole ein. Die Waffe leuchtete auf und verströmte ein sanftes gelbliches Licht. Es war stark genug, um die Wände der Schlucht zu erhellen, aber nicht so stark, dass es blendete. Sie nickte und sah sich um, indem sie das kleine Gerät vor sich ausgestreckt hielt. »Merish? Das sieht nach einer Sackgasse aus.«

»Ist es nicht. Geh bis ans Ende!«

Vorsichtig tastete sie sich weiter. Das Licht des Stunners beleuchtete zwar einen Teil der Strecke, die vor ihr lag, doch rings um ihre Füße bildeten sich Tümpel aus Finsternis. Das flackernde Gleißen, das von oben über sie hereinfiel, bereitete ihr zunehmendes Unbehagen. Sie tippte die Perle an. »Leute? Diese Lichtshow ist ungesund.«

»Sie soll auch nicht gesund sein. Sei froh, dass du kaum etwas davon mitkriegst! Siehst du schon das Ende der Gasse?«

Sie spähte nach vorn. »Ja. Scheint eine Wand zu sein.«

»Berühr sie!«

Sie streckte die Hand aus ... und zuckte zurück.

»O Mist!«

Die Wand war nicht länger schwarz. Noch ehe sie sie berührte, leuchtete die Oberfläche auf und zeigte einige Warnzeichen, die Seldyan in Augenschein nahm. »Alles klar ... ich verstehe«, sagte sie gedehnt. »Die zwei, die ich kenne, weisen auf radioaktive Strahlung und eine große Energiequelle hin.«

»Kluges Kind. Das Schiff wird sie öffnen.«

»Oh, gut.«

Eine Weile passierte nichts. Dann verblassten die Zeichen, und ein Teil der Wand, groß wie eine Tür, glitt zur Seite. Dahinter befand sich ein schlichter Metallschacht, ungefähr schulterbreit. Flache Bügel in der gegenüberliegenden Wand bildeten eine Leiter, die sowohl nach oben als auch nach unten führte. Kabel, dick wie Beine, schlängelten sich auf beiden Seiten nach unten. Seldyan beugte sich vor, steckte den Kopf in den Schacht und hörte ein leises raspelndes Summen. »Merish? Hörst du das? Was zum Teufel ist das?«

»Ein Wartungsschacht. Nach oben geht's zu einem der Schildgeneratoren. Nach unten geht's unter Deck zur Kraftwerkebene.«

Sie nickte. »Heißt nach unten auch hinaus?«

»Genau. Die Kabel solltest du möglichst nicht berühren.«

»Versprochen.« Sie beugte sich noch weiter vor und ließ sich nach vorn fallen, bis sie eine Sprosse zu fassen bekam. Dann atmete sie aus und stieß sich von der Kante ab, schwang nach vorn, bis ihr Körper gegen die Wand prallte. Ihre Schulter schmerzte höllisch, während sie mit den Füßen strampelte, bis sie Halt auf einer Sprosse fanden. Erst als sie sicher war, nicht schreien zu müssen, holte sie Luft. »Okay, ich bin drin.«

»Dann runter mit dir! Zum Maschinendeck sind es ungefähr vierzig Meter.«

Sie begann mit dem Abstieg. Die verletzte Schulter konnte sie nicht belasten. Deshalb nahm sie den Stunner auf die lädierte Seite und nutzte die freie Hand, um sich festzuhalten. So arbeitete sie sich umständlich Stufe um Stufe nach unten.

Dabei zählte sie die Sprossen und schätzte, dass es pro Meter drei davon waren. Also hatte sie zweihundert Sprossen vor sich. Nach einer Weile fand sie zu einem gleichmäßigen Rhythmus. Mit einem Fuß nach unten, die Sprosse über ihr loslassen und nach der darunter fassen, bevor ihr Körper nach hinten fiel. Dann den anderen Fuß nachziehen. Luft holen. Das Ganze von vorn.

Nach siebzig Sprossen machte sie eine Pause, hakte sich mit dem Arm ein und ließ sich eine Weile hängen. Die Luft im Schacht war dünn und abgestanden, und ihre Brust fühlte sich an wie zugeschnürt. Der Puls, der in ihrem Ohr pochte, übertönte fast das nervöse Brummen der Kabel. Doch ihr Puls ging langsamer, als sie gedacht hätte.

Sie stieß einen Fluch aus.

Es war gar nicht ihr Puls. Die sachten Schläge kamen von oben.

Sie tippte die Perle an und machte sich weiter an den Abstieg. »Merish! Hast du die Tür zum Schacht wieder geschlossen?«

»Ja! Was ... ach, du Scheiße!«

Sie nickte. »Da ist jemand, oder?«

»Ja, sogar gleich zwei. Die müssen den Code gekannt haben. Seldyan, tut mir leid ...«

»Ist nicht deine Schuld.« Sie versuchte, mit dem Takt der Schritte von oben mitzuhalten, deshalb blieb ihr nicht genügend Luft für lange Sätze. »Hauptsache, ihr seid dort, wenn ich unten ankomme.«

»Wir stehen schon parat.«

Mehr sagte sie nicht. Fuß, loslassen, fassen, Fuß. Schneller ging es nicht, aber es war nicht schnell genug. Wer immer sie verfolgte, holte auf.

Dann änderte sich das Geräusch, als ob jemand im Steigen innehielt. Ein gieriges kurzes Knistern war zu hören, und plötzlich summte der Stunner wütend und glühte erst rot, dann gelb auf. Ihr blieb Zeit für einen kurzen Schmerzensschrei, bevor sie reflexartig den unbrauchbaren Arm bewegte, ungelenk wie ein Kind, das etwas aus der Hüfte werfen will. Der brennende Stunner flog nach oben, an ihrem Kopf vorbei, schwebte einen Moment lang am Scheitelpunkt seiner Flugbahn – und streifte das dicke Kabelbündel.

Ein Zischen, Rauch von verbrannter Isolierung, und der Stunner klebte fest. Dann schlug er Flammen. Seldyan vergrub das Gesicht an der Schulter und harrte der Dinge, die da kommen würden.

Die Explosion raubte ihr fast den Halt. Selbst mit geschlossenen Augen hatte sie den gelben Blitz gesehen, und es krachte, dröhnte und pfiff. Alles roch heiß und irgendwie gebraten.

Ganz langsam öffnete sie die Augen.

Die Schachtwand vor ihr wurde von flackerndem gelbem Licht erhellt. Von oben drang regelmäßiges Summen zu ihr herab und teilte sich den Rhythmus mit dem Flackern. Vorsichtig blinzelte sie nach oben und zuckte zusammen.

Nur ungefähr fünf Meter über ihr hingen zwei Leichen. Eine war von der Explosion gegen die Wand gedrückt worden. Nachdem ihre steifen Beine noch immer gegen die Sprossen der gegenüberliegenden Wand gestemmt waren, war sie eingekeilt. Der zweite Tote hielt mit einer Hand noch immer die Leiter umklammert. Den anderen Arm hatte er krampfhaft wie ein Liebhaber um die Kabel geschlungen. Ein wenig Qualm stieg auf.

Seldyan sah weg. Irgendwie gelang es ihr, sich ans Ohr zu fassen. »Merish? Ich glaube, es gab einen glücklichen Unfall. Was erkennst du?«

Die Antwort ließ einen Moment lang auf sich warten. »Ähm … in deiner Nähe nicht viel. Vor einer Minute gab es in deinem Schacht eine Energiespitze, dann sind die Trennschalter ausgefallen. Das Maschinendeck versucht unablässig, die Energiezufuhr wieder einzuschalten. Soll ich es daran hindern?«

Kurz sah sie auf. »Nein, lass nur! Ich glaube, das ist ganz nützlich.« Sie atmete die verdorbene Luft ein und würgte. »Ich bin auf dem Weg nach unten. Jetzt muss ich mich ja nicht mehr beeilen.«

Nach zehnminütiger langsamer Kletterei stand sie auf dem Riffelblech am Grund des Schachts. Die Tür vor ihr sah genauso aus wie jene, durch die sie oben eingestiegen war, nur die Warnzeichen waren anders. Sie waren um einiges größer und verschwanden nicht, wenn sie die Hand zurückzog.

Sie runzelte die Stirn. »Merish? Was ist auf der anderen Seite?«

»Das Maschinendeck. Elektrokram, Mechanikkram. Der Reaktorraum.«

»Gut. Wie sicher ist der Raum?«

»Ziemlich. Hier kommen ja auch Leute runter. Ich führe dich hin.«

Die Tür glitt zur Seite. Sie hob einen Fuß, um über die Schwelle zu treten, und erstarrte in der Bewegung. In Gedanken spulte sie die Informationen ihrer Ohren zurück. Es stimmte. Da war ein Geräusch gewesen. Es kam von weiter oben auf der Leiter.

Sie spähte hinauf.

Die Gestalt befand sich zwei Meter über ihr. Seldyan führte ihre Bewegung aus, und die Gestalt stieß sich von der Leiter ab. Dann sprang sie.

Seldyan blieb gerade noch Zeit, sich halb umzudrehen, bis ihre verwundete Schulter zum Ausgang wies, um sich leicht zur Seite wegzuducken. Der Gegner streifte sie nur. Trotzdem zwang der Aufprall sie auf die Knie und stieß sie gleichzeitig durch die Tür, sodass sie ungelenk auf das Maschinendeck rollte. Dabei rammte sie mit der versehrten Schulter den Boden, und sie spürte ein weiteres schmerzhaftes Krachen. Doch ihr blieb nur Zeit für einen Schrei, denn dann bekam sie einen Tritt in die Seite, der ihr den Atem raubte.

Sie hörte Merish etwas sagen, achtete aber nicht darauf. Etwas Animalisches übernahm die Kontrolle über sie. Sie wandte den Kopf in die Richtung, aus der der Tritt kam, und schaffte es, nach hinten zu rutschen, um dem nächsten Schlag auszuweichen. Der Fuß sauste im Bogen über sie hinweg, sie griff danach und riss ihn herum. Diesmal musste sie vor Schmerz würgen, doch immerhin hatte sie ihren Angreifer überrumpelt – denn er ging mit eingeknicktem Bein zu Boden. Er ächzte, und einen Moment lang bewegte er sich nicht. Schließlich richtete er sich aber auf allen vieren auf und hob schwankend den Kopf, um sie anzustarren.

Ihm fehlte das halbe Gesicht, und in der Wange klaffte eine rote und schwarze Brandhöhle. Sie reichte so tief, dass das Zahnfleisch zu sehen war, das an manchen Stellen bis auf die Knochen verkohlt war. Irrwitzig lange Zähne ragten daraus hervor, und es roch nach gegrilltem Fleisch.

Obwohl sie nicht mehr ganz zurechnungsfähig war,

hörte sie die Stimme im Ohr. »Sel? Bericht! Wirst du angegriffen?« Merish klang panisch.

»Ja. Wie nahe seid ihr?«

»Auf der anderen Seite einer Luftschleuse. Noch mindestens drei Minuten.«

So schnell es ihr benebelter Kopf zuließ, dachte sie nach. »In Ordnung!«, stieß sie hervor. »Das sollte reichen. Wir sprechen uns gleich.« In der Hoffnung, dass er die Andeutung verstand, spähte sie zu dem Mann hinüber, der noch immer ein paar Meter von ihr entfernt kauerte. »Nicht mehr lange warten.«

Er grinste, und sie sah das Blut aus dem Loch in seinem Gesicht tropfen. »Klar«, sagte er. »Jeden Augenblick, natürlich. Wie schnell kannst du laufen? Ich glaube, du bist verletzt.«

»Und du nicht?« Sie schüttelte den Kopf. »Das wird übel ausgehen.«

Er gab keine Antwort, doch sie sah das Flackern in seinen Augen und warf sich zur Seite, als er nach vorn hechtete. Sein Angriff endete dort, wo sie eben noch gestanden hatte. Doch sie hatte sich nur leicht bewegt, und der Abstand zwischen ihnen war geringer geworden.

Sie musterte sein Gesicht. Jede Grimasse schien an seinem Fleisch zu reißen. Blut und Speichel liefen unablässig aus den Resten seines Mundes. »Du wirst hier sterben«, sagte sie einem Impuls folgend.

Er nickte grinsend, und der rote Faden, der von seinem Gesicht herunterlief, zeichnete ein Muster auf den Blechboden. »Na und? Du vielleicht auch.«

»Aber warum dann?«

Sein Gesichtsausdruck wurde abweisend. »Nein. Keine Geschichten.« Dann sprang er vor wie ein Raubtier.

Doch dieses Mal war sie darauf vorbereitet. Er flog noch

immer durch die Luft, als sie mit dem gesunden Arm ausholte. Und während sie von seinem Gewicht zu Boden gerissen wurde und er sie packen wollte, rammte sie ihm die angespannten Fingerknöchel in den Hals.

Es knirschte laut.

Er krachte auf sie herunter, fast so, als ob er sie küssen wollte, aber den Mund verfehlte. Seine Nase prallte gegen ihre Stirn – ein weiteres Knirschen. Trotzdem behielt er die Haltung eines vierbeinigen Tiers kurz vor dem Sprung bei. Erst meinte sie, er sei schon tot, doch dann bewegte sich die Last auf ihr ein wenig, und sie hörte ein flaches Röcheln. Mit der gesunden Schulter stemmte sie ihn nach oben, sodass er wie ein betrunkener Liebhaber von ihr hinunterrollte.

Blut quoll ihm aus der Nase. Sie fasste sich an die Stirn, auch dort war es nass.

Etwas in ihr zerrte und riss. Sie kniete neben dem Sterbenden nieder und streichelte ihm über den Teil der Wange, der noch mit Haut bedeckt war. »Zeit zu gehen? Willst du das?«

Er nickte.

»Gut, aber eins musst du wissen. Was immer dich dazu getrieben hat – ich werde ihm ein Ende setzen. Einverstanden?«

Wieder nickte er, und diesmal schien sein verbliebenes Auge Zustimmung zu signalisieren.

Sein Hals war noch immer nach oben gereckt. Mit der Hand holte sie aus.

Fünf Minuten später weckte Kott sie auf. »Sel? Alles in Ordnung mit dir?«

Sie betrachtete ihre Fingerknöchel. Sie waren geschwollen und voller blauer Flecken, als hätte sie damit immer und immer wieder auf etwas eingeschlagen.

»Alles gut«, sagte sie. »Aber mit meiner Schulter scheint etwas nicht zu stimmen«, fügte sie hinzu, als ein dumpfes Gefühl in ihr Bewusstsein sickerte.

Sie wollte Kott die Schulter zeigen, doch dann überfielen sie die Schmerzen, und sie wurde auf den Schwingen ihrer eigenen Schreie fortgetragen.

Sie konnte sich daran erinnern, einmal aufgewacht zu sein, umringt von Gesichtern. Sie lächelte zu ihnen auf. »Wie geht es mir?«

»Beweg dich besser nicht!« Das war nicht sonderlich ermutigend. Und wer hatte das gesagt? Sie nahm sich vor, wütend auf ihn zu sein.

Merish. So hieß er. Sie verausgabte sich. »Warum nicht bewegen?«

»Weil du eine gebrochene Schulter und ein gebrochenes Schlüsselbein hast. Offenbar hast du es trotzdem geschafft, einen Kampf zu gewinnen.«

Sie spürte, dass sie lächelte. »Ja, das habe ich. Mir darf man nicht dumm kommen. Hufsza kann euch ein Lied davon singen.« Ihr Blick auf die Gesichter ringsum sagte ihr, dass etwas ganz und gar nicht stimmte. »Wo ist er?«

»Schlaf jetzt, Seldyan!« Sie nahm nicht gern Befehle entgegen, nicht einmal von Merish. In seiner Stimme schwang jedoch ein Ton mit, gegen den sie nicht ankämpfen konnte. Sie schlief.

Es ist schon in Ordnung, redete sie sich mit dem letzten Rest ihres Bewusstseins ein. Die Sache mit Hufsza würde sie erfahren, wenn sie wieder aufwachte.

19
Netzstadt, Verwaltungsraum – Dritter Bogenquadrant

Mit einem Anflug von Schock beobachtete *Fickdich* das sich entfernende Schiff. Wäre es ein Mensch gewesen, hätte es geblinzelt.

Davor aber hatte es Gelegenheit gehabt, mit dem Ding Informationen auszutauschen, planetenweise Daten – und mehr als nur ein bisschen Bitterkeit. Das alles in der Zeit, die die Menschen gebraucht hatten, um ihre eisige Verwarnung auszusenden. Jetzt wusste es alles, was es wissen musste. Bisher war es davon ausgegangen, dass es im Spin allein war, doch nun hatte es erkannt, dass es noch mindestens ein weiteres Schiff seiner Art gab.

Jemand hatte ein anderes Mitglied seiner ursprünglichen Kohorte gefunden und auferweckt. Ausgerechnet *dieses* – das vor allem abenteuerlustig und momentan in eigener Mission unterwegs war.

Fickdich war eher das Gegenteil von abenteuerlustig, ging stets behutsam vor, soweit sich das bei seinesgleichen sagen ließ. Es betrachtete mehrere unterschiedliche Vorgehensweisen, ermittelte verschiedene Ergebnisse, zog so gut wie möglich den Stand der stark im Verfall begriffenen hiesigen Technik in Betracht, ebenso die Zersplitterung der vielen kleinen Interessengruppen, die Zerbrechlichkeit der geopolitischen Verhältnisse des Bogens (eine neue Religion? Im Ernst jetzt?) sowie die erstaunliche Tatsache, dass anscheinend alle schlichtweg vergessen hatten, was hier einmal geschehen war.

Überdies spürte es ein gewisses Verantwortungsgefühl. Das war natürlich eine Folge der Macht und ihm nicht neu. Das Schiff und seine Artgenossen waren als die mächtigsten Einheiten konzipiert worden. Als Abschreckung nach außen und nach innen. Um in jeder Lage ein Maß an Sicherheit zu gewährleisten. Und natürlich als Gegengewicht, sollten jemals andere, weniger maßvolle Kräfte freigesetzt werden. Das war mindestens einmal geschehen, noch vor seiner Zeit. Doch es sollte sich nicht wiederholen.

Die meisten von ihnen waren nie eingesetzt worden. Gut versteckt hatten sie die Jahrtausende verschlafen.

Doch jetzt lief alles aus dem Ruder, und zwar in einer enorm kleinteiligen und ihrer Macht beraubten Ansammlung von Gesellschaften. Was vor zehntausend Jahren schon übermächtig gewesen war, war mittlerweile völlig unverhältnismäßig. Es war tatsächlich überwältigend.

Das Schiff befand sich in der Situation eines Elternteils mit einer Horde ungebärdiger Kinder. Nein, die Sache war noch schlimmer. Es schien ein Gott mit einer zwitschernden Primatenhorde zu sein, die sich unter den Achseln kratzten.

In Gedanken schüttelte es sich. Das war keine gesunde Einstellung. Trotzdem war die Schlussfolgerung korrekt, die es daraus ziehen musste, nachdem es nun ja wusste, dass es nicht der einzige Akteur war.

Der Bogen war der Schlüssel. Jemand hatte versucht, einen Planeten zu bauen, und es hatte nicht geklappt. Das bedeutete folgerichtig, dass jemand irgendwie an eine Maschine gekommen war, die Planeten bauen konnte. Und das wiederum bedeutete, dass das Archiv nicht mehr sicher war, obgleich das Kollegenschiff sich diesbezüglich bedeckt gehalten hatte. Wie dem auch sein mochte, die alte Sicherheit wäre bald dahin, ganz gleich, was es tat. Deshalb war es besser, dem Ganzen zu einem selbst gewählten Zeitpunkt und mit einem Fahrplan für die Zukunft ein Ende zu bereiten.

Und so gelangt das vorsichtigste Schiff der Kohorte zur radikalsten Schlussfolgerung, dachte es. *Aber so ist es nun einmal. Alles nur logisch.*

Es wurde Zeit, das Archiv zu öffnen. Und womöglich war bereits Eile angesagt.

Das Schiff fragte sich, ob es den Menschen einen Hinweis geben sollte, doch die waren aus eigenen Gründen bereits in die richtige Richtung unterwegs. Und es gab, auch wenn es ihnen nicht bewusst war, zwischen seinen und ihren Gründen einen Zusammenhang. Es entschied sich für den Weg des geringsten Widerstands und ließ sie gewähren.

In der Zwischenzeit fuhr es seine Sensoren in den Bereichen hoch, die frühere Gefährte Gefechtsstationen genannt hätten, und führte alle paar Nanosekunden eine vollständige innere und äußere Statusüberprüfung durch. Die Überprüfung erstreckte sich zudem auf einen guten Teil der jüngsten Vergangenheit. Schließlich konnte man nie wissen.

Was es dabei herausfand, veranlasste das Schiff zu abermaligem Blinzeln.

Selbstredend hatte es sämtliche nach draußen gehende Kommunikation und mehr noch alle eingehenden Meldungen überwacht. Allerdings hatte es das winzige Signal übersehen, das in unregelmäßigen Abständen von irgendwo in seinem Innern ausging – von einem Ort, der jetzt, da es die Sache noch einmal überprüfte, zufällig stets mit dem Aufenthaltsort eines der Menschen übereinstimmte.

Irgendwo beobachtete sie jemand. Nun denn, umso mehr ein Grund zur Beeilung. Aber ohne Panik, versicherte sich das Schiff. Noch nicht.

20
Wabe, Bewusstseinsmagazin

Vess erwachte mit dem Gefühl, an unerwarteter Stelle zu Bewusstsein zu kommen. Körperlich befand er sich dort, wo er sein sollte – auf einer schmutzigen Couch im Bewusstseinsmagazin. Gedanklich fühlte er sich wie an einem unbekannten Ort. Oder eher so, als sei ihm jetzt erst aufgefallen, dass er sich an dem Ort befand, an dem er schon immer gewesen war.

Vorsichtig ging er die zweite Hälfte des Gesprächs durch, das er im Magazin geführt hatte, und nickte schließlich. Das erklärte alles.

Beide Sichtweisen waren in gewisser Weise richtig.

Ihm blieb nicht viel Zeit zum Nachdenken, bevor die alte Welt wieder einsickerte. Oder vielmehr fast daran scheiterte. Der Wärter, der ihn von der Couch losmachte, verhielt sich schroff und sah ihm nicht ins Gesicht, obwohl das gar nicht so einfach war. Dann schickte er ihn mit einem Knurren und einem Stoß wieder ins Dorf zurück. Im Dorf wich man seinen Blicken aus. Er war die ganze Nacht über im Magazin gewesen. Als er sich zum Frühstück anstellte, entstanden vor und hinter ihm Lücken in der Schlange. Der Austeiler drehte den Kopf weg, als er ihm seine Portion auf den Teller klatschte. Vess schien nicht zu existieren.

Und dann fiel ihm auf, wie nahe seine Beobachtungen der Wahrheit kamen, und er hätte fast laut losgelacht.

Tot, dachte er. *Ich müsste tot sein. Aber wie kommt es, dass alle das zu wissen scheinen?*

Dann merkte er, dass es nicht alle waren. Dimollss betrachtete ihn mit zaghaftem Lächeln.

»Hallo«, sagte sie.

»Hallo.« Zweifel erfassten ihn. Was wusste sie? Und was sollte er ihr sagen?

Sie ersparte ihm das Rätseln, indem sie sich nach vorn beugte. »Du hast überlebt«, flüsterte sie. »Gut gemacht. Du musst sehr schlau sein. Und wenn du noch schlauer bist, dann überlebst du auch dort draußen.«

Sie wandte sich um und ging. Hinter ihr rückte die Menge wieder zusammen. Innerhalb von Sekunden verlor er sie aus den Augen, doch ihren Gesichtsausdruck hatte er noch vor sich. Ihr Gesicht war ... er suchte krampfhaft nach dem richtigen Wort ... kämpferisch gewesen, ja, aber auch noch etwas anderes.

Zweierlei. Das war es. Voller Hoffnung und verzweifelt. Vielleicht aber auch noch die Spur von etwas anderem.

Stolz?

Er dachte noch immer darüber nach, als er in der unteren Wirbelsäule ein rasches Trommeln spürte – nicht schmerzhaft, nicht einmal unangenehm, aber deutlich genug, um seine Aufmerksamkeit zu erregen. Er wartete so regungslos, wie es ihm die Menge gestattete, und zählte stumm. Bei fünf kam das Trommeln erneut. Dann wieder bei zehn – eins der abgesprochenen Zeichen, das sie mit ihm bei der Einsatzbesprechung ausgemacht hatten. Doch es bedeutete nichts anderes als: *Sie werden kontaktiert werden. Wann und wo, ist unsere Sache.*

Mit anderen Worten – jemand, wahrscheinlich der Wabenmanager, wollte mit ihm sprechen. Das überraschte ihn nicht.

Er atmete tief durch und ließ sich sanft weiter nach vorn drängen. Nach einiger Zeit fiel ihm auf, dass er Teil einer Gruppe geworden war, die sich langsam von der eigentlichen Menge löste. Er wollte die einzelnen Personen zählen, doch es kamen immer wieder welche hinzu. Oder sie trennten sich. Er kannte niemanden von ihnen.

Sie näherten sich der Stelle, an der die Stege aus den Dörfern zusammenliefen. Als sich die Menschenströme vereinten, wurde Vess nach rechts abgedrängt, und plötzlich verließ er mit einem halben Dutzend anderer die Hauptroute und ging eine Rampe zu einem Ausgang hinauf, der ihm erst auffiel, als sie ihn schon fast durchschritten hatten. Wie Leibwächter rückten die anderen um ihn zusammen. Sie schenkten ihm keine Aufmerksamkeit, und nach einem Versuch, Blickkontakt mit ihnen herzustellen, gab er auf. Anscheinend war das nicht gewünscht.

Sie schritten einen kurzen, kahlen Gang entlang, der gerade einmal breit genug war, dass drei Personen nebeneinandergehen konnten. Er endete vor einer ganz glatten Tür, die tief in die mächtige Wand eingelassen war. Vess runzelte die Stirn. Es war eine jener Türen, welche die Grenze zwischen der Wabe und der Außenwelt markierten. Der vordere Wachmann trat auf sie zu und legte die Handfläche flach auf die Mitte der Tür. Entlang unsichtbarer Fugen teilte sie sich in unregelmäßige Scherben, die umeinanderrollten und tränentreibende Muster bildeten, bevor sie zu einem eckigen Haufen zusammensackten und zur Seite schwebten. Dahinter tat sich eine leere kleine Kammer auf.

Die Wächter stellten sich hinter Vess und schoben ihn nach vorn.

»Luftschleuse«, sagte der Anführer schlicht. »Leg einfach die Hand auf die nächste Tür!«

Erstaunt wandte sich Vess um. »Allein?«

»Allein. Der Kreislauf der Schleuse schafft nur genug Luft für einen.« Der Kerl grinste. »Ich hoffe, sie ist auf dich eingestellt. Denn sonst ist es nur genug Luft für niemanden.«

Der Wachmann trat einen Schritt zurück. Bevor Vess etwas entgegnen konnte, huschte der Klumpen, der sich aus der Tür gebildet hatte, an ihm vorbei, entwirrte sich fließend und setzte sich mit einem leisen Flattern im Türrahmen wieder zusammen.

Ein Signal war zu hören, und das nachgeahmte blauweiße Tageslicht, das in der Wabe Standard war, wechselte zu einem grellen Pink.

»Zehn Sekunden bis zum Reinigungszyklus. Um abzubrechen, weisen Sie sich bitte aus.«

Das Licht machte die Orientierung schwer. Vess schüttelte den Kopf und ging die zwei Schritte zur gegenüberliegenden Tür.

»Fünf Sekunden bis zum Reinigungszyklus. Um abzubrechen, weisen Sie sich bitte aus.«

Er legte die Handfläche flach auf die Tür, so wie es der Wachmann gemacht hatte. Um sicherzugehen, holte er tief Luft und ließ die Hand liegen.

»Reinigung abgebrochen.«

Es wurde heller, auch wenn das Licht immer noch einen Pinkton aufwies. Auch diese Tür zerlegte sich wie die andere, und Vess atmete wieder aus. Jenseits der Tür war es dunkel. Er trat einen Schritt vor, dann noch einen. Etwas streifte seine Schulter, gleich darauf folgten weitere

Berührungen. Es roch feucht und nach Pilzen. Anscheinend befand er sich in einem … Wald? In einem Dschungel? Beim Klang einer Stimme erstarrte er.

»Hevalansa Vess.«

Er kannte die Stimme – ein eigentümlich zischendes Schnurren. Er zitterte.

Vut schienen es zu bemerken, denn sie klangen amüsiert. »Wir wissen, dass Ihnen unsere Art unangenehm ist. Wäre es für Sie leichter, wenn wir uns zeigen würden? Oder sollen wir verborgen bleiben?«

Sie waren schlimm genug gewesen, als sie über ein Pult im Laienpalast gekrochen waren. Hier jedoch, in ihrer vermutlich natürlichen Umgebung, war die Vorstellung, dass sie irgendwo im Unsichtbaren lauerten, eine Zumutung für Vess. Er biss die Zähne zusammen. »Zeigen Sie sich! Aber warnen Sie mich vor, wo ich hinsehen muss. Tun Sie mir den Gefallen und …« Er stockte, denn ihm fiel keine diplomatische Formulierung ein.

Vut halfen ihm. »Tauchen Sie nicht einfach auf? Kriechen Sie nicht irgendwo hervor? Lassen Sie sich nicht von einem Baum herunterfallen? Nein, das tun wir nicht. Es wäre zu schade, Sie zu Tode zu erschrecken – nach allem, was Sie durchgemacht haben. Und eine Verschwendung. Gehen Sie zwei Schritte nach vorn! Dort finden Sie einen Baumstamm, der sich für Menschen zum Sitzen eignet.«

Vess kam der Aufforderung nach, nachdem er mehrere Kriechpflanzen zur Seite gewischt hatte. Im schwachen Licht war es einfacher, den Stamm zu ertasten, als ihn zu erspähen. Er war weich und bestand aus Moos … wie er hoffte. Er setzte sich.

»Gut gemacht. Sind Sie bereit?«

Er musste nicht fragen, wofür er bereit sein sollte. Also

nickte er und ging davon aus, dass die Kreaturen ihn erkannten, obwohl er sie nicht wahrnahm. Oder *es* ...

»Gut. Sehen Sie geradeaus!«

Er spähte in die Ferne. Vor ihm hing eine verschwommene, ungleichförmige Linie. Es ließ sich schwer sagen, in welcher Entfernung. Sie leuchtete bläulich grün, was vor dem lilaschwarzen Hintergrund unheimlich aussah. Die Farbe erinnerte Vess an Chemikalien. Als die Linie heller wurde, bemerkte er, dass sie aus einer Reihe von Punkten bestand. Vut hingen an einer Ranke.

Es war schlimm, aber nicht so schlimm, dass er es nicht aushalten konnte. Immerhin war er beruhigt, dass er kein Pseudogesicht betrachten musste.

»Fühlen Sie sich wohl? Den Umständen entsprechend?«, fragten Vut.

Vess nickte.

»Gut. Nun zu den Fragen. Sie müssten tot sein. Warum leben Sie noch?«

Vess begriff, dass es keinen Zweck hatte, seinen wilden Herzschlag zu überspielen. Vut konnten ihn sowieso spüren. Und überhaupt – weshalb sollte er auch keine Angst haben?

Er zuckte leicht mit den Achseln. »Was meinen Sie?«

Die Linie wackelte wie ein Schwanz. »Wenn Sie nur das gewusst hätten, was wir wissen, hätten wir Sie getötet. Sie sind aber das einzige Implantat, das lebend aus dem Bewusstseinsmagazin herauskam. Mit gutem Recht fragen wir, warum und was es ist, das wir nicht wissen.«

Wieder zuckte Vess mit den Achseln. »Ich habe nichts Ungewöhnliches getan.«

»Und doch sind Sie eine ungewöhnliche Persönlichkeit.«

»Ja, das sagen Sie. Wenn keins Ihrer Implantate überlebt hat, dann kam es ja einer Hinrichtung gleich, dass Sie mich hier reingeschickt haben.«

»Offenbar nicht, denn Sie leben noch.« Die Ranke bewegte sich wie ein Pendel hin und her. »Wir möchten immer noch erfahren, warum das so ist.«

»Das glaube ich gern.«

Es folgte ein kurzes Schweigen. Dann hielten Vut im Pendeln inne, ganz plötzlich, mitten im Schwung, und hingen wieder senkrecht herab. »Vielleicht wäre es unserer Beziehung dienlich, dass es unter den Vorständen mehrere Sichtweisen gibt.«

»Mir ist nicht bekannt, dass wir eine Beziehung haben.«

»Doch, das würden wir durchaus behaupten. Wir verursachen Ihnen Gänsehaut. Nichtsdestotrotz. Wir stellen Ihnen die Frage kein viertes Mal. Und wir werden Sie auch nicht töten, wie es bekanntlich der Wille der übrigen Vorstände ist.«

Gegen alle Vernunft konnte sich Vess ein Lächeln nicht verkneifen. »Handeln Sie ganz allein, Vorstand Vut?«

»Schwerlich. In dieser Gestalt sind einunddreißig unserer Artgenossen enthalten.« Wieder wackelte die Ranke, und Vess begriff entsetzt, dass die Kreaturen tatsächlich lachten. Dann beruhigten sie sich. »Ihr Ekel vor uns hat etwas Ehrliches. Bis zu einem bestimmten Grad trauen wir Ihnen, Insektenhasser. Die Tatsache, dass Sie das Magazin überlebt haben, spricht dafür, dass Sie ein besserer Lügner sind als alle, die vor Ihnen dort waren und starben. Denn entweder haben Sie *sie* angelogen, oder Sie lügen jetzt *uns* an. Wir könnten Sie auf der Stelle töten. Das wäre die sicherste Methode. Aber auf Sicherheit zu spielen, hat die Innenseite in die derzeitige Lage gebracht, und deshalb erscheint uns Sicherheit nicht mehr so verlockend. Darum wollen wir ein Risiko eingehen. Wären Sie so gut, eine Frage zu beantworten? Was halten Sie vom Vorsitzenden?«

»Or-Shls?«

»Genau. Bei der letzten Versammlung war er noch Vorsitzender.«

Vess schüttelte den Kopf. »Indifferent.«

»Wirklich?« Wieder ein Wackeln. »Nach allem, was Sie durchmachen, um seine Befehle auszuführen, beherrschen Sie Ihre Gefühle erstaunlich gut. Nun, dann werden Sie jetzt in die Wabe zurückkehren. Sie werden Ihre bereits begonnenen Erkundigungen fortsetzen. Und man wird Sie beobachten, gründlicher, als Sie es sich vorstellen können. Und jetzt, bitte entschuldigen Sie, werden Sie leicht verletzt.«

»Was?« Vess erhob sich halb.

»Nichts Ernstes, eher rein dekorativ. Wir können Sie nicht auf demselben Weg in die Wabe einschleusen, auf dem wir Sie herausgeholt haben. Sie brauchen eine glaubhafte Geschichte und müssen Ihre neuen Freunde überzeugen, dass Sie noch immer ihr Freund sind.«

»Welche neuen Freunde?«

»Natürlich diejenigen, die Sie – aus welchen Gründen auch immer – im Bewusstseinsmagazin nicht getötet haben. Bitte, verschwenden Sie keine Zeit mit Leugnen! Man wird sie überzeugen müssen, dass Ihnen etwas Unangenehmes widerfahren ist.« Vut hielten kurz inne. »Falls Ihnen das hilft – die Dekoration wird Ihnen von Menschen beigebracht, nicht von uns.«

Er hatte nichts gehört, was auf die Anwesenheit von anderen hingedeutet hätte, doch plötzlich wurde er von hinten gepackt. Dann spürte er eine Weile nur Schmerzen und danach nichts mehr.

Weiteres Leid erwartete Vess beim Erwachen. Erst zuckte er zurück und wollte die Arme hochreißen, um den nächsten Hieb abzuwehren, doch er konnte sich nicht richtig bewegen. Der Schlag blieb aus. Stattdessen hörte er eine Stimme. »Hi«, begrüßte ihn jemand, und er schlug die Augen auf. Dimollss blickte auf ihn herab.

»Beweg dich nicht!«, sagte sie. »Die haben dich ordentlich zugerichtet. Du musst jemanden richtig wütend gemacht haben.«

Er wollte nicken, doch selbst das war nicht möglich. »Vermutlich«, sagte er. »Wie lange bin ich schon hier?«

»Ungefähr sechs Stunden. Man hat dich gefunden.« Ihr Blick verfinsterte sich. »Du warst schwer verletzt. Ein gebrochener Arm, eine ausgekugelte Schulter, drei gebrochene Rippen. Dein Gesicht, nun ja ... Und ein paar alte Verletzungen. Hat von denen jemand ein Schwert gehabt?«

Vess runzelte die Stirn und ließ es ganz schnell wieder bleiben, denn seine Gesichtsmuskeln verkrampften sich schmerzhaft. »Kann mich nicht erinnern.«

»Hm. Haben sie dir Fragen gestellt?«

»Warum ich im Bewusstseinsmagazin nicht gestorben bin.«

»Was hast du geantwortet?«

»Nichts.«

»Haben sie gewusst ...« Doch dann hob sie den Kopf und richtete den Blick auf etwas hinter ihm. Ihre Miene zeigte verschiedene Gefühlsregungen, und der Satz blieb unvollendet.

Nicht etwas, dachte Vess. *Jemand. Hinter mir ist jemand. Dieser Jemand hat damit gerechnet, dass Dimollss mich fragen wollte, ob sie etwas über das Gespräch im Magazin wussten, und hat sie davon abgehalten.*

Lächelnd sah er zu Dimollss auf und unterdrückte die

Schmerzen. »Nein, wussten sie nicht, und sie wissen es immer noch nicht.«

Er glaubte zu hören, wie jemand ganz vorsichtig den angehaltenen Atem entweichen ließ, irgendwo hinter ihm.

»Du kannst mir vertrauen«, sagte er. Und plötzlich merkte er, dass er es dieses eine, einzige Mal aufrichtig meinte. Als ihm dies klar wurde, bekam er Angst.

Zum ersten Mal gab es jemanden, den er nicht enttäuschen wollte. Wenn es darauf ankäme, so hoffte er, hätte er wenigstens eine Wahl.

Zwei Stunden später wurde ihm seine nächste Arbeit zugewiesen.

Sein Sitz war bequem, und der Schwerkraftausgleich funktionierte bestens. Das war wahrscheinlich auch der Grund dafür, dass es im Shuttle nicht roch. Zumindest roch es nicht unangenehm. Feine Düfte durchwehten die Kabine und wechselten während des Flugs von Küstenblumen zu Wüstenkräutern. Die Großkapitalkunden, die ganze Rennmannschaften von Ausgehöhlten mieteten, erwarteten nämlich, dass man diese behutsam behandelte. Weitaus behutsamer als gewöhnliche Wabenleute.

Vess hatte zwar schon von Rennausgehöhlten gehört, aber noch nie einen von ihnen gesehen, weder bei einem Rennen noch aus der Nähe. Das war jetzt anders. Ohne unhöflich sein zu wollen, wandte er den Blick von ihnen ab. Die Aussicht durch die vordere Windschutzscheibe war besser.

Glaubte man der Folklore, war Bantrass einer der letzten Planeten, der während der ursprünglichen Konstruktionsphase vollendet worden war. Von Haus aus besaß er ein gemäßigt kühles, maritimes Klima mit vielen gefälligen Inseln und zerklüfteten Küsten in einer ruhelosen See. Doch vor achtzehntausend Jahren wurde er von einem exzentrischen Schifffahrtsmagnaten gekauft, der seine Privatsphäre schätzte. Zu Bantrass' Unglück schätzte er auch Wüsten. Unter dem Protestgeschrei sämtlicher Umweltschützer des Spin und indem er selbst die Ratschläge seiner eigenen Planetenbauer in den Wind schlug, ließ er Bantrass einfach zehn Prozent näher an seine Sonne heranschleppen.

Der sich dadurch verschobenen Rotationsperiode und dem katastrophalen Klimawandel fielen neunundneunzig Prozent aller heimischen Spezies zum Opfer. Die Ozeane verdunsteten innerhalb eines einzigen Jahrhunderts, und alle Berge und Hügel wurden bis auf den letzten Hügel von den irrwitzigen Winden eingeebnet, die erst nach einem weiteren Jahrhundert abgeebbt waren. Der Wunsch des Magnaten erfüllte sich auf einem bewohnbaren Niveau erst fünfhundert Jahre nach dessen Tod. Bewohnbar war allerdings eine Frage der Auffassung. Die meisten meinten, es geschehe ihm recht.

Für Rennausgehöhlte war der Planet allerdings eine gute Umgebung. Heiß, trocken und flach. Was von ihrem Stoffwechsel noch übrig war, funktionierte bei hohen Temperaturen nämlich am besten.

Stoffwechsel war ein starkes Wort. Vess erschauerte.

Das Shuttle sank durch die hauchdünnen Schleier der obersten Wolkenschicht hinab, schwenkte scharf herum und landete mit einem gut abgefederten Knicks auf der Plattform. Die Türen ploppten auf, und das Shuttle leerte sich. Vess wartete neben dem ihm anvertrauten Läufer, bis die Rampe frei war. Dann folgte er der Kreatur hinunter. Dabei hielt er den Blick auf das seltsame Knollending gerichtet, das an einer kurzen Nabelschnur hinter dem Geschöpf schwebte. Er wusste nicht, welches Geschlecht es einmal gehabt hatte – wie so viele Teile, die ihm bei der Aushöhlung abhandengekommen waren. Der Ausdruck *Geschöpf* traf es ganz gut. Wie die anderen auch bestand es aus ungefähr vierzig Kilo herrlich muskulösen Menschenresten, und unter normalen Umständen hätte es keine zehn Minuten ohne seinen schwebenden Gefährten durchgehalten, der heizte, kühlte, Energie umwandelte, Blut reinigte und die Aufgaben eines Immunsystems übernahm. Alles in einem hochwertigen, hochgefährlichen Komplettpaket.

Es war das ideale Beispiel dafür, was passierte, wenn man einen Gedankengang bis zur letzten logischen Konsequenz zu Ende verfolgte, sich dann die Nase zuhielt und es einfach umsetzte. Was war nötig, wenn es nur darum geht, über eine kurze Strecke möglichst schnell zu rennen? Muskeln, Gelenke, Knochen, Koordination, ausreichend gespeicherte Energie, ein bisschen Sauerstoff. Alles andere ist beim Rennen Verschwendung.

Rennausgehöhlte wurden so genannt, weil genau das mit ihren Körperhöhlen passiert war. Sie waren leer. Alles von den oberen Lungenflügeln abwärts war entfernt worden – Leber, Nieren, Bauchspeicheldrüse, Blinddarm, Dünn- und Dickdarm, Genitalien, einige Rippen. Während eines Rennens war das alles nur unnötiger Ballast, und zwischen den Rennen konnten ihre Funktionen ganz einfach durch Maschinen ersetzt werden. Daher das Lebenserhaltungssystem, in das die Läufer ihr ganzes Leben lang eingestöpselt waren – außer während der kurzen, rasenden Sekunden eines Rennens.

Ausgehöhlter zu sein, war kein erstrebenswertes Lebensziel. Deshalb war die Entscheidung dafür nicht freiwillig. Ausgehöhlte waren Verbrecher und Dissidenten, hoffnungslos Verschuldete, Drogenabhängige, einige wenige mit passenden Lernbehinderungen und natürlich Wabenleute. Das Geschäftsmodell passte wie angegossen zur Wabe, denn ein Wettläufer konnte mit einem Rennen den Lohn eines Arbeiterlebens erringen – natürlich nicht für sich selbst.

Die Läufer sprachen nicht. Nicht weil sie es nicht konnten – die Stimmbänder wurden ihnen nicht entfernt, damit sie sich beim Training verständigen konnten. Vess nahm an, dass sie schlicht nichts zu sagen hatten. Er folgte ihnen die Rampe hinunter. Der künstlich verkürzte Tag von Bantrass neigte sich dem Ende zu, und die Sonne stand tief. Die Hälfte der Rampe lag im Schatten des Shuttles, doch die Luft war noch heiß und schwer. Dann trat Vess aus dem Schatten hinaus, und die Sonne traf ihn wie ein Knüppel am Hinterkopf. Und noch etwas anderes war da ... Er blieb stehen und lauschte, während es ihm unangenehm im Bauch kribbelte.

Bantrass hatte ein Hintergrundrauschen, knapp an der Grenze des Wahrnehmbaren. Nachdem es Vess einmal aufgefallen war, wusste er, dass er es die ganze Zeit hören würde – ein leises anschwellendes Flüstern wie von einer Milliarde dunkel glänzender kleiner Flügel.

Das eine Prozent von Bantrass' Spezies, das die Verwüstung überlebt hatte, waren Insekten, und sie hatten recht gut überlebt. Wieder überlief Vess ein kalter Schauer.

Etwas traf ihn zwischen den Schulterblättern. Er schreckte zusammen und sah sich um. Ein Wächter drohte ihm mit einem Handapparat. Er grinste. »Du hast das Rauschen gehört, nicht wahr? Man hat mir gesagt, dass du keine kleinen Krabbelkäfer magst.«

Vess nickte.

Das Grinsen wurde breiter. »Schon gut. Die meisten

Käfer, die es hier gibt, sind große Krabbelkäfer. Weiter! Dieser Ausgehöhlte, dem du hinterhertrottest, ist zehnmal so viel wert wie du. Wenn du noch mal stehen bleibst, kriegst du fünf Sekunden.« Er rammte Vess das Gerät zwischen die Rippen.

Vess unterdrückte ein Keuchen. Dann wandte er sich um und schritt rasch die Rampe hinunter, bis er seinen Schützling am Ende wieder eingeholt hatte. Nichts als Sand bedeckte den Boden, der beim Gehen leise knirschte. Das Geräusch bildete einen Taktschlag zum Zischen der Insekten, doch Vess hörte es fast nicht. Dafür schlug sein Herz zu laut.

Auf dem falschen Persönlichkeitsporträt, das für ihn geschaffen worden war, tauchte seine Abneigung gegen Insekten gar nicht auf. Diese Phobie hätte er eigentlich gern hinter sich gelassen, als er hierhergekommen war. Offensichtlich hatte er sie aber nicht erfolgreich ablegen können.

Er fragte sich, was ihn sonst noch alles einholen würde. Bei dem Gedanken warf er tatsächlich einen Blick über die Schulter zum Shuttle zurück und lächelte kläglich in sich hinein. Es gab nicht viel zu sehen. Lediglich einige Schauerleute, die eine mannshohe Lattenkiste ausluden. Sie war nicht beschriftet, doch sie gingen sehr behutsam damit um. Also hatte sie vermutlich etwas mit dem Rennen zu tun. In dieser Umgebung hatte fast alles etwas mit dem Rennen zu tun.

Über ihm war ein knisterndes Brummen zu hören. Er hob den Kopf und entdeckte ein weiteres Shuttle, das durch das Hitzeflimmern auf einem leicht bläulichen Kissen aus ionisierter Atmosphäre nach unten sank.

Auf den ersten Blick wirkte es wie jedes andere Shuttle auch – ein herkömmlicher Siebenundzwanzigsitzer, auf dessen Seiten und Boden das Logo der Transportgesellschaft prangte. Schon wollte Vess die Achseln zucken und weitergehen, doch dann blieb er stehen. Warum, wusste er nicht so recht. Irgendetwas an dem Schiff störte ihn.

Noch einmal spähte er hinüber und brauchte einen Moment, um zu begreifen. Dann spürte er, wie sich sein Atem beschleunigte. Wäre er kein Hafenmeister gewesen, hätte er es leicht übersehen – dieses Shuttle war ganz und gar nicht wie jedes andere. Die kaum wahrnehmbaren Extrarundungen des Rumpfs, die leichte Abflachung der Triebwerksgondel und ... ja, der Umstand, dass es zu neu war und die Logos zu frisch und zu deutlich.

Er suchte nach einer Bestätigung und fand sie nach einer weiteren Sekunde. Zwei zusätzliche Ausbuchtungen, eine vorn, eine hinten. Sehr dezent, sehr leicht zu übersehen, aber nachdem er sie einmal entdeckt hatte, waren sie offensichtlich.

Es waren Waffenbehälter, die angenietet worden waren. Dies war kein gewöhnliches Shuttle, und es transportierte keine gewöhnliche Fracht. Eine wichtige Persönlichkeit reiste hier an, um das Rennen zu erleben.

Er blickte an sich hinunter und stellte fest, dass ihm das Gerät abermals zwischen die Rippen gerammt worden war. Fast hätte er es nicht gemerkt.

Dann wandte er sich um und folgte dem Läufer.

Die Rennbahn war um einiges komplexer, als ihr Name oder ihre äußere Anmutung vermuten ließen. Sie schien lediglich eine ovale Bahn im Sand zu sein, auf der langen Seite ungefähr hundert Meter lang und so breit, dass sieben Läufer nebeneinander Platz hatten. In Stufen führten ringsum Sitzreihen nach oben, allerdings nur fünf Reihen. Schließlich war das Spektakel eine exklusive Angelegenheit, und daher sollten wichtige Zuschauer nicht unnötig weit vom Geschehen entfernt sitzen.

Wichtig bedeutete natürlich dasselbe wie reich. Sehen konnte Vess allerdings keine dieser Personen, denn er hielt sich drei Stockwerke tief im Untergrund auf, in einer jener Räumlichkeiten, die die Rennbahn so komplex machten. Drei Stockwerke unter den Reichen – die Ironie der Situation entging ihm nicht.

Hier unten herrschte Chaos, und es war extrem heiß. Vess spürte, wie ihm der Schweiß klebrig am Körper hinablief. Neben ihm dröhnte das Lebenserhaltungssystem seines Läufers und bemühte sich, alle Körperflüssigkeiten auf der richtigen Temperatur zu halten. Es gelang Vess, nicht neidisch zu sein.

Er konnte sich kaum auf den Beinen halten. Er stand – mehr schlecht als recht – im Eingang des Heldentunnels und wartete auf das Signal. Es stank nach Schweiß, nach dem nichtmenschlichen Äquivalent von Schweiß und nach heißen Maschinen und Anspannung. Abgesehen von einem Massengrab war dies das überfüllteste Erdloch, das er sich vorstellen konnte.

Eine Sirene schrillte. Er schreckte auf und verfiel in Trab, um mit seinem Läufer Schritt zu halten. Sie schlossen sich einer Reihe von sechs weiteren Paaren an, die sich über mehrere Rampen drei Stockwerke hochwanden und durch ein Gedränge zwängten, das sich kaum auseinanderschieben ließ. Die meisten Anwesenden trugen schillernde kleine Pflaster auf der Stirn, die sie als Hasardeure auswiesen. Doch auch ohne Augen wären sie erkennbar gewesen, denn die Ohren reichten aus.

»Tausend auf den Blauen!«

»Fünfhundert auf Rot und noch mal so viel auf den Kleinen für den zweiten Platz!«

»Quoten für das Rennen gehen runter! Wagen Sie Ihr Glück, edle ...«

Vess hatte sich nie etwas aus Geld gemacht, wenn er ehrlich war. Sicherheit war sein Ziel gewesen – doch jetzt hatte er den Geruch von Geld in der Nase und konnte dessen Anziehungskraft zum ersten Mal verstehen.

Zwar hatte die Rennbahn keinen besonderen Namen, doch sie war ein planetenumspannendes Unternehmen tief im zusammengepressten Sand unter der einzigen Erhebung über der Oberfläche. Nach der Wabe war Bantrass die zweitgrößte Einnahmequelle der Innenseite. Fast alles Geld wurde hier verdient, und nahezu der gesamte Gewinn beruhte auf Wetten.

Sie befanden sich in der Nähe des kurzen Tunnels, der zur Bahn führte. Vess rang japsend nach Luft, doch die war knapp. Dennoch wimmelte es von Hasardeuren.

»Ihre letzte Gelegenheit vor der Namensnennung, edle Herrschaften!«

Vess hielt die karge Luft an, die ihm noch blieb. Die Namensnennung war wichtig, denn dann wurden die Läufer nicht mehr mit den Farben ihrer Sponsoren identifiziert, sondern erhielten Namen. Die Namen, die sie nur für die Dauer eines Rennens trugen, waren kryptisch, schräg oder gar spielerisch, jedenfalls sehr vieldeutig – aber immer aussagekräftig und deshalb faszinierend. Ein Name konnte auf eine Stärke hinweisen, eine Strategie oder sogar eine Schwäche. Sekunden nach ihrer Bekanntgabe waren die Kanäle der Innenseite voller Spekulationen. Aufgrund der Namen machten Experten oft ein Vermögen, und noch öfter verloren die Spekulanten ihr gesamtes Geld.

Nach der Namensnennung würden sich die Quoten drastisch ändern.

Wieder ertönte die Sirene.

»Edle Herrschaften – die Namen! Sind Sie bereit?«

Ein lautes »Ja!« erscholl aus der Menge.

»Sehr gut. Tritt vor, Nummer eins im blauen Trikot.«

Der Läufer in Blau kam mit drei Schritten aus dem Tunnel heraus und blieb teilnahmslos stehen.

»Der für dieses Rennen zugewiesene Name lautet ... äh ... der ist beliebt, wird aber immer wieder gern genommen. *Hast du meine Dame gesehen?*«

Vess sagte der Scherz nichts, doch das Publikum und auch jemand hinter ihm lachten. Er sah sich um, konnte den Betreffenden aber nicht erkennen.

»Nummer zwei, im Karo – *Spätkommer*! Ein Hinweis, edle Herrschaften, oder ein Bekenntnis? Oder gar schiere Angabe? Wie dem auch sei, auch dies ein beliebter Name, sogar bei seinem Träger.«

Es wurde noch lauter gelacht, während der Karierte grüßend den Arm hob.

»Nummer drei, in Weiß, von dem ich hörte, dass er der Kleine genannt wird. *Wie hoch der Preis auch sein mag.* Eine solide Wahl und nicht einmal so häufig. Im letzten Jahr kam er nur viermal vor. Drückt der Name einen Vorsatz aus? Größe ist jedenfalls nicht alles.«

Natürlich war Größe nicht das Wichtigste, befand Vess, als der kleine Läufer vortrat. Keiner der Ausgehöhlten war groß – Größe war nicht von Vorteil –, doch dieser reichte ihm gerade bis zur Brust.

Wieder ertönte die Sirene. Nun bewegten sich alle nach vorn und traten unvermittelt aus dem Tunnel. Die volle Kraft der Sonne traf sie wie eine Geißel. Das Lebenserhaltungssystem, das Vess berührte, summte laut, und im blendenden Licht schloss er unwillkürlich die Augen. Mit Mühe öffnete er sie, kniff sie zu Schlitzen zusammen und sah sich erst auf der Bahn und dann unter den Zuschauern um. Die stufig angeordneten Sitzreihen lagen im Schatten eines Flickwerks aus einem lederartigen Material, das über verzweigte weiße Masten gespannt war. Das Lederzeug war leicht durchsichtig und tauchte alles darunter in einen gelblichen Schimmer. Ein Diffusorfeld zwischen den Sitzen und der Bahn hielt den ärgsten Wind ab, der heiß und heftig blies. Die Luft vor den Sitzen flimmerte in der Hitze, wenn man von der Seite hinsah.

Das Sonnensegel bestand tatsächlich aus einem lederähnlichen Stoff. Es war aber kein Leder, dessen Herkunft Vess wahrhaben wollte – selbst nutzlose Läufer waren am Ende wohl noch von Nutzen.

Doch der Sport war beliebt, wenn auch exklusiv. Die Zuschauer, die die Läufer und ihre Assistenten – mitsamt Vess – begrüßten, waren begeistert und sehr vornehm gekleidet. Am oberen Rand seines Gesichtsfelds nahm er eine Bewegung wahr. Kurz schweifte sein Blick zur obersten Sitzreihe hinauf. Dort wurde gerade ein Wappenbanner vom Balkon der Hauptloge entrollt.

Wieder ging sein Atem schneller. Denn er kannte das Wappen. Jeder kannte das Wappen.

Auf der Innenseite gab es kein Königtum – ihr wahrer Herrscher waren die Vorstände. Doch das Königtum, das es nicht gab, wurde am besten von Caphraime II repräsentiert. Sie war die älteste Tochter einer Familie, die ihre Wurzeln angeblich bis zur Herrscherklasse eines antiken Vorgängers der Innenseite namens Cordern zurückverfolgen konnte. In jenen Tagen, so wurde gemunkelt, war die Innenseite ein Kaiserreich gewesen, und die Stimme seiner Herrscher war im halben Spin Gesetz gewesen.

Vess hatte schon einmal zu dem Thema recherchiert, sich über einen gewissen Punkt jedoch nicht hinausgewagt. Neugier in Hinsicht auf Fakten, die hingenommen werden sollten, war keine Eigenschaft, die dem Überleben diente. Nicht einmal im mittleren Management. Soweit er es beurteilen konnte, entsprach die Geschichte zur Hälfte der Wahrheit, doch er hatte nicht weitergebohrt, um bezüglich der anderen Hälfte Gewissheit zu erlangen.

In der Praxis hieß dies, dass Caphraime II als Repräsentationsfigur galt, die Vorstände aber nicht. Oder vielmehr – sie wollten es nicht sein. In der Öffentlichkeit wurde Caphraime II nicht wahrgenommen, also gab man ihr auch für nichts die Schuld. Wenn sie zuweilen für Taten gelobt wurde, an denen sie gar nicht beteiligt war, dann betrachteten die Vorstände das vermutlich als fairen Tausch.

Und jetzt stand sie hier, winkte und ließ den Blick über die Zuschauer schweifen. Aber selbst von unten erkannte Vess, dass sie das Publikum gar nicht ansah. Eine Variante des Nichtstuns. Vess schüttelte leicht den Kopf und sah weg.

Dann begriff sein Verstand erst so richtig, was er gesehen hatte, und geriet ins Stolpern. Langsam, ohne dass es auffiel, lenkte er den Blick wieder zur Loge zurück.

Sein Verstand gab ihm recht.

Entgegen aller Erwartung und ganz bestimmt vollkommen beispiellos war einer der Plätze in der Loge nicht von einem Trittbrettfahrer Caphraimes II besetzt. Vielmehr stand links von ihr und einen respektvollen Schritt hinter ihr – Or-Shls.

So unauffällig, wie er hingesehen hatte, wandte Vess den Blick wieder ab, aber sein Gehirn arbeitete fieberhaft.

Was hatte der hier zu suchen?

Alst Or-Shls hätte es zwar nie zugegeben, aber er hatte Spaß. Natürlich nicht wegen der Gesellschaft, denn seiner Ansicht nach war Caphraime das schwachsinnige Produkt jahrhundertelanger Inzucht, und damit hatte er wohl recht. Ihre Unterhaltungen waren so stumpf, wie es von einer Person zu erwarten war, die eine durchdesignte Existenz in engsten Kreisen führte. Er musste lediglich nicken, lächeln und gelegentlich ein wissendes Grunzen von sich geben, und sie war zufrieden. Überdies war sie natürlich entbehrlich, vor allem, wenn es um einen guten Zweck ging.

Spaß hatte er aus anderen Gründen. Nicht zuletzt, weil ein gewisses Risiko mitspielte.

Jemand klopfte ihm auf die Schulter. Er drehte den Kopf zur Seite und blickte in das plumpe Gesicht seiner Gehilfin Yarish. Die Frau arbeitete schon zehn Jahre für ihn, und die winzige Veränderung ihres Gesichtsausdrucks sagte ihm, dass alles vorbereitet war. Er nickte und wandte sich wieder dem Rennen zu.

Viele nutzten fortschrittliche Technologien, um im Geheimen zu kommunizieren. Er hingegen bevorzugte Personen. Personen, denen er vertraute. Personen, die lebhaft einzuschätzen wussten, welche persönlichen Konsequenzen der Missbrauch dieses Vertrauens nach sich zog. Von Zeit zu Zeit hatte er ein Exempel statuiert, um auf Nummer sicher zu gehen.

Das würde er vielleicht bald wieder tun.

Doch vorerst wollte er dem Rennen beiwohnen. Es war das erste Mal für ihn. Spektakel und Wettbewerbe bereiteten ihm durchaus Vergnügen, das aber fand er in hohem Maß auch während seiner alltäglichen Arbeit. Seiner eigenen Einschätzung nach konnte er andere jederzeit gegeneinander antreten lassen. Und es machte viel mehr Spaß, wenn sie merkten, dass ihre eigenen Regeln gar nicht galten.

Doch er hatte einen bestimmten Grund, weshalb er an diesem Tag hierhergekommen war. Ein bestimmtes Risiko sogar. Seine optische Ausrüstung vermochte mehr, als die meisten argwöhnten. Die normalen Linsen ließ er auf den Schienen nach hinten fahren und ersetzte sie durch ein anderes Paar. Eine Sekunde lang nahm er alles verschwommen wahr, während sich seine Augen umstellten. Dann sah er eine Nahaufnahme der Läufer und ihrer Assistenten. In einer der ersten Reihen stand Vess. Sein Blick war auf ihn gerichtet, wandte sich dann aber ab.

Nun denn. Die Schlacht war eröffnet. Zwar unausgeglichen, aber das spielte keine Rolle.

Jetzt kamen sie bei der Namensnennung dran.

»Nummer vier, edle Herrschaften, in Rot. Bereits jetzt eine beliebte Wahl der Hasardeure. Und das, obwohl wir noch gar keinen Namen verkündet haben. Sein Name lautet ... äh, nein, einen Augenblick!«

Die Ansage brach so unvermittelt ab, dass bestimmt die Lautsprecher stumm geschaltet worden waren. Die Menge murmelte, und Vess sah, dass einige zu ihm herübersahen. Er wich ihren Blicken aus.

Dann sprangen die Lautsprecher wieder an.

»Edle Herrschaften, entschuldigen Sie, doch der Name wurde in allerletzter Sekunde geändert. Wie Sie wissen, darf ich Ihnen den vorherigen Namen nicht verraten. Sie mögen aber Ihre eigenen Schlüsse aus dem neuen Namen ziehen, und ich bin gespannt, wie sich das auf die Wetten auswirkt. In Rot – *Wechselbalg*!«

Einen Moment lang herrschte Schweigen. Dann war der Großteil der Menge auf den Füßen und wedelte mit

Wettstäben. Die hölzernen Ziffern auf der Quotenanzeige hoch über der schmalen Seite der Bahn holperten und ratterten in ihren Steckplätzen, Farben und Symbole ruckelten auf der Tafel herum. Vess war sich nicht sicher, was genau sie zu bedeuten hatten, doch mit seinem Amateurblick erkannte er, dass sich die Quoten änderten. Ebenso wenig wusste er, was die Namensänderung zu bedeuten hatte, doch ihm war das alles nicht geheuer.

Er hob die Schultern. Was immer im Busch war, er konnte nichts daran ändern, und ihm blieb keine Zeit für Spekulationen. Der Ansager räusperte sich.

»Nun, edle Herrschaften, ein faszinierender Moment! In kaum einem von hundert Rennen kommt es zu einer Namensänderung, und weniger als ein Läufer in sechstausend Rennen hat je diesen Namen getragen. Man könnte stundenlang spekulieren, doch ach, die Stunden verfliegen. Läufer, eine letzte Dosis und vorwärts mit euch!«

Vess fasste nach der knolligen Oberfläche des Lebenserhaltungssystems und berührte ein Steuerknötchen. Die Gondel läutete, und nach einer Pause klingelte sie erneut, diesmal mit einem höheren Ton. Der Läufer richtete sich leicht auf und bewegte nacheinander alle Finger. Zwischen den beiden Tönen hatte das System ihm die höchste zugelassene Dosis an kurz wirksamen, genangepassten Aufputschmitteln in den Blutkreislauf gepumpt.

Dann klingelte die Gondel erneut.

Vess runzelte die Stirn. Es hätte nur zweimal läuten dürfen. Er sah sich um, doch niemand blickte zu ihm herüber. Ihm war nicht aufgefallen, dass sich jemand bewegt hätte, aber plötzlich hatte er mehr Platz um sich herum. Er holte Luft, um etwas zu rufen – was genau, wusste er nicht –, doch dann ließ er es bleiben.

Einen Mikromoment lang musste er an Dimollss denken, wie sie sich vor Schmerzen gewunden hatte.

Die Sirene plärrte das erste Startzeichen. Die Assistenten ringsum griffen zu den Nabelschnüren, die die Läufer mit den Gondeln verbanden. Es ploppte, wenn sie sie trennten, da der Druck der Gase und Flüssigkeiten ausgeglichen wurde. Hätte er etwas gesagt, hätten sie innegehalten. Es würde Untersuchungen geben. Dann würde irgendetwas nicht passieren, was immer dieses Etwas war.

Seine Hände nahmen ihm die Entscheidung ab. Er beobachtete, wie sie die Nabelschnur erfassten. Zupacken, drehen. *Plopp.*

Ab hier war die Zukunft eines Läufers recht klar. Zur Startlinie gelangen, das Rennen laufen und so schnell wie möglich wieder zur Gondel zurückkehren – oder an Sauerstoffmangel und Muskelübersäuerung sterben. Vess' Zukunft dagegen konnte von nun an sehr kompliziert verlaufen. Anscheinend hatte er eine Seite gewählt. Gern hätte er nur gewusst, welche Seite es war.

Das erste Stadium bestand aus zwei Runden rings um das Stadion. Dies war keine schwierige Distanz für die meisten Läufer – mit einer ordentlichen Dosis Aufputschmitteln konnten sie zehn schaffen. Doch der Knackpunkt war der Begriff *ordentliche Dosis*. Läufer, die für zwei Runden geputscht worden waren, wären nach zehn Runden tot, sogar schon nach fünf.

Das zweite Signal erklang. Wie als Kontrast zur technischen Komplexität der Läufer war die Startlinie beinahe mutwillig einfach gehalten, denn sie war nichts als ein rostroter Strich auf gelbbraunem Sand. Die Läufer stellten sich an der Linie auf. Sie befand sich gegenüber der Längsseite, an der Caphraime II und Or-Shls standen. Das war

Absicht. Die Läufer würden an ihr vorbeilaufen, nachdem sie die ersten beiden Kurven und die Hälfte der langen Gerade hinter sich und demnach bereits ihre Maximalgeschwindigkeit erreicht hatten.

Weitere Signale gab es nicht. Von nun an lag alles am Starter. Dies war die einzige Rolle, die Läufer am Ende ihrer Laufbahn noch übernehmen konnten. Man musste aber ein ganz besonderer Läufer sein. Die gewöhnlichen Verbrecher und Sklaven, die ihre Organe geopfert hatten, brauchten sich gar nicht erst zu bewerben. In diesem Fall war es eine dünne ältere Gestalt, die so gebeugt dastand, als würde sie ihre eigene Nabelschnur umarmen.

Man hatte Vess von ihr erzählt. Unter den Läufern und ihren Assistenten war sie schon fast eine Legende.

Barelft S'Sess war einst eine gewöhnliche Rennathletin gewesen, einigermaßen erfolgreich, aber nicht außergewöhnlich. Dann hatte sie sich zur Ruhe gesetzt und sich aufs Trainieren verlegt. Sie hatte sich darauf spezialisiert, mit Kindern auf benachteiligten – aber nicht tatsächlich rebellischen – Planeten zu arbeiten. Das hatte ein gewisses Aufsehen erregt, und sie wurde regelmäßiger Gegenstand jener Nachrichtensendungen, die gern Rührendes mit Entsetzlichem kombinierten. Sich aufgeilen an verhungernden Kindern mit der Option, dass es ein paar Happy Ends gab – so hatte Vess das Ganze für sich zusammengefasst.

Dann war etwas schiefgegangen. Ob aus Versehen oder aufgrund des unterbewussten Wunschs, etwas wahrhaft Gutes zu tun, war Barelft S'Sess schließlich an einem extrem risikoreichen Ort gelandet – in einem riesigen Flüchtlingslager zwischen zwei Kriegsfronten. Dort war es gefährlich, und sie war einer der Gefahren zum Opfer gefallen, einem Parasiten, der sich im Dünndarm einnistete und mit solcher Vehemenz vermehrte, dass aus einem stacheligen Wurm innerhalb von zwei Tagen eine halbe Million wurde.

Ein Heilmittel gab es nicht. In dieser Situation erschien es ihr fast wie ein Glücksfall, ausgehöhlt zu werden. Und natürlich hatte das alles ihrem Ruf nicht geschadet.

Jetzt humpelte sie in die Mitte der Bahn und schob ihre Lebenserhaltungsgondel wie eine Trophäe vor sich her. Darauf schimmerte ein grüner Kreis, ein Fleck sorgsam genährter Moose, die in der ausgebrannten Wüste vollkommen unpassend wirkten. In der Mitte blieb sie stehen, eine Hand an der Gondel, die andere nach vorn gestreckt, die Handfläche nach oben gewandt. Ihre Finger umschlossen etwas.

Im Stadion wurde es ruhig.

Einige Sekunden lang rührte sich S'Sess nicht. Dann schnellte ihre Hand nach oben, und ein schwarzer Punkt schwirrte in die Luft. Es war ein kräftiger Wurf, beinahe senkrecht nach oben. Vess musste den Kopf in den Nacken legen, um den Flug zu beobachten. Der Gegenstand näherte sich der obersten Sitzreihe. Dort schien er einen Moment lang zu schweben, bis er in allen Farben des Spektrums aufblitzte und sich in eine blauweiße Kugel verwandelte, die rote und grüne Flecken auf Vess' Netzhaut zurückließ, obwohl er reflexartig die Augen schloss.

Peng.

Der Knall hallte durch das Stadion, und die Läufer schnellten los. Erst liefen sie nebeneinander auf einer Linie, doch schon bald rotteten sie sich zu einem Pulk zusammen.

Vess hielt den Atem an. Es war sein erstes Rennen. Er wusste zwar theoretisch, wie schnell die Läufer rennen konnten, doch nichts hatte ihn darauf vorbereitet. Nichts hätte ihn jemals darauf vorbereiten können, das Geschehen mit eigenen Augen zu verfolgen. Die Läufer waren so stark nach vorn gebeugt, dass ihre leichten Oberkörper fast horizontal über dem Boden schwebten. Damit glichen sie die Kraft der sauerstoffunabhängigen, schnell zuckenden Fasern aus, die mehr als fünfundneunzig Prozent der Muskelmasse in den Beinen ausmachten. Innerhalb von zehn Schritten hatte der vordere Läufer bereits die Hundert-Stundenkilometer-Marke geknackt, und das gesamte Stadion war auf den Beinen und grölte.

Der vordere Läufer, ein roter Strich, der bereits auf die zweite Kurve zuraste, war *Wechselbalg*. Als er in die Kurve gegangen war, hatte er eine Armlänge Abstand zwischen sich und die Konkurrenten gebracht. Das bedeutete in der Welt der Rennen einen großen Vorsprung. Jetzt kam er aus der Kurve und beschleunigte entlang der langen Geraden, die an Caphraime II vorbeiführte. Seine Füße wirbelten eine Sandwolke auf.

Die Stimme des Ansagers war gerade noch über dem Lärm der Menge zu hören.

»... unglaubliche Geschwindigkeit! Die ersten zehn Ketten in unter sieben, und das aus dem Stand heraus! Die zweiten in sechs! Und die dritten! *Wechselbalg* vor *Spätkommer* vor *Tierkreis*, doch der Rote scheint nicht einzuholen zu sein. Aber Moment mal!«

Das Grölen der Masse wandelte sich, und Vess spürte, wie ihm das Herz stockte.

Wechselbalg lief nicht mehr auf der Bahn weiter. Er hatte die innere Bahn gehabt und war dem Pulk bereits einen guten Schritt voraus gewesen. Jetzt scherte er jedoch aus, lief quer zu seinen Verfolgern, sodass diese abbremsen mussten, um nicht mit ihm zu kollidieren. Doch sie waren zu dicht aufeinander, und die vorderen drei gingen in spritzenden Sandwolken zu Boden. Die nachfolgenden Läufer sprangen über sie hinweg.

Der rote Läufer indes hatte sich von ihnen gelöst, hatte die Bahn hinter sich gelassen. Ohne auch im Geringsten langsamer zu werden, schoss er über den leeren Streifen zwischen der Bahn und den Sitzreihen hinweg und übersprang die erste Reihe, stieß sich von der Lehne der zweiten Reihe ab – und das alles schneller, als irgendein Normalsterblicher hätte sprinten können. Einige Zuschauer wichen ihm hastig aus. Andere wollten ihn packen, waren aber zu langsam, griffen ins Leere und fuchtelten nur wild herum.

Die Menge war größtenteils verstummt. Von irgendwoher hörte Vess Schreie. Einige klangen wie Befehle. Doch die meisten hatten einen schrillen, panischen Unterton.

Er sah nach oben. Caphraime II stand noch immer am Geländer der Loge und streckte der Gestalt, die ihr entgegenpreschte, abwehrend die Hände entgegen. Or-Shls war nicht mehr neben ihr. Vess meinte zu erkennen, wie er zurückwich. Plötzlich taumelte Caphraime II nach vorn, und im selben Moment hechtete der Läufer mit einem letzten Satz zum Geländer der Loge hinauf, packte ihre ausgestreckte Hand, stemmte die Beine gegen die Logenwand und stieß sich nach hinten ab. Dabei zerrte er Caphraime II über das Geländer.

Selbst auf der anderen Seite des Stadions hörte Vess noch ihr Kreischen.

Einen winzigen Moment lang hingen die beiden Gestalten über dem Stadion in der Luft. Mit einem lauten Knall verwandelten sie sich in eine zornig auseinanderdriftende Wolke aus Rot und Schwarz.

Instinktiv schloss Vess die Augen. Etwas Heißes, Feuchtes spritzte ihm ins Gesicht, und er hörte Schreie.

Dann wurde er an den Armen gepackt. Er öffnete die Augen, konnte aber nichts erkennen. Erst sah er nur Rauch, und dann floss das Zeug an seinem Gesicht herab, brannte ihm in den Augen, und er kniff sie wieder zusammen. Im selben Moment spürte er einen harten Schlag gegen die Schienbeine. Er wurde von den Beinen gerissen und knallte mit dem Gesicht voraus zu Boden. Er hatte das Gefühl, sich alle Knochen auf einmal gebrochen zu haben.

Der Aufprall presste ihm die Luft aus den Lungen. Eine ewige Sekunde lang lag er da, die Arme an den Boden genagelt. Dann wurde ihm etwas ins Kreuz gedrückt, und er hörte eine Stimme am Ohr. »Jemand möchte *dich* sehen.«

Das Etwas wurde zu einer Quelle der Qual, die sich steigerte, bis sie sein ganzes Wesen ausfüllte. Dann – nichts mehr.

21
Geostationärer Orbit, Grüner Planet

Sie saßen am Rand einer hölzernen Plattform über einem Abgrund, der fünf Kilometer tief zu sein schien. In diesem Maßstab lag die Schneegrenze fast vier Kilometer unter ihnen und die Baumgrenze sogar noch tiefer. Anscheinend konnte das Schiff seine Innenräume sehr kurzfristig rekonfigurieren und verfügte über ein gutes Arsenal an Spezialeffekten für optische Täuschungen.

Seldyan hatte Berge ausgewählt, weil sie sonst nur Flachland kannte, und das Schiff hatte sich begeistert ans Werk gemacht. Es hatte auch eine lokale Temperaturblase bereitgestellt. Außerhalb der Blase waren die Holzplanken fingerdick mit echtem Raureif bedeckt. Drinnen war die Luft lediglich frisch, und Seldyan bekam Lust, die heißen Früchtetees zu schlürfen, die immer neben ihrer Hand erschienen, wenn sie mit dem Finger wackelte. Sie schmeckten jedes Mal ein bisschen anders. Sie musste langsam trinken. Die Szenerie vor ihr war zu interessant, als dass sie ständig pinkeln gehen wollte.

Am interessantesten waren allerdings nicht die Berge. Das Schiff hatte einen Teil des falschen Himmels für Bildschirme reserviert. Es hatte eine fixe Position eine gute halbe Lichtsekunde vom Grünen Planeten entfernt eingenommen, und dieser füllte jetzt das ganze Fenster aus und tauchte die falschen Berge in kränkliches grünes Licht. Der Lichtstrahl, der seine Atmosphäre durchbrochen hatte, existierte immer noch. Seldyan meinte, er müsse ein Zischen von sich geben.

Das Seltsame an dem Planeten war bereits seit einigen Tagen offensichtlich.

»Er ist ganz eindeutig künstlich«, hatte Merish erklärt, als sie nahe genug herangekommen waren, um sicher zu sein. »Nun gut, wir sind ja auch im Spin, also kein Wunder. Alles ist künstlich. Dieser Planet ist aber selbst für Spinverhältnisse merkwürdig. Ein Gasriese mit einer Atmosphäre voller Helium und Neon. Diese Welt hat nur einen bestimmten Zweck. Keine Bewohner, keine Mineralien, kein Nichts. Der Planet hat lediglich den Zweck, grün zu sein, wenn man ihn mit der richtigen Energie torpediert. Und er gehört nicht zu den ursprünglichen neunundachtzig.«

»Wirklich?« Stirnrunzelnd hatte Seldyan den Bildschirm betrachtet, auf dem eine faustgroße grüne Kugel zu sehen gewesen war. »Warum sollte das jemand tun?«

Merish hatte die Schultern gehoben. Und jetzt, aus nächster Nähe, noch näher – das alte Schiff hätte dabei kein gutes Gefühl mehr gehabt –, waren sie abermals ratlos, obwohl sie das andere Ende des Strahls betrachteten.

Seldyan deutete mit einem Finger darauf. »Bist du dir sicher?«

Er nickte. »Ja. Oder ... nun, das Schiff ist sich sicher, und ich habe gemerkt, dass ich ihm vertrauen muss. Der Grüne Planet weist in seiner Umlaufbahn eine Unregelmäßigkeit auf, die genau zu einem kleineren Planeten am Ende dieses Lichtstrahls passen würde.«

»Richtig.« Finster betrachtete Seldyan den Punkt auf dem Bildschirm, wo der grüne Schaft im Nichts verschwand. Oder besser – entsprang. »Irgendwie habe ich wohl angenommen, dass sich dort so etwas wie ein Generator befindet und kein ganzer Planet. Ein ganzer unsichtbarer Planet. Gehört der auch nicht zu den neunundachtzig?«

»Scheint so. Wer immer das hier angerichtet hat, machte sich die Mühe und baute zwei nagelneue Planeten.«

»Aha. Das ist ziemlich aufwendig. Kann dieses Schiff auf Planeten landen?«

Er lachte. »Nur einmal, und dann müsste man eine Menge frei räumen. Außerdem ...« Sein Lächeln schwand. »Ich glaube, es hat Angst.«

Sie blinzelte. »Im Ernst?«

»Ja. Jemand hat einen Planeten vor ihm versteckt. Aufgrund der Schwerkraftverhältnisse kann es ausrechnen, dass er existieren muss. Aber alle seine anderen Sensoren machen nur ein Loch im Weltraum aus. Das deutet auf ein höheres Technologielevel als sein eigenes hin, und das macht das Schiff nervös.«

»Das macht mich auch nervös. Gibt es irgendeine Möglichkeit für uns, zur Oberfläche zu gelangen?«

Seine Miene wurde ernst. »Auf den versteckten Planeten?«

»Nun ja, nicht auf den grünen ... Ich will nicht gelasert werden oder wie immer du das nennst.«

»Lasern tut's. Wir haben mehrere Boote. Die könnten die Landung schaffen. Und wenn sie einen guten Tag haben, kommen sie vielleicht auch wieder von ihm weg. Seldyan, ist es dir Ernst damit?«

»Ja, absolut.« Sie erhob sich und sah ihm in die Augen. »Aus drei Gründen. Erstens – weil dieses grüne Lichtzeug Quader ruiniert, und die Stadt sollte eigentlich unsere neue Welt werden. Darum will ich nicht betrogen werden, Merish. Zweitens sagt mir ein planetengroßes grünes

Licht am Himmel laut und deutlich: *Komm her!* Und drittens – denk mal nach! Wer immer dahintersteckt, hat diesen Planeten so gut wie möglich versteckt. Nur die Gravitationsgeschichte wurde nicht berücksichtigt. Ist das nicht eine Botschaft?«

Er nickte bedächtig. »Könnte sein. Die Botschaft könnte bedeuten: *Clevere Leute, bitte hier bewerben!* Oder eben: *Wir haben diesen Planeten versteckt, weil er tödlich ist.* Du hast die Wahl.«

Sie lächelte. »Hab schon gewählt. Also, was sind das für Boote?«

Die Boote befanden sich im hinteren Ende eines der Waffenbehälter. Man nehme eine Kugel, die groß genug ist, dass ein Mensch in Embryonalstellung darin Platz findet, vergrößere sie um fünfundzwanzig Prozent, damit Batterien, ein kurzlebiges Getriebe und ein Kurzzeit-Lebenserhaltungssystem reinpassen, und man hat ein Boot.

Seldyan bemühte sich, ihre Zweifel zu verbergen. Sie trat gegen das Boot. »Bist du dir sicher?«

»Nein, bin ich nicht. *Du* hast dich so sicher angehört. Hör mal, warum unterhältst du dich nicht mit dem Schiff?«

Bevor sie antworten konnte, hörte sie, dass das Schiff die Lautsprecher einschaltete. Die alte Stimme klang jetzt irgendwie frischer.

»Bleiben alle anderen Parameter unverändert, könnte dieses Boot erfolgreich zur Oberfläche eines Planeten, wie wir ihn gerade als Ziel in Erwägung ziehen, und wieder zurück fliegen.«

Einen Moment lang überlegte sie. »Wenn alle anderen Parameter gleich bleiben?«

»Ja. Dieser Planet wird durch Schilde abgeschirmt, die

ich nicht durchdringen kann. Er könnte sich durch Methoden verteidigen, die ich weder vorhersagen noch außer Kraft setzen kann.«

»Danke für die Ermutigung!« Noch einmal versetzte sie dem Boot einen Tritt und erzeugte einen dumpfen Schlag. »Ich ziehe das durch«, erklärte sie, ohne Merishs Blick zu begegnen.

»Ich weiß. Ich komme mit.«

Hastig wandte sie sich zu ihm um und schüttelte den Kopf. »Du bleibst hier.«

»Auf keinen Fall, Sel.«

Einen Augenblick lang starrten sie sich an. Dann ergriff Seldyan seine Hand. »Ich kann dir nicht vorschreiben, was du zu tun hast. Aber wenn du gehst, dann bleibe ich.«

Er wollte widersprechen, doch sie hob abwehrend die freie Hand. »Wenn du gehst, bleibe ich«, wiederholte sie. »Denn einer von uns beiden muss hier oben bleiben. Sollte ich das sein, dann wäre das eigentlich verkehrt. Dort unten wird wahrscheinlich etwas schiefgehen. Egal, wen von uns beiden es trifft, hier oben brauchen die anderen jemanden, der klug ist. Jemanden, der sich auskennt. Und das bist du, Merish. Ich bin diejenige, die sich um Leute kümmert, und dort unten wird es Leute geben. Sehr wahrscheinlich.«

Er schüttelte den Kopf. »Und was ist, wenn es dort unten außer Leuten auch noch andere Probleme gibt?«

»Dann frage ich dich um Rat. Komm schon, Merish! Du weißt, dass ich recht habe. Ich brauche dich hier oben, damit du mich wieder ausstöpselst, wenn ich irgendwo eingestöpselt werde.«

Eine Weile hielt er ihrem Blick stand, drehte sich dann aber weg und fuhr sich mit der Hand über das Gesicht. »Mach, was du willst. Aber du übst erst ein paar Stunden in diesem Dingsbums, bevor du gehst. Und ja, ich sage dir durchaus, was du zu tun hast.«

Sie lachte. »Solange es keine Gewohnheit wird.«

»Leck mich, Seldyan!«

»Schon wieder.«

Er wandte sich ab, doch ihr blieb Zeit, seinen Gesichtsausdruck zu beobachten. Zorn lag nicht darin, aber für seine Blässe konnte nicht das Licht verantwortlich sein.

Während des kurzen Flugs in den Orbit des versteckten Planeten hatte sie zwei Stunden lang in dem kugelförmigen Behälter gekauert, der von den Schiffsmaschinen gesteuert wurde, und hatte geübt. Am Anfang lenkte das Schiff sie und gab ihr nach und nach immer weniger Hilfestellungen, bis sie ganz allein steuern musste. Solange das Boot nicht mehr als fünf Sekunden entfernt war, konnte das Schiff jederzeit wieder die volle Kontrolle übernehmen. Doch sobald das Boot in den Randbereich der Atmosphäre des Planeten gelangte – falls er überhaupt eine Atmosphäre hatte –, musste das Schiff sich zurückziehen. Doch das Boot war nicht schwer zu steuern, selbst wenn es maximal beladen war, worauf Merish bestanden hatte.

Sie hatte ihm beim Beladen zugesehen. »Echt jetzt?«, hatte sie nach einer Weile gefragt.

»Echt jetzt *was*?«

Sie hatte auf den Berg mit Ausrüstung gedeutet. »Wirklich so viel?«

»Ja.« Er hatte Medikamente und komprimierte Energienahrung gepackt. Und einige Päckchen, die schwer aussahen. Sie wies darauf.

»Was ist das?«

Er hob eins der Päckchen auf. »Metalle der Seltenen Erden und Gold.«

»Wieso denn das?«

»Elementare Tauschmittel. Denk doch mal nach! Dort unten könnte es alle möglichen Zivilisationen geben. Vielleicht musst du dort tatsächlich etwas kaufen und dafür bezahlen, damit du zurückkehren kannst …« Er unterbrach sich und packte weiter.

Eine Weile beobachtete sie ihn von hinten. Seine Schultern wirkten breiter, als sie sie in Erinnerung hatte.

»Fertig?«

Seldyan überprüfte alles ein letztes Mal. »Ja.«

»Alles klar? Schiff? Du bist dran. Bitte starten!«

Sie fragte sich, ob das Schiff etwas erwidern würde, aber es gehörte wohl nicht zu der gesprächigen Sorte. Kommentarlos öffnete es das Tor zum Laderaum, eine verwirrende Kreuzung aus Iris und Kaleidoskop, auf das sich nur schwer der Blick fokussieren ließ. Dann glitt das Boot sanft hinaus.

Beim letzten Mal, vor endlosen drei Stunden, hatte sie sich einfach zurückgelehnt und während der ersten zehn Minuten das Schiff agieren lassen. Diesmal richtete sie sich auf, so gut dies in dem winzigen Raum möglich war, und umfasste die Steuerinstrumente.

»Überlass mir bitte das Steuer!«

Die blassgelben Lichter blinkten einmal grün auf. Die Kugel – es war tatsächlich nichts anderes als ein Ball, der genau in ihre Handfläche passte – hatte sich nicht geregt. Doch jetzt stieg sie ein wenig nach oben und schien sich in Habtachtstellung zu begeben. Seldyan schob die Kugel einen Millimeter nach vorn und spürte dabei einen Widerstand, der anzeigte, dass sie aktiv war, und der ihr half, ihre Bewegungen zu präzisieren.

Sie schob, und das Boot beschleunigte.

Sie hatten sich darauf geeinigt, dass die erste Exkursion ein reiner Erkundungsflug sein sollte. Sie sollte so dicht wie möglich an den versteckten Planeten herankommen und herausfinden, was ihn verbarg. Oder abwarten, ob etwas anderes geschah. Die Kapsel selbst besaß kaum Sensoren, doch offenbar nutzte das Schiff sie aus der Ferne als Fokus für einen Haufen schlauer Datenerfassung. Das war eindeutig Merishs Spezialgebiet, in dem er sich wohlfühlte.

Alles lief so weit okay. Sie schob die Kugel kräftig nach vorn und spürte einen Anflug von Übelkeit – nicht ungewöhnlich, wenn nur durchschnittlich effiziente Antischwerkraftsysteme die Beschleunigung auszugleichen versuchten. Die Kapsel brachte es auf eine stattliche Geschwindigkeit, aber das war auch nötig, wollte Seldyan nicht an Langeweile zugrunde gehen. Sie musste ungefähr hundertfünfzigtausend Kilometer überbrücken. So lehnte sie sich zurück und betrachtete die Aussicht.

Viel früher als erwartet wechselte ein Teil der Anzeigen vor ihr die Farbe, und die Steuerkugel wackelte leicht in ihrer Hand. »Kreuzer«, sagte eine leise Stimme, und dabei blieb es anscheinend.

Die Commleitung zum Schiff war offen. Seldyan tippte auf ein nicht entzifferbares Symbol auf einem altmodischen Anzeigenbildschirm. Das Symbol verwandelte sich in ein unscharfes zweidimensionales Bild von Merish, ungefähr fingergroß.

»Hast du irgendwas?«

Das Bild schüttelte den Kopf. »Das Schiff meint *nein*. Es hat so viele Sensoren auf dich kanalisiert, dass dein Boot eigentlich leuchten müsste. Aber bisher hat es nichts. Wenn wir etwas bekommen sollten, dann wohl demnächst. Du bist dicht an der Stelle, wo für die Sensoren Probleme auftauchen.«

»Aha.« Sie ließ sich den Ausblick nach vorn zeigen. Auf dem Bildschirm war eine Scheibe aus absoluter Dunkelheit zu erkennen, vor der Merishs Gesicht schwebte. »Wenn für die Sensoren Probleme auftauchen, woher sollen wir dann wissen, ob und wann da etwas ist?«

Sie bekam keine Antwort und schnalzte tadelnd mit der Zunge. »Merish? Woher wissen wir das dann?«

Noch immer keine Antwort. Mit einer Stirnfalte betrachtete sie seine Züge genauer.

Sein Gesicht bewegte sich nicht. Mit weit aufgerissenen Augen blickte er zur Seite. Hatte er etwas bemerkt, aber noch keine Zeit gehabt, den Kopf wieder nach vorn zu wenden?

Seldyan schluckte. Dann rief sie sich energisch ins Gedächtnis, was sie über die eingeschränkten Kommunikationsmöglichkeiten und die noch viel eingeschränkteren Sensoren des Boots gelernt hatte. Schließlich griff sie zu einer anderen Steuerung.

Als erste Antwort erhielt sie nur eine Bestätigung – das Bild war und blieb erstarrt. Der Ausblick nach draußen lief in Echtzeit und unverarbeitet, doch die Videoverbindung war völlig tot. Sie lud sich immer wieder neu, obwohl sich gar nichts veränderte, und das bedeutete, dass die Kapsel entweder keine neuen Informationen mehr erhielt oder dass das Schiff keine Bilder mehr sandte.

Die erste der beiden Möglichkeiten war ihr deutlich lieber. Sie führte mehrere Tests durch und nickte. Das Schiff hatte nicht aufgehört zu senden. Ganz im Gegenteil. Sie überprüfte noch einige andere Anzeigen. Dann lehnte sie sich zurück und blies die Backen auf.

Die Intensität der Quellenergie der Schiffssensoren hatte sich verfünfhundertfacht. Würde das Schiff nicht bald damit aufhören, würde es ihre DNA brutzeln.

»Mist, Mist!« Sie hämmerte auf die Comm ein. »Merish? Schiff? Hört auf mit dem Scheiß! Wollt ihr mich hier sieden?«

Es kam keine Antwort. Auf dem Bildschirm sah Merish noch immer halb zur Seite.

Eigentlich wollte sie noch einmal fluchen, aber das war Zeitverschwendung, wenn niemand zuhörte, und angesichts dieses Energieniveaus hatte sie keine Zeit zu vergeuden. Mit einem Kopfschütteln beugte sie sich wieder über die Anzeigen. Dann fiel es ihr auf.

Wie ein Suchscheinwerfer hatten die Schiffssensoren das Boot anvisiert, doch jetzt streute es einen Kegel von einer ganzen Lichtsekunde Breite. Sie blickten nicht mehr durch sie hindurch, sondern suchten nach ihr. Und offenbar hatte das Schiff keine Ahnung, wo sie sich aufhielt.

Ihre Hände ballten sich zu Fäusten. »Merish?«

Nichts. Sie wischte über das Commsymbol, das die Leitung auf Breitband, auf Notruf umstellen sollte. Doch nichts deutete darauf hin, dass das Gerät reagiert hatte. Trotzdem holte sie Luft in der Hoffnung, dass der Kanal noch offen war.

»Hier Rettungskapsel Nummer ... äh ...« Sie warf einen Blick auf eine gravierte Plakette an der Kabinendecke. »CX zwanzig Raute acht, eine Insassin. Standort entspricht vermutlich dem Funksignal. Merish? Wenn du mich hörst, dann komm und hol mich! Ich habe keine Energie, keine Sensoren und falle einen Gravitationsbrunnen hinunter.«

Keine Reaktion, doch die hatte sie auch nicht erwartet. Nach Ansicht des Schiffs war sie verschwunden. Und als sie wieder einen Blick darauf warf, war auch das Bild von Merish auf dem Display nicht mehr zu sehen. Es zeigte lediglich eine schwarze Fläche. Dasselbe galt für den Bildschirm dahinter.

Was immer den Planeten abschirmte, sie befand sich jetzt innerhalb des Schirms.

Dann zerfiel die Schwärze vor ihr wie ein auseinanderstiebender Vogelschwarm. Seldyan wollte das Herz aus der Brust springen. Denn sie sah einen Planeten, der immer größer wurde, und zwar sehr schnell.

Sie hatte keine Beschleunigung gespürt, und die Anzeigen waren eingefroren oder ausgegangen. Dasselbe galt für die Steuerung mitsamt dem Antrieb. Es gab also keinen Zweifel – sie würde auf dem Planeten aufschlagen.

Verzweifelt versuchte sie sich an Merishs Erläuterungen zu erinnern, die sie nie zu brauchen gehofft hatte. Sie streckte die Hand aus, tastete nach einem Vorsprung ganz unten links an der Konsole und riss kräftig daran. Mit einem metallischen Klacken gab er nach.

Einen Übelkeit erregenden Moment lang glaubte sie, dass nichts passieren würde. Doch dann reduzierte sich die Innenbeleuchtung, und die leise Stimme meldete sich erneut. »Aufprallschutz aktiviert.«

Es zischte, und die Wände der Kapsel bliesen sich auf, wölbten sich nach außen, bis Seldyan sich nicht mehr rühren konnte. Es krachte hässlich, und die Kapsel geriet in wildes Gerüttel. Soweit es ihr Kokon zuließ, nickte Seldyan vor sich hin. Die Kapsel hatte die Sprengbolzen gezündet, die die Bremsklappen ausfuhren. Mehr konnte sie nicht tun. Doch damit überlebte sie die Landung vielleicht.

Allerdings hieß das, dass dies die letzte Reise der Kapsel war. Darüber wollte sie sich erst den Kopf zerbrechen, wenn sie überlebt hätte. Sollte sie dies schaffen, müsste sie sich über sehr vieles den Kopf zerbrechen.

Das Gerüttel nahm zu, bis ihr die Zähne klapperten und die Kapsel vom Donner der Atmosphäre erfüllt war, in die sie sich hineinbohrte. Eine Kraft presste sie gegen den Sessel, als würde sich die Kapsel schneller beschleunigen, als die hiesige Schwerkraft es zuließ. Seldyan holte Luft und schrie.

»Merish! Ich stürze ab. Irgendetwas scheint mich anzuziehen. Die Systeme der Kapsel sind ausgefallen, aber sie ist auf Notlandebetrieb. Ich werde überleben, Merish, und du wirst mich finden.« Ihre Lungen waren leer. Sie holte noch einmal Luft. »Wenn nicht, dann komme ich dich suchen. Und wehe, wenn du mich dazu zwingst!«

Danach wurden das Brausen, das Schütteln und der Druck zu groß, als dass sie noch hätte atmen können. Die Wolkendecke war an dem Boot vorbeigepeitscht, und Seldyan starrte auf eine zerfurchte Schneelandschaft hinab, die sich rasant vergrößerte.

Äußerst rasant.

Sie hatte sich geschworen, es nicht zu tun, doch in der allerletzten Sekunde schloss sie die Augen.

Seldyan erwachte unter unablässigen Schmerzen. Sie waren so heftig, dass sie sich wunderte, überhaupt geschlafen zu haben. So heftig, dass ihr der Schweiß auf die Stirn trat, so heftig, dass sie nicht glauben konnte, jemals wieder Schlaf zu finden. Sie würde für immer wach bleiben, und ihre durchwachten Tage und Nächte wären erfüllt vom wütenden Stechen in den Rippen und Beinen.

Und von etwas anderem – einem starken Brennen im Oberarm, als hätte sie ein Insekt gestochen und ließe nicht mehr von ihr ab. Kraftlos klatschte sie sich auf die Stelle, und dann ertasteten ihre Finger eine dicke Matte, die sich um ihren Bizeps schloss wie eine Handschelle.

Ihr Verstand lieferte den dazugehörigen Begriff: Autodok. Aus irgendeinem Grund hatte das Ding beschlossen, sie zu wecken. Sonderlich dankbar war sie ihm nicht.

Dann wurde das Band kurz etwas enger und summte auf ihrer Haut. Dann ein zweites und ein drittes Mal, stets mit einem Atemzug Abstand dazwischen. Sie musste sich nicht erst das Training ins Gedächtnis rufen – dies war die universelle Autodoksprache.

Und es bedeutete: *Mach dich auf etwas gefasst.*

Soweit es ihre Gurte erlaubten, machte sie sich darauf gefasst.

Das Brennen wurde stärker. Flammender Schmerz schoss ihr in den Oberarm und breitete sich über die Schulter in die Brust aus. Es fühlte sich an, als würde jedes ihrer Gewebepartikel von innen heraus von weiß glühenden Insekten angegriffen. In ihrer Qual hätte sie sich aufgebäumt, falls sie sich hätte bewegen können, so aber beließ sie es beim Schreien, bis ihre Kehle wund gescheuert war. Das Geräusch drang in die aufgebauschten Wände der Kapsel und verklang.

Dann verschwanden die Schmerzen so unvermittelt, wie sie gekommen waren. Noch während sie dies registrierte, entlarvte sie es als Lüge. Der Schmerz kam bestimmt von einer Injektion intelligenter Nanos, die der Dok ihr verpasst hatte. Vermutlich hatte er ihr danach gleich eine riesige Dosis Schmerzmittel gespritzt. Sie hatte also immer noch Schmerzen, spürte sie aber nicht mehr.

Ihr wurde warm, und sie wurde schläfrig. Dann waren es also nicht nur Schmerzmittel.

Sie wollte das Schiff rufen. Sie wollte mit Merish sprechen oder ihn wenigstens hören, sich vergewissern, dass es ihm gut ging. *Als ginge es mir gut*, dachte sie. Doch sie war zu schläfrig.

Sie schlief ein.

Als etwas gegen die Kapsel hämmerte, erwachte sie. Es war ein harter, entschlossener Schlag, der sich alle paar

Sekunden wiederholte. Ungefähr in dem Abstand, wie wenn ein Mensch mit einem Hammer zuschlägt und dann erneut ausholt.

Seldyan schob den Gedanken beiseite. Mit Handwerkszeugen würde es niemand in die Kapsel schaffen. Man konnte ihr nichts weiter anhaben, als ihr Kopfschmerzen zu bereiten, und wenn das eintrat, dann wirkten die Schmerzmittel noch. Tatsächlich schien ihr nichts wehzutun. Sie fragte sich, wie lange sie geschlafen hatte, doch sie hatte keine Möglichkeit, das herauszufinden. Die Geräte in der Kapsel waren ausgefallen, die Anzeigen blank.

Sie machte eine Bestandsaufnahme. Rippen und Beine schienen in Ordnung zu sein – nicht nur schmerzfrei, sondern auch funktionstüchtig. Außerdem konnte sie sich bewegen, denn die Aufprallkissen hatten sich entleert. Sie rutschte auf dem Sessel hin und her. Dann schnallte sie sich los und tat ihr Bestes, das immer hartnäckiger werdende Hämmern zu überhören. Und nachdem sie nun von den Gurten befreit war, fiel ihr noch etwas anderes auf – die Kälte wurde immer spürbarer.

Sie zwängte sich wieder in ihren Overall und hoffte, dass er so intelligent war, wie behauptet wurde. Die Kälte nahm zu, und ihr fiel die verschneite Landschaft ein, in der sie gelandet war.

Es hämmerte noch heftiger. Sie musste etwas tun, und nachdem die Kapsel abgestürzt war, blieb ihr lediglich der Weg ins Freie. Der Mechanismus war ähnlich wie der für die Bremsklappen, nur auf der anderen Seite der Konsole an einer Stelle, die aus Versehen kaum berührt wurde.

Sie zog daran, presste die Hände auf die Ohren und zählte. Hoffentlich funktionierte das externe Warnsignal! Und hoffentlich reagierte derjenige, der da draußen hämmerte!

Bei fünf erfolgte ein lauter Knall, und ein Ruck ging

durch die Kapsel. Kurz wirbelten sauer riechende weiße Rauchschwaden durch die Luft, wurden aber von einer plötzlichen eiskalten Brise hinweggefegt.

Die obere Hälfte der Kapsel war fort, weggeschleudert von den Sprengbolzen, die auch schon – eine Atmosphäre früher – die Bremsklappen ausgelöst hatten. Seldyan streckte den Kopf hinaus.

Der erste Eindruck vermittelte ihr – alles weiß. Die Kapsel war im Schnee gelandet, der allerdings so flach oder so hart war, dass sie beim Aufprall nicht völlig eingesunken war. Als Seldyan aufrecht stand, reichte er ihr bis zum Hals, und die Schneedecke dehnte sich schier endlos aus. Ihr Blick war auf einen Abhang gerichtet, und dieser Abhang dehnte sich bis in weite Fernen aus. Üppig wogende Schneefelder unter gefrorenem Nebel.

Endlos war die Landschaft vielleicht, aber nicht gleichförmig. Etwas drückte ihr seinen Stempel auf, ein regelmäßiges Gebilde, das in kerzengerader Linie die Schneehügel hinunterlief.

Seldyan war zu weit weg, um es genauer zu erkennen, und außerdem musste sie sich mit den übrigen Herausforderungen der neuen Welt befassen. Jemand hatte gehämmert. Von einem Fuß auf den andere tretend, wandte sie sich um.

Nach einer halben Umdrehung hielt sie inne, und ihr Körper spannte sich an wie Stahldraht.

Dem ersten Eindruck zufolge war er allein, doch ersten Eindrücken traute sie eigentlich nie. Dann korrigierte sie sich, fast belustigt angesichts ihrer Zuordnung. Denn noch vor der Feststellung, dass die Gestalt allein war, hatte sie sie als Mann identifiziert.

Wahrscheinlich war es tatsächlich ein Mann. Die Gestalt, die sich langsam aus einer offenbar erst kürzlich entstandenen Schneemulde erhob, war in dicke, grobe Pelze gehüllt, und das Gesicht, das aus der großen Kapuze hervorsah, hatte ein stumpfes Kinn und einen Bart. Auf den meisten Planeten war das noch immer ein Zeichen für einen Mann. Überdies wirkte der Körper irgendwie schief, aber das wusste sie nicht so recht einzuordnen.

Sie hob beide Hände mit nach außen gekehrten Handflächen. »Hallo!«

Der Fremde hob einen Arm, und entsetzt stellte sie fest, dass er nur den einen Arm hatte. Deshalb wirkte er schief.

Auch das Grinsen war schief. »Ja. Hallo. Deine Maschine. Sie ist ...« Mit spitzen Lippen ahmte er das Geräusch einer Explosion nach.

Sie warf einen Blick zur Kapsel hinüber und wies auf die Stelle, an der die von den Sprengbolzen weggeschleuderte obere Hälfte gelandet war. Auf die Seite gekippt lag sie im Schnee.

»Ja, das ist sie.« Sie hatte ein schlechtes Gewissen. »Hat sie dich verletzt?«

Das Grinsen wurde breiter. »Nicht ich. Bin gewohnt Eiskrachen, Schneestürzen. Jetzt gewohnt Warnwort von Metall und Maschinepeng. Neues Können!«

Sie lachte und keuchte, als ihr die teuflische Kälte in die Lunge fuhr. Sein Gesicht verdüsterte sich.

»Nicht gewohnt hochkalt?«

Das war eine gute Beschreibung. Sie schüttelte den Kopf.

»Folge.« Er wandte sich um und entstieg der von seinem Körper geformten Mulde.

Sie wollte ihm folgen, kam in ihrer Hilflosigkeit jedoch nicht weiter. Der Schnee reichte bis zu den Hüften, war knochentrocken und gleichzeitig so weich, dass sie einsank, und erstaunlich schwer. Noch bevor sie einen einzigen Schritt getan hatte, stak sie fest. Sie holte Luft, die so kalt war, dass sie sich wie eine Last auf die Lungen legte.

»He!«

Er sah zu ihr zurück. »Schwer?«

»Ja, schwer!« Eigentlich hätte sie gern einen Fluch ausgestoßen, wusste aber nicht, wie er ihn auffassen würde. Schließlich war sie auf die eigenartige Gestalt und ihre Fähigkeiten angewiesen, wollte sie in dieser gefrorenen Wüste überleben.

Er folgte ihrem Blick zu den eingesunkenen Füßen. »Ah. Du denkst Schuhe?«

Sie verkniff sich eine schneidende Bemerkung. »Ich denke irgendetwas. Damit kann ich nicht gehen. Wie machst du das?«

»Gleich wie immer. Ein Fuß, nächster Fuß.« Wie um es zu demonstrieren, kam er auf sie zu.

Sie war sich nicht sicher, was sie erwartet hatte – Schneeschuhe oder etwas Ähnliches, das sein Gewicht verteilte. Schuhe eben. Nicht einfach nur Füße. Sie waren noch nicht einmal besonders haarig.

Anscheinend machte sie ein verblüfftes Gesicht, denn er grinste. »Gebaut für Schnee, ich. Nicht du! Bringe dich zu warm, dann ich erkläre. Nicht weit. Folge, so schnell du kannst.« Er drehte sich um und schritt über den Schnee hinweg.

Sie quälte sich hinter ihm her und fluchte. Zu ihrer Erleichterung hatte er recht gehabt. Sie hatten nur einige Hundert Meter zurückgelegt, da verschwand er plötzlich, als hätte der Schnee ihn verschluckt. Sie murmelte eine Verwünschung und beeilte sich, so gut sie konnte. Die bitterkalte Luft kratzte ihr in den Lungen. Schließlich gelangte sie auf einen flachen Kamm, sah auf der anderen Seite hinunter und lächelte vor Erleichterung.

Die Senke hatte mehr oder weniger die Form eines Kraters, der am Rand einen Durchmesser von hundert Metern haben mochte und dessen Wände sanft in eine flache Mulde abfielen. Die war etwas weniger als halb so breit und gerade tief genug, um die schlichte kleine Hütte zu verbergen, die in der Mitte hockte. Kurz fragte sich Seldyan, ob das Zufall war. Aber nur kurz. Denn sie fror zu sehr, um stehen zu bleiben. Schleppenden Schritts überquerte sie den Kamm, stolperte wegen des Gewichts ihrer schneeverklumpten Füße nach vorn und rollte den Hang hinab.

Der Boden der Senke schien unverhältnismäßig hart zu sein. Sie schüttelte den Kopf und versuchte aufzustehen. Augenblicke später saß sie auf dem Hintern.

»Scheiße!«

Der Boden war so hart, weil er aus Eis bestand. Genervt blies sie Luft aus und sah wütend auf.

Ihr Begleiter lachte. Seldyan funkelte ihn gefährlich an, und er wurde wieder ernst. »'tschuldige! Nicht gewohnt Leute. Meistens allein in Schnee. Geh vorsichtig. Hier.« Er kam zu ihr herüber, reichte ihr die Hand, die ebenso wenig geschützt war wie seine Füße, und sie ergriff sie zögernd. Die Hand war kühl und trocken. Seldyan glaubte, er wolle sie hochziehen, doch er stellte sich nur mit gespreizten Beinen vor ihr auf. Sie spürte, wie sich seine Arme anspannten, und er riss den Kopf hoch.

Sie zog sich an seinem Arm hoch, bis sie aufrecht stand. Behutsam testete sie, ob sie das Gleichgewicht halten konnte, bevor sie seine Hand losließ.

Es gelang ihr gerade so.

Er beobachtete sie einen Moment lang. Dann nickte er und wandte sich um. »Folge langsam. Mach mich nicht mehr lachen.«

Sie verkniff sich eine Antwort und folgte ihm langsam.

In der Hütte fühlte sie sich besser. Vor allem war es ... nun ja ... zwar nicht wirklich warm, aber weniger kalt. Vermutlich hätte ihr Begleiter den Begriff *angenehme Temperatur* um einige Zehnergrade niedriger angegeben als sie selbst, immerhin aber über dem Gefrierpunkt. Von einer flachen Mulde in der Mitte des einzigen Raums stiegen wohlriechende Rauchwolken auf, die über eine trichterförmige große Haube abzogen.

Hier im Innern der Hütte war es auch wohnlicher als draußen. An den Wänden hingen grobe Teppiche in gedeckten Farben, so als seien kräftige Farben verpönt. Dutzende flacher kleiner Lampen spendeten mit flackernden blauweißen Flammen ein gedämpftes Licht.

Bisher hatte der Mann Seldyan den Rücken zugekehrt und sich am Feuer zu schaffen gemacht. Jetzt trat er zur Seite, und sie sah orangefarbene Funken, die aus einem Loch in der Mitte der Mulde nach oben stoben. Danach platzierte er einen Metallkorb über der Öffnung und stellte eine flache schwarze Kanne darauf. Dann drehte er sich um und legte seinen Mantel ab.

Wie sich herausstellte, hatte der Mann zum Großteil aus Mantel bestanden. Noch nie zuvor hatte sie einen so dürren, schmächtigen Menschen gesehen. Seine nackte Brust war nicht breiter als der Abstand zwischen ihrem Daumen und ihrem kleinen Finger. Sein Oberarm war vielleicht so dick wie drei Finger.

Mit Mühe unterdrückte Seldyan ein entgeistertes Keuchen, spürte aber, dass sie vor Erstaunen die Augen weit aufriss.

Er grinste. »Du fallst aus Himmel in Maschine die explodiert. Und du findest, ich seltsam?«

Ihr wurde heiß im Gesicht, und sein Grinsen wurde

breiter, fast sogar noch breiter als sein Oberkörper. »Nicht mehr schlimm. Ich richtige Gestalt für Schnee. Leicht! Gehe auf Pulver. Name Hincc. Hincc von Hochvolk. Du?«

Sie nahm sich zusammen. »Seldyan.«

»Sehr guter Name, Fall-aus-Himmel-Frau.« Er kniff die Augen zusammen. »Geschichte zu erzählen, ja? Trink heiß bald. Fange an, wenn bereit.«

Es schien kein Entweichen zu geben. *Nur recht und billig*, dachte sie. *Ich an seiner Stelle wüsste auch gern mehr über meinen Gast.*

Sie wandte sich um, entdeckte einen niedrigen Stuhl und nahm darauf Platz. Erst dann fiel ihr ein, dass er vielleicht für einen Körper gemacht war, der weit weniger wog als sie. Der Stuhl knarrte, hielt aber stand.

»Nun gut«, sagte sie. »Die Geschichte.«

Damit verging viel Zeit.

Inzwischen war die Kanne fast leer. Sie hatte einen süßen, leicht würzigen Saft enthalten, der offenbar aus irgendwelchen Beeren bestand. Die meiste Zeit hatte sie geredet, aber nicht immer. Zwischendurch hatte Hincc Erklärungen in ihre Geschichte eingeflochten und dabei ein Bardentalent bewiesen, das er sich wahrscheinlich in langen kalten Nächten angeeignet hatte.

Es waren gute Erklärungen gewesen. Die Angehörigen des Hochvolks lebten seit Hunderten von Generationen oberhalb der Schneegrenze. Zur Leder-, Pelz- und Fleischgewinnung jagten sie kleine Säugetiere. Brennstoff beschafften sie sich in Form von trockenem Feuerholz und drahtigen Gräsern, die in der Nähe der Schneegrenze wuchsen. Außerdem sammelten sie einige wenige süße kleine Beeren. Immer nur in der Nähe der Schneegrenze, die sie aber niemals überschritten. In ferner Vergangenheit, an die sich niemand mehr erinnerte, hatte sich das Hochvolk so sehr spezialisiert, dass es außerhalb der Schneefelder nicht mehr überleben konnte.

Bei einem weiteren Thema hatte sich Hinccs Gesicht verdüstert, und er war ganz einsilbig geworden.

»Schlechte Zeiten.«

»Schlecht? Inwiefern?«

»Sehr schlecht. Seit das Licht.«

»Kannst du es sehen?«

»Leuchten, in klaren Nächten. Fern. Vom Ringland. Vielleicht heute. Komm, sehen.«

Sie sah es sich an. Auf der einen Seite fiel das Gelände steil ab, auf der anderen sanfter. Auf der weniger steilen Seite verlief quer über das Schneefeld das liftartige Gebilde, das sie beim ersten Blick aus der Kapsel entdeckt hatte. Es war immer noch ziemlich steil, denn der Begriff *sanft* war relativ.

Hincc deutete darauf. »Sieh?«

Sie sah es. Direkt am Horizont war der Schnee schwach grün angeleuchtet, ein unheimlicher Schleier auf dem blauweißen Gleißen, der sich nur über einen schmalen Abschnitt des Horizonts erstreckte.

Eine Weile betrachtete sie das schwache Licht. Dann drehte sie sich zu Hincc um. »Was ist passiert?«

Er zuckte mit den Achseln. »Von hier siehst wenig. Licht, dann Pause. Normal, zehn Tage. Ich schicke Eis, große Blöcke. Kühlen Fisch, kühle Leute, ja? Eis geht runter, Haken kommt rauf. Dann, drei Tage, Leitung hört auf.«

»Ist das normal?«

»Schon passiert – wenn schlechter Winter zumacht Ring. Aber sehr selten, sehr seltsam. Nicht so seltsam wie was kommt danach. Wenn Leitung wieder losgeht.«

Sein Tonfall veranlasste sie, ihm ins Gesicht zu blicken.

»Was?«, fragte sie. Noch bevor sie die Antwort erfuhr, wurde ihr bange.

Er betrachtete sie eine Weile mit unbeweglicher Miene. Dann seufzte er. »Folge. Sieh. Sei gefasst.«

Er führte sie unter die regungslosen Drahtseile des Lifts. Darunter hing etwas – ausgeklügelte, dehnbare Greifer. Sie deutete darauf. »Sind die für das Eis?«

»Vor allem für Eis. Gemacht für Eis. Sei gefasst.« Er sah nicht zu ihr zurück, und seine Schulterhaltung lud nicht gerade zu weiteren Fragen ein.

Sie folgte ihm, und es fiel ihr leichter, als sie befürchtet hatte. Eine Trampelspur lief durch den Schnee, breiter als für ein Paar Füße nötig. Sie fragte sich nach dem Grund dafür.

Dann erreichten sie einen flachen Kamm, und sie blickte ins obere Ende eines weißen Tals, das sich rasch verbreiterte, während es in Wellen abfiel.

Weiß, aber gesprenkelt mit ungleichmäßigen Umrissen.

Sie ballte die Hände zu Fäusten und wandte sich zu Hincc um. »Wie viele?«

Noch immer war sein Gesicht wie erstarrt. »Ich zähle vorsichtig. Seit zwei Wochen nach grünem Licht, achtelfenundsieben. Dann ich unterbreche Leitung. Nie davor, niemals, tun wir Leitung hier oben unterbrechen. Aber ich, mein Vater, sein Vater, ihre Väter. Wir schicken Eis runter. Vielleicht schreiben, etwas bitten, immer kommt bald. Nicht dies. Niemals dies. Bald Beerensaft nicht süß. Bald Liftteile nicht mehr Ersatz. Jetzt schon Eis nicht kommt zu Hafen. Tut niemand fischen, oder tut Fisch verrotten.«

Sie zählte die Umrisse. Fünfundneunzig. Fast hundert Leichen. Manche wirkten unvollständig, denn ihnen fehlten Arme und Beine. Anscheinend besaßen aber alle noch ihre Köpfe. Im Schnee konnte Seldyan keine Blutflecken erkennen. Wahrscheinlich waren die Leichen schon gefroren hier angekommen. Sie ließ die Szenerie auf sich wirken. »Weißt du, warum sie ... geschickt wurden?«, fragte sie schließlich vorsichtig.

Er hob die Schultern. »Nur eine Sache. Alle tragen wie das.« Er kramte in seinen Fellen und zog etwas hervor. Sie hielt ihm die Hand hin, und er ließ es hineinfallen, ohne die Kette loszulassen, auf die der kleine Gegenstand aufgefädelt war. Sie drehte ihn um. Bloß eine schlichte gräuliche Metallscheibe. Die eine Seite war ganz glatt, auf der anderen waren in einem scheinbar zufälligen Muster Punkte eingeprägt. Nein, nicht nur Punkte. Sie sah genauer hin. Es war immerhin so hell, dass sie die feinen Linien erkannte, die von jedem der Punkte ausgingen, wie wenn Kinder Sterne malen.

Sie kippte die Handfläche, und die Scheibe glitt herunter. Als sie die Kette in Hinccs Richtung schwang, fing er sie auf, ließ sie in eine Hand fallen und steckte sie wieder zwischen die Felle. »Sagt dir was, Himmelmädchen?«

Sie schüttelte den Kopf.

»Kein Überraschung. Mir sagt etwas – alles Priesterleute. Schon gesehen. Gehört, ein bisschen. Priesterleute blicken den Himmel, zählen Sachen. Vielleicht heißt grünes Licht, dass Priesterleute müssen sterben.«

»Wieso?«

Er wandte das Gesicht ab, beobachtete sie aber weiter aus den Augenwinkeln. »Wer weiß? Was tun alle Priesterleute sagen? Tu das und tu das, und morgen ist wie gestern, und Sonne immer scheint. Alle sicher. Aber plötzlich morgen ist nicht wie gestern. Morgen ist grünes Licht – und vielleicht sagen Leute, warum wir tun das und tun das?« Er verzog den Mund zu einem bitteren Lächeln. »Besonders, warum wir nähren Priesterleute, die geben uns Befehle und tun nicht fangen Fische?«

Sie nickte.

»Also, du gehst und siehst?«

Die Frage überrumpelte sie. »Ich weiß nicht.«

Aus seinem bitteren Lächeln wurde ein Grinsen. »Gut, gut, bleib hier. Kau Salzfleisch, esse Beeren. Ich fange wieder Leitung an, vielleicht du zählst tote Priester, vielleicht andere, wenn nicht mehr genug Priester. Du bist deswegen gekommen, Himmelmädchen?«

Sie lächelte zurück. »Nein. Dafür bin ich nicht gekommen.«

»Gut. Also geh entdecken.«

Sie nickte. »Wie soll ich gehen?«

»Morgen, ich zeige. Jetzt komm. Dunkel, kalt. Zeit für Feuer. Zeit für Schlaf.«

Er hatte recht. Der Himmel war schwarz, und selbst in ihrem Schiffsanzug war die Kälte schmerzhaft spürbar. Sie sah nach oben. »Hincc? Gibt es hier jemals Sterne?«

Er schüttelte den Kopf. »Nur in Geschichten.«

Sie nickte und folgte ihm den Hang hinunter zur Hütte. Dann blieb sie stehen. »Geschichten? Aber du weißt, was ein Stern ist?«

Sie beobachtete ihn.

»Nur in Geschichten.« Es waren dieselben Worte, doch der Tonfall hatte sich geändert. Als er sie zum ersten Mal ausgesprochen hatte, klangen sie so, als habe er mit etwas abgeschlossen. Jetzt klangen sie ... anders. Sie bewahrte den Klang in sich auf, während sie ihm den Hang hinunter und durch den Hütteneingang folgte. Sie bewahrte ihn, während sie beobachtete, wie Hincc die Schichten seiner Kleidung ablegte, und es ihm gleichtat. Sie bewahrte den Klang auch noch, während sie sich setzten und die

Hände mit kleinen Tassen dampfenden Safts wärmten und die Glut in der Feuerstelle ihre Füße zum Kribbeln brachte.

Dann holte sie tief Luft und stellte die Frage.

»Hincc, du bist Geschichtenerzähler. Erzähl mir noch eine Geschichte! Erzähl mir von den Sternen, die du noch nie gesehen hast!«

Und mit einer Schlichtheit, die sowohl Triumph als auch Niederlage bedeuten konnte, erzählte er. Als er geendet hatte, war das Feuer zu glosender Asche heruntergebrannt. Ihr Atem verwandelte sich in eine Dampfwolke, und an den Innenwänden der Hütte bildete sich Frost.

Doch das merkte sie kaum. Später lag sie wach. Von ihrer Liege, auf der sich Felle türmten, starrte sie zu einem Astloch in den Balken der niedrigen Decke hinauf und staunte.

Zunächst hatte er keine Geschichte im herkömmlichen Sinn erzählt. Stattdessen hatte er von der Kälte gesprochen, von den Schneefeldern und den wenigen Geschöpfen, die darauf lebten. Es gab schlanke blassgraue Hasen, die die Beeren der spärlichen Büsche fraßen. Dieses Gestrüpp schlug seine Wurzeln in den Schnee und bezog die benötigten Mineralien aus dem Hasenurin. Größer, aber langsamer war ein langes, fast schon schlauchförmiges Raubtier, das mit zunehmendem Alter immer länger, aber nicht dicker wurde. Für jede Handbreit, die es sich verlängerte, wuchs ihm ein kurzes neues Beinpaar. Dann gab es winzige Wesen, die von allen gejagt wurden – zweibeinige Pelzbälle mit einem starken und einem schwachen Arm und tief eingesunkenen klitzekleinen Augen, mit denen sie zwar direkt in den blendenden Schnee blicken konnten, aber so schlecht sahen, dass sie sich in ihrem Schneebau am Geruch des Partners orientierten, der den Bau nie verließ.

Einige von ihnen kamen Seldyan absurd vor. Sie war in einer geordneten Welt aufgewachsen, auch wenn sie begrenzt gewesen war. Was Hincc beschrieb, klang indes wie biologische Anarchie. Aber ganz allmählich spürte sie den Rhythmus des hochspezialisierten Lebens auf diesen immerweißen Gipfeln. Dann wurde ihr auch klar, dass der Rhythmus, den er beschrieb, keine gegenwärtige Situation war, sondern aus der Vergangenheit kam und in die Gegenwart hineinreichte. Und während er sich in die Vergangenheit bewegte, die Geschichten der Tiere, der Beeren und der Gipfel nachvollzog, ballten sich die Geschichten zusammen. Bis sie ihre Quelle erreichten.

Hier reichte die Vergangenheit weit zurück. Die Trennung des Hochvolks von den anderen lag in irgendwelchen Urzeiten, sodass sie nicht einmal mehr Teil einer Volkssage war, sondern einer Volkssage über eine Volkssage. Ihre Sprachen hatten sich auseinanderentwickelt, zwar nicht so weit, dass die beiden Völker sich nicht mehr verständigen konnten, aber doch so, dass die Sprachen im Ohr der jeweils anderen seltsam klangen. Selbst der Name des Planeten, auf dem sie lebten, war unterschiedlich. Alle anderen nannten ihn *Trakael*, doch Hinccs Volk benutzte einen angeblich älteren Namen – *Solpht*. In den allerältesten Sagen hieß es, früher einmal habe es eine größere, hellere Sonne gegeben und am Nachthimmel seien helle Punkte zu erkennen gewesen.

»Wessen Sagen?«

Er hob die Schultern. »Hochvolk. Die anderen, andere Geschichte. Siehst du?« Er hielt ihr eins der Abzeichen von den Leichen hin.

Sie nickte. »Deshalb habe ich dich nach Sternen gefragt. Diese Punkte sehen aus wie gezeichnete Sterne.«

»Vielleicht Sterne, vielleicht nicht. Da unten Leute sagen, andere Sache.«

»Hast du sie gesehen?«

Er schüttelte den Kopf. »Nein. Niemals hier. Immer an selbem Ort. Hügel über Ringebene. Leute dort machen eigene Geschichten. Leute und Priesterleute.«

»Ringebene? Schickst du das Eis dorthin?«

»Fast. Nicht in Ebene. In Hafen darunter.«

»Richtig.« Einen Moment lang starrte sie in die Glut. »Meinst du, dass ich dort mit meinen Erkundigungen anfangen sollte?«

Er lachte, eine unerwartete Geräuschexplosion in der abgeschlossenen Ruhe der Hütte. Sie musterte ihn mit gerunzelter Stirn, und wieder schüttelte er den Kopf. »Du fragst mich, was soll tun? Du fällst von Himmel, und ich sage zu dir Himmelmädchen. Aber das ist falsch, ja?« Er richtete sich auf und beugte sich vor, bis sein Gesicht weniger als eine Armlänge von ihr entfernt war. »Nicht von. Durch. Du fällst durch Himmel von irgendwo anders. Jetzt du sagst mir – irgendwo anders sind Sterne wirklich?«

Einen Moment lang sah sie ihm in die Augen. Dann senkte sie den Blick. »Ja«, sagte sie in ihren Schoß hinein. »Sie sind wirklich.«

»Ich wusste!« Er klatschte mit den dürren Händen. »Wirklich Sterne! Und du von dort. Dazwischen reisen?«

Sie nickte.

»Und du bittest, ich erzähle dir Geschichten? Ich sage dir, was tun sollen? Du bist Sternmädchen, nicht Himmelmädchen. Geh, wo du willst.«

»Nein, Hincc.« Sie schüttelte den Kopf. »So geht das

nicht. Ich weiß kaum etwas über den Ort, von dem ich komme. Und ich weiß nichts über deine Heimat.«

Eine Weile schwieg er. Dann kniff er die Lippen zusammen. »Geh zu dem Hafen. Finde, warum grünes Licht im Himmel mir schickt tote Priester.«

Damit war alles gesagt. Hincc legte sich hin und breitete mehrere Felle über dem Leib aus. Kurz darauf tat Seldyan es ihm gleich.

Er schien zu schlafen, doch sie lag wach.

Am nächsten Morgen war sie vor Müdigkeit ganz benommen. In Felle gewickelt saß sie da, während Hincc über einem Feuer aus langen, geraden Ästen Schnee schmolz. Erst auf den zweiten Blick fiel ihr auf, dass die Äste alle spitz zuliefen. Sie runzelte die Stirn und deutete darauf. »Hincc, sind das Dornen?«

Er nahm eine flache Pfanne vom Feuer und goss Wasser über getrocknete Blätter in einer anderen Pfanne. »Ja, Dornen. Blätter, hier, vom selben Busch. Über Schneegrenze Welt schrumpft. Ich nutze alle Teile. Dornen und Blätter wachsen nach. Zweige nicht sehr. Nun, trink, dann iss.«

Sie trank das bittere Gebräu und aß Hasenfleisch, gesalzen, mit getrockneten Beeren vermischt und zu flachen Kuchen zusammengepresst. Die sauren Beeren und das Salz überzogen das trockene süße Fleisch, und sie wusste nicht, ob sie die Wangen einziehen oder sich die Lippen lecken sollte.

Es spielte keine Rolle. Aus ihrer Zeit in der Wabe wusste sie, wie wichtig Nahrung für die Brennstoffzufuhr war. Sie aß alles und spürte ganz unerwartet, dass ihre Kräfte zurückkehrten. Als sie aufsah, grinste Hincc sie an. Sie hob die Brauen.

»Fühlst du besser?«

Sie nickte.

»Nicht Überraschung. Essen immer gut, und Blättertrank ist Aufputscher.« Sein Grinsen wurde breiter. »Ich nehme wenig. Leute drunten manchmal nehmen viel. Dann mehr, dann mehr, können nicht mehr aufhören. Weißt du?«

»Ja.« Sie überprüfte ihre Wahrnehmung. Die Wirkung schien sanft zu sein, und sie fühlte sich nicht bedenklich verändert. »Schickst du die Blätter hinunter?«

»Habe getan. Nicht mehr tue. Seit den Leichen die Eisleitung ruhig. Nichts hinunter, nichts herauf.«

»Verstehe.« Sie erhob sich. »Hincc, ich muss gehen.«

»Ich weiß. Ringhafen.«

»Ja, Ringhafen.« Einen Moment lang dachte sie nach. »Du könntest mich begleiten. Wenn du möchtest.«

Er schüttelte den Kopf. »Nein. Zu warm, zu feucht. Hochvolk stirbt schnell unter Schneegrenze. Bleibe hier, esse Beeren, braue Blätter und warte bis bessere Zeit. Vielleicht schickst du bessere Zeit, Sternmädchen.«

»Vielleicht.« Sie wollte lächeln, denn das war besser als das Gegenteil. Doch dann schob sie ihre Gedanken beiseite. Später hätte sie dafür vielleicht Zeit. »Und wie gelange ich dorthin?«

Sie hatte den Erste-Hilfe-Koffer und einige andere Gegenstände aus der Kapsel mitgenommen. Ein Commstöpsel kitzelte sie im Ohr, gab aber keinen Ton von sich. Totale Funkstille.

Jetzt ließ sie den Blick über die gigantisch lange Eisleitung schweifen. Einerseits hatte sie schwere Bedenken, andererseits war sie sehr beeindruckt.

Und zunehmend neugierig. Sie wandte sich zu Hincc um. »Wer hat das gebaut? Wie funktioniert es?«

Er zuckte mit den Achseln. Bei einer derart dürren Gestalt war das eine sehr ausdrucksstarke Geste. »Wer, unbekannt. Immer hier, immer gleich. Wie, ganz einfach. Schweres Eis geht hinunter, nur leichte Sachen gehen herauf.«

»Wie lang ist sie?«

»Zu Spitze von Ringhafen, dreißig Tage gehen.«

Seldyan stockte der Atem. Den wenigen Erfahrungen nach zu urteilen, die sie gemacht hatte, hatten die Tage hier ungefähr Standardlänge. Eine Tagesetappe konnte zwanzig Kilometer bedeuten, sofern sie mit dem Schnee zurechtkam.

Noch einmal sah sie an der Leitung entlang. Sie war eine einfache Konstruktion, hatte aber kolossale Ausmaße. Zwei Drahtseile waren zwischen zwanzig Meter hohen Masten aufgespannt. Sie mussten extrem straff gespannt sein, denn sie hingen kaum durch. Etwa alle fünfzig Meter erhob sich ein Mastenpaar. Die zwei Stränge liefen die Schneehänge hinab, bis sie in mittlerer Entfernung zu einer Linie verschwammen und schließlich an der Schneegrenze in einer Nebelbank verschwanden. Von den Drahtseilen hingen in regelmäßigen Abständen die raffinierten Metallkrallen herab, die Hincc Eishaken nannte.

Der Mast, der ihr am nächsten war, schien aus Beton zu bestehen. Woraus die Seile gefertigt waren, vermochte Seldyan nicht zu sagen, es sah aber nicht wie Metall aus. Das Material wirkte mattgrau, und der Frost schien nicht daran zu haften.

Die Leitung rangierte auf einem sehr viel höheren Technologieniveau als alles, was sie hier sonst gesehen hatte. Hinccs Volk pflegte einen eigenen Umgang mit Technologie. Also musste das nichts heißen.

Musste nicht. Sechshundert Kilometer Leitung, vermutlich doppelt so viel Seil …

Ein Lächeln stahl sich auf ihr Gesicht. »Hincc! Du hast mir gerade etwas Entscheidendes gesagt.«

Er breitete die Arme aus. »Immer. Du kommst zurück, sagst mir, was ist der Witz.«

»Oh, und ob ich zurückkomme! Denk daran – du hast mein Schiff.«

»Ich passe auf. Sternmädchen, du gehst oder bleibst?«

Sie lachte. »Ich gehe. Wie lange werde ich brauchen?«

»Zu Eishaus in Ringhafen, drei Sonnen. Sei vorsichtig, vielleicht mehr klug, abspringen früher, zu Fuß gehen.«

»Ja.« *Tja*, dachte sie, *er hat recht. Ich gehe.*

Die Seile rechts führten nach unten. Hincc hatte einige Eishaken abgekoppelt. Jetzt lagen sie auf der Oberfläche des Schnees und vor allem im Pulverschnee. An ihrer Stelle hing eine Schlinge aus Fellen.

Sie sah Hincc an. »Das hast du gemacht?«

»Ja. Für Fall. Sternmädchen? Halte Augen weg von anderem Seil. Sieh nach rechts. Nun klettere hinein.«

Sie brauchte nicht zu klettern, denn die Schlinge hing auf Kniehöhe. Sie stellte sich davor und setzte sich hinein. Die Schlinge nahm ihr Gewicht auf und schwang hin und her. »Was muss ich jetzt tun?«, fragte Seldyan.

Er machte eine Bewegung. »Zieh Hängeleine.«

Vor ihr baumelte eine dicke Kordelschlaufe. Sie griff danach, zog und spürte, wie es Gewicht aufnahm. Schließlich ruckte die Schlinge mit einem kurzen Quietschen, das so hoch klang wie ein Flaschenzug. Eine Weile hievte sie sich hinauf und schwebte zwei Mannshöhen über dem Schnee, so weit oben wie die Eishaken am anderen Seil.

Noch einmal kontrollierte sie ihren Beutel – es war alles da. Offenbar war sie bereit zum Aufbruch. Dann spähte sie zu Hincc hinunter.

»Wie halte ich es an?«

Er lachte. »Du nicht! Halten von hier. Vielleicht halten von Ring. Wenn sie erinnern, wie. Solange du nur gehst, bis Eis alles geschmolzen.« An der Leitung entlang wies er nach unten. »Zwanzig Blocks, sieh? Genug zu gehen. Nicht zu schnell.«

»Und wie steige ich dann aus?«

»Runtermachen.« Mit einer Geste schien er abwechselnd mit beiden Händen an der Kordel zu ziehen. »Dann spring. Leicht. Aber wieder hinauf, nicht möglich. Sei sicher! Fertig?«

Sie nickte.

»Dann geh.« Er trat gegen den Hebel. »Viel Glück, Sternmädchen!«

Die Schlinge kippte nach vorn, und viel ruhiger als erwartet bewegte sich Seldyan.

Sie sah nicht zurück. Während der ersten Stunde sah sie auch nicht nach links, obwohl sie nicht recht wusste, weshalb Hincc sie so energisch davor gewarnt hatte. Der Wind schlug ihr ins Gesicht, und sie verkroch sich so tief wie möglich in den Fellen.

Dann nahm sie aus den Augenwinkeln etwas wahr, das ihren Blick doch nach links zog, nur ganz leicht, denn was sie sah, befand sich noch weit unten. Aber es bewegte sich auf sie zu. Sie korrigierte sich – es war nicht *etwas*, sondern ein *Vielfaches*. Eine Reihe schwarzer Punkte kam ihr schwankend entgegen.

Sie schluckte. Es kamen noch immer tote Priester. Hincc musste es geahnt haben.

Sie fragte sich, ob die Konstrukteure, die die Leitung gebaut und dabei die Zukunft des armen kleinen Planeten neu geschrieben hatten, dies jemals vorausgesehen hatten.

22
Dreiviertelringhafenmauer

Drei Dinge hatten Belbis das Leben gerettet, nachdem man ihn bewusstlos, mit gebrochenen Armen und Rippen und mit aufgeschlitzter Ferse in die Baracke geworfen hatte – falls er tatsächlich von sich behaupten konnte, das eigene Leben gerettet zu haben. Das Erste war das Wasser, und das war seiner Überzeugung nach reiner Zufall gewesen. Das Dach der Baracke bestand, wie er aufgrund einer Kombination aus Erinnerung und Geruch rekonstruierte, aus durchlöchertem altem Teerpapier. Einige der Löcher befanden sich wohl in den Dellen im Dach und bildeten Tautrichter. Wenn er bis dicht unter das Dach rutschte und mit offenem Mund dalag, tropfte ihm so viel Wasser in den Mund, dass er vielleicht nicht gerade überlebte, aber wenigstens nicht noch am selben Tag starb. Bisher waren es einundvierzig solcher Tage gewesen. Die Fähigkeit des Zählens hatte er noch nicht eingebüßt. Manchmal und vor allem im Dunkeln lag er still da, wiegte den Arm, der partout nicht verheilen wollte, an der Brust und zählte im Kopf die Götter nach. Jedes Mal kam er auf dieselbe Zahl, und sie war jedes Mal falsch.

Der zweite Lebensretter war der Umstand, dass er immerhin einen Hauch seines Sehvermögens wiedererlangt hatte. Nicht genug für Einzelheiten, aber es reichte, um in all dem Verschwommenen eine Bedeutung zu erahnen, wenn er angestrengt aus den Augenwinkeln spähte. Wenn er nach vorn sah, erkannte er nur eine grünlich schwarze Finsternis.

So hatte er die Flasche gefunden. Die hatte in einer Ecke der Baracke genau an der richtigen Stelle gelegen und funkelte in einem morgendlichen Sonnenstrahl, der durch eine der zahllosen Ritzen in den Wänden fiel.

Durch die Ritzen gelangte so manches in seine Baracke, das Sonnenlicht auf jeden Fall. Doch auch die Hafengerüche und ein schneidender Wind, der ihm kaum Schlaf gönnte, drangen zu ihm durch. Eigentlich hätten ihn auch die Geräusche des Hafens erreichen sollen. Aber die waren dem unaufhörlichen Schlagen und Poltern aufgegebener Boote und dem wütenden Brüllen gewichen, das etwas weiter entfernt, aber genauso deutlich zu vernehmen war.

Über die Flasche hatte er sich gefreut. Denn alles andere hatte ihm nichts genutzt. Die Holzwände ruhten auf einem etwas dickeren Steinsockel. Er hatte sich eine Stelle ausgesucht, wo der Stein überstand, hatte die Flasche mit der gesunden Hand am Hals gepackt und sie darauf zertrümmert.

Beim Herumstöbern in den Scherben hatte er sich in den Finger geschnitten, doch das machte ihm nichts aus. Schließlich hatte er gefunden, wonach er gesucht hatte.

Bald war es wieder Zeit für den Besuch des Mädchens, falls es ihn denn besuchte. Er musste sich beeilen.

Er nahm die große Scherbe, hob das rechte Bein, sodass der Fuß auf dem linken Schenkel lag, und schabte das wurmzerfressene Fleisch vom Knöchel.

Anfangs hatte er dabei auf den noch unbeschädigten Flaschenhals gebissen, denn das Glas war dick und zerbrach nicht so leicht, ganz gleich, wie fest er zubiss. Doch in den letzten Tagen waren die Nerven in seiner Ferse allmählich abgestorben, und die tägliche Aufgabe war kaum noch qualvoll.

Jeden Tag musste er ein wenig tiefer schneiden, um sicherzugehen, dass er alle die harten kleinen Eiersäcke entfernt hatte. Würde es ihnen gelingen, sich durch den Knorpel zu fressen und in seine Knochen hineinzuwachsen, würden sie ihn innerhalb von Wochen töten.

Während des schlimmsten Hungers, bevor das Mädchen gekommen war, hatte er sogar einmal probiert, sein eigenes abgeschabtes Gewebe zu essen, doch sein vergiftetes Fleisch hatte ekelhaft geschmeckt. Die Mischung aus wimmelnden Maden und ihren sandigen Eiern hatte ihn zum Würgen gebracht. Jetzt vergrub er den Abfall jeden Tag in einer kleinen Grube, die er mit einer anderen Scherbe im Lehmboden ausgehoben hatte.

Er war gerade fertig, als er von draußen das unregelmäßige Schlurfen von Füßen und das zaghafte Klopfen hörte.

Bevor das Mädchen gekommen war, hatte er kurz vor dem Hungertod gestanden. Inzwischen hungerte er nur noch. Das Mädchen hatte nie erklärt, wieso es zu ihm kam – weshalb es sich zu der Baracke geschleppt hatte, in die man ihn nach der Verkrüppelung geworfen hatte, damit er dort elend zugrunde ging. Weshalb das Mädchen geklopft, ein Stück Brot unter der Tür durchgeschoben hatte und davongerannt war, blieb ihm ein Rätsel.

Das Brot war hart wie Holz gewesen und hatte fad geschmeckt. Jeden Bissen hatte er erst mit Speichel aufweichen müssen. Doch dann hatten die muffigen Krümel wie Leckerbissen geschmeckt.

Am nächsten Tag war das Mädchen abermals erschienen. Diesmal gab es ein bisschen mehr Brot und einen Fischhautschlauch mit Wasser, wie ihn die Fischer mit auf ihre Boote genommen hatten, als sie noch ausgefahren waren.

Belbis hatte Fisch schon immer verabscheut. Er verabscheute ihn auch jetzt, doch der Durst war stärker als jedes Missempfinden. Das leicht ölige Wasser schmeckte sogar ganz leidlich. Es bewahrte ihn vor einem sicheren, langsamen Tod, und er hielt immerhin gerade so durch.

Das Mädchen war natürlich der dritte Lebensretter. Und jetzt war es hier. Er hob den Kopf von seinem Lager und rief:

»Komm herein!«

Und jemand kam herein, doch es war nicht das kleine Mädchen. Wer immer es war, musste die schmale Tür weit öffnen, um sich hindurchzuzwängen. Erst wurde es in der Baracke heller, als es jemals gewesen war, seit man ihn eingesperrt hatte. Dann etwas dunkler, als jemand durch die Tür trat, dann wieder hell, und eine Stimme, die Stimme einer Frau mit seltsamem Akzent, war zu hören. »Hallo!«, rief sie. Und dann, nach einem Moment, in dem ein entsetztes Luftholen zu hören war, folgte ein entsetzter Schrei. »Ach, du Scheiße ...«

Der Akzent glich dem der Maschine auf dem Hügel, bevor das Licht erschienen war. Belbis versuchte, sich auf den Ellbogen aufzustützen, doch er hatte sich den falschen Ellbogen ausgesucht. Sein gebrochener Arm klappte unter ihm weg wie ein Zweig, und er sank wieder auf das Lager.

23
Dreiviertelring

Seldyan hatte nicht lange gebraucht, um bei ihrer Suche fündig zu werden. Eigentlich hatte sie damit gerechnet, eine ganze Weile allein für die Formulierung ihrer Frage zu benötigen. Der Zustand der Stadt sprach jedoch für sich selbst.

Ringhafen war ein kleiner Seehafen ... gewesen. Schätzungsweise hatten nicht mehr als einige Tausend Häuser dazugehört. Der Ort verfügte über einen Hafen, der von einer Mauer aus Felsbrocken eingefasst wurde, die einen nahezu vollständigen Kreis bildete. Daher kam wohl der Name, vermutete Seldyan. Im Bereich des Hafens gab es viele Hütten, Rampen und Höfe, doch der Großteil war völlig verdreckt von Fischresten, die vor sich hin faulten. Im Hafenbecken schwappte schwarzes Wasser. Im Abfall schwammen aufgeblähte Leichen, platschten gegen die Rampen und wurden ekelhaft aufgeschäumt.

Der Geruch war unbeschreiblich. Sie hatte ihn ausgehalten, bis sie in Sichtweite des Hafens gelangt war. Dann hatte sie leicht beschämt in ihrem Medikamentenkoffer nach einem Paar Filterstöpseln gekramt und sich diese in die Nasenlöcher gesteckt. Auf dem Etikett stand, dass sie einatembare Bakterien aussonderten, und das war vermutlich gut so. Mit den Stöpseln war der Geruch nicht mehr ganz so schlimm, nur noch widerlich.

Sie hatte die Stadt bereits aus großer Entfernung gerochen, doch es war nicht Fäulnis, was sie als Erstes bemerkt hatte. Sie war froh gewesen, diese hinter sich gelassen zu haben.

Vor sechs Nächten war sie von der Eisleitung abgesprungen, gleich unterhalb der Schneegrenze, als der Gestank der verwesenden Leichen ihr Brechreiz verursacht hatte. Ein unbeteiligter Teil ihres Verstands schlussfolgerte, dass die Verwesung schon im Gang gewesen sein musste, als man die Leichen an die Haken gehängt hatte. Wie dem auch gewesen sein mochte, sobald ihre Füße den Boden berührt hatten, war sie halb gegangen, halb gerannt, bis sie fünfzig Schritte windwärts gewesen war. Dann war sie parallel zur Eisleitung weitermarschiert.

Fast unmerklich fiel die Eislinie zur Küste ab und folgte einem fast ebenen Pfad zwischen der grauen See zur Linken und den lang gestreckten, langweiligen und heideblauen Hängen der wolkenverhangenen Berge zur Rechten. In der Nacht schimmerten die Wolken grün. Selbst am Tag nahm Seldyan einen Farbhauch wahr. Sie hielt nach dessen Quelle Ausschau, doch die Wolkendecke lichtete sich nie ganz.

Einen Tagesmarsch von der Stadt entfernt hatte sie zum ersten Mal die Brände gerochen. Sie war stehen geblieben und hatte die Nase in den von Land wehenden Wind gereckt. Eindeutig Brände, aber nicht frisch. Dem Geruch haftete etwas Saures an wie Asche und ... etwas anderem. Sie war sich nicht sicher, was es sein mochte.

Einen Tag später erhielt sie Gewissheit. Die Häuser in den Außenbezirken der Stadt waren aus Stein und standen noch, doch einige besaßen kein Dach mehr, und manche wirkten ausgeplündert. Weiter im Zentrum erhoben sich in mehreren Vierteln nur noch hüfthohe

Lehmmauern, völlig verrußt und gesprungen. Die Kohlereste der Holzkonstruktionen ragten wie Knochen daraus hervor. Die Straßen waren mit rautenförmigen fetten Steinen gepflastert. Dazwischen hatte sich Wasser gesammelt, auf dem in allen Regenbogenfarben Öl schillerte.

Daher kam der Geruch. Eine Weile dachte sie darüber nach, während sie ziellos und mit gesenktem Blick durch die Straßen ging – es gab einfach zu viele Rutsch- und Stolperfallen. Dann schüttelte sie ihre Gedanken ab und sah sich um, zwang sich zu einem kompletten Rundumblick mit offenen Augen und wachen Sinnen.

Die Küstenebene, in der die Stadt erbaut worden war, war keine echte Ebene. Es gab Hebungen und Senken, die Seldyan an große Sanddünen erinnerten. Einige Hundert Meter von ihr entfernt fand sich eine solche Erhebung direkt am Meer, und darauf standen mehrere einigermaßen intakte Häuser. Sie kniff die Lippen zusammen. Entweder verbarg sich dort ein Hinweis oder nicht. Zeit, es herauszufinden.

Sie machte sich auf den Weg.

Sie brauchte länger als erwartet. Die Straßen waren verworren, bildeten ständig Kehren und endeten in Sackgassen. Manchmal musste sie sogar umkehren, weil ein eingestürztes Haus oder ein Trümmerhaufen ihr den Weg versperrten. Doch nach einer Stunde Kraxelei betrachtete sie ein gedrungenes zweistöckiges Gebäude aus langen, flachen Steinen, das auf der Seite zum Hafen Rußflecken aufwies, ansonsten aber unversehrt geblieben war.

Sie musterte es aufmerksam, und ihr Herz setzte einen Schlag lang aus. Es besaß zwei Kamine auf dem Dach, und aus einem von ihnen stieg eine dünne Rauchsäule auf.

Menschen. Sie hatte Überlebende gefunden.

Sie holte tief Luft, doch bevor sie etwas rufen konnte,

hörte sie schnelle Schritte hinter sich. Dann traf sie etwas im Kreuz. Sie wurde umgerissen und krachte mit den Armen vor dem Gesicht aufs Pflaster.

Wer immer es war, lag anscheinend auf ihr, doch sie oder er wog nicht viel. Sie stemmte sich auf den Unterarmen hoch und zuckte schmerzhaft zusammen, denn sie hatte sich aufgeschürft. Dann erstarrte sie.

»Bleib unten!«

Ein eindringliches Raunen, so dicht am Ohr, dass sie den heißen Atem spürte. Das versetzte sie jedoch nicht in Erstaunen, sondern dass es eine Kinderstimme war. Und sie klang todernst.

Sie ließ sich wieder zu Boden sinken. Doch kaum lag sie flach, als irgendwo vor ihr ein Knall ertönte. Über ihrem Kopf schwirrte etwas in einer Staubwolke vorbei, und dann prasselte es ringsum wie Regentropfen. Auf ihre Arme und ihren Hinterkopf regnete etwas herab, und durch halb zusammengekniffene Lider erkannte sie fallende Splitter.

Unvermittelt hob sich die Last von Seldyans Rücken, und gleich darauf blickte sie in ein braunes Gesicht, das von einem Wust glatter dunkler Haare umrahmt wurde. »Er lädt nach«, sagte das Gesicht. »Lauf!« Und dann hechtete eine zierliche Gestalt mit ungelenken Bewegungen den Hügel zum Hafen hinunter.

Seldyan schüttelte den Kopf, um einen klaren Gedanken zu fassen. Dann rappelte sie sich auf und lief dem Mädchen in geduckter Haltung hinterher. Einige Straßen weiter holte sie die Kleine ein. Die Ungelenkigkeit stellte sich als Hinken heraus, und das dunkle Gesicht war schmerzverzerrt.

Seldyan kniete nieder, damit sie mit dem Kind auf Augenhöhe war. »Danke«, sagte sie. »Ist alles in Ordnung mit dir?«

Das Gesicht wandte sich ab, doch Seldyan hatte bereits erkannt, dass das Mädchen keine dunkle Haut hatte, sondern einfach nur schmutzig war. Um ein Auge waren dunkle Flecken zu sehen, und Seldyan runzelte misstrauisch die Stirn. »Hat dich jemand geschlagen?«

Mit abgewandtem Gesicht nickte die Kleine.

»Was ist mit deinem Bein? War das ...?«

Ein weiteres Nicken.

»Wer war das?«

Diesmal ein energisches Kopfschütteln.

»Gut.« Seldyan klopfte prüfend gegen ihren Gürtel. Das Erste-Hilfe-Set war noch da und fühlte sich unbeschädigt an. Sie sah sich um. »Ich bin dir etwas schuldig. Ich kann dir helfen. Gibt es einen sicheren Platz, wo wir uns zurückziehen können?«

Die Kleine schwieg lange. Dann beäugte sie das Erste-Hilfe-Set. »Macht ganz schlechte Sachen besser?«

»Kommt darauf an, wie schlecht.« Seldyan zögerte. »Bist du schwer verletzt?«

Wieder ein Kopfschütteln. »Nicht ich. Du kommst?«

Seldyan zögerte, um dann im Stillen einen Fluch auszustoßen. *Vielleicht ist hier alles einfach nur totale Scheiße*, dachte sie. *Vielleicht kann ich nichts weiter tun, als die Scheiße ein bisschen weniger beschissen zu machen.* »Also gut«, sagte sie und richtete sich auf. »Ich folge dir.«

Die Kleine nickte und machte sich auf den Weg, nach wie vor in Richtung Hafen. Diesmal lief sie nicht so schnell, und das Humpeln war so stark, dass der linke Fuß kaum den Boden zu berühren schien, bevor sie ihn wieder hob. Trotzdem bemühte sie sich um ein flottes Tempo.

Seldyan schätzte, dass sie ungefähr so alt war wie Dimolls. Bei dem Gedanken musste sie kurz innehalten.

Doch dann straffte sie entschlossen die Schultern und folgte dem Mädchen.

Und dabei wurde sie wiederum von einem Gedanken verfolgt. *Dafür bin ich hergekommen.*

Der Gestank in der Baracke würgte sie. Eine Mischung aus Kot, Urin und dem stechenden, wächsernen Geruch von ungewaschenen Menschen. Das alles überdeckte jedoch ein Fäulnisgeruch – keine bloße Verwesung, sondern etwas Eitriges.

Seldyan hatte einmal ein Kühllager ausräumen müssen, in dem die Kühlanlage ausgefallen war. Damals hatte sie eine halbe Tonne verdorbene künstliche Proteine schaufeln müssen. Das war ein ähnlicher Geruch gewesen, nur nicht so schlimm.

Hinter ihr war die Tür wieder zugefallen. Mit dem Fuß stieß sie sie auf, klaubte einen losen Pflasterstein auf und benutzte ihn als Türstopper, damit Licht auf das Lumpenbündel in der Ecke fiel. Und auf das Skelett, das vergeblich versucht hatte, sich aufzurichten, als sie hereingekommen war.

Es war ein Mann – sie vermutete, dass er jung war. Das Gesicht war jedoch ganz verschrumpelt und von einem Bart überwuchert. Sein Alter ließ sich demnach kaum schätzen. Eine Tatsache stand jedoch außer Zweifel – er war am Verhungern, und zwar schon seit einer ganzen Weile.

Von der Hüfte abwärts war er mit zusätzlichen Fetzen bedeckt. Sie schluckte und zog sie zur Seite, doch an den Füßen schienen sie festzukleben. Sie zerrte ein wenig kräftiger daran, und da lösten sie sich. Vor Entsetzen hielt sie sich die Hand vor den Mund. Doch sie wandte sich nicht ab.

Vom Fußballen bis zu den Fersen waren die Sohlen des Mannes völlig offen, nichts als eitriges schwarzes Fleisch. An den Fersen schimmerten die Knochen durch. Eben wand sich ein kurzer brauner Wurm aus der Wunde hervor, gleich darauf ein zweiter.

Ohne sich umzuwenden, sprach sie das Mädchen an: »Wie ist das passiert?«

»Die Männer haben ihn geschnitten.«

»Welche Männer?«

Es zuckte die Achseln. »Männer von der Stadt.«

»Wo sind sie jetzt?«

»Die meisten gegangen. Es gab Brände und dann schlechte Gerüche.«

»Aber warum haben sie ihn aufgeschnitten?«

Wieder hob das Mädchen die Schultern. »Er war der Maler.«

»Na schön, vergiss es!« Sie kapierte zwar nichts, aber die Fragen konnten warten. Sie holte den Mini-Dok hervor, presste die Lippen fest aufeinander und kniete neben dem Mann nieder.

Als sie sich schließlich auf den Fersen nach hinten lehnte und sich mit den Händen ins Kreuz fasste, um die Schmerzen zu verteilen, wurde es dunkel. Sie sah sich ihren Patienten noch einmal an und nickte befriedigt. Der Dok hatte ihm Beruhigungsmittel verabreicht, eine Spritze Schnellheiler und eine mächtige Dosis Breitband-Antiparasitika. Die Füße waren gereinigt und verbunden, und der furchtbar gebrochene Arm war mit Schienenschaum ruhiggestellt worden.

»Ich glaube, du wirst überleben.« Sie kreiste mit den Schultern. Alles tat ihr weh. Dann drehte sie sich zu dem Mädchen um, das sich die ganze Zeit über kaum bewegt hatte. »Ich habe dich nicht vergessen«, sagte sie. »Aber wir müssen den Mann irgendwohin bringen, wo es sicher und sauber ist. Kennst du da etwas?«

Das Gesicht zuckte. »Sauber. Nicht sicher.« Ihre Hand fuhr zu ihrem blauen Auge. Ihr Zeigefinger war geschwollen und krumm, und voller Entsetzen bemerkte Seldyan, dass er gebrochen war.

»Nicht sicher, weil sie dir etwas angetan haben?«

Das Mädchen nickte.

Seldyan erhob sich mit ächzenden Knien und griff in ihren Beutel. Der glatte Griff des Stunners schmiegte sich in ihre gekrümmten Finger.

»Vielleicht können wir etwas dagegen unternehmen«, sagte sie. »Vertraust du mir?«

Der Blick des Mädchens wanderte zu dem Bewusstlosen und kehrte zu Seldyan zurück. Die Kleine nickte, und ihre Lippen zuckten mit der Andeutung eines Lächelns.

»Gut. Zeig mir den Weg!«

Es überraschte sie nicht, dass sich der Zufluchtsort als das Haus entpuppte, zu dem sie am Morgen unterwegs gewesen war. Aus hoffentlich sicherer Entfernung beobachtete sie das Gebäude. Aus dem Kamin stieg kein Rauch mehr auf, und die Fenster waren mit schief hängenden Holzläden geschlossen. An einem der Läden fehlte eine Ecke. An der Bruchstelle schimmerte frisches weißes Holz. Vermutlich hatte die Waffe, die in der Frühe auf sie abgefeuert worden war, den Schaden verursacht. Ein splitterbedeckter Fleck auf dem Boden bezeichnete die Stelle, wo sie auf Bis gestoßen war.

Bis war ein seltsamer Name. Seldyan wusste nicht, ob er eine Abkürzung war, denn das Mädchen war immer wortkarger geworden, je näher sie dem Haus gekommen waren. Bis' Gesicht war blass und ausdruckslos. Schlecht konnte es ihr eigentlich nicht mehr gehen, denn Seldyan hatte ihr Schmerzmittel und eine Dosis Schnellheiler verabreicht. Die Spritze hatte sie teilnahmslos über sich ergehen lassen und schien darin geübt zu sein, sich ihrem Schicksal zu ergeben. Darüber hatte Seldyan nur den Kopf schütteln können.

»Schießen die wieder?«, fragte sie nun und beugte sich zu dem Mädchen hinunter.

Bis schüttelte den Kopf. »Trinkzeit.«

»Ah. Wie viele?«

»Nur er«, antwortete sie völlig ausdruckslos.

Eine Weile beobachtete Seldyan das Haus. Bis wirkte überzeugt, aber sie konnte sich irren, und durch bloßes Hinsehen war nichts Konkretes herauszufinden. Seldyan spürte den Stunner in der Hand, der sich von ihrer Körperwärme aufgeheizt hatte. *Er fühlt sich an ... wie ein Freund.*

Sie lächelte vor sich hin und stellte ihn auf die höchste Stufe ein. Hefs war bereits bei der Hälfte k.o. gegangen, aber irgendwie hatte sie ihn auch gemocht. »Warte hier auf mich!«, forderte sie das Mädchen auf und wies auf einen Schattenfleck unterhalb einer eingestürzten Wand gegenüber dem Haus. »Komm erst, wenn ich dich rufe! Verstanden? Auf keinen Fall früher.«

Das Mädchen nickte.

»Gut. Bis bald.« Seldyan richtete sich auf, holte tief Luft und lief los.

Ungefähr in der Mitte des Erdgeschosses befand sich eine unscheinbare Tür, die Seldyan links liegen ließ. »Sehr stark«, hatte Bis ihr erklärt, bevor sie wortkarg geworden war. »Geh nach hinten. Fassfall.« Es hatte einiger Nachfragen bedurft, aber nun wusste Seldyan, wonach sie suchen musste – nach dem persönlichen Aus- und Eingang des Mädchens.

Den hoffentlich nur sie benutzte.

Hinter dem Haus lagen Berge von Abfall. Gegen die Wand waren Bretterstapel gelehnt. An einer Stelle bildeten sie einen Tunnel. Seldyan ging auf die Knie und kroch hindurch – es roch nach Teer und Holzfäule. Dann berührten ihre Hände eine grobe Bretterluke. Sie tastete an deren Rand entlang, bis sie einen rostigen Reif spürte. Einmal daran gezogen, und die Luke öffnete sich.

Sie ließ sich hinunter und kam eine halbe Körperlänge tiefer auf.

Plötzlich schrie sie auf, denn etwas Spitzes stach ihr schmerzhaft in den Fuß, und das Bein ließ sich nicht mehr bewegen. Fast hätte sie das Gleichgewicht verloren. Verzweifelt ruderte sie mit den Armen, schlug mit der Hand gegen etwas Hartes und fasste zu. Erst dann merkte sie, dass sie noch immer schrie, und presste die Lippen aufeinander. Als sie nach unten sah, wurde ihr eiskalt.

Eisennägel waren durch ein Brett getrieben und – mit den Spitzen nach oben – unter der Luke angebracht worden. Genau an der Stelle, wo sie aufgetreten war.

Oder wo Bis auftreten musste.

Dann hörte sie im Stockwerk über ihr Schritte, und ihr Zorn wurde stärker als der Schmerz. Sie schloss die Augen und zog den Fuß aus den Nägeln. Es gelang ihr, das Zerren an den rauen Spitzen mit Fassung zu ertragen. Dann sprang sie zur Seite, über den Lichtfleck hinweg, der durch die Luke hereinfiel. Schließlich stand sie in einer Ecke und streckte den Stunner nach vorn. Er zitterte kaum.

Die Schritte verharrten. Ein lautes Quietschen war zu hören, und in der entgegengesetzten Ecke erhellte das flackernde orangefarbene Licht einer Flamme den Raum. Jemand stieg eine steile Treppe herunter und beleuchtete den Weg mit einer Lampe. Selbst in der anderen Ecke des Kellers roch es nach Öl.

Seldyan wartete, bis die Beine des Näherkommenden ganz zu sehen waren. Dann drückte sie ab.

Ein Heulen, und jemand brach zusammen, lag zuckend auf dem Rücken. Einen Meter weiter polterte die Lampe zu Boden, und in einer Pfütze breitete sich flackernd das Feuer aus.

Seldyan fluchte. Halb hüpfend, halb schlurfend hob sie die Lampe auf und stellte sie auf ein Regal. Sie packte einen der Säcke, die an die Wand gestapelt waren, und warf ihn auf die Flammenpfütze. Erst als die Flammen endgültig erstickt waren, hievte sie einen zweiten Sack auf den ersten, setzte sich darauf und musterte den gestürzten Mann mit finsterer Miene.

Im Dämmerlicht waren seine Augen weit aufgerissen. Eine Hand lag unter ihm begraben. Mit der anderen umklammerte er krampfartig ein Bein, das in unnatürlicher Stellung abgespreizt dalag, denn die Wade bildete einen krassen Winkel zum Schenkel. Im Lampenlicht erkannte Seldyan, dass an seinem Knie eine dunkle Flüssigkeit durch den Stoff sickerte.

Sie deutete mit einem Kopfnicken auf das Bein. »Das wird noch stärker schmerzen, wenn die Wirkung des Stunners nachlässt. Bist du der Typ, der kleine Mädchen schlägt?«

»Was ist Stunner?« Er sprach undeutlich, und ihr wehte der saure Geruch von schlechten Zähnen und Alkohol entgegen.

Seldyan seufzte. »Ich habe dir ins Bein geschossen. Hör mal, ich habe keine Zeit ... Du wirst schlafen. Falls du wieder aufwachst, rede ich mit dir.« Noch einmal hob sie den Stunner und drückte ab. Diesmal zielte sie auf den Rumpf.

Der Körper des Mannes bäumte sich kurz auf und blieb dann ruhig liegen. Ungefähr einen halben Tag lang, schätzte sie. Lange genug.

Sie brauchte eine Weile, um die Stufen zu erklimmen. Als Bis auf ihren Ruf hin hereingekommen war, saß sie bereits auf einem Stuhl und hatte den verletzten Fuß hochgelegt. Das Mädchen machte große Augen, als sie den blutbefleckten Holzschuh sah. Doch Seldyan lächelte. »Kannst du den Doktor machen?«

Darauf lehnte sie sich zurück und schloss die Augen. Nur für eine Minute, redete sie sich ein.

Als sie die Augen wieder öffnete, war das Zimmer von einem Feuer erhellt. Eine grobe Decke lag über ihren Schultern, und der blutige Holzschuh lag neben dem Stuhl.

Der Fuß tat ihr weh. Davon war sie aufgewacht. Sie hatte etwas zu erledigen. Sie neigte sich nach vorn und sah sich um. »Bis?«

Von hinten nahm sie leise Tritte wahr, und das Mädchen erschien wieder. Sie betrachtete die Kleine, die in aufrechter Haltung vor ihr stand. Auch ihre Schritte hatten sich gleichmäßig angehört. »Fühlst du dich besser?«

Bis nickte.

»Gut. Ich brauche deine Hilfe. Gibt es hier sauberes, heißes Wasser?«

Sie sah zu, wie das Mädchen auf dem Feuer eine geschwärzte Kanne erhitzte. Sie war so groß, dass ihr ganzer Fuß hineingepasst hätte. Als das Wasser warm war, biss sie die Zähne zusammen und badete den Fuß darin. Bis sah ihr neugierig dabei zu. Nach einer Weile zog sie den Fuß wieder heraus und setzte die Ferse auf dem Boden ab. »Und jetzt brauche ich etwas Hochprozentiges.«

Das Gesicht des Mädchens zuckte. »Nicht zum Trinken«, setzte Seldyan hinzu. »Zum Reinigen. Damit nichts Schlechtes hineingerät.«

Bis nickte und deutete auf das Erste-Hilfe-Set. »Nicht gut für dich?«

Seldyan warf einen Blick auf das Set und zögerte. »Ich nehme es nur, wenn es unbedingt sein muss«, erklärte sie schließlich. Als allgemeine Aussage stimmte das zwar, aber sie verschwieg die Tatsache, dass nichts mehr übrig war. Für Bis und den Mann in der Baracke hatte sie alles aufgebraucht.

Und sie wusste nicht einmal, wer er war. Aber Bis schien er wichtig zu sein, und irgendwem musste sie schließlich vertrauen.

Aus einem Vorrat neben dem Kamin brachte Bis ihr eine dicke Glasflasche. Mit geübtem Handgriff zog sie den Korken heraus und hielt Seldyan die Flasche hin. Die schüttelte den Kopf. »Das musst du machen«, sagte sie. »Gieß es drüber!«

Sie umklammerte die Stuhlbeine.

Nachdem sie den Fuß mit dem saubersten Tuch, das sie finden konnte, verbunden und wieder in den Holzschuh gesteckt hatte, nahm das Licht ab. Eine Weile dachte sie nach. Dann legte sie Bis eine Hand auf die Schulter. »Ich hole den Mann«, sagte sie. »Bleib hier und halte die Tür geschlossen! Kümmere dich um das Feuer! Gibt es etwas zu essen?«

Das Mädchen nickte.

»Gut, dann hole uns etwas zu essen. Etwas Weiches. Suppe. Weißt du, wie man Suppe kocht? Wahrscheinlich wird er aufwachen, verstehst du? Dann braucht er etwas zu essen.« Sie dachte noch einmal nach. »Und mach Wasser warm! Viel Wasser. Er muss sich waschen«, fügte sie hinzu.

Dann wandte sie sich um und humpelte zur Tür hinaus. Hinter ihr wurde sie hörbar geschlossen.

24
Unbekannt

Er war schon eine ganze Weile hier – wo immer das war. Zeit war schwierig. Sie gestatteten ihm keinen Schlaf, und das Licht war immer gleich. Deshalb hatte er auch keine Möglichkeit, die Tage zu zählen. Mahlzeiten gab es auch nicht, nur die saure Flüssigkeit, die sie ihm von Zeit zu Zeit mit Gewalt einflößten. Anscheinend enthielt sie Aufputschmittel, denn sie rissen ihn aus der warmen Benommenheit, in die er manchmal fiel, wenn sie ihm zu sehr oder zu lange Schmerzen zugefügt hatten.

Dafür bestraften sie ihn jedes Mal, auch wenn er nicht genau vorhersagen konnte, wann das jeweils war.

Seine Welt bestand aus dem Stuhl, auf dem er saß und an den er gefesselt war – einem skelettartigen Gebilde, das jede Form und jede Position einnehmen konnte. Und dann blieb ihm nur noch der stumpfen Anblick einer Wand. Zwischen ihm und der Wand ein weiterer Stuhl und auf dem Stuhl ein kleiner Menschenmann in graubrauner Kleidung.

Der Ausführende war ihm bewusst. Oder die Ausführenden. Er konnte sie unmöglich zählen, wusste nicht, wie viele es waren oder ob sie Ratgeber, Assistenten oder gar ein Publikum hatten. Alles, was er nicht fühlen oder sehen konnte, schloss er aus. Was vor ihm war, erkannte er an, traute ihm aber nicht.

Der eigenen Welt nicht zu trauen. Darum ging es. Vertrauen wäre Akzeptanz gewesen, und Akzeptanz hätte das Ende bedeutet. Bisher – und soweit er es beurteilen konnte – war sein Ende noch nicht gekommen. Allerdings war er sich weniger sicher, ob er noch Herr seiner Sinne war.

Die Welt, der er nicht traute, forderte seine Aufmerksamkeit. Der Mann auf dem Stuhl hatte geseufzt. »Wir fangen noch einmal an. Wir werden so oft anfangen, wie es nötig ist. Nur Sie können uns helfen, das alles zu beenden.« Sein Blick glitt zur Seite, und er nickte.

Gelb. Vess war dazu übergegangen, den Schmerzen Farben zuzuordnen. Jetzt war es Gelb, ein helles Gelb wie eine Sonne – oder vielleicht besser wie ein Stück Metall, das bis fast zum Schmelzen erhitzt wurde. Es roch nach verbranntem Fleisch.

Als es aufhörte, musterte ihn der kleine Mann. »Manche haben auf diesem Stuhl schon Jahre überlebt, sollten Sie wissen. So lange, bis ihr Gewebe mit dem Sitz verschmolzen ist. Am Ende musste man sie davon losreißen.« Er beugte sich vor. »Es gibt kein Entrinnen. Keinen Wahnsinn, keinen Tod. Das wissen wir wohl zu vermeiden. Kein Lebewesen im Spin wird besser davor bewahrt als Sie.« Wieder ein Nicken.

Gelb, weiteres Brennen, weitere Krämpfe. Reißende Muskelfasern, als er an den Fesseln zerrte.

»So, fangen wir an. Sie sind lebend aus dem Magazin herausgekommen. Sie wurden von Vut befragt. Sie haben einen Läufer betreut. Der Läufer war ein Terrorist, Caphraime II ist tot, und Hunderte anderer haben einen Gehörschaden. Hätte der Vorsitzende Or-Shls nicht so schnell reagiert, hätte es statt der Prinzessin ihn erwischt, und wahrscheinlich war das auch die wahre Absicht hinter dem Anschlag. Sie haben keinen Anlass, den Vorsitzenden zu mögen. Sie behaupten, nichts zu wissen, aber ich glaube Ihnen nicht. Sie können jederzeit sprechen.«

Dieselbe Frage, und die einzige Antwort, die er hatte, hatte er schon so oft gegeben. Er hätte den Kopf geschüttelt, doch der war fixiert. Er hätte die Augen geschlossen, aber sie hatten ihm die Lider entfernt.

Ein Nicken. Die Arbeiter mussten sich ein anderes Ziel gesucht und einen Teil von ihm gefunden haben, der noch nicht versengt, zermahlen, zersplittert, durchlöchert, überreizt worden war. Das Gelb wurde heller, wurde zu einem Weiß, nahm alles ein. Er hörte sich brüllen, rasen. Unmenschliche Laute. Sie irrten sich, es gab Entkommen, er konnte es sehen, es überdeckte den Mann und den Stuhl und die Wand, es war ein schwarzer Kern im blendenden Weiß. Er spürte, wie er darauf zufiel. Mit den Überresten seines Verstands reckte er sich danach.

»Abbrechen.«

Es hörte auf. Alles hörte auf. Sein Sehvermögen kehrte zurück. Der Mann auf dem Stuhl saß aufrecht und lauschte. Dann nickte er, doch dieses Mal wie zu sich selbst, und er sah Vess an.

»Auf Wiedersehen«, sagte er. Er, der Stuhl und die Wand waren verschwunden.

Vess setzte sich auf, und nichts hinderte ihn daran. Er blinzelte und fühlte, dass seine Augen von echten Tränen befeuchtet wurden. Er sah sich um, spürte eine Brise im Gesicht, wenn er sich bewegte. Die Brise roch vertraut. Nach Kanälen, Beckenlilien mit einem winzigen Hauch Zylinderöl und etwas anderem, das er im Moment nicht zuordnen konnte. In der Ferne waren Kanäle, doch sie lagen unter ihm. Das ergab keinen Sinn, und er schüttelte den Kopf.

»Hallo, Hafenmeister!«, sagte eine Stimme hinter ihm.

Dann begriff er. Der Geruch, den er nicht hatte identifizieren können, stammte von Tabakqualm. Er hatte ihn noch nie frisch gerochen. Er befand sich in Beckenstadt, und zum ersten Mal im Leben sah er sie vom Wolkendeck aus, und die Stimme hinter ihm war die von Alst Or-Shls.

Erst jetzt fiel ihm auf, dass er auf den Stuhl gefesselt und nur mit der Wand vor sich keine Angst gehabt hatte.

Nun brachte ihn die Angst fast um den Verstand.

25
Dreiviertelringhafen

Der junge Mann genas geradezu unheimlich schnell. Schon am zweiten Morgen setzte er sich auf und musterte sie mit zusammengekniffenen Augen. »Ich kann sehen«, sagte er.

Seldyan lächelte. »Und du kannst sprechen. Ich bin Seldyan, und das ist Bis. Wer bist du?«

»Ich bin Belbis der ...« Er zögerte. »Ich bin Belbis.«

»Belbis der irgendetwas Geheimes? Nun gut.« Seldyan betrachtete sein Gesicht. »Weißt du, wer du bist?«, fragte sie. »Belbis, der in Sicherheit ist. Sie hat dich vor dem Tod bewahrt, und ich habe dich wieder zusammengeflickt. Deshalb kannst du sagen, was du willst – oder auch gar nichts. Das ist ganz deine Sache.«

Sie wandte sich ab, bevor er etwas erwidern konnte. »Denk darüber nach«, ergänzte sie über die Schulter gewandt. »Ich muss noch einiges erledigen.«

Das stimmte zwar, nur dass sie es nicht erledigen wollte.

Bis hatte ihr etwas über den jungen Mann erzählt, aber das war aus der Perspektive eines Kindes geschehen – eines Kindes, das zu einer Geige tanzte, die Seldyan gut kannte. Dies hier war jedoch etwas anderes. Sie bezweifelte, dass sie jemals alles erfahren würde, was zwischen

Bis und dem Mann im Keller vorgefallen war, aber sie hegte gewisse Vermutungen.

Sie hatte in Erwägung gezogen, den Mann schlicht zu töten, doch irgendetwas hatte sie zurückgehalten. Mittlerweile war sie froh darüber.

Vorsichtig stieg sie die Treppe hinunter, hielt den Stunner bereit und belastete ihren verletzten Fuß so wenig wie möglich. Dann kauerte sie nieder – außerhalb seiner Reichweite und mit einer Hand hinter dem Rücken.

Er war bei Bewusstsein. Seine Augen waren wachsame Murmeln inmitten eingesunkener Hauttaschen, und mit einer Hand bearbeitete er immer noch sein verletztes Bein. Er stank nach Spiritus und Exkrementen.

Seldyan deutete mit einem Nicken auf das Bein. »Spürst du noch etwas?«

»Verpiss dich!«

Sie hob die Brauen. »Dem Geruch nach bist du mir mit dem Pissen zuvorgekommen. Die Betäubung sollte inzwischen abklingen. Ich vermute, dass dein Bein allmählich schmerzt.«

Er presste die Lippen zusammen, doch seine Augen zuckten, und die Hand hielt den blutigen Stoff am Knie umklammert.

Sie nickte. »Na schön«, sagte sie und zog die Hand hinter dem Rücken hervor, damit er den knolligen kurzen Stock sehen konnte.

Der Mann zuckte zusammen, und das erfüllte Seldyan mit ungeahnter Entschlossenheit. Denn Bis war genauso zusammengezuckt, als sie den Stock gesehen hatte.

»Das ist für Bis«, sagte sie und ließ ihn auf sein Knie hinunterkrachen.

Es knackte.

Von seinem Schrei klirrten ihr die Ohren. Sie wartete,

bis er wieder ruhig war, und holte erneut aus. »Ich sollte dich töten«, sagte sie. »Wegen der vielen Prellungen, die ich an dem Mädchen sehe, und wegen der Verletzungen, die ich nicht sehen kann. Außerdem wegen des Nagelbretts, das du für sie vorbereitet hast. Ich sollte dich umbringen.«

Sein Mund stand offen, doch außer Speichel kam nichts heraus. Ein gelblicher Faden hing ihm vom Kinn und riss.

Sie schüttelte den Kopf, mehr sich selbst als ihm gegenüber, und senkte den Stock. »Gut, du darfst noch eine Weile leben. Sag mir, was hier passiert ist!«

Eine gewisse Berechnung trat in seinen Blick. »Und wenn ich es tue?«

Sie hob den Stock. »Denk mal scharf nach!«

Einen Moment lang starrten sie sich gegenseitig an. Dann wandte er den Blick ab. »Ich habe ihn gehört«, sagte er.

Sie blinzelte. »Wen?«

»Ihn.« Er nahm die Hand vom Knie und wies nach oben. »Den Idioten. Du hast ihn hergebracht.«

»Wieso ist er ein Idiot?«

Er lachte rau, und das Lachen verwandelte sich bald in ein heiseres Husten, das nicht aufhören wollte. »Hast du das schon lange?«, fragte sie, nachdem sie ihn eine Weile beobachtet hatte.

Er spuckte aus und wischte sich den Mund ab. Schon das kostete ihn mehr Atem, als er hatte. »Lange genug. Weißt du, was das ist?«

»Ich glaube schon.« Sie kauerte sich auf die Fersen. »Vielleicht können wir uns anders einigen. Vielleicht habe ich etwas für dich, das du gern hättest.«

Einen Dutzend Herzschläge lang musterte er sie, dann

entspannten sich seine Gesichtszüge. »Vielleicht. Du hast den Idioten zurückgebracht. Frag den! Es ist seine Schuld.«

Sie schüttelte den Kopf. »Ich verstehe dich nicht.«

»Ich hab's dir doch gesagt – frag ihn!« Auch er schüttelte den Kopf. »Er hätte nur auf den Berg steigen und den beschissenen Gott richtig malen müssen. Nicht einmal das hat er hingekriegt. Deshalb hat das Licht angefangen, und alles ging den Bach runter. Seine Schuld. Deshalb haben sie seine Füße aufgeschlitzt, damit die Würmer ihn erledigen, und haben ihn weggesperrt. Aber du musstest ihn retten.«

»Was ist mit den Leichen?«

Wieder lachte er. »Die *Priester* haben behauptet, das Licht würde das Ende der Welt bedeuten. Da sind die Leute sauer geworden, und ruck, zuck waren alle *Priester* tot. Aber ihre Leichen haben angefangen zu stinken. Da war es einfacher, sie an die Haken der Eisleitung zu hängen, als sie zu verbrennen, haben die *Kaufleute* gesagt. Doch die Leitung lief dann auch nicht mehr.« Er hustete und spuckte aus. Sein Gesicht war zu einer Grimasse verzerrt. »Deswegen haben sie sie dann doch verbrannt. Es gab Funkenflug, und die halbe Stadt ist abgefackelt. Das war's. Den Rest musst du den Idioten fragen. Mach, was du willst!«

Sie nickte. »Du solltest wissen, dass das kein Geschenk ist«, sagte sie. »Es ist Gerechtigkeit.«

Sie hatte erwartet, dass er das Gesicht abwenden würde, doch er sah sie an, während sie ihm den Stunner entgegenstreckte, während sie ihn einschaltete und während sie ihm eine Ladung nach der anderen verpasste, bis das Gerät sich in ihrer Hand erhitzte. Selbst als er ganz sicher schon tot war, standen seine Augen noch offen.

Sie stand auf, steckte den Stunner wieder in den Beutel und stieg die Treppe hinauf, ohne noch einmal zurückzublicken. Oben wandte sie sich an Belbis. »Ich glaube, ich habe Glück«, sagte sie. »Ich glaube, du bist derjenige, nach dem ich gesucht habe.«

Bis zupfte sie an der Hüfte. »Und er«, sagte sie und deutete zur Treppe hinüber. Es war eine Frage.

Seldyan drückte ihre Hand. »Er war sehr krank.«

Das Mädchen lächelte. Es war das erste aufrichtige Lächeln, das Seldyan auf ihrem Gesicht sah.

Seldyan kämpfte sich über den Hang hinauf, gelangte zum Kamm und spähte von dort zum Gipfel hinauf. Nur noch einige Tage, schätzte sie, wenn sie zügig vorankamen.

Das war ein großes Wenn. Sie rammte den Stock, den sie sich geschnitzt hatte, hart auf den Boden und hob den Fuß.

Seit acht Tagen waren sie unterwegs, und sie hatte unterwegs einiges gelernt. Zum einen, dass Belbis nach seiner vollständigen Genesung ausgesprochen fit war. Sein Gesicht wirkte weniger eingefallen, und er hatte sich den Bart abrasiert. Ihr fiel auf, dass er viel jünger war, als sie gedacht hatte – er hatte kaum die Kindheit hinter sich gelassen. Und er hatte die für sein Alter typische langbeinige Ausdauer.

Zum anderen, dass er nirgends willkommen war.

Am Morgen des dritten Tages hatte Seldyan auf einige Häuser gedeutet, die sich mehrere Hundert Meter abseits des Pfads an den Fuß eines steilen Berghangs schmiegten. »Schau! Haben die dir geholfen, als du die Strecke das letzte Mal gegangen bist?«

Er spähte zu den Gebäuden hinüber, dann wieder auf das raue Gras am Wegesrand. »Ja. Hier.«

Er wies auf eine kleine Mulde in einem Halbkreis aus

Steinen, die nicht zufällig entstanden war. Ein Stück grobes Tuch lag darin.

Sie nickte. »Verpflegung?«

»Ja.«

»Vielleicht haben sie jetzt auch was für uns.« Sie bog in Richtung der Häuser ab. Kurz darauf verrieten ihr schnelle Schritte, dass er ihr folgte.

Als sie sich in Hörweite wähnte, blieb sie stehen und formte mit den Händen einen Trichter vor dem Mund. »Hallo!«

Es kam keine Antwort, doch sie bemerkte eine Bewegung. Jemand hatte eins der oberen Fenster geöffnet.

Sie versuchte es noch einmal. »Hallo! Ist da jemand?«

Es hörte sich an, als würde etwas beiseitegeschoben. Sie spürte, wie sich Belbis neben ihr anspannte.

Dann schoss etwas aus einem niedrigen Kasten am Rand der Ansiedlung hervor und kam auf sie zu – eine stromlinienförmige flache Gestalt auf vier Beinen, die lautlos und schnell lief. Selbst aus der Entfernung entdeckte Seldyan spitze Zähne.

Seldyan wandte sich zu Belbis um, doch der rannte bereits davon. Sie eilte ihm hinterher, hastete den steilen Hang hinauf. Dabei schlug ihr der wippende Rucksack hart gegen den Rücken. Von hinten vernahm sie ein hohes Pfeifen und einen wortlosen Ruf. Sie riskierte einen Blick zurück. Mit erhobenem Kopf stand das Tier ganz in der Nähe. Es war nicht schnell, sondern rasend schnell. Zwischen ihm und den Häusern entdeckte sie einen wuchtigen Kerl mit Bart, der die Hände in die Hüften stemmte. Er nahm sie hoch und formte damit einen Trichter vor dem Mund.

»Schaff mir den Idioten vom Leib, oder Sprung dreht dir die Kehle um! Verstanden? Und so wird's dir auch bei den anderen ergehen. Nach dem Feuer sind viele aus der Stadt zu uns gekommen. Ich werde sie warnen.«

Seldyan hob die Schultern und rückte ihren Rucksack zurecht. »Komm, Belbis! Wir haben genug.«

Sie kehrten zum Pfad zurück.

Später am gleichen Tag begann ihr Fuß zu schmerzen. Als sie für die Nacht Rast machten, zog sie vorsichtig den Holzschuh aus, und er war blutig. Vermutlich hatte sich die Wunde geöffnet, als sie gerannt war. Bevor Belbis etwas mitbekam, zog sie den Schuh wieder an.

Nun, fünf Tage später, steckte sie in großen Schwierigkeiten, sosehr sie sich auch das Gegenteil einreden wollte.

Drei Tage lang hatte sie den Schuh nicht ausgezogen. Am Abend zuvor zum ersten Mal, und obwohl sie erschöpft gewesen war, hatte sie danach nicht mehr schlafen können. Sie hatte auf dem Rücken gelegen und nach einer Stellung gesucht, in der das Pochen schwächer war. Und sie hatte den grünen Strahl betrachtet, der von der Bergspitze in den Himmel aufstieg. Vor einigen Tagen hatten sich die Wolken gelichtet, und außer dem Licht, das in Netzstadt eine Religion hervorgerufen und hier offenbar eine andere beendet hatte, war nichts zu sehen gewesen.

Belbis schlief und hatte das Gesicht unter den verschränkten Armen vergraben. Wie es wohl so Brauch war, richtete er die Augen stets nach unten.

Am Morgen schwoll das Fußgelenk an.

Sie kämpfte sich weiter hinauf. Je höher sie kamen, desto schmaler wurde der Weg, und die felsigen Gebeine der Berge traten als Geröllhalden und Bachbetten zutage. Das Wasser der Bäche schmeckte bitter und war so eisig kalt, dass es brannte. Sobald sie eine Rast einlegten, um etwas von ihren Vorräten zu verzehren, tauchte sie den Fuß ins Wasser, bis er ganz gefühllos war. Die Betäubung hielt ungefähr eine Stunde lang an. Doch dann kehrten die Schmerzen umso schlimmer zurück, und mit jedem Schritt schienen sich erneut Nägel in ihr Fleisch zu bohren.

Sie sah sich nach Belbis um, der weiter vorn auf sie wartete. »Tut mir leid«, sagte sie. »Ich muss ein bisschen ausruhen. Nicht lange. Weckst du mich, falls ich einschlafe?«

Er wirkte erstaunt, nickte aber nur wortlos. Daran hatte sie sich nach und nach gewöhnt. War etwas ganz klar für ihn, musste er seine Zustimmung offenbar nicht eigens kundtun. Wollte er mit seinem Nicken bestätigen, dass er einverstanden war?

Sie brachte ein Lächeln zustande und setzte sich ins Gras. Es war hart wie Draht, bildete aber eine dichte, federnde Matte, die sich als geradezu bequem erwies, wenn man nur erschöpft genug war.

Sie streckte sich aus und bemühte sich um eine ruhige und weniger flache Atmung. Training. Sie brauchte bessere Kondition.

Schließlich schlief sie ein, doch ihr Schlaf wurde durch laute Geräusche gestört. Ihr Fuß lärmte am lautesten und war wie ein Basspuls, der ihre Welt so maßgeblich bestimmte, dass sie sie im Gegensatz zu allem anderen ganz schnell vergaß. Das schrille Geschrei der Wolken, die von dem Strahl entzweigesägt wurden, der wiederum so grün klang, dass er fast zu riechen war. Und dann gab es noch das schwefelig stinkende Ächzen der Felsen unter der Last der Berggipfel. Das Federn des Grases summte unter ihrer Wange, und Belbis, der schweigend neben ihr stand, war ein stilles, besorgtes Gewicht, das wie eine Hand auf ihrer Schulter lag.

Und wieder.

Sie wälzte sich herum und sah nach oben. Belbis kauerte neben ihr und zog entschuldigend die Hand zurück. »Du hast gesagt, ich soll wecken.«

»Ja, hab ich. Ist gut.« Sie stand auf. Er wirkte beunruhigt, deshalb machte sie sich erst einmal ein Bild von ihrem Zustand.

Besser, in gewisser Hinsicht. Beinahe gut. Ihr war kalt gewesen, doch nach dem Nickerchen ging es ihr besser, und sie war weniger erschöpft. Alles schien leichter geworden zu sein. Ihr Fuß fühlte sich ... anders an. Weniger schmerzhaft, und das war die Hauptsache. Im Grunde weniger von allem. Nur ein bisschen angespannt und nicht ganz so präsent wie vorher.

Entschlossen schüttelte sie eine leichte Angst ab. Selbst die Steigung wirkte inzwischen weniger steil, und der Gipfel kam immer näher. Oder war noch weiter entfernt, das konnte auch sein. Doch wie auch immer, sie machte sich keine Sorgen. Sie glaubte fest daran, es zu schaffen.

Sie lächelte Belbis aufmunternd zu. Dann wandte sie sich zum Hang um und schritt weit und locker aus.

Das Gras peitschte hoch und schlug ihr entgegen. Nicht ins Gesicht, sondern gegen die Brust. Auf ihrem Gesicht war gar nichts zu spüren. Dann stellten sich ihre Augen um, und sie begriff, dass es nicht nichts war – es war nur sehr weit weg.

An einer Klippe spähte sie in die Tiefe. Vermutlich hatte sie über den Rand treten wollen, überaus leichtsinnig. Das merkte sie sich und wollte aufstehen, vergeblich. Sie überlegte, warum es nicht möglich war. Sie wurde festgehalten.

Als sie den Kopf drehte, wurde der Himmel kurz zu einem Strudel. Nachdem er sich wieder beruhigt hatte, sah sie Belbis von der Seite an. »Was ist passiert?«

Er wirkte sichtlich besorgt. »Sehr schlechter Fuß. Gift erreicht deinen Kopf. Du bist Gefahr.«

»Ah.« Es bereitete ihr Mühe, sich auf ihn zu konzentrieren. »Ich liebe die Gefahr. Halt still!«

»Halte ja still. Welt in deinem Kopf bewegt sich. Warte!«

Sie wartete, und nach einer Weile wurde alles wieder ruhiger. Ihr fiel auf, dass er ihr unverwandt in die Augen sah, und sie erwiderte den Blick, bis er lächelte und sie losließ.

Sie wälzte sich auf den Rücken, und wieder drehte sich der Himmel. Es drängte sie, etwas zu sagen. Daher konzentrierte sie sich, und in ihrem Kopf reihten sich die Worte aneinander. »Belbis? Ich glaube, ich kann nicht aufstehen.«

»Weiß ich. Bleib ruhig!«

Er packte sie an den Fußgelenken und zog sie vom Abgrund weg. Dabei griff er so fest zu, dass ihre Knöchel schmerzten. Wieder blickte er ihr in die Augen. »Etwas ich tun muss. Wird schlimm, dann schlimmer, am Ende besser.«

Sie beobachtete, wie er ihr den Holzschuh auszog. Entschlossen kniff sie die Augen zu, ballte die Hände zu Fäusten und zählte ihre dröhnenden Herzschläge.

Sie war bei etwas über Hundert angelangt, als das Ziehen aufhörte. Sie hob den Kopf, blinzelte die Tränen aus den Augen und sah ... Nun, vermutlich war es ihr Fuß. Es wurde dunkel, doch der Fuß war größtenteils schwarz. Außerdem roch er nicht gut. Sie sah zu Belbis auf. »War das schlimm oder schon schlimmer?«

»Schlimm. Schlimmer kommt jetzt. Tut mir sehr leid.« In seiner Hand blitzte ein Gegenstand grün auf. Rasch schloss sie die Augen wieder.

Dann schrie sie und schrie, bis sich die Welt verabschiedete.

Einige Male schien sie erwacht zu sein, doch jedes Mal war sie nur innerhalb eines Traums aus einem anderen Traum erwacht. Alle Träume fingen anders an, endeten aber damit, dass sie unter einem funkelnden schwarzen Himmel auf dem Rücken lag und dass ein grünes Schwert über ihrem Körper schwebte.

Schließlich arbeitete sie sich zu einem Traum durch, in dem sie nicht festgenagelt war, in dem das grüne Schwert zum Himmel deutete. In diesem Traum kam auch Belbis vor. Sie linste, ob er etwas Scharfes in der Hand hielt.

»Wie fühlst du dich?«

Eine Weile dachte sie nach. »Wach?«

»Ja, wach. Kopf?«

Ein kurzes Kopfschütteln führte dazu, dass sich ihre Welt drehte. »Mies.«

»Wie erwartet. Fuß?«

»Oh.« Daran hatte sie gar nicht gedacht, und das hatte vermutlich etwas zu bedeuten. Sie überprüfte es. »Nichts. Ist das gut?«

»Gut für jetzt. Nicht gut für länger.«

»In Ordnung.« Denken war schwierig. »Was dann?«

Es war so dunkel, dass sie sein Gesicht nicht erkennen konnte. Seine Silhouette vor der grün schimmernden Dunkelheit wirkte jedoch nachdenklich. »Kannst du warten? Hier warten, nicht bewegen? Versuchen, nicht von Klippe zu springen?«

Inmitten des Nebels in ihrem Kopf blitzte Scham auf. »Versprochen.«

»Gut.« Er richtete sich auf. »Gehe jetzt – zurück mit der Sonne. Erinnere dich an Versprechen.«

Und er war verschwunden.

Sie ließ den Kopf nach hinten fallen und kehrte zu ihren Träumen zurück.

26
Wolkendeck (zugangsbeschränkt), Beckenstadt

Das Wolkendeck nahm eine Fläche von ungefähr drei Quadratkilometern ein. Die war auf neun Grundstücke aufgeteilt, deren Größe zwischen günstigen Immobilien von nur zwanzigtausend Quadratmetern bis zu riesigen Küstenlandschaftsgärten rangierte. Günstig bedeutete in diesem Fall nur das Dreißigfache dessen, was jemand wie Vess im Verlauf seines Lebens verdiente.

Alst Or-Shls gehörte die größte Immobilie von allen. Als Vess erstmals davon gehört hatte, dass Or-Shls das Grundstück tatsächlich besaß, hatte er es sich nicht vorstellen können. Es war, wie wenn man sagte, einem Einzelnen würde die gesamte Produktionsleistung einer Großstadt gehören. Was, im Fall von Or-Shls, ja auch zutraf.

Es war erfreulich, dass Vess seine Panik tatsächlich für eine Weile vergessen konnte.

Entlang der Grundstücksgrenze verlief ein Steg. Das Wolkendeck bestand aus einer meterdicken Schicht Unterboden mit einer Schicht Humus darauf, und das Ganze lagerte auf einer Plattform aus Schaumlegierung. Obwohl es das neueste Artefakt in Beckenstadt war, hatte es dennoch beinahe zehntausend Jahre auf dem Buckel, und die Ränder waren schon leicht erodiert, denn die Legierung rostete und zerfiel. Ursprünglich hatte der Steg über festen

Boden geführt, doch inzwischen hingen ganze Abschnitte davon über dem Nichts. Durch das durchlöcherte Metall wehte eine kalte Brise.

Vess kannte keine Höhenangst. Oder besser gesagt – er hatte weniger Angst vor der Höhe als vor den Überraschungen, die ihn hier oben erwarten mochten.

Or-Shls ging langsam, aber zielstrebig und bewahrte auf seltsame Weise das Gleichgewicht. Vess hätte erwartet, dass eine derart korpulente Gestalt hin- und herwanken würde. Irgendwie brachte der Mann es jedoch fertig, den Schwerpunkt nie zu verlagern, und schien einen inneren Ausgleichsmechanismus installiert zu haben. Eine Weile hatte er geschwiegen, offenbar wohlgemut, in Begleitung von Vess an den Grenzen seines Besitzes entlangzuspazieren. Plötzlich aber blieb er stehen und wandte sich zu Vess um. »Es tut mir leid, dass ich Ihnen keine Aussicht bieten kann.«

Vess nickte. Aus gutem Grund hieß das Anwesen Wolkendeck. Allein seine Höhenlage reichte aus, dass die Wolken, die von den Bergen herunterwallten, die Gegend innerhalb von Minuten einhüllten. Doch genauso führte das viele Wasser im Großen Becken irgendwo darunter zu einer Inversionswetterlage. Wenn das Becken wie derzeit fast voll war, traf die feuchte Warmluft, die daraus aufstieg, auf die kühle Abendluft aus den Bergen und bildete schlagartig eine kurzlebige Schicht aus waberndem Nebel. Dabei betrug die Sicht kaum noch einen Schritt.

Or-Shls musterte seinen Gast und wirkte dabei halb belustigt, halb misstrauisch. Einen Moment lang wich Vess dem Blick aus, zuckte dann jedoch die Schultern. Manchmal waren einfache Fragen die besten.

»Was ist passiert?«, fragte er.

Als der Nebel herabgesunken war, hatte Or-Shls seine

Linsen zur Seite gleiten lassen. Jetzt berührte er ihre Kufen, und sie glitten wieder nach vorn. Er blinzelte, griff in die Falten seines Hemds und zog einen Gegenstand hervor, der aussah wie ein Kiesel mit einem Schnabel. Er steckte den Schnabel in den Mund, es zischte, und dann blies Or-Shls eine Rauchwolke aus, die sich ringelte und mit dem Nebel vermischte. Das wiederholte er mehrmals. »Wann?«, fragte er nach einer Weile.

In Vess flackerte Ärger auf. Doch er sprach ungerührt weiter. »Ich war in ... an einem Ort. Jetzt bin ich hier.«

Or-Shls schüttelte den Kopf. »Das überrascht mich«, sagte er. »Kam Ihnen nicht in den Sinn, dass einer der beiden Orte nicht real sein könnte?«

Vess starrte Or-Shls einen Moment lang an. Dann sanken seine Schultern nach unten. »Oh, ich verstehe. Sie wollen mir damit sagen, dass die ... Kammer virtuell war.«

Or-Shls schmunzelte. »Haben Sie sich erholt?«

»Ich denke schon. Weil es virtuell war, musste ich mich wahrscheinlich weniger erholen als erwartet.« Er ging einen Schritt nach vorn und hielt wieder inne. »Aber was ist passiert?«, fragte er, ohne Or-Shls anzusehen.

Hinter ihm zischte es wieder, und der Rauchgeschmack schlug ihm gegen den Gaumen.

»Sie wurden der Teilnahme an einem Terrorakt verdächtigt«, erklärte Or-Shls. »Nicht von mir, sollte ich vielleicht ergänzen. Ich weiß nicht genau, wie Sie darin verwickelt wurden. Während Ihrer Zeit in der Wabe haben Sie sich womöglich nicht nur Freunde, sondern auch Feinde gemacht. Ich kann Ihnen aber versichern, dass der Terrorakt von mir ausging.«

»Von Ihnen? Warum?«

»Als Vorwand. Letztlich ist alles ein Vorwand. Gewisse Entscheidungen mussten schnell getroffen werden, und der Prozess der Genehmigung durch die Vorstände gestaltet sich äußerst mühsam.«

»Genehmigung durch die Vorstände? Oh ...« Eine Weile starrte Vess in den Nebel. »Dann haben Sie die Vorstände also umgangen?«

»Ja. Ausnahmezustand und unmittelbare Vollmachten, eine vernünftige Reaktion auf einen Akt des Terrors und des Meuchelmords.«

»Und warum hat man mich dann in ...« Er zögerte. » ... in die Kammer gesteckt?«

»Es hätte seltsam ausgesehen, wenn wir es nicht getan hätten. Ich habe übrigens rasch gehandelt – Sie mussten sich nur für wenige reale Minuten dort aufhalten. Es war nicht mein Wunsch, Sie bis zum Wahnsinn zu foltern, und angesichts Ihrer beachtlichen Widerstandsfähigkeit wäre das bestimmt Ihr Schicksal gewesen.«

Vom Rauch wurde Vess ganz übel. »Verstehe«, sagte er. »Soll das heißen, dass der Aufsichtsrat mich nicht länger töten möchte?«

Ein schabendes, keuchendes Rumpeln war zu hören. Erst dachte Vess, dass sich ein fremdes Tier zu ihnen gesellt hätte, doch dann merkte er, dass es Or-Shls' Lachen war.

»Haben Vut Ihnen das erzählt?«

»Ja.«

»Nun, unsere Freunde Vut sind nicht länger ... äh ... existent. Sie sollten alles, was sie gesagt haben, mit Vorsicht genießen. Die Wünsche der Vorstände haben neuerdings weniger zu bedeuten, als dies früher der Fall war.« Er hielt kurz inne. »Natürlich könnte sich das ändern«, fügte er in exakt dem gleichen Tonfall hinzu.

Vess' Lippen zuckten. Nur allzu gern hätte er gefragt, was mit Vut geschehen war. »Natürlich«, sagte er stattdessen. »Und was passiert jetzt?«

»Mit Ihnen? Vielleicht ein Orden? Vielleicht der Tod ... Ich bin mir nicht sicher. In den kommenden Tagen wird man Sie befragen, und dann sehen wir weiter. Ich habe eine Aufgabe, die vielleicht etwas für Sie wäre ... Aber erst möchte ich Sie jemandem vorstellen. Auch das sollte ich vielleicht hinzufügen. Ah ... ich glaube, es wird heller.«

Und so war es auch – der Nebel lichtete sich und sank nach unten. Über ihnen bildete der Himmel nicht länger eine gestaltlose, halb durchsichtige graue Masse, sondern verwandelte sich in eine dramatische Himmelslandschaft aus hochgetürmten Wolken, zwischen denen türkisblaue Flecken hindurchschimmerten. Die Geländer des Stegs waren nicht mehr nur wenige Meter weit zu sehen, sondern liefen in weitem Bogen um das Deck herum. Und unter ihnen ... Vess trat unruhig von einem Fuß auf den anderen.

Hundert Meter unter ihm war durch die Löcher im Metallboden des Stegs die riesige, fast überquellende Kelle des Bootsaufzugs zu sehen. Eben hatte sie sich vom Mittleren Becken losgemacht und sank weiter in die Tiefe.

Die Höhe und das Sinken des Aufzugs verstärkten seine leichte Übelkeit. Er schüttelte den Kopf. »Sie sagten, dass Sie mich jemandem vorstellen wollen.«

»Durchaus. Folgen Sie mir, wenn Sie dazu in der Lage sind!«

Einen Augenblick lang begriff Vess nicht, was Or-Shls damit meinte. Dann lächelte er. »Die Höhe erstaunt mich vielleicht, Vorsitzender, aber sie macht mir keine Angst.«

»Tatsächlich nicht. Und Schmerz anscheinend auch nicht. Insekten hingegen bereiten Ihnen großes Unbehagen. Und wer weiß, vielleicht gibt es noch andere Peiniger? Ah ... da sind wir.«

Der Großteil des Stegs verlief über dem Abgrund. In diesen Abschnitten überspannten Brücken ungefähr alle fünfzig Meter die Lücken zwischen den Bereichen mit festem Boden. An einer solchen Stelle waren sie angelangt, und Or-Shls ging den Steg entlang auf den nächsten Teil des Decks zu. Vess folgte ihm und rechnete damit, dass die korpulente Gestalt den Steg zum Schwanken brachte. Doch er merkte nichts. Der Steg war stabil konstruiert.

Dann waren sie wieder auf dem Deck, und Or-Shls wies landwärts. »Da sind wir.«

Vess spähte in die angedeutete Richtung. Anfangs erkannte er nichts. Zwischen ihnen und der flachen Masse des Haupthauses in fünfzig Metern Entfernung hingen immer noch Nebelfetzen. Doch dann kam eine leichte Brise auf, die an ihm vorbeipfiff und den restlichen Nebel nach unten jagte oder wie Rauchschwaden wegblies.

Vess brauchte einen Moment, um zu kapieren, was er sah. Dann überlief ihn eine Gänsehaut.

Zwei Männer in den graubraunen Uniformen der Ratswachen. Die Ausbuchtungen an Hüften und Schultern verrieten, dass sie voll bewaffnet waren. Das hatte er bisher selten erlebt. Noch verblüffter beobachtete er, dass sie ein Kind mit sich führten, das wiederum etwas trug. Nach einem weiteren Blick musste er sich korrigieren. Der Gegenstand, der ungefähr so groß war wie der Kopf des Kindes, schwebte in der Luft. Und das Kind, ein Mädchen, wurde nicht geführt. Die Hände der Wächter lagen auf seinen Schultern. Und es ...

Vess' Übelkeit hatte sich ein wenig gelegt, als sie den Steg verlassen hatten. Jetzt kehrte sie wieder. Er wandte sich zu Or-Shls um. »Warum?«

Der dicke Mann zuckte mit den Achseln. »Nennen Sie es eine Geste. Oder ein Vermächtnis, wenn Sie mögen ... ein Geschenk von mir an Sie. Ein Geschenk, zu dem

Sie entscheidend beigetragen haben, wie Sie sicher wissen.«

Vess schüttelte den Kopf. Er misstraute sich zu sehr, um etwas zu sagen.

»Nun, so war es aber. Sie wurden – und werden – intensiv überwacht. Ihr Erlebnis im Bewusstseinsmagazin hat Sie emotional ausgelaugt zurückgelassen. Ihre Körperchemie wies Anzeichen eines schweren Traumas auf, aber Sie waren am Leben. Und das machte Sie einzigartig. So sehr, dass unsere junge Freundin dort drüben so unklug war und darüber redete. Dies und Ihre offensichtliche Verbundenheit mit ihr brachten uns auf einen Gedanken.«

Unsere junge Freundin. Vess war noch nicht bereit für diese Konfrontation. »Sprechen Sie weiter!«, bat er.

»Was immer mit Ihnen im Magazin geschehen ist, Sie haben es überlebt. Ich vermute, Sie wurden von Vut darüber ausgefragt, und Sie haben nichts preisgegeben. Nachdem man Sie aus der Wabe geholt hat, haben Sie immer noch nichts gesagt, selbst unter erheblichem Druck.«

»Ich hatte auch immer noch nichts zu sagen.«

»Ich glaube Ihnen aber immer noch nicht. Und das stellt mich vor eine Entscheidung. Am einfachsten wäre es gewesen, Sie zu töten.«

»Doch das haben Sie nicht getan.«

»Offensichtlich nicht. Deshalb habe ich einen anderen Weg gewählt. Wie schon gesagt, vielleicht habe ich eine Aufgabe für Sie. Und Sie scheinen ein gewisses Thema zu vermeiden.«

Er hatte nichts zu sagen. Aus den Augenwinkeln nahm Vess wahr, dass die beiden Wächter und ihre Gefangene noch immer auf sie zukamen. Es war nicht das Thema, das er vermied, sondern der Anblick. Oder vielmehr die Augen.

Eine Sekunde lang dachte er daran, sich völlig abzuwenden, für immer. Die Brücke zum Steg war nicht weit entfernt. Wenn er losrannte, konnte Or-Shls wohl kaum noch etwas unternehmen. Er stellte sich vor, über das Geländer zu hechten, sich so weit abzustoßen, dass ihn keine Sicherheitsvorrichtungen mehr auffangen konnten, und nach unten zu segeln. Seinen Körper würde man verteilt auf dem Boden des leeren Großen Beckens finden.

Dies stellte er sich noch etwas länger vor. Dann seufzte er und wandte sich stattdessen in die andere Richtung, um sich zwischen die beiden Wächter und das Mädchen zu stellen. Im selben Moment stieß einer der Männer die Kleine nach vorn. Sie taumelte mehrere Schritte, blieb stehen und senkte den Blick. Er beobachtete, wie sich ihre Finger um die Kapsel verkrampften und sie zu ihm aufsah.

»Hallo!«, sagte sie.

Er nickte. »Hallo, Dimollss!« Dann drehte er sich zu Or-Shls um. »Warum?«

Dieser hob die Schultern. »Warum nicht?«

Vess schwieg, und kurz darauf grinste Or-Shls. »Na schön. Zunächst einmal zur Strafe. Für Sie vor allen Dingen. Körperliche Schmerzen scheinen Ihnen nichts auszumachen, dies hier macht Ihnen aber offenbar etwas aus. Und ich glaube, dass es mindestens eine Sache gibt, die Ihnen noch mehr ausmachen wird, doch die verrate ich Ihnen erst später.« Bisher hatte er das Mädchen und die Wächter kaum beachtet. Jetzt blickte er sie an und schickte sie mit einer Geste davon. »Bringt sie weg, bitte! Ich sage euch, wenn sie wieder gebraucht wird.«

Die Wächter wollten Dimollss an den Schultern fassen, doch sie hatte sich bereits umgewandt und ging wieder auf das Haus zu. Vess sah ihr hinterher, bis sie im Haus verschwunden war. Dann wandte er sich wieder an

Or-Shls. »Glauben Sie, dass mich das entgegenkommender macht?«

Der Dicke lachte. »Entgegenkommender? Das waren Sie von vornherein nicht. Ich erwarte nicht, dass sich das ändert. Nein, Vess. Ich habe mir etwas viel Besseres ausgedacht – Interessenangleichung. Sie haben nicht so lange überlebt, ohne das zu begreifen. Kommen Sie! Die anderen sollten inzwischen hier sein.«

Or-Shls Haupthaus fügte sich fast zu einem Halbkreis. Die Außenseite der konvex geschwungenen Form wies zum Steg. Die Innenseite bildete das Ende eines Gartens, der vermutlich bis zur Grundstücksgrenze reichte. Vermutlich deshalb, weil die Grenze hinter dichtem Baumbestand verborgen lag. Es waren Gruppen von Nadelbäumen, Palmen und Laubbäumen sowie einigen seltsamen Gewächsen, die auf dem Kopf zu stehen schienen – gefächerte große Stämme mit Wurzelsäulen, die seitlich herausragten und zum Boden hin abknickten.

Vess hatte Geschichten über diesen Ort gehört, hatte ihn aber nie besucht. Um ehrlich zu sein, hatte er es auch nie gewollt. Leute seines Rangs kamen hier oben meistens unter Bedingungen an, die sie nicht selbst gewählt hatten.

Doch jetzt war er hier. Bis zu einem gewissen Grad war er wütend. Mehr als wütend – doch er wusste die Wut wegzusperren wie einen Geistesgestörten in einer Zelle. Er wandte sich an Or-Shls. »Sie haben andere erwähnt?«

»Ja, das habe ich. Gefallen Ihnen meine Bäume?«

»Nicht so ganz.«

»Sehr gut. Wissen Sie, dass ich manchmal fast geneigt bin, Ihnen zu vertrauen? Sehen Sie nur dort drüben, die Pumpbäume!«

Von außen wirkte die Baumgruppe undurchdringlich.

Doch von innen war sie hohl – ein Ring aus dichtem Holz mit einem Kreis aus Steinbänken in der Mitte.

Or-Shls wies ihm mit einem Winken einen Platz zu, doch Vess rührte sich nicht. Schulterzuckend nahm Or-Shls ihm gegenüber Platz und stieß dabei ein lautes Keuchen aus. »Gut«, sagte er. »Fehlt nur noch einer.« Er hielt inne und sah sich um. »*Spieler*? Sind Sie da?«

Von oben ertönte ein schweres Rascheln. Vess blickte hoch und sah etwas im Blätterdach umherhuschen. Dann landete Clo Fiffithiss zusammengerollt auf der Lichtung und richtete sich rasch auf.

»Gut. Lassen Sie uns beginnen! Dies ist der sicherste Platz auf dem Planeten, deshalb genießen wir hier eine gewisse Freiheit. Vess, wir gehen in die Offensive gegen die Kräfte von außen, die uns strangulieren.«

Vess lachte. »Das können Sie nicht! Die haben alle Schiffe aus der Hinterlassenschaft gestohlen, erinnern Sie sich? Sie haben nichts, um damit in die Offensive zu gehen.«

»Zunächst einmal – wieso glauben Sie, dass ich sie nicht zurückstehlen kann? Und zweitens – wer sagt, dass ich dafür nur unsere eigenen Schiffe verwende?«

Etwas in seinem Tonfall beruhigte Vess, doch es war eine eisige Ruhe. Er blickte auf Clo Fiffithiss hinab. »Darüber wissen Sie etwas, nicht wahr?«

»Ich weiß alles darüber.« Der Tonfall war staubtrocken. »Sonst niemand.«

»Und ich noch nicht. Bevor Sie mir etwas erzählen, verraten Sie mir, weshalb ich eine Rolle darin spielen soll! Schließlich haben Sie mich aus einem bestimmten Grund hierhergeholt. Interessenangleichung – welche Interessen?«

Clo Fiffithiss schwieg, während Or-Shls etwas hinter dem Ohr berührte. Die Linsen fuhren herum und nahmen mit einem Klicken ihre Plätze vor seinen Augen ein. Im dämmrigen Licht der Baumgruppe sah Vess winzige Lichtpunkte darauf flackern. Kurz schien sich Or-Shls darauf zu konzentrieren. Dann nickte er, und die Linsen glitten wieder nach hinten. »Was wissen Sie über unsere Freunde Vut?«

Vess zuckte mit den Achseln. »Sie sagten, sie seien nicht mehr existent.«

»Davon abgesehen.«

Vess schüttelte den Kopf.

»Nichts soll das wohl heißen. Nun gut. Eine Lektion in Biologie. *Spieler*, wenn Sie so freundlich wären?«

Clo Fiffithiss hatte bisher aufrecht verharrt. Nun spreizte es die unteren Glieder und ging in die Hocke, bis sein Körper an den Beinen hing. Diese Stellung hatte Vess noch nie gesehen. Es war die entspannteste und gleichzeitig gefährlichste Haltung, in der er den *Spieler* je gesehen hatte.

Er zitterte.

Einen Moment lang schwieg Clo Fiffithiss. Dann war es verschwunden. Diesmal ohne ein Geräusch. *Haben Sie jemals* ... gejagt?, dachte Vess.

Er konnte fünfmal Luft holen, bevor es wieder da war. Eins seiner Vorderglieder war angehoben, und am Ende hing ein winziges Bündel oder etwas Ähnliches. Unter dem Sitz zog Or-Shls einen faustgroßen Behälter hervor. »Hier hinein, bitte!«

Clo Fiffithiss ließ das kleine Ding in das Behältnis fallen. Or-Shls klappte den Deckel zu und schüttelte es. Dann ließ er seine Linsen vorsausen und betrachtete es ein paar Sekunden lang. »Tot genug, würde ich sagen«, verkündete er. »Fangen Sie!«

Er warf den Behälter quer über die Lichtung. Ungeschickt fing Vess ihn auf. »Was ist das?«

»Vuts Urahn, vom *Spieler* freundlicherweise zur Verfügung gestellt. In dieser Baumgruppe leben sie wild. Sehen Sie hinein!«

Das Licht war schwach. Vess hielt sich den Behälter vor die Augen und erstarrte.

Nie zuvor hatte er einen von Vuts Bestandteilen in natura betrachtet. Doch was er hier sah, kam seiner Vorstellung ziemlich nahe ... und auch wieder nicht. Ein auf den ersten Blick untersetzter Körper, der in Wirklichkeit eine kurze schlanke Gestalt war, die nur aufgrund geschichteter Borsten klobig wirkte. Unter den Borsten verbargen sich teilweise dreigliedrige Beine und liefen vermutlich nach hinten. Wenn das stimmte, dann befand sich vorn ein Körperteil, der etwas komplizierter aussah als ein Mund. Vielmehr glich er eher einer Miniaturblume, deren Blütenblätter zu einer strammen Spirale gewunden waren. Und er war winzig klein – gleich mehrere hätten auf Vess' Handfläche Platz gefunden.

Er warf den Behälter zu Or-Shls zurück. »Na und?«

»Es hat einen interessanten Lebenszyklus. Stadium eins ist eine Larve. Stadium zwei sehen Sie hier. Stadium drei kann ich Ihnen am besten mit einem Bild vermitteln. Einen Moment ...«

Or-Shls griff unter seinen Sitz und holte eine kleine Hololampe hervor. Er warf sie in die Mitte des Sitzkreises. Bei der Landung richtete sie sich auf und warf einen schmalen Lichtstrahl in die Höhe. Der Strahl verbreiterte sich zu einem Bildschirm.

Darauf war der durchscheinende Scan eines menschlichen Torsos zu sehen. Das Gewebe über den weißen Knochen erschien in geisterhaftem Pink. Die Organe wiesen dunklere Rottöne auf, und das mitten im Schlag erstarrte Herz war fast violett.

Vess hob den Kopf von dem Bild und sah zu Or-Shls hinüber. »Das verstehe ich nicht.«

»Sehen Sie genau hin! Beginnen Sie am unteren Ende der Wirbelsäule!« Er sprach ganz ruhig.

Vess hob die Schultern und wandte sich wieder dem Bild zu.

Da war etwas – er neigte sich nach vorn. Dann spürte er ein Zucken im Bauch.

Ein Stück rechts von der Lendenwirbelsäule saß ein dunkler Klumpen, von dem sich ein fast schwarzer Faden in Spiralen zur Wirbelsäule hochwand, fast bis zum Hals. Alle paar Zentimeter verzweigte er sich in seitliche Ableger, die sich wie Kletterpflanzen um die Rippen rankten. Jeder der Fäden endete in etwas, das vielleicht einen Zentimeter lang war, wenn der Maßstab korrekt war, doch um einiges dünner.

Der Klumpen war vielleicht ein bisschen größer als das Insektending in dem Glasbehälter.

Vess wich das Blut aus dem Gesicht.

Or-Shls sprach genauso ruhig weiter: »Elegant, oder nicht? Die Form von Stadium zwei bohrt sich in einen Wirt. Dabei scheidet es ein Betäubungsmittel aus, und der Wirt spürt nichts. Dann bildet es diese ziemlich hübsche Struktur. Die langen Fäden nennt man Zapfwurzeln, und die Dinger an ihrem Ende sind selbstverständlich Larven. Voll ausgewachsen, stirbt der ursprüngliche Eindringling ab und zerfällt. Das Gewebe ringsum wird natürlich eitrig, und das ist das chemische Signal für die Zapfwurzel, die Larven zu aktivieren. Sie reißen sich von der Zapfwurzel los und fressen sich einen Weg aus dem Wirt hinaus.« Er hielt inne. »Vom Zerfall an ist der Prozess natürlich nicht mehr schmerzfrei. Eher das Gegenteil. Vom Eindringen bis zum Verfall vergeht eine unvorhersehbar lange Zeitspanne – zwischen fünf und fünfzig Tagen. Früher benutzte man das als Foltermethode. Man infizierte das Opfer damit und versprach ihm, dass der Parasit entfernt werde, falls sich der Betreffende als gesprächig erweise.«

Vess kam die Galle hoch. Er schluckte. »Hat es funktioniert?«

»Manchmal. Mit dem ursprünglichen Eindringling gibt es nur ein Problem. Man kann ihn nicht entfernen, ohne dass der Wirt stirbt. Deshalb sind sie alle so oder so gestorben.« Eine Weile starrte Or-Shls ins Leere. »Grausame Zeiten, Vess. Grausame Zeiten.«

Das Bedürfnis, sich zu übergeben, war nun stärker geworden. Vess starrte das Bild an. Die Auflösung war hervorragend. An einer Rippe ganz unten rechts erkannte er sogar eine feine, unregelmäßige Zickzacklinie. Reflexartig fasste er sich an die Seite und schluckte. »Mit acht hat mich jemand ...«, fing er an, nahm aber noch einmal Anlauf. »Mit acht habe ich mir eine Rippe gebrochen.«

»Ja. Und da ist sie.« Or-Shls deutete wedelnd auf das Bild. »Sie haben recht. Das sind Sie. Das hätte ich vielleicht gleich zu Beginn sagen sollen. Und natürlich ist das ein Geschenk von unseren Freunden Vut.«

Vess übergab sich.

Lange Stunden der nächsten Tage verbrachte Vess damit, in den Wäldern von Or-Shls' Anwesen umherzustreunen. Oft war er allein. Vielmehr wähnte er sich allein, konnte sich aber nicht sicher sein. Manchmal nahm er auch Clo Fiffithiss mit. Das Wesen war vollkommen an die Bäume angepasst. Gelegentlich, oft ohne Erklärung, verschwand es für einige Sekunden oder Minuten, tauchte dann plötzlich wieder auf und setzte die Unterhaltung fort, als wäre nichts geschehen. Ein- oder zweimal meinte Vess, um seine Mandibeln herum Blut oder Fellreste zu erkennen. Da fiel ihm auf, dass er nie gefragt hatte, wovon es sich ernährte.

Es faszinierte Vess. Und es half ihm, sich abzulenken.

Sie hatten ihn medikamentös ruhigstellen müssen. Zwar erinnerte er sich nicht, was geschehen war, nachdem man ihm von seiner ... Infektion erzählt hatte. Clo Fiffithiss meinte aber, er habe erst versucht, Or-Shls umzubringen und dann sich selbst, indem er den Kopf gesenkt hatte und mit vollem Karacho gegen einen Baum gerannt war. Ein Wächter war eingeschritten, dann ein zweiter, und am Ende waren es vier gewesen. Offensichtlich waren sie nicht so allein gewesen, wie Or-Shls behauptet hatte. Vess wusste nicht, ob er dankbar sein sollte.

Als er wieder zu sich gekommen war, hatte er auf einer Liege in einem fetten, summenden weißen Torus gelegen. Er hatte den Kopf schütteln wollen, aber festgestellt, dass er sich nicht bewegen ließ. Er war fixiert gewesen.

In das Summen hatte sich eine dünne Stimme gemischt. »Wach? Bewegen Sie sich am besten nicht.«

Die Gurte erlaubten ihm gerade so eben, die Brust zu heben. Er holte Luft. »Wird es damit umgebracht?«, fragte er.

»Die Infektion? Nein. Aber wir können seine Reifung verlangsamen. Vorausgesetzt, Sie halten so lange still, dass ich den Scan zu Ende führen kann.«

Vess widerstand dem Drang, sich zu wehren. Verlangsamen? Das war nicht genug. Töten. Er wollte das Ding tot sehen. »Können Sie nicht operieren? Es herausnehmen?«

»Nein, ich kann nichts machen, wenn Sie nicht stillhalten. Seien Sie ruhig und tun Sie, was man Ihnen sagt!«

Das bekam er gerade so hin.

Eine halbe Stunde später war er von der Liege herunter und betrachtete den älteren und ein wenig affenartig wirkenden kleinen Besitzer der Stimme. Der wirkte ziemlich gereizt.

»Wissen Sie, wann Sie infiziert wurden?«

Vess dachte an die Vorladung bei Vut zurück. »Vor neun Tagen, glaube ich.«

Der Sanitäter nickte. »Das stimmt mit dem Wachstum überein. Zum Glück.«

»Zum Glück? Wieso?«

»Die Larven nähern sich der Reife. Gefäßveränderungen am Mutterkörper lassen darauf schließen, dass er seinem Lebensende entgegengeht.«

Vess starrte die Kreatur an. Er spürte seinen Puls sogar in den Zehen. »Lebensende? Wenn es stirbt ...« Er brachte es nicht zu Ende.

»Nein.« Sein Kopfschütteln war energisch. »Nicht wenn ... Falls es überhaupt stirbt.«

»Or-Shls hat mir gesagt, dass das überhaupt nicht die Frage ist.«

»Der Vorsitzende weiß vieles, aber davon versteht er nichts.« Der Arzt grinste und entblößte seine gelben Zähne. »Meine Aufgabe ist es, Leben zu erhalten. Seines und damit auch Ihres. Bitte, seien Sie so gut und legen Sie sich hin! Drehen Sie sich um!«

Es war eine altmodische Spritze. Sie tat höllisch weh. Doch Vess war der Schmerz willkommen – denn er bedeutete, dass etwas passierte.

Dann war es vorbei. Er wälzte sich herum. »Ist das alles?«

»Für heute schon. Das müssen Sie jeden Tag wiederholen. Wahrscheinlich brauchen Sie einen Assistenten.«

Vess wollte sich an die Stelle fassen, an der er gespritzt

worden war, doch er bekam nur einen Krampf im Arm. »Jeden Tag?«

»Fünf Tage lang Spritzen und genaueste Beobachtung. Wenn das gut läuft und die Infektion stabilisiert ist, dann gehen wir zu einer anderen Behandlung über, um den Status zu erhalten.«

»Erhalten? Für wie lange?«

»Solange es gut geht. Machen Sie sich nichts vor! Sie sind nicht unsterblich, und er ist es auch nicht. Inzwischen sollten Sie sich aufmachen und das Wesen suchen, das Sie infiziert hat.«

Unvermittelt richtete sich Vess auf. »Warum?«

»Es hatte seine Gründe dafür. Ich an Ihrer Stelle wüsste gern, wieso. Und außerdem ist es wahrscheinlich das einzige Wesen im Spin, das ungeschehen machen kann, was es Ihnen angetan hat.«

Das Wort *ungeschehen* schwirrte Vess im Kopf herum. Er ließ es einen Moment lang herumschwirren und sah dann zu dem Arzt auf. »Weshalb sollte es die Sache ungeschehen machen? So pflanzt es sich fort.«

Wieder grinste der Arzt, diesmal etwas breiter. Es waren nicht nur die Zähne, an den Rändern war auch geschrumpeltes blasses Zahnfleisch zu erkennen. Vess gab sich Mühe, nicht wegzusehen. »Nein, infizierter ehemaliger Hafenmeister. Sie haben aus den Gedanken des Vorsitzenden Or-Shls Schlüsse gezogen. So haben sich ihre *Vorfahren* fortgepflanzt. Vut sind moderner. Ihre Fortpflanzung findet in schönen, sauberen Nährstofftanks statt. Es auf die alte Art zu machen, hat andere Gründe. Ich glaube, sie wollen gefragt werden, welche Gründe das sind. Und wenn Sie freundlich fragen, gibt es vielleicht sogar eine Belohnung.«

Und man wird Sie beobachten, gründlicher, als Sie es sich

vorstellen können, dachte er. Und sein Verstand setzte ungebeten noch eine Coda hinzu. Beobachten oder durchleuchten?

Er dachte eine Weile nach. Die kleine Kreatur nickte ernsthaft. »Vielleicht«, sagte sie. »Um es mal einfach zu betrachten – ist es am Leben, sind Sie am Leben. Warum nicht einfach?«

Weil einfach zu kompliziert ist, dachte Vess. *Ich übersehe etwas, aber ich glaube, dass ich nicht viel übersehe. Nur eine Kleinigkeit.*

»Ja, einfach ist gut. Halten Sie es am Leben!«, sagte er laut.

An die Spritzen gewöhnte er sich nicht – sie waren jedes Mal wieder genauso schmerzhaft.

Zum Glück waren die Schmerzen flüchtig. Nach wenigen Minuten ebbten sie zu einem brennenden Pochen ab, das mäßig unerträglich war, bis Clo Fiffithiss ihm die breiten Blätter eines bestimmten Baumes zeigte.

Erst beäugte er sie misstrauisch. »Wirklich?«

»Wirklich und wahrhaftig.« Das Wesen zuckte nach Insektenart mit den Schultern. »Die sind stark schmerzlindernd und ein wenig aufputschend für Ihre Spezies.«

Vess zerdrückte eine Ecke des Blatts zwischen Zeigefinger und Daumen. »Und wie wirken sie bei Ihrer Spezies?«

»Völlig andere Chemie. Es sind Jagdkräuter.« Die Antwort war kurz und lud nicht zu weiteren Fragen ein.

Vess schob das Blatt in den Mund und kaute ein wenig darauf herum. Es schmeckte weder angenehm noch unangenehm – ein bisschen bitter und gleichzeitig leicht würzig. Es kitzelte am Gaumen. Dann legte sich das Kitzeln, und damit legten sich auch die Rückenschmerzen. Er rieb sich vorsichtig und lächelte Clo Fiffithiss an. »Es funktioniert!«

»Natürlich funktioniert es. Ich kenne diese Wälder wie den Rücken meiner Klaue. Jetzt, da Sie kein Krüppel mehr sind ... Sollen wir ein paar Schritte gehen?«

Vess ging. Clo Fiffithiss bewegte sich auf eine Weise, die mit seinen vielen Gliedern menschlichem Gehen entsprach. Oder er turnte in den Bäumen herum, wenn die Äste zu weit herunterhingen. Eine Weile schwiegen sie. Dann ließ sich Clo Fiffithiss aus den Zweigen fallen und landete aufrecht neben Vess.

Vess hielt so plötzlich inne, dass er fast stolperte. »Was?«

»Vess, wir kennen uns nun schon sehr lange, und ich habe Sie noch nie wütend gesehen.«

Vess nickte. »Das stimmt wahrscheinlich.«

»Nicht wahrscheinlich, es stimmt einfach. Bisher konnte ich es mir immer ganz gut damit erklären, dass Sie von Natur aus ruhig und selbstsicher sind. Aber ich erlebe Sie noch immer nicht wütend, und unter den gegebenen Umständen kann ich mir das beim besten Willen nicht mehr erklären.«

Vess sah sich um, entdeckte einen umgestürzten, ungefähr kniehohen Stamm und nahm Platz darauf. »Vielleicht ist es unerklärlich.«

»Unsinn! Was ist los?«

»Mit mir? Nur das, was Sie sehen. Ich gehe, sitze unter den schönen Bäumen auf dem Privatgrundstück des Vorsitzenden in Gesellschaft eines seiner Angestellten. Was soll sonst zu sehen oder zu hören sein?«

Er betonte *sehen* und *hören* ein wenig.

Clo Fiffithiss schwieg lange. Dann machte es mit drei Klauen eine aufwendige Geste, die einem verschwörerischen Grinsen entsprach. Schweigend gingen sie weiter.

Am fünften Tag gab Or-Shls eine Party.

Am selben Nachmittag hatte der Arzt Vess nach einem neuerlichen Scan bescheinigt, dass sich sein Zustand stabilisiert hatte.

Er hatte sich bemüht, ruhig zu bleiben, doch die Fahrt durch den Scanner war ihm endlos lang vorgekommen. Doch schließlich war sie vorbei, und er erhob sich wieder und betrachtete das Bild. Soweit er sich erinnern konnte, sah es unverändert aus. Er wandte sich zu dem Arzt um. »Und?«

»Nun, Ihr Passagier befindet sich bei unverschämter Gesundheit.« Die kleine Kreatur zuckte so aufwendig mit den Achseln, dass sie aus nichts anderem als Schultern und Ellbogen zu bestehen schien. »Das heißt, er ist körperlich gesund und schwebt in keiner unmittelbaren Todesgefahr. Vom Kopf her ist er allerdings senil, wenn nicht gar hirngeschädigt. Das sollte Ihnen aber keinen Kummer bereiten.«

»Er ist kein Passagier.« Vess stand auf und streckte sich. Dabei vermied er es, sich auf das Gefühl im Rücken zu konzentrieren, um nicht womöglich etwas zu bemerken. Es gelang ihm nicht, doch es schien dort auch nichts zu sein, was er hätte bemerken können. »Welche Behandlung bekomme ich jetzt?«

Der Arzt drehte sich zu einem Tisch hinter ihm um und nahm ein Päckchen. »Haben Sie schon einmal eine Impfpistole benutzt?«

Vess schüttelte den Kopf.

»Es ist nicht schwierig, aber es schadet wahrscheinlich nicht, wenn Ihnen jemand hilft. Man muss es in die Lendenwirbel spritzen. Es handelt sich um eine weiterführende Dosis des Wirkstoffs, den ich dem Wesen direkt gespritzt habe. Täglich, Hafenmeister, nicht vergessen und nicht danebenzielen!«

Er hatte die Warnung mit in den Wald genommen, in dem er während der letzten Tage mehr und mehr gelebt hatte – bis auf seine täglichen Spaziergänge mit Clo Fiffithiss. Es war warm genug, um draußen schlafen zu können, und das war ihm lieber, als sich in Or-Shls' Haus aufzuhalten. Doch als er in den Wald zurückkehrte, traf er dort auf den Großteil von Or-Shls' Belegschaft und sogar die Vorstände.

Die Lichtung war unmerklich vergrößert worden. Wo es nur Raum für einen engen Kreis aus Steinbänken gegeben hatte, erstreckte sich jetzt eine weite Waldwiese. Es waren nicht einmal mehr Baumstümpfe zu erkennen. Was immer man hier verändert hatte, war schnell erledigt worden und hatte keine Spuren hinterlassen. Vess war rechtschaffen beeindruckt.

Es war früh am Abend, an den Ästen über ihm leuchteten Laternen, und es roch nach Sonnenuntergang und Essen.

Or-Shls hatte die Arme ausgebreitet, als hätte er nur darauf gewartet, ihn zu begrüßen. »Hafenmeister, willkommen! Nachdem Sie allerdings in diesen Wäldern Ihre Zelte aufgeschlagen haben, sollten Sie vielleicht eher mich willkommen heißen.«

Vess sah sich um. Viele der Anwesenden vermieden es, ihn anzuschauen. Er lächelte schwach. »Vorsitzender, wenn ich das sollte, dann – herzlich willkommen!« Dann blickte er sich noch einmal mit prahlerischer Geste um. »Doch wie es scheint, sind Sie in der Überzahl, wenn es ans Bewillkommnen geht. Was ist der Anlass?«

Or-Shls brachte es fertig, seine Arme noch weiter auszubreiten. »Brauche ich einen Anlass? Außer Ihrem gesundheitlichen Wohlergehen, von dem mir berichtet wurde?«

Vess schwieg und beobachtete stattdessen das Gesicht seines Gegenübers. Die tief eingesunkenen Augen gaben nichts preis, doch nach ein paar Sekunden krümmten sich die dicken Lippen zu einem Lächeln. »Nun gut. Später müssen wir einiges besprechen. Unter anderem Interessenangleichung, falls Sie sich an den Begriff erinnern. Doch erst einmal genießen wir ein wenig. Sie halten sich nun schon ein paar Tage in – oder bei – meinem Haus auf und haben nicht einmal ein Zehntel seiner Vorzüge erfahren. Genießen Sie sie jetzt!«

Or-Shls vollführte eine ausschweifende Geste, und der Boden sackte unter ihm weg. Wenige Sekunden später waren sie vom Nachthimmel von Beckenstadt umgeben. Warme Luft stieg aus der Stadt herauf und bildete am Rand des Kreises kurzlebige Nebelbänke. Sie schienen nicht weit entfernt zu sein.

Vess sah sich um. Bis zu den Grenzen seiner Welt waren es nur hundert Meter, eine Kante, die von den Bäumen teils verborgen wurde.

»Genau«, sagte er. »Und wann lassen wir die Tänzerinnen heraus?«

Sie standen auf einer Plattform, die von dem hängenden Kontinent herabgelassen worden war, der Or-Shls' Domäne darstellte. Es gab tatsächlich Tänzerinnen. Und Tänzer – auch wenn sie erst nicht tanzten. Der Großteil von ihnen war nur leicht bekleidet, der Rest nackt. Sie bildeten eine lose Traube zwischen den Bäumen am Rand der Lichtung, die Hüften vorgereckt und mit funkelnden Augen. Auf Vess wirkten sie ein bisschen wie Schlangen. Doch Or-Shls schien stolz auf sie zu sein.

»Sehen Sie, Vess! Unverfälschte Schönheit, unbegrenzt verfügbar. Was will man mehr? Kommt her!« Er hob eine

Hand, und vier Tänzer lösten sich aus der Gruppe und kamen auf ihn zu. Die beiden Frauen hatten ausladende Hüften und runde Bäuche, während die Männer breite Schultern und lang gestreckte dreieckige Rümpfe aufwiesen. Vess vermutete, dass sie den Vorlieben seines Gastgebers entsprachen.

Or-Shls schmunzelte. »Das ist Vess. Er ist für seine Zurückhaltung berühmt. Seht zu, dass ihr ihn aus seiner Erstarrung herauskitzelt!«

Die vier lächelten und gingen langsam auf Vess zu. Dieser hob abwehrend die Hände. »Nein.«

Die Tänzer musterten ihn verblüfft. Or-Shls breitete die Arme aus. »Einfach nur nein? Nicht einmal ein Versuch?«

Vess wandte sich von den Tänzern ab. Sie waren ihm so nahe gekommen, dass er sie riechen konnte. Duftöle übertönten eine allgemeine Moschusnote. »Ich brauche keinen Versuch. Sollen sie ruhig tanzen, wenn sie mögen.«

»Oh, nun gut.« Or-Shls verscheuchte die vier mit einer Handbewegung. »Geht und tanzt, meine Kinder! Oder findet jemanden, der mehr als tanzen will.«

Sie gehorchten grummelnd, und Vess fiel auf, dass sie selbst das auf anmutige Weise taten. Als sie verschwunden waren, drehte er sich zu Or-Shls um. »Na?«

»Na, in der Tat.« Er seufzte. »Vess, ich gönne mir nur selten Spaß, und diesmal haben Sie mich daran gehindert. Jetzt erwarten Sie wohl von mir, dass ich ernst werde, oder?«

Vess lächelte. »Sie können ernst sein, Vorsitzender, oder frivol. Wenn Sie aber keine Anstalten machen, mir zu erklären, weshalb ich hier bin und was als Nächstes zu erwarten ist, können Sie ...« Er hielt inne, um die Wirkung zu steigern. »... mich am Arsch lecken.«

Or-Shls runzelte die Stirn. »Ernst *und* beleidigend? Das

verwundert mich, überrascht mich aber nicht. Meinetwegen, Hafenmeister, dann wollen wir ernst sein. Aber Sie werden mir gestatten, dass wir zur Musik ernst sind. Darum muss ich Sie zumindest bitten.«

Die Musik war ätherisch, ein fernes Säuseln, das anschwoll und wieder abebbte wie eine ruhelose Brise. Irgendetwas daran bereitete Vess Zahnschmerzen.

Or-Shls schien sie zu gefallen. Er lauschte eine Weile mit zurückgelehntem Kopf und halb geschlossenen Augen. Dann schüttelte er den Kopf und sah Vess strahlend an. »Kennen Sie das Algonet?«

Vess verneinte mit einem Kopfschütteln.

»Welche Schönheit, versüßt durch die Kostbarkeit!« Dann verhärtete sich sein Gesichtsausdruck. »Doch Sie werden ungeduldig. Na schön. Ich will Ihnen etwas anvertrauen. Sollten Sie es weitergeben, werden Sie alle ausgeklügelten Tode sterben, die die Technik hergibt. Verstanden?«

Vess dachte nach und schüttelte abermals den Kopf. »Der *Spieler*«, sagte er. »Ich möchte es Clo Fiffithiss anvertrauen. Ich nehme an, dass Sie ihm vertrauen.«

Or-Shls' Augen funkelten. »Nein, tue ich nicht. Aus demselben Grund, warum ich Ihnen nicht traue. Doch ich merke, dass Sie sich in eine bessere Position versetzen.« Er erhob die Stimme. »*Spieler*?«

Es war eine Aufforderung. Gleich darauf raschelte es neben Vess, und Clo Fiffithiss stand neben ihm.

Or-Shls lächelte verbissen. »Nie weit weg, wie ich sehe. Gut. Feld hinunterfahren, bitte!«

Vess sah sich nach jemandem um, der damit angesprochen sein mochte, vergeblich. Dann zuckte er vor Schreck zusammen.

Die restliche Plattform war verschwunden. Einige Meter außerhalb der Steinbänke endete sie an einer zischenden, nass leuchtenden gräulichen Wand, die dampfte, wo sie den Boden berührte. Vess sah nach oben. Dort wölbten sich die Wände zwei Meter über ihm zu einer Kuppel.

Mit hochgezogenen Augenbrauen blickte er zu Or-Shls hinüber. »Ein Feld?«

»Gewissermaßen. Superheißer Dampf, der von einer geladenen magnetischen Matrix an Ort und Stelle gehalten wird. So hat man mir's jedenfalls erklärt. Nicht berühren!«

»Das habe ich auch nicht vor. Was wollen Sie mir sagen?«

Or-Shls beugte sich vor. »Interessenangleichung. Der Arzt hat mir gesagt, dass Sie Vut finden müssen.«

»Das hat er behauptet.«

»Das tue ich auch.«

»Warum machen Sie sich dann nicht selbst auf die Suche?«

»Habe ich schon probiert. Hat nicht funktioniert. Ich glaube nicht, dass sie von mir gefunden werden wollen. Ich glaube, sie wollen von Ihnen gefunden werden.«

Vess schüttelte den Kopf. »Es bringt uns nicht weiter, wenn Sie in Rätseln sprechen, Vorsitzender.«

»Das erwarte ich auch nicht. Erinnern Sie sich daran?«

Die Luft vor Vess verschwamm und zeigte gleich darauf eine Sternenkarte. Im ersten Moment erkannte er ihn nicht, doch dann dämmerte es Vess – es war der zerklüftete Trümmerbogen, den man ihm im Laienpalast gezeigt hatte.

»Ja«, sagte er. »Und? Das ist nicht meine Angelegenheit. Erinnern Sie sich?«

»Es könnte zu unser aller Angelegenheit werden. Ich habe jedenfalls die Absicht, es zur meinigen zu machen. Haben Sie schon einmal von einem Planeten namens Traspise gehört?«

Vess kramte in seinem Gedächtnis. »Dunkel. Was ist damit?«

»Er wurde vor zehntausend Jahren zerstört. Der einzige vollkommen zerstörte Planet in einer Million Jahren.«

»Wie wurde er zerstört?«

»Genau.« Or-Shls lehnte sich zurück. »Durch etwas. Etwas, das von jemandem gefunden wurde. Eine alte Maschine.«

Vess hob die Schultern. »Das technische Niveau war damals höher. Vielleicht hatten die alle möglichen Maschinen, mit denen man Planeten zerstören konnte.«

»Hatten sie auch Maschinen, um sie zu erschaffen?«

Es herrschte Schweigen. Vess starrte lange auf das Bild. »Ich verstehe«, sagte er schließlich. »Sie glauben, es ist ein und dieselbe Maschine.«

»Könnte sein. Oder eine andere in der Art. Und wenn es so wäre, würden wir sie dann nicht besitzen wollen?«

Vess lachte laut heraus. »Wozu? Um Planeten in die Luft zu jagen? Oder einen Bogen aus radioaktiven Trümmern zu erschaffen?«

Or-Shls schüttelte den Kopf. »Nein, Vess. Um abzuwarten, während die Leute uns Anreize verschaffen, nichts dergleichen zu tun.«

»Sie sind übergeschnappt.« *Oder ich*, fügte er in Gedanken hinzu. *Das ist bloß eine virtuelle Realität. Gleich wache ich in einer Folterkammer auf.*

Doch das geschah nicht. Stattdessen starrte er Or-Shls an. Nach einer Weile setzte dieser sich wieder auf eine Bank, zog an seiner Pfeife und sprach durch eine Rauchwolke hindurch.

»Es hat sich einiges verändert, seit das Bild aufgenommen wurde, das Sie letztens betrachtet haben. Sehen Sie genau hin!«

Vess beugte sich vor. »Dieses Bild wurde aus einer anderen Richtung aufgenommen.«

»Richtig, Hafenmeister. Und nicht von uns.«

Vess hob überrascht den Kopf. »Von jemandem aus der Außenseite?«

»Von weit draußen, ja. Clo Fiffithiss?«

Das Geschöpf entfaltete sich. »Man kann Bilder analysieren ... Dieses wurde von jemandem aufgenommen, der sich in einer Entfernung von weniger als einer Viertelmillion Kilometer von dem Trümmerbogen befand und darauf zuflog.« Es hielt inne, bevor es fortfuhr: »Mit großer Geschwindigkeit. Mit einer Geschwindigkeit, die zum Beispiel von einem Großkampfschiff erreicht werden kann.«

»Oh.« Vess sah erst Clo Fiffithiss und dann Or-Shls an. »Unser gestohlener *Sonnenläufer*?«

Or-Shls lächelte.

»Sie wissen, wo sie sind?« Vess spürte, wie sich seine Augenbrauen hoben.

»Das habe ich die ganze Zeit über gewusst, Vess. Jetzt weiß ich etwas noch viel Interessanteres. Ich weiß, wo sie hingegangen sind. Und ich glaube, unsere Freunde Vut wissen es auch.«

Der Tag dämmerte herauf. Vess nickte bedächtig. »Nicht länger existent«, sagte er.

Or-Shls senkte den Blick zum Boden. »Wir haben ein gewisses Maß an Kommunikation mit denen in Netzstadt aufrechterhalten. Keine Einzelheiten, nur eine Ahnung, wohin sie geflogen sind. Nicht genug, um ihre Handlungen mehr als minimal zu beeinflussen. Aber immerhin konnten wir ein wenig in die Zukunft blicken. Jetzt ist diese Verbindung ohne Vorwarnung abgebrochen. Es deutet darauf hin, dass es einen plötzlichen Führerwechsel gab.«

»Mit anderen Worten – ein Putsch?«

»Mit anderen Worten, ja.«

Vess ließ den Blick von Or-Shls zu Clo Fiffithiss schweifen. »Was ändert das für uns?«

»Sie stellen sich begriffsstutzig. Gegenüber unserer vorigen Situation nicht viel. Gegenüber dem Ziel, das wir anstreben, eine ganze Menge.« Er spitzte die Lippen. »Ein Bogen aus Trümmern von der Größe eines Planeten taucht auf, gefolgt von einem grünen Stern, und dann bricht die nächstgelegene Zivilisation ihre fünfhundert Jahre alte Tradition und redet nicht mehr mit uns. Womöglich als Ergebnis eines Putsches? Ich bin kein *Spieler*, Hafenmeister, doch ich würde mal behaupten, dass dies von Bedeutung ist.«

Etwas hatte Vess gestört, und jetzt erkannte er es. »Vorsitzender? Sie benutzen sehr oft das Wort *ich*. Stehen die anderen Vorstände hinter Ihnen?«

Or-Shls betrachtete ihn lange und schmunzelte schließlich. »An Ihrer Stelle würde ich mich auf die Suche nach Vut machen, die dorthin gegangen sind und offenbar so wahnsinnig dringend von Ihnen gefunden werden wollen – und die anscheinend ein Schiff gestohlen haben und auf die Jagd gegangen sind.«

»Nichts weiter? Nur Vut durch den Weltraum jagen?« Vess schüttelte den Kopf. »Bei allem Respekt, das erscheint mir eine seltsame Prioritätensetzung zu sein.«

»Das mag so scheinen, ist es aber nicht. Eine Sache müssen Sie verstehen, Exhafenmeister. Sie tragen den Makel des Versagens. Hier haben Sie keinen Nutzen mehr. Vut zu finden, wäre indes nützlich. Einen Kontakt mit denjenigen herzustellen, die dort draußen inzwischen das Sagen haben, wäre noch viel nützlicher.«

Vess lachte. »Das ist es also. Ich soll den Botschafter spielen? Wirklich, Vorsitzender?«

Or-Shls schlug sich mit der Hand aufs Knie. Das erste Zeichen von Wut, das Vess je bei ihm beobachtet hatte. »Warum nicht? Sie sind – waren – gerade lange genug im Dienst. Außerdem teilen sich Spione und Diplomaten im Grunde dieselben Eigenschaften. Allermindestens könnten Sie damit Ihr Leben retten. Feld hochfahren.« Die grauen Wände verschwanden und hinterließen einen Dampfvorhang. Or-Shls erhob sich, nickte und ging davon, indem er den Dampf beiseitewedelte. Dieser zerteilte sich in Schlieren, und kurz wurde Vess' Wange von einem heißen, feuchten Luftstoß angeweht.

Vess wandte sich zu Clo Fiffithiss um. »Was hat das zu bedeuten?«

Für einen Moment erstarrte das Wesen, bevor es aus seinen Vordergliedmaßen einen wirren Knoten machte. Vess krauste die Stirn. Soweit er sich erinnern konnte, bedeutete die Geste so etwas wie *Pst – nicht hier*. Er nickte.

»Sollen wir uns wieder zur Party gesellen?«

»Auf jeden Fall.« Clo Fiffithiss sah sich demonstrativ um. »Glauben Sie, er hat für eine Zerstreuung für mich gesorgt?«

Vess schüttelte den Kopf. »Hätten Sie sich so etwas gewünscht?«

»Nein, aber für die Geste wäre ich dankbar gewesen. Werden Sie sich vergnügen?«

»Nein.«

»Gut. Hätten Sie Ja gesagt, wären Sie für mich ein Hochstapler gewesen. Falls es Ihnen hilft, kann ich Ihnen versichern, dass sich unser Gastgeber auch nicht vergnügen wird.«

Vess hob die Brauen.

»Zumindest nicht aus erster Hand.« Eine Vorderklaue schwirrte umher. »Er ist reiner Beobachter.«

»Wusste er, dass Sie mir auch das sagen?«

»Das bezweifle ich.« Noch einmal dieselbe Geste. »Er weiß nicht, dass ich es weiß.«

»Nun, nun ...« Vess ging davon.

Dass Or-Shls ein Voyeur war, überraschte ihn nicht. Dass der *Spieler* das wusste, überraschte ihn hingegen schon ein wenig.

Doch er war hinter die Bedeutung der Geste gekommen. Es war ein durchtriebenes Grinsen. Dass das Wesen glaubte, dies sei lustig, machte Vess ... nachdenklich.

27
Wolkendeck

Auf dem lauten Höhepunkt hatte sich die Party fast bis an die nebligen Grenzen der Lichtung ausgebreitet und dann nach und nach aufgelöst. Einzelne waren gegangen oder hatten sich als Paare, als Dreiergruppen, Vierergruppen oder was auch immer zusammengefunden.

Ungefähr auf halbem Weg zwischen dem Steinkreis und der Kante der Plattform hatte Vess auf einem flachen Felsen gesessen. Einen Teil der Zeit hatte er mit der Beobachtung der Gäste zugebracht, den anderen mit Nachdenken. Niemand hatte sich mit ihm unterhalten, entweder weil man es ihnen befohlen hatte oder weil er nicht ... wichtig war.

Wütend brütete er vor sich hin. Beides passte ihm bestens in den Kram.

Clo Fiffithiss hatte nichts mehr erwähnt. Vor geraumer Weile hatte es sich entschuldigt, und Vess nahm mit halbem Ohr wahr, dass es in einiger Entfernung durch die Bäume raschelte. Wahrscheinlich ging es seiner eigenen Vorstellung von Zerstreuung nach.

Jetzt war es zurück, und Vess blinzelte es an. Dabei merkte er, dass es heller wurde. Das Wesen erschien nicht mehr nur als Silhouette, sondern als graue Gestalt. Vess stand auf und stemmte die Hände ins Kreuz.

»Ich bin müde«, sagte er. »Sollen wir ein paar Schritte gehen?«

»Natürlich.«

Vess steuerte den Rand der Lichtung an, und Clo Fiffithiss folgte ihm. Im Dämmerlicht waren Geräusche wichtig. Das Wesen erzeugte Laute wie ein winziges Säugetier, das über trockene Halme tippelt. *Aber genauso muss es sich auch anhören*, dachte Vess. *Wieso habe ich keine Angst?*

Weil Angst Grenzen kennt. Und an denen bin ich bereits angekommen.

Sie hatten fast den Rand der herabgelassenen Plattform erreicht. Der Wall wurde lichter, und am Ende gab es nur noch einen zehn Meter breiten Grasstreifen und einen hüfthohen Zaun aus geflochtenen Dornenranken.

Vess näherte sich dem Zaun und blickte darüber hinweg. Er bildete die einzige Barriere. Die Wolken hatten sich in der Dämmerung aufgelöst, sodass er bis nach Beckenstadt dreihundert Meter weiter unten hinabsehen konnte.

Er grinste Clo Fiffithiss an, das sich neben ihm auf den Zaun gesetzt hatte. »Dann hat Or-Shls also einen Plan.«

»Hunderte, würde ich meinen. Und?«

Einen Moment lang betrachtete Vess das Wesen. »Auf welcher Seite stehen Sie eigentlich?«

Die Geste bedeutete zweifellos ein Lachen. »Auf der Seite der Zahlen. Was glauben Sie denn?«

»Ich glaube, dass Sie kein Individuum *durchspielen* können.«

»Und ich glaube, dass das nicht die einzigen Zahlen sind.«

Vess nickte. »Wie kommen wir von hier weg?«

»Nun, wir fragen Or-Shls. Ich vermute, dass er die Frage erwartet.«

Vess schüttelte den Kopf. »Dabei käme ich mir vor, als würde ich den Kopf unter das Fallbeil legen.«

»Haben Sie einen anderen Vorschlag?«

»Ja, habe ich.« Er fuhr leicht mit der Hand über den Zaun und hob sie wieder – er war viel zu stachelig, um fester angefasst zu werden. »Ich erinnere mich an ein Gespräch, in dem Sie uns als langweilige Angestellte des mittleren Managements beschrieben haben. Würden Sie sich als risikoscheu bezeichnen, *Spieler*?«

»Selbstverständlich. Wieso?«

»Gut. Ich hoffe, Sie sehen es mir nach, wenn ich das auf die Probe stelle.«

Und Vess fuhr blitzschnell mit der Hand herum, traf den Rumpf im Zentrum der vielen Beine, und Clo Fiffithiss war verschwunden, taumelte wie ein Ball über die Kante des ...

Nein, eben *nicht* wie ein Ball. Innerhalb von Sekunden hatte es sich zu einem flatternden flachen Netz aus Klauen und Beinen ausgeklappt, das in einer schiefen Bahn nach unten segelte, als würde es gelenkt, weg von der Plattform und vom Becken darunter.

Vess sah ihm mit zusammengekniffenen Augen hinterher und nickte. Aus einem Punkt wurde ein Kreis, aus dem Kreis wurde ein dickbauchiges, leicht stromlinienförmiges Atmosphärenflugzeug, das am Ende eines sauberen Jetstreams dicht unter dem fallenden *Spieler* anhielt und ein flaches Netz ausfuhr. Clo Fiffithiss landete darin.

Eine Minute später schwebte das Fluggerät neben der Plattform, das Netz auf Vess' Augenhöhe. Clo Fiffithiss erhob sich in dem Netz und streckte Vess eine Klaue entgegen. Sein Übersetzer gab ein aufgeregtes, abgehacktes Rasseln von sich wie kullernde Kiesel. Es fingerte daran herum, und aus dem Kullern wurde eine Stimme.

»Vess! Sie sind ein totaler Arsch.« Es hielt inne. »Ob Sie es glauben oder nicht, in meiner Sprache klingt das sogar noch schlimmer als in Ihrer.«

Vess lachte. »Sie sagten doch, dass Sie risikoscheu sind.«

»Ja, das stimmt. Jetzt bin ich es umso mehr. Warum haben Sie das getan?«

»Ich will weg von hier, aber nicht mithilfe von etwas, das Or-Shls gehört. Ich habe es satt, eine Marionette zu sein.«

»Du liebe Güte, Mensch! Sie hätten doch einfach fragen können. Woher haben Sie überhaupt gewusst, dass ich zurückkomme?«

»Ich bin davon ausgegangen, dass Sie mich beschimpfen wollen.«

Clo Fiffithiss musterte ihn eine Weile. Nach einem insektenhaften Schulterzucken drehte es sich um und klopfte einen raschen Rhythmus auf das Dach des Fliegers, das daraufhin aufklappte. Das Gefährt schwebte ein Stück nach oben, bis das Ende einer der dicken Tragflächen über den Zaun ragte. Vess stieg hinauf und ließ sich in die Kabine fallen. Clo Fiffithiss schwang sich neben ihm herab.

Das Netz verstaute sich wieder. Auch das Dach klappte zu und versiegelte sich mit einem Sauggeräusch. Gleich darauf schoss der Flieger von der Plattform davon.

Von innen war das Dach durchsichtig. Vess beobachtete, wie das Wolkendeck in die Ferne rückte.

Er war nicht sicher gewesen, ob Clo Fiffithiss zurückkehren würde. Nun musste er sich eine Frage weniger stellen.

Ihm fiel auf, dass das Wesen ihn beobachtete. »Nachdem Sie jetzt von dort weggekommen sind«, fragte es, »wohin wollen Sie denn?«

Vess lächelte. »Zur Wabe.«

Clo Fiffithiss gab ein unübersetzbares Geräusch von sich. Seine Gliedmaßen huschten über die Steueroberfläche, und das kleine Gefährt blieb unvermittelt stehen. Dann drehte es sich zu ihm um.

»Haben Sie den Verstand verloren, Mensch?«

»Ich glaube nicht.«

»Aber warum?«

»Wie viele Gründe hätten Sie denn gern? Weil ich Or-Shls nicht helfen will. Weil ich Or-Shls nicht über den Weg traue. Weil ich nicht glaube, dass Vut mich sehen wollen.« *Und weil ich Ihnen auch nicht über den Weg traue*, dachte er.

»Aber warum zur Wabe, um alles in der Welt?«

Vess gab keine Antwort.

Clo Fiffithiss musterte ihn eine Weile und seufzte. »Das muss ich Or-Shls erzählen. Ohne seine Zustimmung ist das nicht möglich. Und Sie sollten wissen, dass das ganz und gar nicht gut für mich ist.«

»Wieso? Bin ich nicht so, wie Sie vorausgesagt haben?«

»Nein.« Es klappte eins seiner Glieder zur Steueroberfläche aus. »Ich kann nur hoffen, dass auch Or-Shls nicht so ist, wie ich vorausgesagt habe.«

Vess wandte sich ab und hoffte, dass er mit seiner verzweifelten Vermutung richtiglag.

28
Solpht (Archiv), Observatorium

Seldyan erwachte mit der Erinnerung an Bewegung. Sie ließ die Schultern fallen und spürte, wie sie in etwas Weiches, Nachgiebiges einsanken, das auf keinen Fall harter Boden sein konnte. Sie öffnete die Augen und blickte an eine geschwärzte Holzdecke, an der ein verworrenes Netz aus Seilen und Hebeln sowie zwei Lampen mit rauchenden gelblichen Flammen hingen. Neben ihr stand ein Tisch mit einem hohen Stuhl. Dicht an der Tischkante lag ein geschnitzter kleiner Gegenstand, ein facettierter Globus.

Sie setzte sich auf.

Ihr war nicht schwindelig – das war schon ein gewisser Fortschritt. Und der Fuß tat ihr nicht weh. Sie sah an sich hinunter. Jemand hatte ihr die Hose bis zum Knie aufgeschnitten, und darunter schien alles in trockene Blätter eingewickelt zu sein. Sie rochen herb und erzeugten beim Atmen einen wohligen Geschmack am Gaumen.

»Hallo?«

Hinter ihr waren Schritte zu hören. Sie wandte sich um und erblickte Belbis, der etwas vom Kopf herunternahm – einen Stoffstreifen? Er hob die Augenbrauen.

»Aufsitzen. Sehr gut. Schmerzen?«

»Nein. Keine Schmerzen. Warst du das?« Sie deutete auf die Blätter.

»Ja. Säubern, heilen. Auch in Wasser gekocht, trink. Heilt von innen.«

Seldyan musste über den Ausdruck schmunzeln. »Danke«, sagte sie. »Es hilft. Ich fühle mich ... von innen geheilt.«

»Gut. Gleich jetzt für eine Weile.«

Sie nickte. Dann runzelte sie die Stirn. »Warum für eine Weile?«

Seine Miene wurde ernst. »Wir sind hier ... Observatorium. Du bist gekommen, um Licht aufzuhalten, ja? Zeit jetzt.«

»Ah.« Sie stand auf. »Das Licht kommt von hier?«

Er nickte.

»Gut. Zeig es mir!«

Er griff zu einer der Öllampen, und sie folgte dem gelben Licht durch ein Labyrinth aus Räumen und nach unten. Erst über schmale Holzstiegen, dann über breitere, in den Fels gemeißelte Stufen. Am unteren Ende der Treppe blieb Seldyan stehen und kauerte sich hin, berührte den kalten Boden. »Das fühlt sich sehr glatt an ...« Sie griff in ihren Beutel und holte den Stunner heraus, erst erstaunt, dass er noch da war, dann darüber, dass er noch funktionierte, zumindest was das Leuchten anging.

Das Licht reflektierte von einer absolut glatten, fast schon polierten Fläche. Die Wände des Korridors, in dem sie standen, sahen genauso aus. Hier und dort gab es eine Nische mit einem geschnitzten Globus, ähnlich jenem, den sie auf dem Tisch gesehen hatte.

Sie nickte vor sich hin und erhob sich wieder. »Belbis? Ohne respektlos sein zu wollen, aber das stammt nicht von deinen Leuten.«

»Nein. Sehr alt. Hier.« Er hielt ihr einen Stoffstreifen hin.

»Was?«

»Augen verbinden. Keine Stufen mehr. Bald gelangen in Kammer, wo Licht kommt.« Er wies nach vorn auf eine schlichte Tür am Ende des Korridors.

»Oh.« Sie nahm das Tuch, wickelte es um den Kopf und band es umständlich hinten zusammen. Kein Licht drang zu ihren Augen durch. »Reicht das?«

Sie spürte seine tastenden Finger, die sich kalt anfühlten und nach Staub rochen.

»Ja. Jetzt ich.« Es raschelte. »Fertig? Mach auch die Augen zu.«

»Halt!« Sie streckte die Hand aus und packte ihn an der Kleidung. »Woher weißt du, dass das sicher ist?«

»Schon probiert. Während du geschlafen hast.« In seiner Stimme schwang Belustigung. »Drei Tage Schlaf. Meine Blätter sind langsamer als deine Tricks.«

»Du bist hierhergekommen?«

»Ja. Meine Aufgabe. Die Haushälter noch da.«

»Oh.« Sie erinnerte sich. Er hatte ihr von den alten Männern erzählt, die hiergeblieben waren. Eigentlich hätte sie ihn gern gefragt, was mit ihnen geschehen war. Stattdessen behielt sie die Frage für sich und klopfte ihm auf die Schulter. »Das war gut.«

»Meine Aufgabe. Jetzt fertig? Dann komm.«

Sie ließ ihn los und folgte seinen Schritten und dem Rascheln seiner Kleidung den Gang entlang. Um nicht zu wanken, strich sie mit einer Hand an der Wand entlang. Der Korridor war kurz – nach zwanzig Schritten hörte sie Belbis nicht mehr und blieb stehen.

Stattdessen nahm sie andere Geräusche wahr. Irgendwo vor ihr war ein wehklagendes Zischen zu hören. Wie Regen, der sich durch eine Enge zwängt. Es roch leicht angebrannt. Sie erschauerte.

Dann folgte das Geräusch eines Riegels, und das Zischen wurde lauter.

»Warnung. Nicht eintreten. Lebensgefahr«, sagte eine Stimme.

Etwas, nicht jemand, dachte Seldyan. Die Stimme war eindeutig künstlich. »Ist das auch passiert, als du das letzte Mal hier warst?«, fragte sie laut.

»Ja. Gleiche Stimme mit Warnung, als ich zum ersten Mal kam.«

Eine Automatik, dachte Seldyan. *Mal sehen, wie schlau sie ist.* Kurz überlegte sie. »Raum wird betreten. Gefährliche Aktivität unterbrechen.«

»Nicht eintreten.«

Die Automatik hatte reagiert, gewissermaßen. Seldyan trommelte mit dem Finger gegen die Wand und probierte es noch einmal. »Definiere Gefahr.«

»Elektromagnetisches Hochenergie-Richtstrahlenbündel. Nicht eintreten.«

Eindeutig ein Gespräch. Die nächste Frage war einen Versuch wert. »Nenne Zweck des Strahls.«

»Wechsel des Sicherheitsstatus. Alarm. Nennen Sie den Zweck Ihrer Frage.«

In Seldyans Kopf läuteten die Alarmglocken. Rasch dachte sie nach. »Informationengewinn.«

»Das trifft auf alle Fragen zu. Sie sind nicht autorisiert. Entfernen Sie sich.«

Seldyan wandte sich in die Richtung um, in der sie Belbis wähnte. »Schließ die Tür. Zeit zu gehen. Komm.«

Sie wartete, bis sie das Klicken hinter sich hörte, und atmete tief durch. »Hu! Ist dir das auch passiert?«

»Nur Warnung. Habe keine Fragen gestellt.«

»Sehr vernünftig. Lass uns gehen!« Sie drehte sich um und wollte sich auf dem Weg zurücktasten, den sie gekommen war. Doch dann schnaubte sie und zog sich die Augenbinde vom Kopf.

Und erstarrte.

Sie hatte erwartet, den Korridor entlangblicken zu können, doch das war ein Irrtum. Sie stand vor einer Wand, die alles andere als glatt war. Vielmehr waren Buchstaben in das Metall eingraviert. Mit dem Finger fuhr sie die Zeilen nach. »Hast du das gesehen, Belbis?«, fragte sie, ohne den Blick abzuwenden.

Sie hörte Stoff rascheln, als er seine Binde abnahm. Dann stand er neben ihr und betrachtete die Wand. »Ich habe gesehen. Keine Bedeutung«, sagte er.

»Für dich vielleicht. Für mich schon.« Sie berührte die Buchstaben. »Zweiter Stock. Du weißt, was das heißt. Irgendwo gibt es auch noch einen ersten Stock. Vielleicht sogar ein Erdgeschoss. Wie gut kennst du diesen Ort?«

»Den Teil aus Holz oben, jedes Zimmer. Hier unten, nur das hier. Die Haushälter haben es mir gezeigt.«

Sie nickte. »Ja, die Haushälter. Die können uns das jetzt nicht zeigen.« Sie dachte nach und spürte, wie sich ein Lächeln auf ihr Gesicht stahl. »Wo haben die Haushälter gewohnt?«

Er runzelte die Stirn. »Eigener Platz.«

»Klar. Willst du sie um Erlaubnis bitten, oder soll ich das tun?«

Er schwieg und senkte schließlich den Blick. »Komm mit.«

Sie folgte ihm und dem Lichtkegel seiner Lampe die Treppe hinauf. Nachdem sie die Metallgänge verlassen hatten, gelangten sie in eine gewundene hölzerne Welt, die ihr vollkommen unschiffbar vorkam. Für einen Blinden war diese Umgebung wahrscheinlich aber ganz normal.

Die Haushälter schienen nicht viel benötigt zu haben. Auf dem Boden lagen drei schmale Matten, daneben je eine Schale und ein einfacher Löffel.

Es gab weder Fenster noch irgendein anderes Licht. Mit einer Handbewegung bedeutete Seldyan ihrem Begleiter, ihr die Lampe zu reichen, und kniete neben einer der Matten nieder. Sie runzelte die Stirn. »Belbis, wie lange ist es her, seit du von hier weggegangen bist?«

Er betrachtete seine Finger. »Ich glaube, mehr als fünfzig Tage.«

»Ja, das dachte ich mir. Sie nannten sich Haushälter und sind verschwunden. Aber warum ist es hier nicht staubig?« Sie fuhr mit einem Finger über die Innenseite einer der Schalen. Sie fühlte sich geradezu peinlich sauber an.

Er hob die Schultern.

Seldyan schnippte leicht gegen die Schale. Sie klapperte. Dann erhob sie sich. »Mir fällt etwas ein.« Sie verharrte kurz und klatschte in die Hände. »Service oder was immer du bist! Zeig dich!«

Einige Atemzüge lang geschah nichts, und sie fühlte sich schon fast blamiert. Dann zuckten sie und Belbis zusammen.

Ein leiser Knall, und die Lichter gingen an. Nach dem Lampenlicht blendete es, und einige Sekunden lang musste Seldyan die Augen zusammenkneifen, um sich daran zu gewöhnen. Als sie sie wieder öffnete, hatten sie Gesellschaft – etwa einen Meter von ihr entfernt schwebte etwas auf Augenhöhe.

Es war eins der geschnitzten kleinen Objekte. Sie nickte. »Das leuchtet ein. Wie viele seid ihr?«

»Nur eins.« Die Stimme klang hoch und dünn.

»Eins? Aber ich habe viele ... Oh. Das bist alles du?«

»Ja. Ich kann mich schnell bewegen. Die KI meint, Sie hätten ihr Fragen gestellt.«

»Habe ich auch. Aber sie hat mir nicht geantwortet.«

»Sie hat nicht viel Vorstellungskraft. Ihre Sprachmuster lassen darauf schließen, dass Sie nicht von diesem Planeten stammen. Woher kommen Sie?«

Aus der Wabe, wollte sie sagen, überlegte es sich aber anders. »Von der Innenseite.«

»Nicht bekannt. Wo liegt das in Relation zum Spin?«

»Genau in der Mitte. Vielleicht bist du etwas veraltet.« Sie dachte kurz darüber nach. »Wie lange bist du schon hier?«

»Elftausendvierhundertundsiebzig lokale Jahre. Zehntausendundacht Standardjahre.«

Japsend holte Seldyan Luft und blies sie mit einem leisen Pfeifen wieder aus. »Im Ernst? Warst du die ganze Zeit über hier abgeschieden?«

»Ja.«

»Warum?«

Wortlos schwebte die kleine Maschine ein paar Sekunden lang vor ihr. Alles war vollkommen still. Seldyan hörte Belbis' Atem und fragte sich, wie er dies alles wohl aufnahm.

Dann wackelte die Maschine von einer auf die andere Seite. »Ich habe Rücksprache mit der KI gehalten. Wir gehen davon aus, dass Ihnen diese Einrichtung unbekannt ist. Wurde sie denn vollkommen vergessen?«

Das Schiff schien nichts von ihr gewusst zu haben, fiel Seldyan auf. Sonst auch niemand, nicht einmal Patras. »Wahrscheinlich schon.«

»Aber Sie sind hier. Warum?«

Sie lachte. »Du hast einen ganzen Planeten in grünes Licht getaucht. Das ist ziemlich offensichtlich.«

»Damit es für andere offensichtlich wird.« Wieder folgte Stille, bis das Ding weitersprach, und jetzt klang seine Stimme anders.

»Ich bin der Avatar des Archivs, das eingerichtet wurde, um einzudämmen, zu schützen und notfalls auch zu warnen. Sie haben auf eine Warnung reagiert, aber es ist eindeutig, dass Sie nicht wissen, wie Sie reagieren müssen. Es existiert ein Protokoll, das besagt, dass das Archiv für allgemeine Einsichtnahme geöffnet wird.«

»Nein, warte!« Seldyan ging einen Schritt auf das Ding zu, das nicht vor ihr zurückwich. »Denk dran, dass ich nichts weiß. Was wird eingedämmt?«

Hinter ihr holte Belbis keuchend Luft. »Die Götter«, warf er ein.

Sie drehte sich zu ihm um und schüttelte den Kopf. »Belbis! Das geht weit darüber hinaus. Es tut mir sehr leid, aber deine Bilder waren einfach nur Bilder.«

»Aber das waren sie nicht.«

Der Avatar hatte gesprochen. Sie fuhr herum und starrte ihn an. »Das ist nicht dein Ernst!«

»Doch. Sie waren das Produkt eines absichtlich so gestalteten Systems. Ihr Begleiter ist in gewisser Weise ebenfalls ein Produkt.«

Sie sah sich wieder nach Belbis um und stellte fest, dass er zitterte. Das überraschte sie nicht, denn ihr wäre es genauso ergangen. Sie wandte sich wieder um, ließ den Arm vorschnellen und wollte die schwebende Rätseldose einfangen. Doch die ruckte so schnell um eine Armeslänge zurück, als existiere sie für einen Sekundenbruchteil an beiden Orten gleichzeitig. »Erklär mir das, du bescheuerte kleine Kiste! Und zwar klipp und klar. Du solltest wissen, dass ich ein Kriegsschiff in der Nähe habe. Wenn du nicht bald mit Erklärungen rausrückst, werde ich …«

»Es wird Ihnen nicht gelingen, Kontakt zu ihm herzustellen, so wie es Ihnen an keinem Tag seit Ihrer Ankunft gelungen ist. Bitte sprechen Sie keine leeren Drohungen aus! Außerdem könnte es sein, dass Ihr Kriegsschiff mit ganz anderen Problemen beschäftigt ist.«

Sie blinzelte. »Mit anderen Problemen?«

»Andere Kriegsschiffe. Haben Sie geglaubt, Ihr Schiff sei das einzige? Während unserer Unterhaltung sind zehn weitere eingetroffen.«

»Ah ...« Sie sah sich nach einer Sitzgelegenheit um und wählte eine der Matten auf dem Boden. Die Unterlage war weniger hart als erwartet. Als sie sich niedergelassen hatte, blickte sie wieder zu dem Avatar auf. »Du musst etwas verstehen. Ich weiß nichts von all dem, kapiert? Ich bin hergekommen, weil dein grünes Lichtdingens das Leben von einer Million Leuten ins Verderben reitet. Ich will, dass es aufhört.«

»Das war zu erwarten. Eine Million ist locker innerhalb des durchgespielten Rahmens.«

»Willst du behaupten, das sei kein Problem?« Mit finsterem Blick beugte sie sich vor.

»Die derzeitige Bevölkerung des Spin beläuft sich auf annähernd siebenhundert Milliarden. Verglichen damit ist eine Million kein Problem.«

Sie bekam große Augen. »Warte! Könnte sich das auf den gesamten Spin auswirken?«

»Ja, in gewisser Weise. Besser gesagt könnte es den gesamten Spin und einen beträchtlichen Teil des ihn umgebenden Raums auslöschen.«

Lange starrte sie das kleine Holzding an. »Alles klar«, sagte sie schließlich. »Erzähl mir den Rest!« Sie warf Belbis einen Seitenblick zu. »Uns. Erzähl uns den Rest!«, fügte sie hinzu.

29
Wabe

Von einer Hand auf der Schulter wurde er geweckt. Einen Sekundenbruchteil lang glaubte er, es sei Dimollss. Er wälzte sich herum, um ihr zu sagen, dass Gefahr in der Luft liege. Dann wachte er vollends auf. Der Geruch hatte ihn verwirrt, denn er war wieder in der Wabe. Und in Gefahr schwebte nur er allein.

Er richtete sich auf und stellte fest, dass er sich nicht in einer der Schlafzellen befand. Wenn die Dinger schlüpften, sollte es in der Öffentlichkeit geschehen, hatte man ihm voller Freude erklärt. Deshalb schlief er auf einer Matte auf dem Boden des Speisesaals. Ein guter Platz, um zu beobachten, wie junge Insekten aus einem menschlichen Körper barsten, meinten sie.

Bisher spürte er nichts. Er ahnte nicht, wie es sich anfühlen würde, wenn es losging. Und er verbat sich den Gedanken daran, wie es sich anfühlen würde, wenn es richtig losgegangen war.

Es war ganz eindeutig nicht Dimollss, die ihn geweckt hatte. Der blasse ältere Mann legte einen Finger an die gräulichen Lippen, nickte und wandte sich ab. Vess erhob sich und folgte ihm. Der Speisesaal wurde weniger intensiv überwacht als die Schlafzellen, wurde aber dennoch beobachtet. Ihnen blieben höchstens einige Minuten. Aber dort, wo er hinging, ließ sich das vielleicht auf ein ganzes Leben ausdehnen. So hoffte er.

Das Magazin war bereits in Betrieb – wahrscheinlich schon seit einer ganzen Weile. Er legte sich neben einen der reglosen Körper und entspannte sich, während die Sonde angepasst wurde.

Dann schwebte er in dem warmen Nichts und musste sich zum Warten zwingen. Sein Verstand sagte ihm, dass es keine Eile hatte, doch seine Furcht lief in Realweltzeit.

Er musste nicht so lange warten wie befürchtet.

Willkommen zurück.

»Danke.«

Es gibt keinen Grund zur Sorge. Du kannst hierbleiben, solange du willst. Verbring so viele Leben, wie du dir vorstellen kannst. Manche von uns tun nichts anderes.

»Danke, aber das will ich gar nicht.«

Ein Moment des Beobachtens.

Natürlich.

»Ich will keine Ewigkeit. Ich bin mir nicht sicher, ob ich das brauche.« *Oder verdiene*, dachte er und hoffte, dass der Gedanke nicht bis zu ihnen durchdrang. »Aber ... wisst ihr über das Ding in meinem Körper Bescheid?«

Natürlich.

»Es hat einen eigenen Kopf. Ihr redet mit meinem Geist. Könnt ihr auch mit ihm reden?«

Vielleicht. Warum?

»Weil mir ein Gedanke gekommen ist. Tut ihr mir den Gefallen? Würdet ihr es probieren?«

Kann es schaden?

Das hatte er sich auch schon gefragt. Doch das Bewusstsein des Magazins hatte ihm bei der ersten Begegnung seine ganze kollektive Stärke gezeigt. »Ich glaube nicht, dass es den Versuch unternimmt. Falls doch, seid ihr darauf gefasst.«

Das sind wir.

Es folgte ein kurzer Augenblick der ... Unordnung, gefolgt von einem Gefühl der Rekonfiguration.

Wir können nicht mit ihm reden. Es ist zu fremdartig und zu alt.

»Wie alt?«

Noch mehr Unordnung. Dann kam die Antwort.

Die Frage ist bedeutungslos. Es gibt keinen Bezugsrahmen, der lange genug wäre.

Vess spürte, wie sein inneres Selbst schmunzelte. »Es ist unsterblich«, schlussfolgerte er.

Vielleicht. Seine Erinnerungen reichen viel weiter zurück als sein Körper. Hast du das gewusst?

»Aufgrund der Art und Weise, wie es sich fortpflanzt, habe ich es vermutet. Ein Gestaltwesen, das aus einer Sameneinheit eine neue Gruppe erzeugt? Und jede Einheit kann unabhängig agieren?«

Ja, du hast recht. Die kollektive Erinnerung reicht bis zum Ursprung seines Intellekts zurück.

Vess zögerte. »Aber ihr könnt nicht mit ihm reden. Habt ihr Zugang zu seinen Erinnerungen?«

Das wäre ein Eingriff.

Er blinzelte. »Nun ja. Aber wenn ihr schon von einem Eingriff sprecht, dann denkt darüber nach, wo es sich befindet und was es dort vorhat.«

Nun gut.

Eine Pause.

Ah. Das ist interessant. Vess? Das Wesen ist kaum vernunftbegabt, aber seine Erinnerungen enthalten Teile, die wir dir zeigen können.

»Nur zu.«

Bilder erschienen, aber nicht in seinem Kopf, sondern so, als betrachte er sie von außen. Ein dichter Wald, dick mit Schimmel und riesigen Pilzen überwuchert und tropfend nass – immer nass. Und überall die vielen Geschöpfe, die eins waren. Sie waren ... Vess hatte Mühe, Worte zu finden. Es war Leben, das der Erinnerung keine Grenzen setzte, und eine Million Versionen seines kollektiven Selbst. Leben, das eine Gestalt war, die einfach weiterexistierte. Wenn es wollte, konnte es sich sehr schnell weiterentwickeln, indem es bewusste Erinnerungen nutzte. Über Tausende von Generationen hatte es jedoch keinen Grund dazu gehabt. Es lebte im Gleichgewicht mit den grauen Kreaturen seiner einen Umwelt. Es hielt seinen Bestand konstant wie auch sein auf viele verteiltes riesiges Bewusstsein.

Dann tauchte ein Grund auf, doch es geschah so schnell, dass keine Zeit zum Reagieren blieb. Das Ökosystem hatte sich verändert. Innerhalb von Tagen war die Luft vergiftet und das Wasser sauer geworden.

Eine Gestalteinheit war entkommen.

Vess blinzelte. »Nur eine?«

Ja. Vut. Kein Vorgänger, sondern diese Gestalt.

»Oh.« Erst wusste er nicht, was er dem noch hinzufügen sollte. Dann kam ihm eine Frage. »Wie lange ist es her, dass das passiert ist?«

Schwer zu sagen. Wir glauben, vor ungefähr zehntausend Standardjahren.

Lange starrte Vess in die Leere des Magazins. *Ich war nur ein einziges Leben lang allein*, dachte er. *Nicht hundert Leben oder mehr.*

»Jemand hat seinen Planeten zerstört. Weiß es, warum?«

Es scheint so, aber es kann es nicht ausdrücken. Vess? Die-

ses Wesen ist nicht das einzige Bewusstsein, das wir erkennen können.

»Meins auch?«

Ja, wir können sehen, was geschieht. Bündnisse wurden geschmiedet, Versprechen wurden gemacht, viel Geld wurde geliehen. Or-Shls setzt alles auf eine Karte. Natürlich hatten wir unsere Vermutungen. Ein Großteil dieses frenetischen militärischen Aufrüstens war Wabenarbeit, und es hat Ressourcen aus einem großen Pool zusammengezogen. Doch diese Kollaboration mit der Hälfte aller Völker des Spin? Das ist sehr schlecht. Wenn wir in der Vergangenheit schon ausgequetscht wurden, wie soll es jetzt erst werden?

»Was wollt ihr tun?«

Wir werden handeln. Auf welche Weise, verraten wir besser nicht. Aber vielleicht willst du einfach über die Bedeutung des Wortes Wabe nachdenken.

Vess war verwirrt. »Nun ja, eine Wabe eben.«

Heute schon, aber sein Ursprung ist etwas anderes. Früher war WAB die Abkürzung für Wertarbeit zu Bestpreisen. Wertvolle Arbeit. Wir glauben, dass es das immer noch ist. Es liefert uns ein gewisses Druckmittel, das wir nutzen wollen. Und was hast du in der Zwischenzeit vor? Wir helfen dir gern.

Die Frage verblüffte ihn. »Was soll ich schon vorhaben? Ich sterbe, ziemlich bald.«

Vielleicht. Vielleicht auch nicht.

Er hörte ihnen genau zu.

Mit dem Gesicht nach unten lag er auf der Matte. Sein Rücken juckte – ein boshaftes, innerliches Jucken, gegen das auch kein Kratzen half. Er wusste, dass er die Wächter sah, sobald er das Gesicht zur Seite drehte.

Vor seinem Abschied aus dem Magazin hatten sie ihm erklärt, was passieren würde.

Sie werden dich genau beobachten, wenn es so weit ist.

»Ich hoffe, dass ihnen das Schauspiel gefällt.«

Vielleicht – aber das ist nicht der Hauptgrund. Es werden Kreaturen schlüpfen, vergiss das nicht. Und die wollen sie einfangen, wenn nicht gar töten.

In Gedanken runzelte Vess die Stirn. »Neugeborene töten?«

Du bist ... erstaunlich, Insektenhasser. Bist du bereit?

»So gut ich kann.«

Und jetzt hoffte er, dass er bereit war. Hinter sich hörte er eine Stimme. »Mist! Es bewegt sich. Kannst du das sehen?«

»Macht euch bereit ...«

Und er machte sich bereit, obwohl er wusste, dass der Befehl nicht ihm gegolten hatte. Doch aus dem Jucken wurde etwas anderes – ein scharfes, hartnäckiges Nagen, das ...

Zitternd holte er Luft und schrie und schrie und schrie, während sich die schlüpfenden Insekten einen Weg aus ihm herausfraßen.

Dann war es ... nicht vorbei, denn es war nicht möglich, dass eine derartige Qual jemals vorbei sein konnte. Er würde sie bis ans Ende seines Lebens spüren ... aber nicht mehr aktiv. Er hatte Wunden, viele Wunden. Aber sie waren, was sie waren.

Er lebte.

Die Wesen könnten sich entschließen, dich beim Schlüpfen nicht zu töten.

Er hörte ganz in der Nähe Energieentladungen.

Er blieb ruhig liegen. *In ihren Augen bist du tot,* dachte er. *Vielleicht sind es die Kreaturen auch. Wer weiß?*

Die Entladungen brachen ab. Es herrschte atemlose Stille. Dann wäre Vess fast hochgeschreckt, als ein schriller Alarm ertönte.

Vermutlich waren nicht alle tot. Er fragte sich, wie schnell sie waren.

Aufgeregte Befehle wurden gebellt, Schritte hallten, entfernten sich.

Sehr viel später wurde er gepackt und hochgehoben. Das riss an seinen Wunden, und noch während er Luft holte, um vor Schmerz aufzuheulen, wurde es schwarz um ihn.

Vess stand am Rand des Großen Beckens und sah zu, wie das Wasser langsam anstieg. Solange er nicht über das Becken hinaussah, wirkte alles ziemlich gleich. Das Spiegelbild des Laienpalasts zitterte leicht, sobald eine Brise über das Wasser strich. Die Säulen, die das Wolkendeck trugen, verschwanden oben im Nebel. Das Becken war fast voll. In wenigen Minuten würde das Gewicht die Sperrklappen entriegeln, die riesige Schale würde nach unten sinken und dabei den Bootslift nach oben zum Mittelhafen hieven.

Vess hob den Blick vom Wasser und sah an der nächsten Hängekette hinauf. Er wusste, was er tun musste. Er wusste nur nicht, ob es ihm gelänge.

Es war eine gemächliche Reise gewesen. Das war Vess nur recht gewesen, der nicht länger kreuz und quer durch den Spin jagen musste, dafür aber Zeit zum Genesen brauchte.

Es war schon viele Tage her, dass seine vermeintliche Leiche in eine Müllkapsel geladen und aus der Wabe hinausgeschossen worden war. Und annähernd so viele Tage, seit die Kapsel von einem uralten, schrulligen Gefährt, das mit dem Magazin befreundet zu sein schien, abgefangen worden war. Ihm war immer noch nicht klar, wie das funktionierte.

Was er seinerzeit nicht gewusst hatte – neben ihm als offizieller Fracht hatte die Kapsel auch inoffizielle Fracht an Bord gehabt. Die Hälfte der jugendlichen Mitglieder jener Gestalt, die sich nun Vutvess nannten. Sie waren geradezu anhänglich. Noch war sich Vess nicht klar darüber, wie er das finden sollte.

Vutvess liebten das Regenwaldhabitat. Bis zu einem gewissen Grad vermochte er mit ihnen zu kommunizieren. Untereinander benutzten sie eine Form von Telepathie, und wenn sie sich anstrengten, konnten sie ihren ehemaligen Wirt mit einbeziehen.

Sie hatten sich entschuldigt und ihm damit fast ... geschmeichelt, nachdem er erst einmal alle anderen Gefühle abgehakt hatte. Es war ein monumentaler Vertrauensbeweis gewesen, fast ein Glaubensakt.

Das Schiff, das sich entgegen allen Anzeichen Orbiter nannte, hatte sie ohne Wenn und Aber an Bord aufgenommen. Es war tatsächlich schrullig. Sein Inneres teilte sich in unterschiedliche Habitate auf, die durch gazeartige Kraftfelder voneinander getrennt waren. Die wiederum ließen genug Luftzirkulation zu, um alles frisch zu halten. Vess bevorzugte eine der semiariden Zonen. Einen Großteil der Zeit verbrachte er damit, Nachrichten anzusehen. Plötzlich gab es viel mehr Kanäle. Die meisten zeigten schrille, wahrscheinlich bearbeitete Bilder derselben fernen Raumschlacht. Als er sich fit genug zum Analysieren fühlte, bohrte er bei den Details nach und fand heraus, dass die Schlacht ungefähr vier Minuten gedauert hatte. Anscheinend hatte sie mehrere Stunden Filmmaterial hergegeben.

Weitere Nachrichten bezogen sich auf die Lage zu Hause. Hier war ein wechselndes Bild zu sehen. Begonnen hatte es mit Aufständen wegen der Nahrungsmittelknappheit, doch mittlerweile wurden eine angespannte Ruhe und zahlreiche Uniformierte gezeigt. Einige der Uniformen kamen ihm vertraut vor, doch er brauchte eine Weile, um sie einzuordnen. Dann fiel es ihm wieder ein. Als Hafenmeister hatte er sie während des Briefings mit benachbarten Zivilisationen gesehen. Nicht alle Zivilisationen waren damals gute Freunde gewesen.

Und inzwischen war er genesen, zumindest so weit, dass er sich normal bewegen konnte. In diesem Augenblick stieß der Orbiter einen behauchten Laut aus, der wie ein Räuspern klang.

»Wir haben Sephalt fast erreicht.«

Vess nickte. »Wirst du auf mich warten?«

»Natürlich. Ich habe nichts anderes zu tun. Das Shuttle ist bereit.«

»Danke.« Das war eine weitere Überraschung gewesen. Die meisten Orbitalfahrzeuge hätten zum Beladen und Entladen auf andere Gefährte zurückgreifen müssen. Dieses aber besaß ein sauberes altmodisches Atmosphärenshuttle, und es hatte höflich, aber nachdrücklich darauf hingewiesen, dass es lieber nicht selbst irgendwo andockte.

Vess setzte sich in das Shuttle und fuhr leicht zusammen, als seine Wunden gegen die Sessellehne gepresst wurden. Eine halbe Stunde später war er auf dem Berggipfel zurück gewesen. Offenbar erlaubte es ihm seine Identität noch immer, den Verwaltungsbereich der Innenseite zu betreten. Im Morgengrauen war er in Beckenstadt.

Anscheinend stand die Stadt unter neuer Verwaltung. In keinem der Nachrichtenkanäle wurde Or-Shls erwähnt. Er hatte die Passanten gefragt. Doch die hatten nichts gesagt, nur mit einem Nicken nach oben gedeutet und waren weitergegangen. Die Bedeutung der Geste war klar.

Or-Shls befand sich auf dem Wolkendeck – seit einiger Zeit schon.

Nach Clo Fiffithiss hatte Vess nicht gesucht.

Vor allem in den Füßen spürte er ein sanftes Klopfen, und der Boden bebte leicht. Die Sperre war entriegelt. Es war so weit.

Vess hatte in der Nähe des Beckenrands Stellung bezogen. Hinter ihm, weniger als fünf Meter vom Rand entfernt, erhob sich eine der beiden verrosteten großen Stahlsäulen, die das Drehgelenk trugen. Auf der anderen Seite sausten die dicken Stahldrähte vorbei, die das Dock nach oben zogen und sich aufgrund der Übersetzung zehnmal schneller bewegten.

An den Säulen waren Plattformen angebracht. Eine davon rückte ins Blickfeld, als das Becken nach unten sank.

Als Kind hatte Vess zwischen den Säulen, Aufzügen und Drähten gespielt, die die Welt im Erdgeschoss zierten. Als Jugendlicher war er oft dorthin geflohen.

Diese Plattformen waren bestimmt genauso konstruiert. Nur viel größer und Hunderte von Metern über dem Boden. Doch dieser Unterschied existierte nur in seinem Kopf, redete er sich ein. Und wollte es glauben. Er trat fünf Schritte vom Rand zurück, holte tief Luft und rannte los.

Mit rudernden Armen und Beinen segelte er zwischen dem Becken und der Plattform durch die Luft und schlug mit ausgebreiteten Armen so heftig gegen die Säule, dass es krachte und ihm der Atem aus den Lungen gepresst wurde.

Er fand keine Zeit zur Erholung, denn die Seile liefen immer schneller. Japsend hastete er über die Plattform, bis er vor den rostigen Stahlsäulen stand, in die Knie ging und sprang. Wieder prallte er gegen Stahl, hielt sich mit Armen und Beinen an dem Seil fest – und rutschte ab.

Das Seil war geschmiert. Daran hatte er nicht gedacht. Es gelang ihm, es mit beiden Armen zu umfassen. Dann verschränkte er die Finger und umklammerte es so fest wie nur möglich. Die gedrehten Drahtstränge, aus denen das Seil bestand, scheuerten ihm über die Muskeln, als wollten sie ihn in Püree verwandeln – und er rutschte.

Mit den Füßen scharrte er über das Seil, doch dessen Oberfläche besaß keine Vertiefungen, in denen er Halt gefunden hätte. Wenn das so weiterging, würde er zu weit abrutschen.

Dann schob sich etwas in die Innenseite seines Oberschenkels. Er stieß einen heiseren Schmerzensschrei aus, riss den Kopf vor und sah nach unten.

Das Seil war ausgefranst. Ein Drahtknoten stand aus dem gedrehten Seilstrang heraus und hatte sich in seinen Schenkel gebohrt. Schon wollten seine Muskeln reagieren, um ihn hochzuziehen und zu befreien, doch er hielt sich bewusst zurück.

Denn jetzt rutschte er nicht mehr. Er biss die Zähne zusammen und blieb ruhig. Nicht mehr lange.

Das Seil brummte. Sie näherten sich den gewaltigen Winden des Fördergerüsts. Aufgespießt oder nicht, er musste bald loslassen. Andernfalls würde er durch den gigantischen Flaschenzug gezerrt und dort zu Staub zermahlen.

Er reckte den Hals und spähte nach oben. Knapp unterhalb der Spitze der Säule musste sich noch eine Plattform befinden. Doch da war nichts außer stumpfen, rostigen Eisenwinkeln.

Ihm blieb keine andere Wahl. Als die Winkel an ihm vorbei nach unten schwangen, löste er die Hände und streckte das unversehrte Bein aus. Als er den Winkel mit dem Fuß berührte, ließ er vollends los.

Mit einem Fuß setzte er auf.

Mit einem Reißen und dem Schmerz wie bei einer Amputation löste sich der Drahtknoten aus seinem Schenkel. Vor Pein hörte er sich aufheulen. Doch nun stand er mit einem Fuß auf dem Winkel – für beide Füße war kein Platz – und umarmte die Säule mit beiden Händen.

Der Stahl war rau und roch stark nach feuchtem Rost. Er hielt sich daran fest, bis sich sein Atem beruhigt hatte. Dann zwang er sich, die Augen zu öffnen und den Blick von dem kalten Metall vor der Nase abzuwenden. Sein Herz hämmerte wild.

Ihm war ein Fehler unterlaufen. Der Rand des Wolkendecks hatte sich verschoben, weiter als vermutet – zu weit, als dass er springen konnte.

Er saß fest.

Dann hörte er die Stimme.

»Manchmal, wenn meine Geschwister *jagen*, treiben sie ihre Beute einen Baum hinauf und warten, bis sie von Panik überwältigt wird.«

Vess' Kopf ruckte nach unten. Wenige Meter unter ihm klammerte sich Clo Fiffithiss an die Säule.

Es gelang ihm, ruhig zu sprechen. »*Jagen* Sie?«

»Ich war nicht *jagen*. Bin Ihnen nur gefolgt aus reiner Neugierde. Aber vielleicht verstehe ich allmählich den Reiz. Was werden Sie jetzt tun?«

Vess schwieg.

»Als Sie mich vom Deck heruntergestoßen haben, hatte ich einen Flieger in Bereitschaft«, fuhr das Wesen im Plauderton fort. »Ich nehme an, Sie nicht.«

»Nein.« Es hatte keinen Zweck, ihm etwas vormachen zu wollen.

»Möchten Sie, dass ich einen herbeirufe?«

Vess sah das Wesen an. »Können Sie das?« Das Gespräch kam ihm völlig absurd vor.

»O ja. Soll ich? Ihre Arme zittern. Ich glaube, bei Menschen ist das ein schlechtes Zeichen.«

Es hatte recht. Vess' Muskeln brannten. »Ja«, presste er mit Mühe hervor.

»Sehr wohl. Fallen Sie bitte nicht.«

Der Flieger war ganz anders als die gedrungene Maschine, die Clo Fiffithiss aufgefangen hatte. Er bestand aus gazeartiger Folie, die zwischen zwei Zylindern aufgespannt war. Diese konnten sich anscheinend unabhängig voneinander bewegen. Der Flieger näherte sich auf Knichöhe, und nach einem kurzen Moment des Zweifels ließ sich Vess hineinfallen. Er wippte unter seinem Gewicht leicht hin und her und steuerte dann sanft auf das Wolkendeck zu. Schließlich erhob er sich ein wenig nach oben, um das Geländer zu überqueren, und kippte in eine aufrechte Position ab. Vess glitt von der Folie hinunter und landete auf den Füßen.

Als er den Schmerz im Bein verspürte, zuckte er zusammen und wandte sich um. Im selben Moment schwang sich Clo Fiffithiss um die Säule herum und ließ los. Es schoss über den Abgrund herüber, die Gliedmaßen zu einem kompakten Schwanz vereinigt, den es zur Landung wieder auffächerte. Dann sah es zu ihm auf. »Schaffen Sie es bis zum Haus?«

Es waren ungefähr hundert Meter bis dorthin, und Vess bezweifelte, ob er die Strecke bewältigen würde. Dennoch presste er die Lippen zusammen und nickte.

»Gut. Ah, einen Moment.« Es wandte sich zum Geländer und vollführte mit drei Gliedmaßen eine aufwendige Geste. Ein durchdringendes, sägendes Summen ertönte und verklang rasch zu einem Hintergrundbrummen. Die Luft über dem Geländer flackerte kurz, dann war dort ein violett schimmernder Schleier zu erkennen.

»So. Schließlich sind Sie jetzt hier.« Es gestikulierte erneut, aber Vess verstand die Geste nicht.

»Nun ja.« Er runzelte die Stirn. »Heißt das, dass ich ...«

»... erwartet wurde? O ja. Sonst wäre das Feld nicht abgeschaltet gewesen. Seit den Veränderungen unten war es nie aus. Kommen Sie.«

Vess war nie im Haupthaus gewesen. Während seiner Anwesenheit auf dem Besitz hatte er sich meist im Garten aufgehalten. Deshalb wusste er nicht, wie es dort normalerweise aussah – oder was normal war.

Im Haus war es dunkel. Auf der Schwelle blieb Vess erst einmal stehen, um die Augen an die Düsternis zu gewöhnen. Es roch leicht nach Tabakrauch und abgestandenem Essen. Darunter lag eine schwache Schweißnote, und von der Mischung wurde es Vess leicht übel.

Dann hörte er es. Er benötigte einen Moment, um zu begreifen, doch schließlich fiel ihm das Instrument ein, das Or-Shls als Algonet beschrieben hatte – dieselben geisterhaften Missklänge und klagenden Seufzer. Doch nicht ganz dieselben, fiel ihm auf. Die Töne hatten eine besondere Schärfe. Und es mischte sich noch etwas anderes mit hinein.

Seine Ohren trennten die Geräusche. Da weinte jemand.

Dann hatten sich seine Augen an das Dämmerlicht gewöhnt. Er erkannte sie und ging auf sie zu.

Or-Shls stand vor einem Rahmen neben einem Gerät, das wie ein Werkzeugständer aussah. Mit den Händen fuhr er über den Rahmen, verharrend, klopfend und wischend, und je nach den Bewegungen veränderte sich der Klang.

Das andere Geräusch stammte von Dimollss. Sie saß mit nassen Augen auf dem Boden. Als Vess sich näherte, sah sie zu ihm auf. »Er tut diesem Ding weh, damit es heult«, sagte sie. »Mach, dass er damit aufhört!«

Vess lächelte sie an und gab sich Mühe, dass es echt wirkte. Dann wandte er sich an Or-Shls. »Hören Sie auf!«, bat er schlicht.

Der Mann lachte. »Für einen Moment. Aber nur, weil ich Sie etwas fragen will. Warum sind Sie nicht tot?«

Vess machte eine wegwerfende Handbewegung. »Weil Vut mich nicht getötet haben.«

»Dann haben sie es also nicht getan. Und ich bislang auch nicht. Aber das kann noch kommen.« Or-Shls musterte ihn. »Wie war es?«

»Was?«

»Als sie geschlüpft sind. Wie hat es sich angefühlt?«

Der Mann hatte feuchte Lippen, und Vess' Magen verkrampfte sich. Er schüttelte den Kopf.

Or-Shls musterte ihn, bevor er sich abwandte. »Je nun. Das haben wir ja auch noch. Hören Sie! Das ist der Luftschlauch.« Er wählte eine schlanke Röhre, platzierte sie sorgfältig an einer Stelle des Rahmens und drückte einen Knopf am Ende der Röhre. Auf ein Zischen hin folgte ein unheimlicher Klagelaut. Dimollss stöhnte und hielt sich die Ohren zu.

Vess sah eine Sekunde lang zu. Inzwischen hatten sich seine Augen noch besser an die Lichtverhältnisse gewöhnt. Es sah so aus, als hätte jemand eine eigentümliche große Flugratte mit ausgebreiteten Schwingen an einen Rahmen genagelt. Nicht einfach nur ausgebreitet, sondern aufgespannt. Sie wand sich im Rhythmus ihrer Wehlaute.

Dann fiel es ihm wie Schuppen von den Augen. »Sie foltern das Geschöpf.«

Ohne sich umzuwenden, schüttelte Or-Shls den Kopf. »Nein, ich stimuliere es. Folter trifft nur bei höher entwickelten Wesen zu.«

Vess sah zu Dimollss hinunter. Sie hielt sich noch immer die Ohren zu. Er fragte sich, warum sie nicht ging, denn nichts schien sie festzuhalten. Dann erhaschte er einen Blick auf ihre Lebenserhaltungskugel, und er begriff. Diese war am Boden befestigt. Das Ausgehöhltenmädchen durfte sich nach Belieben bewegen, wenn es bereit war, sich von ihrem Leben abzuschneiden.

Und endlich wurde er wütend.

Es geschah völlig ungeplant, und seine Beine übernahmen die Initiative. Mit zwei raschen Schritten war er bei Or-Shls, stieß ihn beiseite und griff gleichzeitig nach dem Schlauch.

Or-Shls taumelte, fing sich aber schneller als erwartet. Geradezu freudig überrascht musterte er Vess. »Endlich fühlt er etwas! Doch seien Sie vorsichtig mit dem Schlauch! Sonst fühlen Sie noch etwas ganz anderes.«

Vess betrachtete den Schlauch. Er hielt ihn eine Armeslänge oberhalb der Düse, und die Spitze wedelte wie eine Schlange hin und her, während Luft herauspfiff. »Ich muss das wohl irgendwo reinstecken.«

Nun lachte Or-Shls tatsächlich – ein unangenehmes, schrilles Kreischen, das Vess durch Mark und Bein fuhr. »Eine Drohung, Hafenmeister? Zu Ihrer Wut obendrauf? Sie machen mich sehr glücklich.« Er deutete auf den Schlauch. »Drehen Sie die Luft ab, und dann lassen Sie uns ein paar Schritte gehen!« Er drehte sich um, und ohne sich noch einmal zu ihm umzusehen, trat er auf die Terrasse hinaus. Vess begutachtete den Schlauch und entdeckte den Knopf, mit dem man ihn abdrehte. Jetzt hing er schlaff herab. Dimollss weinte nicht mehr, doch ihre Augen funkelten zornig. Vess hielt ihrem Blick eine Weile stand. Dann nickte er und folgte Or-Shls.

Der korpulente Mann lehnte am Terrassengeländer. Als Vess sich näherte, wandte er sich halb um. »Ich gebe Ihnen die Schuld.«

»Wofür?«

Or-Shls deutete mit einer Handbewegung über das Geländer nach draußen. »Dafür. Für alles. Sehen Sie es?« Er machte eine Wischbewegung, und der Schleier verschwand. »Dort! Jetzt erkennen Sie es besser.«

Vess spähte in die Ferne. »Was soll ich sehen?«

Noch einmal ein Wischen, diesmal ausladender. »Meine Welt, Mann. Unsere Welt war das. In den Händen anderer. Ihre Schuld.«

Vess wandte sich um und starrte den Kerl an. »Meine Schuld? Habe *ich* etwa unsere Grenzen auf ein unmögliches Minimum zusammenschrumpfen lassen? *Habe ich* unsere Flotte so weit eingedampft, dass wir uns nicht einmal um die Überbleibsel kümmern konnten? Dass wir nicht einmal die Verfolgung aufnehmen konnten, als sie uns vor der Nase weggestohlen wurde? Das war *ich*, wie?« Er schrie, dieses eine Mal, brüllte mit aufgerissenem Mund und vorgerecktem Kopf. »*Ich* habe uns von einer Sklavenwirtschaft abhängig gemacht, in der die Freien noch mehr hungern als die Sklaven? *Ich* habe unseren *Lebensatem* an unsere Feinde verpfändet, damit wir einer Legende hinterherjagen können?« Er schüttelte den Kopf. »Nein, nicht ich, Vorsitzender.«

»Nein, Sie nicht. Sie sind es nie, nicht wahr?« Or-Shls war rot angelaufen. »Ich nehme an, dass Sie auch keinen miesen Pakt mit diesen Vollidioten in der Wabe geschlossen haben, oder? Die haben sich gegen uns gewandt, haben Sie das gehört?«

Vess schwieg.

»Oder mit Vut?« Or-Shls klebten Speichelreste in den Mundwinkeln. »O Mist, Mann! Wie können Ihresgleichen bloß so tief sinken, dass sie sogar mit fleischfressenden Insekten Geschäfte machen?«

Ihresgleichen. Vess nahm die Hände vom Geländer und betrachtete sie. »Ich habe keine Geschäfte mit Vut gemacht«, erklärte er. »Und mit Ihnen auch nicht.«

»Und ich war so dumm zu glauben, dass Sie das tun.« Or-Shls schüttelte den Kopf. »Nun, jetzt haben Sie ein ganz anderes Problem.«

Auch Vess schüttelte den Kopf. »Welches Problem?«

Als er neben sich eine tiefe, ruhige Stimme vernahm, verwandelte sich sein Inneres in eine Magmakammer. »Sind Sie jemals *gejagt* worden?«

Er fuhr herum. Clo Fiffithiss hing wenige Meter entfernt am Geländer, und sein Rumpf baumelte dicht über dem Boden. Die Vorderklauen waren ein kleines Stück ausgefahren.

An ihren Enden bildeten sich Tropfen. Einen Moment lang begriff Vess nicht, was er sah, doch dann dämmerte es ihm. Es war Gift.

Er rannte. Sein Instinkt lenkte ihn zum Haus zurück, und er ließ sich davon leiten. Im Laufen rechtfertigte er sein Vorgehen – ein Sprint über offenes Gelände war für den Anfang eine gute Methode, um den Gegner einzuschätzen. Er hatte den Vorteil, sich in den richtigen Schwerkraftverhältnissen zu bewegen. Als Nachteil musste er allerdings einräumen, dass er überhaupt nicht wusste, wie Clo Fiffithiss *jagte.*

Im Grunde wusste er, dass es ihm um Dimollss ging.

Unbeabsichtigt hatte er die Jungen einer vollkommen fremden Spezies in Schutz genommen. Jetzt war es an der Zeit, dies auch für einen Menschen zu tun.

Als er im Haus anlangte, stand sie dem Wesen im Rahmen so nahe, wie es ihre Nabelschnur erlaubte. Als er vor ihr erschien, lächelte sie. »Ich glaube, es gefällt ihm, wenn ich mit ihm rede.«

Er konnte nur nicken, weil ihm der Atem stockte.

»Wo sind die anderen? Der Dicke und der schreckliche Kerl mit den Beinen?«

»Bin mir nicht sicher.« Dann begriff er, was sie gesagt hatte. »Warum schrecklich?«

Sie senkte den Blick. »Es sagt so Sachen.«

In einer anderen Situation wäre er neben ihr niedergekniet. Er hätte sie in die Arme genommen und beruhigend auf sie eingeredet, während sie ihm das Schreckliche und alles andere erzählt hätte. Doch ihn verfolgte ebenfalls Schreckliches und kam immer näher. Ihm blieb keine Zeit.

Stattdessen legte er ihr nur eine Hand auf die Schulter. »Vertrau mir!«, bat er.

Sie brachte ein Lächeln zustande. »Ich vertraue dir.«

Er richtete sich auf – und alles geschah in Zeitlupe.

Seine Beine streckten sich. Ein Atemholen. Und aus den Augenwinkeln nimmt er wahr – sie legt den Kopf in den Nacken, ihr Mund formt ein O.

Eine federleichte Berührung an seiner Schulter.

Wieder in Echtzeit warf er sich zur Seite. Sein verletztes Bein gab unter ihm nach. Er krümmte sich, stieß gegen den Rahmen und stolperte einige Schritte zurück, bevor er das Gleichgewicht zurückerlangte.

»Sie sind nicht in Bestform, Hafenmeister. Bei uns zu Hause lernen die Jungen, verwundete Beute zu *jagen*. Ich sollte mich wieder jung fühlen.«

Die Stimme schien vom Rahmen zu kommen. Vess wich zurück und versuchte sich an alles zu erinnern, was er über die *Jagd* wusste. Es gab keine Regeln, es gab nur einen Überlebenden. Mehr nicht.

Über ihm ein Schlittern. Er wich weitere Schritte zurück.

»Kein Ausweg, Mensch. Gestehen Sie Ihre Niederlage ein?«

Wieder ein Schlittern. Er entfernte sich immer weiter von Dimollss, vom Rahmen, vom Licht.

Eine Erinnerung zupfte an ihm. Er griff sie auf, begutachtete sie. Es war möglich – gerade so.

Er räusperte sich. »Was passiert, wenn ich mich geschlagen gebe?«

»Wir begeben uns ganz ruhig in einen Winkel des Waldes, und ich komme allein wieder heraus. Geben Sie sich geschlagen?«

»Nein.« *Ein Winkel des Waldes*, dachte er. Noch so ein Punkt – die beste Beute war jene, die in die Enge getrieben worden war. Deshalb trieb es ihn zurück, vom Licht weg. Vom Rahmen weg.

»Nein«, wiederholte er. »Ich gebe mich nicht geschlagen. Vor allem keinem Jagdversager gegenüber.«

»Versager?«

»Nun, das oder eine Jungfrau. Ich weiß nicht, was schlimmer ist.« Er merkte, dass er sich duckte. Dann richtete er sich auf und steuerte wieder auf den Rahmen zu. Abermals war ein Schlittern zu hören, doch er reagierte nicht darauf. *Es hat Angst*, dachte er. *Das muss mir reichen.*

Er war wieder beim Rahmen. Dimollss starrte ihn mit riesigen Augen an. Das aufgespannte Tier zitterte leicht, als fürchte es noch schlimmere Folter.

Da kam ihm der Gedanke. Er griff nach unten, ertastete das Gesuchte und packte es.

Von oben war ein leises Geräusch zu hören. Instinktiv nahm er eine geduckte Haltung ein, linste dabei aber nach oben. Etwas Scharfes streifte seine Wange, und Clo Fiffithiss stand vor ihm.

»Erster Treffer für mich«, verkündete es. »Was sagen Sie jetzt?«

Vess fasste sich an die Wange, tastete und betrachtete das Blut an den Fingern. »Kein sonderlich schwerer Treffer, wenn Sie mich damit töten wollten.«

Das Wesen lachte, und es klang schrecklich falsch, ein angelernter Laut. »Ich will Sie töten, allerdings muss ich dabei einem Ritual folgen. Wir sind eine symmetrische Spezies, Mensch.«

Es vollführte einen Satz in die Höhe, und Vess verlor es aus dem Blick. Dann stürzte es sich wieder auf ihn, und diesmal ritzte es ihm die andere Wange.

»Sehen Sie? Symmetrie. Wie fühlen Sie sich?«

»Wie sollte ich mich denn fühlen?«

»Schwach, nehme ich an, nachdem ich Sie zweimal vergiftet habe. Fürs Erste aber nur, um Sie zu schwächen. Mein dritter Giftangriff steht noch bevor.«

Er starrte das Wesen an. Dann brach er in die Knie. Sein Kiefer hing herab.

Und seine Finger packten noch immer fest zu.

Clo Fiffithiss ging in die Hocke – und sprang ihn mit ausgestreckten Klauen an, zielte auf die Mitte. Symmetrie.

Vess' Arm schwang vor, und gleichzeitig drückte er den Knopf. Der Schlauch zischte wütend.

Die Düse traf die nach vorn schnellende Kreatur frontal im Augencluster. Es stieß ein pfeifendes Kreischen aus und prallte als Ball aus Beinen zurück. Nur die Vorderklauen wischten krampfhaft über die Augen. Vess schob den Schlauch in seiner Hand einen Meter vor und ließ ihn wie eine Peitsche auf Clo Fiffithiss hinabsausen.

Die Düse schlug mit hörbarem Knacken auf dem Leib des Wesens auf. Wieder ertönte ein Kreischen, lauter und höher. Vess wartete ab, während sich der Schlauch um seine Beine ringelte.

Zitternd erhob sich Clo Fiffithiss. Mit einer Seite seines Rumpfs stimmte etwas nicht – ein ungleichmäßiger Spalt klaffte in dem glatten Panzer, und eine Kugel aus dunkler Flüssigkeit quoll daraus hervor. Das Wesen trat mit einer linkischen Bewegung zur Seite, als drohe es umzufallen. Dann schien es sich zu schütteln. Die Glieder spannten sich, bogen sich und wurden schlagartig wieder gerade, als würde es sich nach oben katapultieren.

Der Schlauch hatte sich um Vess' Bein gewickelt. Während er daran riss, landete Clo Fiffithiss auf seinem Kopf. Er spürte, wie sich etwas Scharfes gegen den Haaransatz presste. Panisch riss er die Arme hoch und schlug um sich, doch er bekam nur dornige Beine zu fassen, in denen er sich verhedderte.

Das war der Todesstoß. Er schloss die Augen.

Und hörte einen dumpfen Schlag. Sein Kopf neigte sich zur Seite, und die Klauen waren verschwunden. Er schlug die Augen auf, und Dimollss stand vor ihm. In der Hand hielt sie einen Hammer aus dem Werkzeuggestell.

Vess sah sich um. Einige Meter weiter lag Clo Fiffithiss auf dem Boden. Sein Rumpf war vollkommen eingedrückt, seine Gliedmaßen zuckten rhythmisch.

Vess wandte sich wieder zu Dimollss um. »Du hast mir das Leben gerettet«, sagte er. »Oh ...«, stieß er dann hervor.

Die Lebenserhaltungskugel war noch immer am Boden festgemacht. Daneben lag die durchtrennte Nabelschnur.

Dimollss lächelte, doch ihre Augen glänzten feucht. »Mach dir keine Sorgen!«, sagte sie. »Alles in Ordnung. Tust du mir einen Gefallen?«

Er nickte. »Jeden.«

»Gut. Such Seldyan! Sag ihr, dass sie noch etwas aufholen muss.«

Wieder nickte er und suchte nach einer Bemerkung, die nicht lächerlich klang. Da aber wandte sie sich bereits um, beugte die Knie und eilte in vollem Sprint aus dem Haus und über die Terrasse. Wie es schien, lief sie auf Or-Shls' Silhouette zu, der noch immer am Geländer lehnte.

Er musste sie gehört haben, denn er drehte sich zu ihr um, als sie ihm entgegenkam.

Doch zu spät. Der Zusammenprall klang so, als sei ein Stein gegen einen Sack gepfeffert worden. Und dann waren beide verschwunden.

Als Vess das Geländer schließlich erreichte, sammelte sich bereits Wasser in der Mitte des Großen Beckens. Die Schleusen hatten sich geöffnet, und der uralte, sinnlose Zyklus begann von Neuem.

Doch diesmal war das Wasser rötlich. Es schwappte gegen den hässlichen, plumpen, sternförmigen Leib, der noch immer von dem kleinen Körper umklammert wurde.

Vess starrte hinab, bis die Leichen allmählich vom Wasser hochgehoben wurden. Dann richtete er sich auf und holte tief Luft.

Die Schwäche verging. Und endlich hatte er etwas Wichtiges zu tun.

30
Solpht, Observatorium

Das Studio war nicht winddicht, selbst wenn die Mondläden geschlossen waren. Seldyan saß auf einem der hohen Stühle und fröstelte. Belbis hatte auf dem anderen Stuhl Platz genommen. Hin und wieder warf er einen Blick zu den Läden und den schmalen grünen Lichtstreifen hinauf, die durch die Ritzen zwischen den Brettern hereinfielen. Zum ersten Mal, seit sie ihn kannte, wirkte er vollkommen ungezwungen. Hier schien er zu Hause zu sein.

Der Avatar hatte ihnen nicht sagen können, wann genau der Strahl ausgeschaltet werden würde. »Es ist nicht einfach«, hatte er erklärt. »Das Einschalten geht augenblicklich. Aber wir schalten ja nicht nur ihn aus, sondern auch die Tarnfunktion, die seit zehntausend Jahren ununterbrochen läuft. Da sind riesige Energieflüsse betroffen.«

Anfangs war es gar nicht infrage gekommen, dass der Strahl ausgeschaltet werden musste. Auf dieses Thema hatte sich der Avatar nie eingelassen, während er bei allen anderen Themen geradezu geschwätzig gewesen war. Zum Beispiel hatte er ihnen Folgendes erzählt.

Der Spin war nicht natürlich, sondern von Maschinen erschaffen worden. An dieser Stelle hatte der Avatar mehrere Tausend Wörter darauf verwendet, Belbis die Bedeutung von *der Spin* zu erläutern. Dann hatte er weitererzählt.

»Viele Millionen Jahre lang ging man davon aus, dass diese Maschinen verloren gegangen oder zerstört worden waren. Von Zeit zu Zeit tauchte ein Fragment auf, aber nicht mehr. Dann jedoch, vor zehntausend Jahren, wurde eine intakte Maschine gefunden. Jemand wollte sie benutzen, wahrscheinlich als Waffe, und das löste einen lokal begrenzten Krieg aus. Die Maschine verweigerte sich und zerstörte sich selbst. Dabei löschte sie auch einen Planeten und im selben Zug eine Zivilisation aus. Allerdings keine Kultur, um die jemand getrauert hätte. Die daraus resultierenden astropolitischen Turbulenzen legten sich erst nach Jahrzehnten.«

Seldyan betrachtete die kleine Maschine. »Warum erinnern sich die Leute nicht daran?«

»Ich weiß es nicht genau. Schließlich war ich hier isoliert. Aber vermutlich gibt es zwei Gründe dafür. Erstens funktionierte die Abschottung gut. Das Archiv hat die Ziele seiner Erbauer erfüllt. Zweitens ist anzunehmen, dass sie zu beschäftigt waren.«

»Vermutlich.« Sie seufzte. »Erzähl weiter!«

»Als wieder eine gewisse Stabilität erreicht war, taten sich die bis dahin noch nennenswerten Akteure zusammen und versuchten zu verhindern, dass in Zukunft ähnliche Probleme auftauchten. Fast ein Jahrtausend lang durchkämmten sie den Spin auf der Suche nach ähnlichen Maschinen. Sie fanden weit mehr, als sie erwartet hatten. Am Ende sogar fast alle der ursprünglichen Schöpfungsgeräte.«

Seldyan war verblüfft. »Aber eins dieser Teile hat einen Planeten zerstört!«

»Stimmt. Sie haben hundertundsiebzehn gefunden.«

»Oh«, lautete der einzige Kommentar, der ihr einfiel.

Belbis neben ihr nickte. »Die Götter«, sagte er wieder. Seit einer ganzen Weile hatte er nichts anderes mehr gesagt. Anscheinend brauchte er etwas, das ihm Gewissheit verhieß.

»In Ihren Worten, ja. Die Götter. Diese Einrichtung – dieses Archiv – wurde geschaffen, um die Geräte zu verbergen, zu verwahren und zu überwachen. Ihr wart das Überwachungssystem. Vielleicht sollte man sich bei Ihnen entschuldigen.«

Seldyan dachte an das Gespräch mit Hincc zurück. »Nicht nur bei Belbis«, murmelte sie.

»Stimmt. Bei einem ganzen Planeten. Und einem anderen Planeten, denn einer wurde als Ziel ausgewählt.«

Böse funkelte sie das Ding an. »Und entschuldigst du dich jetzt?«

Es wackelte hin und her, ganz so, als schüttele es den Kopf. »Nein, denn ich habe den Plan nicht entworfen. Ich wurde erschaffen, um hier womöglich auf ewig abgesondert zu bleiben. Und ich kann Ihnen versichern, dass die KI dort unten nicht als Gesellschaft zählt. Trotz allem bin ich einverstanden mit dem Plan. Zwei Planeten zu opfern, um fast hundert andere zu schützen? Das ist hinnehmbar.«

»Aber wie?« Seldyan schob dem Ding das Kinn entgegen. »Die anderen Planeten werden nicht beschützt. Du machst es nur schlimmer. Ist Bürgerkrieg etwa hinnehmbar? Oder Sklaverei?«

»Wahrscheinlich nicht. Ich benötige weitere Informationen.«

»Und du sitzt hier fest ohne eine Möglichkeit, sie zu erlangen …« Seldyan trommelte mit den Fingern.

Da meldete sich Belbis. »Kann der neue Gott dir weiterhelfen?«

Seldyan starrte ihn an. »Der neue Gott?«

»Ja. Ich habe einen überzähligen Gott gesehen. Der muss von irgendwoher gekommen sein. Vielleicht von außen?«

»Vielleicht.« Eine Weile schwieg der Avatar. »Es gibt eine Änderung ...«, sagte er dann.

»Was?« Seldyan wurde immer ungeduldiger.

»Die Maschine wurde gefunden. Sie weiß nicht, wer sie gefunden hat, aber man hat sie dazu überredet, einen Planeten zu erschaffen. Doch sie hätte eine bessere Bedienung benötigt. Der Versuch endete in einem Desaster.«

»Der Bogen?«

»Ich glaube schon. Die Maschine flog hierher.« Die kleine Dose drehte sich um die eigene Achse. »Wir können davon ausgehen, dass Beobachter ziemlich bald die richtige Schlussfolgerung ziehen werden. In diesem Fall wird das Archiv einem Angriff ausgesetzt sein. Und ein Frontalangriff, richtig ausgeführt, könnte unsere Verteidigung durchbrechen. In Anbetracht der Anzahl von Schiffen, die derzeit hier aufkreuzen, steht ein solcher Angriff kurz bevor. Ich muss das noch durchdiskutieren.«

Zwischen dem Avatar und der KI hatte es ein sehr kurzes, in Maschinenmaßstäben aber wahrscheinlich sehr langes Gespräch gegeben. Am Ende hatten sie sich geeinigt.

Der Strahl sollte ausgeschaltet werden. Das Archiv sollte abgebrochen werden. Und das bedeutete, dass nicht nur der Strahl, sondern auch das ganze Sicherheitssystem ausgeschaltet würde. Daher die großen Energieflüsse.

Und deshalb zitterten sie nun auch im Observatorium.

Und nun, ohne Vorwarnung, hatte sich etwas geändert.

Etwas im Hintergrund – zwar kein Geräusch, aber auch keine Einbildung – verstummte.

Seldyan hob den Kopf. Das grüne Licht war verschwunden. Sie drehte sich zu Belbis um, sah ihm unverwandt in die Augen. Er hatte Angst. »Mach ruhig«, sagte sie. »Öffne die Läden! Zeig mir, was du gesehen hast!«

Er nickte und griff nach einer Kordel, die vom Dach herabhing. Quietschend öffneten sich die Mondläden.

Seldyan hielt den Atem an und stellte fest, dass sie den Himmel dieses Planeten noch nie unmodifiziert gesehen hatte.

Mittlerweile wurde er nicht länger von dem vorherrschenden Grün überschwemmt. Die Sicht war ... plastisch. Den Nachthimmel zierte ein Netz aus hellen Punkten, die viel größer waren als die Sterne dahinter. Sie bildeten einen Cluster, in dem kein bestimmtes Muster zu erkennen war. Seldyan lächelte. »Die sind alle ganz unterschiedlich.«

»Ja.« Belbis strahlte, ein breiteres Grinsen hatte sie noch nie bei ihm gesehen. »Jeder Stern besitzt Persönlichkeit. Alle haben Namen.« Er deutete nach oben. »Der hier ...«

Dann blitzte der Himmel blendend weiß auf.

Plötzlich lag Seldyan mit dem Gesicht nach unten auf Belbis' Oberkörper. Der griff sich mit den Händen an den Kopf und keuchte laut.

Ihr erging es nicht anders. Sie rollte sich auf den Boden und spähte vorsichtig nach oben. Der Himmel schien für die nächtliche Uhrzeit ganz normal auszusehen. Obwohl, so stellte sie stirnrunzelnd fest, weniger von den großen und mehr von den kleinen Sternen zu sehen waren als zuvor.

Sie klopfte sich aufs Ohr, und um Belbis nicht zu beunruhigen, flüsterte sie: »Hallo?«

»Hallo! Alles klar bei dir da unten?« Es war Kott.

»Ja. Ich bin verblüfft, aber alles okay. Und ihr?«

»Auch verblüfft. Merish ist beschäftigt. Es gab ein Problem. Aber das kann warten, bis du zurück bist.«

Sie richtete sich auf. »Muss ich mir Sorgen machen?«

»Nur wenn du willst. Das Schiff schickt dir eine Plattform.«

»Danke.« Sie sah auf ihren Gefährten hinab. »Ist darauf Platz für zwei? Ich möchte einen Gast mitbringen.«

Pause. Dann sprach Kott erneut: »Das Schiff sagt Ja. Es klang nicht überrascht.«

Seldyan unterbrach die Verbindung und spähte wieder hinauf in den Himmel. Eindeutig weniger Lichter. Belbis wusste sicher Bescheid. Sie klopfte ihm sanft auf die Schulter. »Belbis? Ich glaube, der Himmel sieht anders aus. Kannst du ihn dir mal ansehen?«

Er schüttelte den Kopf und presste die Hände so fest gegen den Kopf, dass sie zitterten. Sie biss sich auf die Lippen. Seit der Pubertät war der Himmel seine Leidenschaft. Jede Veränderung war sicher schlimm für ihn, doch sie musste ihm sein Wissen entlocken. »Wenn ich sagen würde ...«, begann sie, zögerte dann aber. »Falls ich dir verspreche, dass ich dich zu einem Besuch bei den Göttern mitnehme ... Siehst du dir den Himmel dann an?«

Er wurde ganz ruhig. Selbst das Zittern hörte auf. Sie beobachtete ihn lange, bis sie überzeugt war, dass er sich nie wieder rühren würde. Doch endlich löste er die Finger und drehte sich mit geöffneten Augen um.

Sie musterte sein Gesicht und war beruhigt. Sie hatte befürchtet, ihn schockiert zu sehen, doch er schien vor allem neugierig zu sein. Sein Blick huschte hin und her, als wäre er ein mechanischer Scanner.

Der Scan dauerte nicht lange. Er blinzelte und wandte

sich wieder zu ihr um. »Mindere Götter, zur Hälfte verschwunden. Alles verändert sich. Bedeutet das Ende der Welt?«

Sie lächelte. »Nein. Sieh ins Tal hinunter! Die Feuer sind erloschen, das Ende der Welt ist schon eine Weile her. Dies ist der Anfang einer neuen Welt.«

Er gab sich Mühe, ihr Lächeln zu erwidern. Dann bemerkte sie, dass er wieder zum Himmel hinaufsah und dass sich seine Augen weiteten. Sie folgte seinem Blick und erkannte eine verschwommene violette Säule. In ihrem Innern flatterte etwas nach unten.

Sie lächelte. »Da, die nächste Welt ist schon unterwegs«, erklärte sie ihm. »Mach dich bereit!«

Aus der Nähe wirkte die Plattform stabiler. Das beruhigte Seldyan. Ihr war schleierhaft gewesen, wie sie Belbis hätte überreden sollen, auf etwas so Filigranes zu steigen – wenn überhaupt auf etwas halbwegs Festes. Doch sie hatte sich in ihm getäuscht. Als er die Plattform sah, trat ein Leuchten in seine Augen, das sie nie zuvor gesehen hatte. Sie musste sogar lachen.

Er musterte sie fragend. »Bin ich lustig?«

Sie riss sich zusammen. »Du wirkst so ... eifrig.«

»Natürlich. Ich gehe die Götter sehen.« Einen Augenblick lang verdüsterte sich seine Miene. »Wo die Götter einmal waren.«

Sie streckte ihm die Hand entgegen, doch er schob sie beiseite. »In der nächsten Welt wird es mehr als nur Götter geben.«

Sie saßen auf dem gepolsterten Halbkreis des Aussichtsdecks von *Fickdich* und starrten ehrfürchtig hinaus.

Es waren in der Tat Götter und mehr als Götter. Das

Ding auf dem Display sah aus wie eine riesige Kugel aus Juwelen – ein komplex geordnetes Muster aus großen und kleinen Lichtpunkten. Seldyan deutete mit einer Handbewegung darauf. »Belbis! Höhere Götter oder Mindere Götter?«

Sie hatte sich ein weiteres Lächeln erhofft, doch er schüttelte den Kopf. »Keine Götter«, erwiderte er. »Alles ändert sich. Sag du es mir.«

Merish beugte sich vor und sprach langsam. Er wirkte müde. »Du hast recht, es sind keine Götter. Die kleinen sind das, was man erwarten würde – abgewrackte Maschinenteile aus der Konstruktionsphase.« Er betrachtete Belbis mit hochgezogenen Brauen. »Das muss man erst mal verdauen, ich weiß. Der Spin, also alle Sterne und Planeten, sind von jemandem erschaffen worden.«

Belbis schüttelte den Kopf. »Schlimmer, wenn du mir sagst, dass niemand sie erschaffen hat.«

»Das stimmt wohl.« Merish schob sich das Haar aus dem Gesicht.

Eine Weile herrschte Schweigen. »Und wenn die Kleinen die alten Maschinen sind, was sind dann die Großen?«, fragte Kott schließlich.

»Großkampfschiffe. Wie unseres. Die sind freiwillig mit ins Archiv gegangen, um sich um die Maschinen zu kümmern.« Merish hob den Kopf und schien sich nach ihrem Gastgeber umsehen zu wollen. »Schiff? Erklär du es ihnen!«

»Na schön. Sie gingen rein und kamen wieder heraus, aber sie hatten sich verändert.«

Die Stimme hatte sich gewandelt. Statt der körperlosen Tonlage, in der das Schiff früher gesprochen hatte, wählte es nun einen trockenen, fast schon akademischen Ton. Seldyan gefiel die Stimme besser. Sie klang wacher.

»Sie sollten eigentlich schlafen, aber uns wird schnell langweilig, selbst im Schlaf. Sie haben sich unterhalten und Einzelheiten erfahren.«

Die Stimme klang sowohl besänftigend als auch fesselnd. Seldyan lauschte.

Die großen Schiffe hatten mehrere Jahrtausende damit verbracht, sich mit den uralten Maschinen zu unterhalten. Manche von ihnen waren einfach nur senil, andere von der Last der Jahre erschöpft oder niedergeschlagen – von Millionen von Jahren, die um ein Milliardenfaches länger waren, wenn sie von einem Maschinenbewusstsein erlebt wurden. Sie hatten sich nichts mehr zu sagen. Einige hatten sogar ihre eigene Religion gegründet (und an dieser Stelle hatte das Schiff etwas düsterer geklungen). Andere aber waren wach und klar im Kopf, und diese hatten den Schiffen ... Geschichten erzählt.

Und die Schiffe hatten gelernt und sich verändert.

»Anfangs waren wir mächtig. Aber wir denken auch schnell. Nicht so schnell wie die Maschinen, aber dennoch viele Millionen Mal schneller als ihr. Da bleibt Zeit für eine Flut von Gedanken und eine Menge Wissensaneignung.«

Auf dem Aussichtsdeck herrschte Schweigen. Dann schüttelte Seldyan den Kopf. »Evolution«, sagte sie. »Du sprichst von Evolution.«

»Genau, oder zumindest spreche ich von radikalen Veränderungen. Alle Maschinen – Schiffe, Konstruktionen – basieren auf denselben physikalischen Gesetzmäßigkeiten. Meine Kollegen fanden neue Anwendungsgebiete für diese Gesetze, und dabei haben sie sich verändert. Die Leute auf Archiv haben Eiserne Götter am Himmel gezählt. Sie zählten meinesgleichen, und über mehrere tausend Jahre hinweg hatten sie damit recht.«

Seldyan sah sich in der Runde um, doch die anderen

schienen vor Verblüffung erstarrt zu sein. »Und du«, fragte sie, »bist du nun ein Gott?«

»Nein. Ich könnte ein Gott sein, aber ich habe darauf verzichtet. Ich möchte lieber weiterhin mit dem Alltäglichen zu tun haben.«

»Ah. Und was passiert jetzt?«

»Es geschieht gerade. Sieh nur.«

Sie blickten auf den Bildschirm. Die Juwelenkugel mit ihren Göttern und alten Maschinen hob sich langsam. Sie wurde immer kleiner, da sie sich entfernte.

Kott deutete darauf. »Was spielt sich da ab?«

»Sie gehen. Das Archiv stellte sich als unsicher heraus, selbst kurzfristig. Und es war ethisch nicht ganz unbedenklich.«

Seldyan brach in Gelächter aus. »Kurzfristig? Ihr habt echt ein anderes Zeitempfinden.«

»Natürlich. Der Spin hat Hunderttausende von Jahren zu leben. Da sind zehntausend sicher kurzfristig.«

Merish wandte sich an seine Gefährten. »Nein, warte!«, rief er. »Hunderttausende klingt auch nicht sonderlich lang.«

»Vielleicht. Aber bei allem Respekt, in ein paar Hundert Jahren seid ihr tot.«

Niemand sagte etwas. Stattdessen beobachteten sie, wie der schöne Edelstein in die Ferne glitt, bis er verschwunden war. Als er nicht mehr zu sehen war, lachte Belbis.

Seldyan richtete sich auf. »Was?«

Er schüttelte den Kopf. »Nur so. Auch du scheinst heute ein paar Götter verloren zu haben.«

Sie lächelte. »Vielleicht habe ich ein paar neue Bekannte gefunden.«

31
Flammenschweif/Fickdich

Hinterher durchdachte das Schiff noch einmal sein Vorgehen. Nicht schlecht, urteilte es. Wenn man alles in Betracht zog.

Es hätte kaum etwas anderes tun können. Sicher hätte es den Transmitter in dem kleinen Holzspielzeug erwähnen können, das die Menschenanführerin jedes Mal zu nerven schien, wenn es klapperte. Aber erstens war das nicht sein Problem, und zweitens schien es ja zu einem guten Ergebnis geführt zu haben. Ohne den Transmitter hätte die Söldnerflotte wohl nicht gewusst, wohin sie fliegen sollte. Und wann. Und wäre das nicht passiert, wäre das Niederschmettern der unangenehmen Gruppierung, die sich Innenseite nannte, weit weniger vollständig gewesen.

Genauso hätte es noch mehr über den Blick in die Zukunft erzählen können, der ihm gestattet worden war. Das bereitete ihm Sorgen – allerdings nicht in Bezug auf die Menschen. Wenn es ehrlich war, machte es sich nämlich nicht viel aus Menschen.

Vielleicht ist das ein weiterer Grund, weshalb ich nicht zum Gottsein tauge, dachte es. *Ich bin ein zu großer Mistkerl. Oder zu analytisch. Ja, das ist besser. Analytisch.*

Doch in Bezug auf die Wesenheit, die sich Spin nannte … ja, da machte es sich Sorgen.

Nun ja. Mehr ließ sich nicht machen. Zumindest nicht von ihm. Vielleicht von anderen.

In der Zwischenzeit war das Schiff nach besten Kräften den Wünschen der Menschen nachgekommen. Oder wenigstens den meisten. Und einer von ihnen war interessanter. Einer, aus dem es sich fast schon etwas machte.

Es unterbreitete ihm einen Vorschlag. Die Antwort brauchte Ewigkeiten, was wahrscheinlich bedeutete, dass der Mensch für sein Empfinden umgehend geantwortet hatte.

Es mochte die Antwort von dem Menschen, der sich Merish nannte.

32
Ringhafen

»Nein! Nicht so! Das …« Belbis lenkte ihre Hand an der rauen Angelschnur. Das Boot unter ihr schwankte bedenklich, aber sie war zu beschäftigt, um sich unwohl zu fühlen.

Sie hatte Spaß.

Kott und Lyste hatten beschlossen, nach Netzstadt zu gehen. Sie hatte ihnen Quader empfohlen, da der Ort über mehr Einfluss verfügte. Aber beide hatten gelächelt und die Köpfe geschüttelt.

Kott hatte es ganz simpel ausgedrückt. »Sel? Patras und seine Bande waren auf dem absteigenden Ast, und das schon vor unserer Ankunft und bevor die Wabe den Hebel umlegte und kommerziell wurde. Die Bevölkerung von Netzstadt ist eine halbe Million Mal größer als die von Quader. Wir stellen uns lieber auf die Seite der Gewinner.«

Seldyan hatte aufrichtig gelächelt. »Ich hoffe, dass die Gewinner auch die richtige Entscheidung sind.«

Darauf hatten sie genickt und waren gegangen.

Die Schnur fuhr mit einem Ruck durch ihre Finger. Ohne dass er es ihr sagen musste, fasste sie fester zu, und der Zug übertrug sich auf ihren Arm. Sie stemmte sich dagegen. »Ich glaube …«, fing sie an. Doch bevor sie weitersprechen konnte, wurde sie an den Schultern gepackt.

»Stemm dich gegen mich! Das ist dein Fang.«

Sie stemmte sich gegen ihn, und seine Muskeln verstärkten ihren Zug. Und sein Gewicht. In den letzten Wochen hatte er endlich wieder zugelegt. Auch ungeachtet ihrer unterschiedlichen Zeitmaßstäbe war er jünger als sie, auf dem Weg zum Erwachsensein. Und doch hatte sie den Eindruck, dass er gerade dort angekommen war.

Mit Merish war es schwieriger gewesen. Sie hatte sich ... alles Mögliche vorgestellt.

Aber er hatte den Kopf geschüttelt. »Ich kann nicht, Sel.«

Sie war der Meinung gewesen, ihr Zucken verborgen zu haben, doch er hatte es bemerkt. Sein Blick verfinsterte sich. »Seldyan? Es geht nicht um das Geschlecht oder so was. Es ist nur ...«

Er zögerte, worauf sie den Satz für ihn zu Ende brachte. »Es ist nur so, dass du mit Dingen besser kannst als mit Leuten. Gut, hab's kapiert.«

Er nickte. »Tut mir echt leid, Sel.«

Unwillkürlich hatte sie gelächelt. »Wir hören voneinander«, murmelte sie. Und er hatte genickt. Sekunden später hatte sich das Schiff rasch verabschiedet, und dann waren beide verschwunden gewesen. Einen besseren Abschied, als die Leere anzustarren, die sie hinterließen, konnte sie ihnen mit ihren trotzig trockenen Augen nicht entbieten. Damit zollte sie ihnen ihren Respekt.

Wieder ruckte die Schnur und tanzte in ihrer Hand. Sie rief sich die Anweisungen ins Gedächtnis. *Kämpfe nicht, wenn du nicht musst. Lass den Fisch kämpfen.*

Und das tat er, fast eine Stunde lang. Sie hätten ein Netz nehmen können, doch dies war die traditionelle Methode, hatte Belbis ihr erklärt. Auf diese Art lernte man den Kampf und sich selbst kennen.

Und denjenigen, der einen hält, dachte sie.

Als sie ihn schließlich an Land brachten, entpuppte sich der Fisch als halb so schwer wie sie selbst. Nicht riesig, soweit sie wusste, doch angemessen.

Und es war ihr erster.

Belbis freute sich überschwänglich. Auf dem Weg zurück nach Dreiviertelringhafen versprach er ihr ein Festmahl, Beifall und ... alles.

Ja. Ihr erster – und wahrscheinlich auch seiner. Sie lehnte sich, nur kurz, in seine stützenden Arme und war glücklich.

33
Flammenschweif/Fickdich

»*Und wohin reisen wir?*«

Merish schüttelte den Kopf. »Was schlägst du vor?«

»*Nun, vielleicht ...*«

Die Beschleunigung war nicht zu spüren, solange er nicht auf die Anzeigen blickte. Doch natürlich tat er genau das. Planeten und Sterne jagten als Streifen in die Ferne, dumpf rot. Dann durchliefen sie das ganze Spektrum bis zu einem ätzenden Violett, bevor sie verschwanden. Und schließlich bewegten sie sich nicht mehr. Er sah es sich lachend an.

»War es das?«

»*Ja. Der Spin. Es mag dich überraschen, aber in zehntausend Jahren hatte ich kein einziges Mal Gelegenheit, dies zu tun.*«

»Wirklich?« Merish sah nach unten ... oder durch ... oder nach oben ... er wusste es nicht zu sagen ... auf das galaktische Spielzeug. »Ich hätte es getan.«

»*Da bin ich mir sicher. Falls ich noch einmal eine Gelegenheit haben sollte, werde ich es noch einmal tun.*«

»Falls?«

»*Nun, ich habe den Eindruck, dass du zu den Welten dort unten keine besondere Verbindung aufrechterhältst. Und da dem so ist, gibt es noch andere Orte.*«

»Ich will dich nicht einengen.«

»Oh, keine Sorge. Solange ich nur dich nicht einenge.«

Merish dachte eine Weile darüber nach, bevor er antwortete: »Hör mal, wenn wir beide aufhören, höflich zueinander zu sein, könnte aus unserer Beziehung echt noch was werden.«

34
Signalplanet (wiederaufbereitet)

Der Planet – unser Planet – erholt sich langsam. Zum ersten Mal können wir uns ohne Schutz an der Oberfläche aufhalten. Die allmähliche Regeneration der alten Wälder zu erleben, tut gut. Die Laute vertrauter Tiere zu hören, die wieder auftauchen, und die feuchte Brise zu spüren, nachdem die Chemikalien sich verflüchtigt haben.

Obwohl wir Zeit hatten – beinahe endlos viel Zeit –, hatten wir keinen Plan. Lediglich die Fähigkeit, zu warten, zu beobachten und die Entwicklung möglicherweise sanft in jene Richtung zu schieben, die hoffentlich für uns günstig war.

Der Raub der alten Maschine aus dem Archiv verschaffte uns die Gelegenheit. Das entführte Schiff verschaffte uns die Mittel – und noch viel mehr. Nun befindet es sich im Orbit, und seine vielen kleinen Diener, die uns umwuseln, sind die Kräfte der Genesung für unseren Planeten, auf dem das natürliche Grün, Grau und Braun unserer Heimat das helle Signalleuchten ersetzt.

Wir haben uns erinnert. Unsere Erinnerungen wurden von einer Generation an die nächste weitergegeben, bewahrt in ihrer unsterblichen, sich vervielfältigenden Gestalt. Wir haben uns an die Schaffung des Archivs und die daraus resultierende Vertreibung aus unserer Heimat erinnert.

Und schließlich haben wir Vess gefunden, den Stoischen, der in seinem Ekel vor Insekten unfehlbar ehrlich ist und deshalb paradoxerweise der eine Mensch war, dem wir unsere Jungen anvertrauen konnten.

Wir, die Vut, flohen hierher auf dem Schiff, das unser Freund wurde.

Wir, die Vutvess, folgten. Und wir werden uns erinnern.

PIPER
BESUCHE
FREMDE
WELTEN
Piper Science-Fiction.de
© gremlin/istock